I. 三月の暦に描かれたリュジニャン城。城の右上を飛ぶ小さな竜は正体を現したメリュジーヌの姿である。ランブール兄弟作『ベリー公のいとも豪華なる時禱書《ソールター》』より。十五世紀、シャンティ、コンデ美術館蔵。

II. カンタベリー大司教トマス・ベケットの生々しい殺害場面の細密画。十三世紀中葉の英語の詩篇書より。メリーランド州ボルチモア、ウォルターズ美術館蔵。

中世ラテン綺譚集

宮廷人の閑話

De Nugis Curialium

ウォルター・マップ

瀬谷幸男 訳

論創社

caris sororibus meis

中世ラテン綺譚集——宮廷人の閑話　目次

第一部――

i 宮廷と地獄の比較 12
ii 地獄について 16
iii タンタルスについて 17
iv シーシュポスについて 17
v イクシーオーンについて 17
vi ティテゥスについて 18
vii ベーロスの娘たちについて 18
viii ケルベロスについて 18
ix カローンについて 18
x 夜行生物らについて 19
xi ヘルラ王について 30
xii ポルトガル王について 34
xiii クリュニーの修道士ギシャールについて 38
xiv 再びクリュニーの別の修道士について 38
xv サラディンによるエルサレムの略取について 40

xvi カルトゥジオ会修道院の起源について 46
xvii グランモン修道会の起源について 48
xviii テンプル騎士修道会の起源について 49
xix ある驚異 52
xx もう一つの驚異 53
xxi カイロのスルタンの息子について 56
xxii イスラム教徒秘密結社の暗殺教団《アサシン》の長老について 58
xxiii ホスピタル騎士団の起源について 60
xxiv シトー修道会の起源について 62
xxv ウォルター・マップ師の修道生活に関する余談 70
xxvi グランモン修道会の概要 91
xxvii センプリンガム修道会の起源について 93
xxviii カルトゥジオ修道会の概要 94
xxix ある異端者の宗派について 95
xxx もう一つの同じ異端者の宗派について 96
xxxi 異端派ワルド派について 99

xxxii 三人の隠修士の驚異の悔悛について 103
［註］ 105

第二部──

i 序言 127
ii グロスターの修道士グレゴリウスについて 127
iii タランテーズの聖ペトルスについて 129
iv 再び祝福された同ペトルスについて 130
v 再び同ペトルスについて 131
vi ある隠者について 132
vii ハンガリーのルカについて 134
viii ウェールズ人の無節操な信仰心について 136
ix ウェールズ人の穏者ヘリアスについて 137
x ウェールズの王カドックについて 138
xi 怪奇な幻影（幽霊）について 139
xii 再び同じような怪奇な幻影について 142

xiii 再び同じ幻影について 146
xiv 再び同じ幻影について 146
xv 再び同じ幻影について 148
xvi 再び同じ幻影について 149
xvii いとも勇敢な騎士ガドーについて 150
xviii コンスタンティノープルの皇帝アンドロニウスについて 156
xix まことの勇士スコット人ギレスコプについて 160
xx ウェールズ人の風習について 162
xxi ウェールズ人の歓待について 163
xxii ウェールズの王ルウェリンについて 164
xxiii 同じくルウェリン王について 166
xxiv 大胆不敵なコナンについて 172
xxv 盗人のケウェスリンについて 173
xxvi ウェールズ人の怒りについて 175
xxvii ある驚異について 176
xxviii 同じくもう一つの驚異について 177

xxix 同じくもう一つの驚異について 178
xxx 同じくもう一つの驚異について 179
xxxi ある箴言について 180
xxxii 前述したこととの結論 180
〔註〕 181

第三部

i 序言 190
ii サディウスとガロの友情について 191
iii パリウスとラウススの不和について 217
iv ラソと彼の妻について 229
v ロッロと彼の妻について 235
〔註〕 240

第四部

i 序言 246

ii 結びの言葉（跋） 249
iii ウァレリウスから哲学者ルフィヌスへの妻帯を戒める忠言 253
iv 前回の書簡の結論 268
v 前回の書簡の最後 269
vi 悪魔に騙された少年エウドについて 272
vii 誓約に反して軍務に就いたクリュニーの修道士について 289
viii 再び怪奇な幻影（幽霊）について 291
ix 再び同じような幽霊について 292
x 再び同じ幽霊について 295
xi ゲルベルトゥスの怪奇な幻視について 295
xii コンスタンティノープルの奇矯な靴屋について 305
xiii 男の人魚ニコラス・パイプについて 308
xiv イスラムの王族の息子サリウスについて 312
xv ブルターニュの王アラーヌスについて 313
xvi 商人のスケウァとオッロについて 325
［註］ 333

第五部――――
i 序言 351
ii アポロニデース王について 354
iii ゴッドウィン伯爵と彼の性格の由来について 355
iv デーン人の王クヌートについて 362
v イングランド王ヘンリー一世とフランス王ルイ六世について 373
vi イングランド王ウィリアム二世赭顔王の死について 392
vii 本書の冒頭の要約で表現は異なるが主題は同一 414
〔註〕 424
〈付〉中世ラテン世俗詩――**司教ゴリアスの変身譜** 439
〔註〕 457
訳者あとがき――解説にかえて―― 465

中世ラテン綺譚集——

宮廷人の閑話

ウォルター・マップ[1]

第一部

i 宮廷と地獄の比較

「わたしは時間の中にいて、時間について論じているが、その時間の何たるかを知らない」と、アウグスティヌスは言う(2)。わたし自身も同じような戸惑いの気持で、自分は宮廷に仕えて宮廷を論じながら、その宮廷の何たるかを、神のみぞ知り(3)、わたし自身は知らないと言える。しかし、わたしは宮廷が時間でないことは知っている。たしかに、宮廷とは時間的なものであり、移ろい易く不定のもので場所は限られて方々へ移動し、つねに同じ一定の状態にあるわけではない(4)。わたしは宮廷を離れてみると、それを実によく分かるが、宮廷に戻ってくると、そこに残していったものは殆ど何も見当たらない。すなわち、わたしと宮廷とは互いに見知らぬ異邦人となるのである。宮廷そのものは同じものでも、その廷臣らはすっかり変わっているのである。もしポルフュリオス(5)が種属《ゲヌス》を定義するのに従えば、宮廷とは一つの原理・原則（＝主君）に多くのもの（人びと）がある種の関係を持つことと表現したなら、恐らく間違いはなかろう。たしかに、われわれ廷臣たちは数限りなくいて、皆が唯ひとりの人に気に入られようと競い合っている。つまり、われわれは廷臣として、今日と明日とでは別人となるのである。しかし、宮廷自体はいささかも変化することなく、つねに同じものである。宮廷は百の手を持つ巨人であり[6]、すべての手を切断されても全く同じで、依然として百の手を持っている。宮廷は多くの頭を持つ水蛇《みずへび》ヒュ《ひゅ》ドラー[7]で、ヘーラクレース[8]の努力も無効にし、この無敵の英雄の腕力をも感じず、しかもアンタイオス[9]より幸運にも、母なる大地も海も空も持っている。それはヘーラクレースの胸で痛手を蒙ることもなく、全世界がその力を増大してくれる。しかし、あの至高のヘーラクレースがそう望めば、彼の意志は成就されよう。

　また、もしボエティウスが〈運命の女神《フォルトゥナ》〉をいみじくも定義した言葉を援用すれば、宮廷とは「気紛れさの中に一定したその本性がある」ということができよう[10]。宮廷は〈幸運の女神〉の寵愛に与る人びとだけが満足するものである。なぜなら〈幸運の女神〉が寵愛を施すのは、彼女がお気に入りの愛すべき立派な人で、真に愛するに値する人びとにではなく、彼女の寵愛をえて生きるに値しない人びとに施すのである。というのは、このような〈幸運の女神〉の寵愛とは卑劣な人にも正当な理由もなく訪れ、当然の報酬がなくとも居すわり、明白な理由もなくその味方をするものである。主なる神の神秘の唐箕[11]が正しい審判である公平な穀物の吹き分けをして、毒麦と小麦とを選分するのである。すなわち、宮廷の同じ仕組みに劣らず懸命に配慮して毒麦と小麦を選別するのである。こうして、前者が賢明にも選んだものを、後者は愚かにも捨て去り、またよくあるように、その逆もまた真実である。宮廷の女主人たる〈欲望〉はわれわれを刺激して余りにも頻繁に心を疼かせるので、われわれは不安に駆られて笑いや喜びが奪われてしまう。こうして、笑う者は嘲笑され、悲しみに沈む者は賢いと見なされる。したがって、われわれの審判者たちは楽しさを懲らしめ、悲しみに報いる。しかるに、善人たちは善を自覚し当然ながら楽しく笑い、悪人たちは悪を自覚しそれ相応に憂鬱になる。それゆえに、偽善者たちはつねに悲しみ、主なる神の真の崇拝者たちはいつも陽気でいなければならない。こうして、善を悪、悪を善と呼ぶ審判者(12)は同様に不機嫌な者には穏健に、穏健な者には不機嫌にという彼の考えに従えば、まったく矛盾しないのである。聖霊の宿るところは善人には絶えざる喜びの源泉となり、ざらざらした鱗《うろこ》のある蛇の出現はつねに悪人の悲しみの源泉になる。その蛇は悪を考える人の胸のあたりを彷徨って有毒な大蒜《にんにく》を掻き集め、それを食べると美味しいけれども、食べ終わるといつも悪臭を放つのである。特にこの大蒜《にんにく》こそがわれわれを最初から嫉妬する人により宮廷では殊遇される。彼の罠に誘き寄せられる者は主なる神の教えに背く者となる。

しかし、われわれ人間が本来の美しさや美徳から堕落したのに、なぜその他の生物は最初の天与の恩寵から決して逸脱することがないのであろうか。人祖アダムは背丈も筋力も巨人に創られ、彼が堕落して追放されるまでは、その精神も天使に匹敵するものであった。そして、彼の永遠の生命は時間的なものとなり、完全から断片に切断されたが、それでもなお人間の生命は遥かに長寿であり大いに慰められる。この風習や道徳の力と長寿の恵みは末永く子孫たちへも引き継がれた。しかし、主なる神の預言者ダヴィデの時代に、彼は自らの寿命を八十歳と書き記していた。しかるに、「労苦」と「災い」の時代の前は、人間の寿命は八百年かそれ以上も長かった。しかしながら、われわれは今や無傷で七十歳まで生き長らえることはないのだ(13)。それどころか、われわれは物の道理を弁《わきま》え始めるや否や、死ぬか耄碌《もうろく》せざるをえないのである。人間を除いて、陸、海、空のいかなる生物も創造されたときの寿命と力を享受していて、彼らは造物主の恩寵から少しも遠ざかっていないように思える。これは彼らがつねに造物主の命令に素直に従ってきたのに、われわれ人間は最初からその命令に背いてきた以外に何の理由があろうか。他のすべての生物は踏み留まっているのに、悪魔と人間だけが堕落したとか、人間は自らの誘惑者を仲間に持っているとか、人間だけが自らの罪のため短命と微力に貶められたとか、人祖のひそみに倣って人間は最悪の存在に堕落したと嘆くにつれ、われわれは益々侘びしく思うのである。

　金属類を溶解してある金属を別の金属に変えたり、どんな固い物体をも液体に変化したり、大理石のような堅固なものを溶けたように柔らかな鉛で切ることを教えたのは一体誰であろうか。鋼鉄が牡山羊の血で曲がること[14]を学び知ったのは誰であろうか。火打ち石を溶解してガラスにしたのは誰であろうか。われわれでないことだけはたしかである。七十年の生涯ではこれらのことを学び知る余暇などはない。しかるに、七百年から八百年をもかけて学問に専念でき、しかも資財や健康な肉体に恵まれた人びとは自然の深淵を深く探究し、その計り知れない事物の深奥を解明することができた。彼らは星辰の研究のあとに、動物や鳥や魚の生態と種属や群れや、それにさまざまな植物や種子の本性を分類した。彼らは鴉に百年、牝鹿に千年の生涯を、さらに深山鴉《みやまからす》に信じがたいほど長い年月を費やしてきた。しかし、われわれは特に野獣に関して彼らを信ずるべきである。というのは、肉食が普及するまで、彼らは恐れずに野獣と共生してきたのであるから。それはその生き方や習性がよく知られている犬がわれわれと一緒に住んでいるのと同じである。彼らは自らの発見した多くのものを文字で記録しわれわれに遺している。さらに原書から多くのことが先祖代々に亘ってわれわれに伝承されてきた。したがって、われわれの業績はわれわれ自身によるものではなく、受容する能力に応じて彼らからわれわれに受け継がれてきたのである。

われわれの話の始めは宮廷論であったが、その話題は今どこまで進んだのであろうか。あまり要領をえず適切ではないが、さりとて蔑ろにできない話題の場合はつねに起こりうることである。話が黒い魚の尾に終わらずに、(15) 途中で割り込んでくる話題を適切に扱うかぎり、それはたいして深刻なことではない。

ii 地獄について

地獄とは懲罰の場と言われる。したがって、もし大胆にも推定を許されるならば、わたしは無謀にも宮廷は地獄ではなく、懲罰の場と言うであろう。しかし、わたしはこのような宮廷の定義が正しいか否かは疑問である。つまり、宮廷は一種の場所のように見える、しかし、それゆえにこそ宮廷とは地獄ではない。(16) たしかに、それ自体の中に一つまたは複数のものを包摂するものは何であれ場所と言えよう。したがって、もし宮廷が場所であるなら、宮廷とは懲罰の場か否かを考察してみよう。かかる人は現世で処罰されずに地獄ではその幾倍も拷問を受けるのであろうか。

iii タンタルス[17]について

タンタルスが地獄で捕らえようとしても水の流れが口唇《くち》もとから逃げていくのを読んだことがあろうか。[18] 宮廷には手に入れることができない他人の財産を渇望する多くの人びとがいて、彼らは酔漢のようにそれを捕らえようとする瞬間に摑《つか》みそこねてしまう。

iv シーシュポス[19]について

シーシュポスはそこで谷底から高い丘の頂上まで岩石を運び上げる。そして、転げ落ちてしまうと、彼はその岩石を谷底から再び運び上げるのである。宮廷にはまた富の丘の頂上に登っても満足とは考えず、貪欲の谷間に転落すると、彼らの魂をさらに高い丘の上に再び駆り立てようとする多くの人びとがいる。しかし、彼らの魂はそこに留まることができない。なぜなら、彼らが欲することを思うと、手に入れたものだけでは満足できなくなるからである。このような人間の心はシーシュポスの岩石にいみじくも譬えられよう。なぜなら、聖書にこう記されている。「わたしは彼らの肉から石の心を除《のぞ》き、肉の心を与える。[20]」主なる神がいかなる丘でも心安らぐことができますように、廷臣たちに肉の心をお与えください！

v イクシーオーン[21]について

イクシーオーンは地獄でつねに姿勢を変えて、上下左右へ車輪に乗って転がされている。この宮廷にも〈運命の女神《フォルトゥーナ》〉がぐるぐると回転させるイクシーオーンのような人びとにこと欠かない。彼らは栄光の座へと昇りつめて突然に零落する。彼らは沈んでもつねに希望を捨てず、一日たりともかかる有為転変がその身に起こらぬ日はない。車輪の上はどこも恐ろしいが、そこから転落しても希望を失うわけではないのだ。車輪はまことに恐ろしく身震いするが、良心に逆らい武装して戦いを挑み、それでもなお車輪は人びとの心を引き寄せて、その犠牲者を絶えず誘い込む。

vi　ティテウス(22)について　【欠損】

vii　ベーロス(23)の娘たちについて　【欠損】

viii　ケルベロス(24)について　【欠損】

ix　カローン(25)について　【文頭欠損】

……とはいえ、野獣の生死を審判する人間の狩人たちは死人の運搬人で、彼らに比べればミノス(26)はまだ心やさしく、ラダマンテュス(27)はまだ理性的で、アイアコス(28)はまだ親切でもある。彼らの喜びとは人を殺すことだけである。かつてはセルウッド(29)の小修道院長で、今はリンカンの小修道院長に選任されたフーゴは王の寝室の入口からこれらの人びとが追い払われるのを目撃した。そして、彼らが異常なまで非難し不承不承に耐え忍ぶさまを見て、フーゴは驚いてこう尋ねた。「君たちは誰かね」彼らは答えた。「われわれは漁場番人である」するとフーゴは彼らに言った。「漁場番人ならここを出てゆき給え」王が部屋でこの会話を聞いて笑い、小修道院長に会いに外へ出てきた。するとフーゴは王にこう言った。「その寓言は陛下と密接に関係があります。なぜなら、彼らが拷問する貧しい人びとは天国へ迎え入れられますが、陛下と猟場の番人たちは永久に外にいることになるでしょうから」しかしながら、王は真剣に話されたこの言葉を冗談と受け取って、ソロモン王が聖なる高台を取り除かなかったように[30]、猟場の番人たちを制止することなく、王が亡くなった後もなお[31]、彼らはレヴィヤタン[32]の前で人びとの肉を食べ、血を啜っている。彼らは主なる神が強力な手で破壊しなければ取り除けない高処《たかみ》を築いた。彼らは目の前にいる主人を恐れてご機嫌を取るが、眼には見えない主なる神[33]の意に背くことを恐れることがない。

わたしは神を恐れる善良で公正な多くの仲間の人びとが宮廷にはいないとか、この悲惨な谷間には憐れみ深い裁判官たちがいないとも言うのではなく、より多くの狂気じみた連中について述べているのである。

X 夜行生物らについて

また、宮廷には夜の生物であるメン梟、夜鴉、禿鷹、それに両眼が闇を好み、光を嫌う梟がいる[34]。これらの生物は夜に歩き廻って、くまなく真剣に探し求めて、何か良いこと、つまり昼のことが主神ユピテルの身に起こり、また何か悪いこと、つまり夜のことが冥府の神ディースの身に起こったかを正確に報告するように命じられている。彼らはいたるところに綿密な陰謀の罠を仕掛けていて、腐肉の悪臭をひたすら貪欲に追い求める。そして、彼らはその腐肉をひそかに貪り喰らうか、こっそりと隠して置いて、略奪してひそかに掠め取った物に加えて、戻って来るや否や好き勝手に非難を浴びせる。この宮廷においても、裁判官、司法官、司法官代理や廷吏と呼ばれる人びとが厳しい尋問をするため送り出される。彼らは何ごとも見逃すことなく、詮索しないでおくことはなく、蜜蜂さながらに罪なき人びとを刺すが、彼ら自身の胃の腑が傷つき痛めることはない[35]。彼らは多くの蜜を吸い集めるためにさまざまな花々に舞い降りる。そして、彼らは職務に就くときには、主なる神と王に害を及ぼさず忠実にお仕えし、「カエサルのものはカエサルへ、神のものは神へお返しする[36]」と、最高の審判者たる王の前では誓うのであるが、彼らは賄賂によって寝返り、羊は羊毛を引き裂かれて、狐は無傷で看過される。なぜなら、狐らは「与えることは賢いことである[37]」のを知っていたので、彼らは銀貨によって是認されたのだ。

　しかし、上述した審判官たちの中で、聖職者は一般に平信徒より威圧的であるのが明らかである。わたし自身は、なぜこうなのかと尋ねる高貴なるグランヴィルのラヌルフ[38]に答えたことしか、その理由が理解できない。すなわち、なぜかと言えば、自由民だけが当然の権利として自由七学芸《リベラルアルテス》を学べるにも拘わらず、わが国の貴族はそれを卑下し、怠慢にも彼らの子息にそれらの学芸を修めさせない。まさに「自由民」が学ぶ学芸ゆえにこそ、「自由《リベラル》」と呼ばれる。しかるに、われわれが田夫野人《ルスティクス》と呼ぶ農奴は互いに競い合って彼らの下賤で堕落した子供を禁じられているこれらの学芸を修めさせて養育する。それは彼らが悪徳を放棄するためでなく、富を蓄積するためである。こうして、彼らは学芸を修めるほどに、ますます悪事を働くようになる。というのは、学芸とはいわば権力者の剣に似ていて、その使い方により異なる。慈悲深い君主の手の中では、剣は平和をもたらし、暴君の手では死をもたらす。農奴は自分の息子を主人から救い出し、双方で貪欲がしのぎ合い、自由が自由の敵に与えられると勝利を収める。あの卓越せる名詩人(39)がこのことを明言して、こう詠んでいる。

「身卑しきものが高処《たかみ》へ登ることより残忍なものはない」

さらにまた、「農奴の狂気が自由人の背中に復讐して荒れ狂うことほど獰猛な獣《けもの》はいない。」

前述した偉大な男はわが警句に賛同された。

しかし最近、ある大修道院長がこれらの裁判官の一人に任命されるということがあって、彼はどんな平信徒より残酷に貧乏人から略奪させて、彼の略奪物から生ずる恩恵によって司教の職を手に入れようと強く望んだ。しかし、それから数日後に、彼は復讐に遭って、自分の歯を自分に差し向けて、両手を齧り死に至らしめた。そして、わたしは鴉が地面に供えられた種子の上の方に吊るされているのを目撃した。それは他の人びとが吊るされた鴉を見てそうなるのを恐れて避けるためである。こうして、彼らは実際にかかる運命を避けるのである。とはいえ、主なる神がこの世の子らと呼び、そして「光の子らよりも賢いもの」と述べ、「主なる神自らの血統を継ぐもの(40)」とまで決め込む彼らは不安で思い留まることなく、またこの大修道院長の轍を踏むことを恐れもしない。もっとも、彼ら自身には、まったく同じ巡り合わせで、全身が麻痺に襲われベッドの上でひどく衰弱し切った別のふたりの大立者を目撃しているはずではあるが。

　これまで、わたしは宮廷について体験したことを証言した。しかし、回転する焔、闇の暗さの比重、川の悪臭、悪魔の歯が大きく軋る音、怯えた亡霊のか細く哀れな泣き声、蛆虫《うじむし》、蝮《まむし》、蛇とあらゆる爬虫類のおぞましい蛇行、冒瀆的な唸り声、悪臭、呻き声、恐怖――もしわたしがこれらを一つずつ寓意的に解き明かそうとすれば、宮廷には実際にこれらと対比できるものに事欠かないが、わたしが自由に使えるよりも長い時間が必要となろう。その上に、宮廷を差し控えることが礼儀のように思える。また、今まで述べたさまざまな理由に従えば、宮廷とは懲罰の場であると結論づけることで十分である。しかしながら、わたしは宮廷が地獄であるとは申すまい。とはいっても、それぞれの馬の蹄鉄が互いに似ているとほぼ同様に宮廷は地獄に似ている、という結論にならないわけではない。

　われわれはこれをわが主人や主君の所為《せい》として責めることはできない。というのは、この世には何一つ平穏なことはないし、誰も長く平安を享受する人はいない。なぜなら、主なる神はこの世では永続する都市を求めてはならない(41)ということをわれわれにあらゆる論拠に基いて指し示している。また、何かの過失で混乱させせないように、たった一つの世帯ですらうまく司ることができるほど賢明な人はいないのである。わたし自身はほんの小さな世帯の長《おさ》であるが、そのささやかなわが家族の手綱をうまく捌《さば》くことさえできない。彼らが飲食物や衣服に不足することがないように、わたしはいかにして彼らすべてに役立とうかと懸命に努力する。しかし、彼らの願望は自分の分け前が増えるようにあらゆる手段をこらし、わたしの財産を掬《すく》い取ることである。したがって、わたしの所有物は「われわれの物」であり、彼らの物は「自分自身の物」であるのだ。もしわたしが彼らの誰かを正当に誹謗すると、それを否定して自分を弁護する同罪者を見つけ出す。家族の誰かがわたしの証人になる者がいれば、彼らはその人を追従者と非難する。つまり、「お前は主人のご機嫌を取ろうとして味方となり、贈り物を十分に手に入れようとしている。しかし、たとえ当分の間不興を買おうが、われわれはウソ偽りを決して言わない」わたしの聞こえるところで、彼らはそのようなことを言う。わたしが居ないときには、彼らは一体何を行い且つ話しているか知ったものではない。きっと、彼は余りにひどく虐待される結果、それ以降は真実を恐れて戦慄するであろう。しかし、彼らはわが負債や高利を憐れむことなく、わたしの出費で競い合って彼らの胃袋や臀部《でんぶ》を宥《なだ》めている。彼ら仲間うちでは、同じ召使に裨益するように主人を欺く者が称賛され、信頼すべき同志と見なされる。そして、嘘をついてうまく騙した者は、主人を笑い物にしたと言って仲間たちの間で笑いころげる。また彼はわたしをうまく失敗させると、わが失態を見て喜び、ふり返ってわたしを軽蔑して嘲笑う。もしわたしが彼らの誰かを煩わすような賢明な方策を何か講ずれば、彼は悲しい顔した憂鬱な態度でやってきて、溜息をついてこう言う。「親愛なるご主人さま、どうか余り気にしないでください。人びとは貴方がこのことを仕でかしたと話しています。神のみぞ知るですが、わたし自身は十分に満足していますし、それは正しい行為と思います。しかし、彼らはひどく非難しているのです」その後には、彼らの別の男が同じ意見を持ってきます。さらに、彼らの三番目の男が同じ説教を携えて続きます。そして、彼らはわたしに真実に疑問を抱かせ、遂にはそれを信じなくさせようとするまで止めようとはしない。彼らのうち誰もが「この人が貴方の行動についてかくかくしかじかのことを話している」と断言せず、「世間の人びとがこのように話している」と言う。彼は人びとを非難して、皆がうまく弁明する。そして、彼はその陰謀が露見しないようにと、わたしが激しく議論すべき相手を明示しない。さらに、召使の誰であれ節約によってこのわたしを喜ばせようと努力する者がいれば、彼は召使全体の侮辱を蒙ることになり、彼らはその召使にこう言う。「お前が入って来る前まではこの家は良かった。お前はこの家を転覆させ駄目にした。お前は家にも主人にとっても恥辱であり不名誉でもある。ああ！　お前は、そうすることでいかなる報いを受けるかをやがて分かろう。お前は主人の財布にいかに忠実であることよ！　お前はかかる吝嗇から何か良いことでも起こると思うのか？　これから主人はこれほど莫大な出費と返済をどうすべきであろうか。君は「蓄財を」とでも言うのだろうか。なるほど、それで主人が君を跡継ぎにするのか。それとも君がその蓄財を持ち去るため主人を殺害するのだろうか。たしかに、もし君が主人から蓄財を奪い去れば、かつて彼を主人として敬愛していた友人たちの憎しみを買うことになろう。だって、君は彼の土地を節約して餓死するヒキガエルのような愚か者である。主なる神は主人を見捨てたり欺いたりすると思うのか。君は自分が賢いと思えるが、実は愚か者である」わが召使の一人がこのような虐待に苦しめられ、涙ながらこのような苦情をわたしのところに持ってきた。するとわたしはこう言った。「兄弟よ、立ち去りたまえ。『誰も二人の主人に仕えることができない(42)』ことは紛れもない真実である。君は主なる神の教えに従い善良にして忠実である。しかし、彼らは悪魔に手に導かれて、忠実さを妨害するまでに至ったのである。これら二つがある中で、賢い人は最善のものを捨て最悪のものを選ぶ人は誰もいない」すると、彼はこう言った。「わたし一人では彼ら皆に太刀打ちできません。これらの争いごとで心身が消耗するより貴方に対するお仕えをすべて辞退したいと思います。ご主人さま、さようなら」このような配慮によって、わたしは良き召使いを失い、家族の者たちを大いに喜ばせた。それから、わたしは彼らの策略を見て取って、全員を面前に呼び寄せ、誰かは知らぬが、彼らの争いごとのお陰で良い召使を失ってしまった次第を報告した。すると、皆は誓いを立て弁明し始めてこう言った(43)。「父のあなたから良い召使を奪った人があなたを裏切った人です」それゆえに、わたしは辞職した前任者が行った財産の管理の職務や奉職を誰に委ねることができるのか、と彼らに苦情を述べて談判した。わたし自身はその職務を望む人びとではなく、望まぬ人びとを選びたいからである。というのは、わたしは彼らが犬の忠告をすることを確信していたからである。(昔からよく知られた寓話がある。すなわち、主人が妻とハムのどの部分を鍋に入れるかを論じあっていると、女主人は「脇腹肉を」と、主人は「骨を」と言った。すると犬は「ご主人さま、骨です。あなたはご主人です、わが意を通してください。わたしが美味しい部分を食べられますように」しかし、わたしは彼らが同じような進言をするのを知っていた。すなわち、彼ら自身の利益となって、わたしのためなどを無視したものである。それゆえに、彼らが欲することを見抜いて、わたしは彼らが願望を叶えるのを引き延ばして、そのとき未だ鞭を恐れることがなかった若者に、脅迫してわたしに相談せずに何事も行わないようにするため、あらゆることを管理・監督することを委ねた。最初、彼は恐れていたが、立派にその務めを果たした。すると、その他の奴らはその若者を謀って、しきりに盗み掠めていた。彼は無くなっているものを探し求めて、嘆き悲しみ涙を流していた。わたし自身は何が行われているかを知っていた。その他の連中はかくも重大な事柄を未熟な愚か者に任せたと言ってはこのわたしに罪を着せて非難し、さらに付け加えてこう言った。「敢えて申し上げてよろしければ、誰もが貴方には驚き怒っています。当然のことながら、仰ってください、かくも立派な貴方が突然に変わってしまい、これほど異常な貪欲に陥り、すべてを知りたがり、実に緊密な監視人を確保したがるのかを。われわれは皆貴方について話されることに当惑します」このようなことを言うと、彼らは実に恐ろしい相談を始めた。彼らは街や街路地に出掛けていって、旅人たちを無理にでも家の中へ連れてくるように、(44)わたしが遣わしたのだと言う。わたしと一緒に家にいた召使たちはきわめて丁重に彼らを歓迎して、わたしが是非とも彼らに会いたがっていると言って、頻繁に来るようにと懇願するのであった。たしかに、彼らはわたしのところへ走り寄ってきて、身分の卑しからざるお客たちがやって来たと告げて、嫌がるわたしに歓迎の意を無理やり言わせた。それゆえに、彼らは飲食物を大判振る舞いした。さらに、わたしが嫌がるのを知っていながら、わたしの面前でたらふく食って、否応なく貧者も富者もすべてを浪費し尽くすためにむりやり呼び集めた。彼らはもっぱらわたしの名声を高めるためを装ってこんなことを行った。たしかに、主の教えに従えば、彼らは明日のことを考えなかったのである。[45] というのは、すべてのものを戸外へ投げ捨てたのであるから。わたしは彼らが酒に酔っているのを非難すると、彼らは酔ってはいないと誓っては愉快に振舞い、わたしに敬意を表し喜んで消費しているのにといって、わたしを無情な人と咎めた。わたしが朝教会から帰ってくると、惜しげもない大きな火と、立ち去って欲しいと思っていた昨日の客たちがその火を囲んでいるのをよく見かけた。召使たちはこっそりわたしに耳打ちした。「彼らは昼食を望んでいます。宿泊所は遠くにしかないと思っています。彼らはそこに何があるかも知りません。斧の後に柄《え》を投げなさい。つまり、貴方がうまく始めれば、終わりも良いのです。貴方は心配すべきでありません。神はまだすべてを分け与えてはいません。神を信じなさい。彼らは貴方を司教にするという噂が一般に流布しています。すべての節約を捨て去りなさい！　すべてを徹底して浪費しなさい。心配せず望むことを大胆に行いなさい。〈幸運の女神《フォルトゥナ》〉は勇敢な者の味方です。[46]

パン屑の役にも立たないほど、パンの皮を引き締めることができるものです。勇気を奮いなさい。近づいてくる成功（幸運）を邪魔しないためにも、何物も与えず取って置いてはいけません」これらのお客たちが帰ると、彼らは直ちに別の客たちを招き入れる。これらの客たちより先に、わたしのもとへやってきて、彼らはお客が頻繁に訪れて疲労困憊していると不平を洩らして、彼らが楽しんで行っていることを恰も嘆いているふりをして、このわたしを破産させる。

このような家族の中に、わたしは甥たちがいるが、彼らはわたしの財産を牛耳っているが、誰ひとり彼らに反駁できない。したがって、彼らはますます果敢にわたしに反抗する。わたしが彼らに費やすものは何であれ当然であると言って、わたしに恩義を感じて感謝すらしない。かりに全財産を譲り渡しても、彼らに役立つものを少しでも手許に確保しておけば、彼らは馬鹿げた行為と罵る。彼らはわたしに毒づき、さながらわたしは自分のためではなく、彼らのために生まれてきたかのように、激怒して曲った弓と化すのである。[47] その挙げ句に、さながら彼らが主人でわたしが下僕であって、わたしが全財産を自分のためではなく、彼らのために蓄財したと言わんばかりである。テレンティウスの(逍遥学派の哲人である)『ポルミオ』(*Phormio*)の中で、家長は彼の財産の同じような救済者がいたが、「わが唯一の財産は自分自身である」[48] と言う。すべてと言わぬまでも、多くの父親はこうに言うであろう。たしかに、わが一族はわたしを打ち負かした。否、より正しくは、むしろ彼ら自身をと言える。なぜなら彼らは自分自身の利益しかひたすら考えないからである。彼らが新米の間は、多くのことに恭しく気を配って働くが、後になると怠るようになる。われわれの仲間にも毎年新しい召使を雇う家長(主人)がいるのを知っている。したがって、多くの人びとはその家長(主人)を気紛れと非難するが、わたしには賢く用心深い人に思える。なぜなら彼は臆病で節約家の召使を持つことになるからである。

これらすべてのことはわれわれの王を弁護して力説されたのである。われわれ凡庸な家長が僅かばかりの家族を指揮することができないのに、いかにしてわれらの王は数百万の廷臣たちを抑え、平和裡に彼らを治めるのであろうか? たしかに、各家にはひとりの召使と多くの主人らがいる。なぜなら、家長がすべての家族に仕えている。家長が仕えてもらうべきすべての人びとが主人かのように見える。しかし、他の家庭と比べてわが宮廷はより危険な渦巻きの中に生き波立って漂流している。しかし、わたしは敢えてわれわれの王に難癖をつけ責めようとは決してしない。というのは、何千という実に多くの多様な心の持ち主が住む宮廷においては、当然多くの過失や混乱がある。また、王であれ他の誰であれ個々人の名前を覚えられないし、況《いわん》やそれぞれの人の心なぞ知るよしもない。誰もその考えや言葉——すなわち、彼らの心が話すもの——を知らない家族を完全に支配することはできない。主なる神は水から水を分け、民族から民族を分ける。神は心の探求者にして、心の浄化者であり、高処《たかみ》に座して力強く支配する。しかし誰もわれわれの巨人たちが水の下で呻くのを防ぐことができないように思う[49]。

貴方たちはわれわれが接待されている唯一の宮廷を除いて、すべての宮廷は騒々しく不穏であると聞き及んでいよう。主が支配するあの都《みやこ》だけが平和を持ち、そこが「永続する都[50]」として、われわれに約束されている。よって、親愛なるわがガルフリドゥスよ、君はわたしを雅やかに（わたしは機知に富んでとは言わない——わたしは子供であって語る言葉を知らない——しかし、わたしは言う）もてなそうとするのか[51]？　君は、わたしがここで真実を描写した宮廷に拘束され、そしてその宮廷へ追放されたわたしに、そして自らをこの地獄のタンタルスと告白するこのわたしに、ここで哲学的に思索することを命ずるのか？　喉の渇いているわたしがいかにして君のため乾杯することができようか？　詩を作るとは心の平安と一つのことに心を集中させることである。詩人たちは全く安全で永続的な住み家《か》を必要として、精神が内なる平和で静謐でないかぎり、肉体的・物資的な状態がどんなに良くとも有益ではない。したがって、君は未熟で経験のない人間に宮廷からものを書くことを求めるのは、わたしに大いなる奇跡を求めることである。それは君がユダヤの子供たちに燃え盛る炉からネブカドネツァル王を賛美するよう命令するに劣らぬものである。(52)

xi ヘルラ王(53)について

物語が伝えるところによれば、わが宮廷によく似た宮廷が唯ひとつ存在したと言われる。大昔、ブリトン人のヘルラ王はメス猿より背丈の低い小人《こびと》族のような別の王に接見されたと言われる。その物語によれば、この小人は大きなオス山羊に跨ってやってきた。この男は牧神パンさながらの容姿をして、顔は燃えるように赤く、頭は巨大で、赤髭は胸元あたりまで長く生やし、その胸を斑点のある小鹿の皮で装っていた。さらに、彼の腹部には剛毛が生え、彼の両足は退化し山羊の蹄《ひづめ》のようだった。ヘルラ王はこの小人と二人だけで話をした。すると、この小人は言った。「余こそはあまたの諸王や諸侯、そして数えられないほど大勢の民衆の王であるが、その余が彼らから遣わされ貴殿のもとへ勇んでやって参った。たしかに、余は貴殿には知られていないが、余は貴殿が他の王たちの上へ高めた赫々たる名声を大いに光栄と思い、なお且つ最高の王にして余と地縁も血筋も密接に関係しているからして、フランク族の王が貴殿にその娘を献上するときには、余の隣席のもとで貴殿の結婚式を壮麗な祝宴で飾ることがふさわしいと思う。実際、貴殿が知らないうちにこのことは既に取り決められており、よって今日にも使節団がやってくるであろう。したがって、先ず余が貴殿の結婚式に出席し、貴殿は一年後の同じ日に余の結婚式に出席するという永久《とわ》の約束を二人の間で交わすことにしよう」彼はこう言うと、虎よりも素早くふり返って、ヘルラ王の眼の前から立ち去った。すると、ヘルラ王は驚きながら家へ帰ると、使節団を迎えて彼らの申し出を受け入れた。婚宴の席におごそかに座ると、見よ！　最初の料理の皿が出される前に、例の小人は食卓が満杯になるほど大勢の似たような小人たちを率いて姿を現わした。そして、それらの小人たちは城内よりも外に自らが瞬く間に張った天幕の中で食事する者の方がより多くいた。これらの天幕から召使たちが純粋な宝石と真似《まね》できない匠《たくみ》の技で作られた容器を持って飛び出してきて、宮殿と天幕を黄金の皿と宝石で満たした。彼らは何であれ銀や木の器で食卓に出すことはなかった。彼らは呼ばれればどこへでも、すぐそこへ姿を現わします。彼らは王家やその他の資材から給仕するのではなく、彼ら自身のものを惜しげもなく使い果たします。彼ら自らが持参してきたものですべての人びとの願望や要求を遥かに満足させたのである。ヘルラ王が準備したもの（婚宴の馳走）は手付かずであった。王の召使たちは呼ばれることも接待することなく、暇を持て余して座っていた。小人たちは巡回して、誰からも大いに感謝された。彼らの高価な衣装と宝石は赤々と燃える火の光のように輝いていた。こうして、彼らは接待してもしていなくとも、言動で誰をも不快な気持にさせなかった。したがって、彼らの王は彼の召使たちが忙しく持て成している最中に、ヘルラ王へこう話しかけた。「いと気高き王よ、主なる神を証人としてわれわれの約束に従がって、余は貴殿の結婚式に臨席しております。だがもし、ご覧になっている以上に二人の約束ごとで、貴殿が何か余に要求することがあるなら、余は何なりと入念に補足いたします。もし何ごともなければ、貴殿に対し十分に果たした重大な名誉の代償を先に延ばさないで頂きたい」このように言うと、返答も待たずに、直ちに彼はそこから自分の天幕へと帰って行った。夜明けごろに、彼は臣民たちと一緒にその場を立ち去った。

一年後に、彼はヘルラ王の前に突然姿を現わし、自分との約束を果たすように要望した。王はこれに同意し、恩義に報えるため物資を十分に準備して、案内される方へ従って行った。彼らは断崖絶壁の洞窟の中へ入って行った。しばらく暗闇を過ぎたあとで、彼らは太陽や月ではなく多くの松明に照らされたような光の中を小人の館へと進んで行った。その館はナーソー（オウィディウス）が太陽神の宮殿[54]とでも描くように万事が壮麗であった。ここで結婚式の祝宴が挙げられた。こうして小人への返礼がしかるべく果たされて、退去する許しが出ると、ヘルラ王はお土産や馬、猟犬、アオタカ、それに狩猟や捕鳥用と思える立派な贈り物を満載してそこを立ち去った。その小人は闇のところまで王一行を案内し、彼は王に持ち運ぶため小さな猟犬のブラッドハウンド[55]を贈った。そのとき、小人はその小犬がその持ち主の腕から跳び降りるまで、王の随行者全員の中の誰一人として馬から決して降りないようにと王に厳しく禁じた。こうして王は別れの挨拶をして帰国した。しばらくすると、ヘルラ王は太陽の光の中へ出て王国へ戻ると、彼は一人の年老いた羊飼いに話しかけて、自分の妃の名前を告げてその噂を尋ねた。すると羊飼いは驚いて彼を見つめこう言った。「旦那、わしはあなたの話がよく分からねいんだよ。わしはサクソン人で、あんたはブリトン人だから。だが、わしはその妃の名を聞いたことはないんだ。ただ、遥か遠い大昔にブリトン人にはそんな名の妃がいたとはいうが。昔話によれば、彼女はヘルラ王の妃だったが、王はこの断崖絶壁から小人と一緒に姿を消してしまって、それから二度と再び地上には現われなかったそうだ。原住民を追い払って、サクソン人は今やこの王国を二百年も占領している」わずか三日ばかり滞在したと思っていたヘルラ王はびっくり仰天して、落馬せんばかりであった。彼のある随行者たちが小人の命令を忘れて小犬が地上に降り立つ前に馬から降りると、彼らは瞬く間に雲散霧消してしまった。王は彼らが消滅した理由《わけ》を理解して、皆に小犬が降りる前に大地に降りれば同じような死に目に会うぞと脅かして禁じた。その犬は未だ地面に降り立っていなかった。

　こうして伝説によれば、今なおこのヘルラ王は彼の部隊と共に休息も立ち止まりもせず、さ迷って永遠に巡回しているそうである。多くの人びとはしばしばその一団を見たという。しかし遂に、わがヘンリクス王（ヘンリー二世）の戴冠式の最初の年になって、その一団は以前のように頻繁にはわが王国を訪れなくなったといわれる。その年に一団は多くのウェールズ人らによってヘレフォードの川であるワイ川の中へ沈んで行ったのを目撃されている。その時から、さながら彼らの迷い歩きがわれわれに引き継がれたように、その怪奇な巡行は止まり、休息に就いた。しかし、もしこのような不安がいかに嘆かわしいか注目したくなければ、わが宮廷においてのみならず、ほとんどあらゆる有力な諸侯の宮廷においても、わたしは自ら進んで沈黙を守り、そしてきっとより公明にお知らせしようと思う。ところで、何か最近の出来事を暫くお聞きしたいですかな？

xii ポルトガル王について

今も生きており、自分なりに依然として国を治めているあるポルトガル王(56)が、かつて多くの敵に襲われ危うく降伏せざるをえなくなると、屈強な身体と容姿端麗な一人の若者が王の援助にやってきた。その若者は王の傍にずっと一緒にいて、武勇まことに際立ち優れていたので、彼の武勲は誰にも果たしえないように思えた。彼は王と王国の切願であった平和を取り戻し、当然にも彼の主人の特段なる友誼を受けることになった。こうして、彼は王から寵愛をうけて、絶えず王に呼ばれ、また王が足しげく訪ねてきて多くの報酬を与えた。これは彼の満足感を超えるものであった。しかし、宮廷の重臣たちは自分たちが王により以前ほど鄭重に遇されないと見てとると、あの若者が王の寵愛を自分たちからそれほどまでに横取りしたと考えた。そして、彼らは若者がより大きな王の寵愛を享受するのを見るにつけ、若者が自分たちからそれだけ王の愛顧を奪い去ったのだと不平を言った。よって、嫉妬心に駆られて激怒し、彼らは至高の武勇によって王の寵愛を享けるに至ったその若者を姦計により懸命に破滅させようとした。彼らは武装した者やいずれにせよ覚悟を決めている者を攻撃するのを恐れている。それゆえに、最も卑劣な類《たぐい》の迫害である誹謗中傷の手段に訴えた。そして、彼らの主人が丸腰で攻撃しやすいと思った方面から試みた。彼らは王が謂《い》われない嫉妬心にひどく苛まれるのを知っていて、仲間のふたりをバビロンの長老さながらに、スザンナのごとき貞淑な王妃とあの若者の姦通を報せるため王のところへ遣わした(57)。すると、王は叡知の鎧を纏っていない部分から心底まで深く傷つき、死ぬほど嘆き悲しみ、その犯罪の報告者に潔白な若者を残虐にしかも極秘裡に厳罰に処するようやたら慌てふためいて命令を下した。こうして、無実の罪が姦計により謀られたのである。裏切り者たちは罪の隠蔽を命じられると、親切な言葉や寛大な振る舞いをし、万事に情愛と見せかけてその若者と親しくなり、偽りの友情の階段を登ってその若者に懸命に取り入った。彼らは若者を狩猟に行くかのごとくに人里離れた侘びしい森の茂みの中へ連れ出して殺害して、狼や蛇の餌食のために放置した。そして、彼らは騙されて殺害を命令した王にだけそれを漏らした。王の怒りは未だ治まらないため、彼は家路を急いで、奥の間の寝室と馴染みのない小部屋へ入っていき、その他の人びとを追い払い、狂乱して妊娠して出産の近い妃に襲いかかり、彼女を足と握り拳《こぶし》で打ち倒し、一撃のものに二重の殺害を犯した。こうして、王は凶悪な犯罪の共犯者たちを呼び寄せて、正当な復讐者さながらに、彼らの前で三重の罪について大いに誇らしげに自慢した。彼らは王をさながら勇敢で英雄的な男と大いに賞賛して持ち上げた。彼らはこの愚かな男をいつまでも騙《だま》しておくためであった。その陰謀は露見せずしばらくの間は秘密に伏されていた。しかし、俚諺にもあるように、内密の殺人は長く秘することはできないので[58]、遂にその事件は人びとの耳に入ることになり、この暴君の恐怖が人びとの声を抑圧するにつれて、彼の悪評は益々頻繁に囁かれて勢いよく広まって行った。禁じられた噂は一旦漏れると、許された話よりも速く伝わり、口伝えに広まる驚きの話は密かに伝えられるほど、より広く知れ渡るものである。これはなぜかというと、友人から秘密のことを聞いた人は誰でも別の友人に内緒で打ち明けるからである。王は宮廷が悲嘆に暮れ、いつになく静まりかえっているのに気づいた。彼は外へ出てみると、街中の人びとが宮廷に憐れみの情を示しているのであった。彼の良心で何か良からぬことを予感していた。今や彼は自らの名声を気遣《きづか》っていた。われわれの徳義に背きながらも、あの行為の後で、彼は自分が犯したことにやっと気づいたのである。こうして、王は多くの人びとから裏切り者たちが自分を誘惑して仕掛けた陰謀を知って慰める手立てがないほど悲しんだ。そして、王は先ずその犯罪の発案者や実行者らに正当な怒りを抱いて、彼らの両眼や生殖器を奪って盲目の宦官とし、彼らを永遠の夜の闇のなかへ突き落とし、その他の生の歓びを奪い取り、彼らを死の幻影のなかへ送り込んだ。

　宮廷の策略とはそんなものであり、そこに棲む悪魔たちの欺瞞とはそのようなものである。したがって、何か奇怪なことを見てみたい人は誰でも有力者の宮廷に足を踏み入れてみるがよい。すると、わが宮廷は他の宮廷にもまして、悲哀の母、憤怒の乳母でもあるのに、これらの争いのなかで君はわたしが詩人たることを勧めるのだろうか？　そうすれば、バラムが驢馬に口を開かせようとして駆けたあの拍車を[59]、このわたしに駆使しようとするように見える。というのは、その他どんな尖棒に突かれて詩作を決意する人がいるであろうか。しかし、わたしは、わが愚かさゆえに、驢馬のわたしとバラムの君の役割が逆転して、その挙げ句に、君が話させようとしても、わたしは嘶《いなな》き始め、驢馬は嘶く代わりに話し始める。すると、君は詩人にしたかった人を驢馬にする（愚弄する）であろう。だが、君がそうというのだから、わたしは驢馬になろう。だが、もしわが嘶きの愚かさがわたしを笑い物にしたなら、それを命令した君の不敬の念は不遜の証明であると用心するがよい。わたしの危惧は多岐にわたる。知識の乏しさがわたしを責めるであろうし、訥弁がわたしを咎めるであろう。わたしは生き永らえているゆえ、現代人はわたしを軽蔑しよう。最初の二つの恐れは命令する君が弁護してほしい。わたし自身は三番目の恐れを取り除きたくはない。なぜなら、わたしは生き永らえることを望むから。君がわたしのため選ぶ題材は余りにも広汎にわたるので、いかに努力しても完遂できなく、いかに精励しても対処できないほどである。すなわち、いまだかつて文書に記すよう委託されなかった言行であり、わたしが経験したのは何もかも明らかに不思議なことであるので、それを読むことは面白く、その教訓は道徳の改善に資するであろう。しかし、わたしの主題は目新しいことを創作し、嘘偽りを提供することではなく、この目で見て知っていること、今耳で聞いて信じることを可能なかぎり何もかも述べることである。

ロンドンの現在の司教ギルバート・フォリオト(60)はラテン語、フランス語、英語の三カ国語に極めて精通した人で、そのいずれの言語でも実にはっきりと話しをし、僅かながらも立派な論文を書きあげて、ほぼ全盲に襲われたこのような老齢となっても、失った余暇を償うかのごとく、今まさに岸から船の艫綱《ともづな》を解こうとしている。彼は大海を測量し始め、大急ぎで失った遅れを取り戻して、旧約と新約聖書についての書物を親指（ペン）を急いで走らせ埋め合わそうとした。エクスターの司教バーソロミュー(61)も老人で有能な人であるが、今でも著作をしている。一方、ウスターの司教ボールドウィン(62)は博学の人で、主なる神に関することに通暁していて、筆を休めることを嫌う。彼らは現代の哲学者であって、何物にも不足することなく、あらゆるもので十分に満たされた住居と外には静寂を持ち合わせている。彼らは始めたのが正しく、良い終わりを遂げるであろう。だが、わたしはどこに港を求めようか、生きるための余暇など殆どないのに?

xiii クリュニーの修道士ギシャール(63)について

ギシャール・ド・ボジョレは現在わが息子と争いをしているあのウンベールの父親であるが、彼はその晩年になってからクリュニー修道院の修道士になると、かつて、すなわち俗界で軍務に服していた時代には、心の不安に駆られていたが、今や精神に安らぎを取り戻した。こうして、彼は精神力を統一すると、突然に自らが詩人たると思って、彼なりにガリア(フランス)語で燦然と輝きだし、彼は俗人たちのホメーロスとなった。ああ、願わくはかかる平穏が得られて、心があらゆる方向へ広く迷い歩いて、誤りを犯さぬことを! 今やこのクリュニーの修道士ギシャールは大修道院長や修道士仲間に命令されたのではないけれども、その息子のインベルトゥス(ウンベール)が敵の権力と自らの無力さによって失った彼の全領土を息子のウンベールへ取り戻した。そして、彼は武装部隊を解除して、クリュニーへ戻って、彼の誓いをいつまでも忠実に守り、幸せな死によって自らの生涯を閉じた。

xiv 再びクリュニーの別の修道士(64)について

しかし、運命は人さまざまである。遥かに悲惨なことが高貴で屈強な人に襲いかかった。彼はギシヤールと同じくクリュニー修道院の修道士であったが、同じく偶然にもやむを得ず戦へ呼び戻された。そして、彼は連戦の多くの不幸を度量の大きい強力な精神で耐え抜いて、敗北からいつも新たに蘇えって戦い挑み、さながら新たな激怒の火が燃え立つように、さらに猛然と敵陣を目がけて突撃し、彼らが逃亡しようが抵抗しようとも、疲れも知らず接着剤さながらに纏わりついて彼らを攻め立てた。そして、敵軍が兵の数で彼を圧倒しようと望んでも、彼らは彼に勝利するには兵の数ではなく兵力であると思い知った。したがって、彼らは激怒して、兵力を大いに増加して突然二つの絶壁の狭間で不意打ちし、彼を包囲して捕縛する寸前であった。このように追い詰められて捕らえられた一味には希望も救済策もないように思えて、敵軍は勝利を確信してゆっくりと追い立てた。しかし、砂埃の渦中のように敵陣の真っ只中に包囲されると、彼は荒れ狂う嵐のように敵陣を蹴散らし、余りにも勇敢に振る舞い敵兵らを唖然とさせたので、彼らは逃げるしか助かる道はないと思った。少数の味方を率いて、彼は敵兵を背後から懸命に追跡した。しかるに、敵方の無数の戦士たちは、己の主人を彼から救うために、たったひとりの修道士の餌食にされた。しかしながら、逃げ延びたひとりの不倶戴天の敵が急いで回り道して彼の眼前に現れ、彼の味方に紛れ込んで人知れず進撃した。こうして、その敵は絶えず振り向いてその修道士を注視し、自らの生命を顧みずして修道士の生命を消そうとした。その修道士は戦いと太陽の熱さで疲弊し切ったので、彼は少年を呼び寄せ、葡萄畑に入って鎧を脱ぎ、そして軍勢が通り過ぎるまで、不注意にも高い葡萄の木の棚の下で半身裸になって微風に身を曝《さら》した。したがって、その裏切り者は彼の同行者らと共に道から逸れて、抜き足差し足でひそかに近づき、その修道士を剣で刺して致命傷を負わせて逃げ去った。彼は自らの死が近いのを知り、その場に唯ひとりいた少年に罪を告解して、自分のために悔悛の秘跡を授けるようにと願った。だが、その少年は俗人であるから自分はそのようなことを知らないと誓った。しかし、なにごとでも積極的に行う修道士は、「愛する息子よ、主なる神の慈悲によって、イエス・キリストの名において審判の日まで、わが魂が地獄で悔悛を行い、こうしてから主なる神がわれを憐れみ、極悪非道の者たちと一緒に、わたしが狂乱と憤怒の顔を見ないように、わたしのために執り成して欲しい」と言った。すると、その少年は涙ながらに、「ご主人さま、わたしは貴方がこの主なる神の前で口述されたことを悔悛されますように申しつけます」と言った。すると、その修道士はそれらの言葉と敬虔な容貌に頷いて受け入れて亡くなった。「罪人はいかなる時に嘆こうとも、彼は救われるだろう」(65)という憐れみの言葉をここで想い起こしてみよう。この男はどのようにも嘆くことができたのに、それをしなかったのであろうか？　彼が不測の事態のなかで何を放棄したかは、われわれの間で論ずるべきかも知れない。しかし、主なる神が彼の魂を憐れみ給え！

XV　サラディン(66)によるエルサレムの略取について

われわれは赦免の年とか聖年とは贖宥《レセッシオ》とか歓呼《ジュビリウム》から命名されたのを知っている。すなわち、赦免と恩寵の年、安全と平和の年、歓喜と容赦の年、賛美と喜悦の年である。同様に、主の托身から一一八七番目の年は、気候が曇天続きと陰鬱な災難によって、雲（nubium）に因んで曇天の年と命名されなければならない。すなわち、恐怖と戦争の年、悲嘆と労苦の年、非難と悲哀の年である。というのは、この年は五月の中葉から九月になるまで、冬の洪水が絶えず氾濫しあたり一帯を汚染した。そして、これらの洪水でわれわれらは穀物を奪われ、果実は水浸しとなり、汚れて有毒な食用にもならない植物を発芽させ、人間と動物に同等の大混乱を惹き起こした。そして、海神ネプトゥヌスは常にまたはいつもは大地母神キュベレーの凶作をその豊富な産物によって補ってくれるのだが、この年は、海は憐れみの資産の門戸を陸から閉ざして、妹にいつもの出費の支払いを拒んだ。その上、主なる神は、さながら憐憫の情を忘れてしまったかのように、悪天候の悲惨さの上に陸と海と空の不毛を付け加えて、地獄から不和の悪霊を解き放ち、主がその肉の十字架によって縛り付けていた者が世界中を舞い踊って悪意のかぎりを尽くしてキリスト教徒たちを弄ぶことを許した。「モアブ[67]の罪は極みに達していないからである[68]」と主は言われた。そして、それが満ちるまで彼女を滅ぼすのを延期した。しかし、われわれの愚行は余りにも十分に蓄積され増大したので、われわれの不正への復讐がわれわれやわれわれの一族のみならず、サタンの征服者たる主なる神イエス・キリストは自分自身にまで罰が降り懸ることを許されたと思われる。なぜなら、この災難の年に、聖都エルサレムが異教徒の首長サラディンによって略奪され籠絡されて[69]、エレミアが「哀歌」のなかで涙したより残酷な災厄により荒廃したと言われる。その中でエレミアは涙ながらに言う。「彼女（聖都）の司祭らは嘆き、その乙女らは悩み悲しむ[70]。」今や、エルサレムで司祭たちは嘆かず、乙女たちは悩み悲しまない。なぜなら、彼らは居ないからである。ティトゥスはそれとは知らずに主なる神の不正に復讐してこの同じ民族を残り少なくなるまで滅ぼした。しかし、サラディンは彼らを完全に絶滅して、その街のキリスト教徒全員を徹底的に滅亡させた。その墓と主なる神の十字架は犬どもの餌食となった。その挙げ句に、その犬どもの空腹感は十分に満腹となり、そして殉教者の血で満たされたので、彼らは多くの人びとが贖罪するのを許した。しかし、それは彼らが金銭を欲しくなかったとか殺害する悪意が無くなったからではなく、むしろ彼らは気力が衰えて凶暴さも疲弊したからである。というのは、彼らは縛り首にする首にはこと欠かなかったが、むしろ切り落とす剣が不足したのである。しかし、贖罪した者、すなわち身代金で釈放された者が自由を与えられたのではない。否むしろ、金で自らを解放した彼らは俸給の代わりに兵士たちに与えられ、彼らの報酬や商品となったのである。このひどく打ちのめされた聖都に対して予言者たちが予告した悲嘆の声、疫病、殺戮、死亡は実に多かったけれども、今回だけは主なる神が彼らの予言を成就したように思えた。しばしば、主なる神はこの街を解放して、あらゆる激怒の攻撃をする際にも、主はこの街を憐れむことを忘れなかった。しかし、今や種子も、生き残りも、遺物も一切ないのに、いかなる自由、期待、慈悲の希望が残されていようか？　たしかに、主なるイエスが存在する。しかし、誰も完全に破壊されたところへその神がどこから、そしていかにして援助の手を差し伸べに来るかを知らない。なぜなら、耳の聞こえない人の聴力、見えない人の視力、死者の生命と見なされる同じお方は、多くの奇跡によって決して希望を失わないようにと、われわれに教えられたのである。

かつて、主はダヴィデを愛されていたが、その下僕たるダヴィデにあたかも敵のごとくなられた。

それは彼の勝利に対してしかるべき賞賛を主に拒み、また争いの勃発を自分と自分の民衆に帰するかのごとく、ダヴィデが行った民衆の数を計算したためである。そして神の滅びの御使《みつか》いにより、神は七万の民を滅亡させたのである。(71) それは懲戒であって復讐ではなく、それはダヴィデの傲慢を低《ひく》めた。それは敵に勝利をもたらさず、敵の名声を高揚することもなく、民衆の憎悪も煽らず、彼（ダヴィデ）の尊厳をも傷つけず、彼に恥辱を与えることなく、その他の残余のものを奪うこともなかった。それは限度があり、王をたしなめ、民衆の一部を子孫の繁栄のために救った。これは敵ではなく父を、剣ではなく鞭を感知させる。そこには財産の略奪もなければ、所有の移譲もなかったし、王国が移動することもなかった。契約の箱（約櫃《やくびつ》）は適所に座して、祭礼は続いて、残余のものは無事であった。彼らは死者たちの数を数えて悲泣し、それらの屍を葬った。こうして、彼らはその災厄の仕合せな結末を喜んだ。

しかし、今回の無限の災厄にはいかなる終わりがあるのであろうか？　なぜなら、主なる神がそれらの鎖が打ち砕かれることを許されたのであるから。恥知らずで節制のない悪魔たちが彼らの手下どもの手によって、彼らには美風なものすべてを、善なるものすべてを、神のものすべてを不当に奪い取るか破壊してしまい、恥辱のもの、悪意のもの、彼らのものを称揚したのだ。そして最後に、彼らは実に安定していると見せかけて、そこに偽りの平和を確立した。それは彼らの意志が地獄と同じく地上でも今まさに実現されかのようである。かつて彼らは（イスラエルの民）罰せられはしたが、殺されはしなかった。しかし今は、彼らは殺されるが、罰せられはしない。多くの人びとの足はここから取り除かれ、さらに多くの人びとが歩みを踏み誤ったのは[72]、彼らがわれわれのエルサレムはここにはないということを顧みないからである。しかし、われわれはそうあってはならず、現世の低劣さとより大きな懲罰をより鮮明に見えるわれわれは来るべきエルサレム[73]を求めて、むしろここから（現世）そこへ（来世の天国）急がねばならない。そして、未来への希望をより膨らませて、この世の心労からさらに開放されなければならない。

馬、牛、駱駝、驢馬、つまり活発に動くすべての動物は泥濘から引き出されるためや溝から跳び返るために懸命に努力するが、われわれ人間は泥の中にとっぷり浸《つ》かっているべきであろうか？　自然が人間の叡智よりも優れた生活の秩序をよく教え示す非合理的生物の理性によってわれわれが支配される方がより健全である。野獣は知恵を持っている。たしかに、野獣はそうである。牡鹿、猪、羚羊、小鹿、彼らは一定した規則と決まった食事と交尾、睡眠と目醒めの時間を持っていて、彼らに定められた限度を逸脱することはない。彼らは敵を警戒して決して機敏さを失わない。彼らは塒《ねぐら》まで極めて慎重に足跡を踏みつける。彼らは足跡で発見されるのを知っているかのようである。もし彼らがカトー[74]と元老院全体の狡猾さを持っていたなら、彼らが逃げる際にこれ以上用心深くなれないであろう。もし放任されていたら、彼らは実に長生きするであろう。彼らの唯一の食料は人工的に味付けされない自然が準備した葉と草である。彼らの飲料は水であり、その水は希少であるため愛飲され、ありふれているため忌避されることもない。野獣の一生はこのように変わりなく連綿と過ぎて行く。しかしながら、われわれ人間と一緒に住んでいる家畜となった動物、例えば馬、牛、家禽、鳩は人間の悪習に感染したように不自然に生きてはいるが、それでも昼と夜の交代では自然の掟を守っている。彼らは情事の習慣や人間の食物の欲望がしばしば度を過ぎて不当に欲しがるが、それでもわれわれ人間は彼らの過剰さを遥かに越える。したがって、野獣は節制の美徳をわれわれ人間に教えてくれるが、さらに主なる神がわれわれの眼前に見せ示したもので、その中に一種の教訓を示さぬものはないのであるが、それでもわれわれは神が禁ずることに慣れてしまう間に、聖グレゴリウスの言うことに従えば、[75]われわれは大きな過誤を避けても、小さな砂粒に包まれ、軽微な過ちの蓄積は重大な犯罪へと到るものである。知恵が教えることをしないわれわれは巷で声高に尊い忠言を求めて叫びながら、[76]自らの秩序のない行動に確信を持てずさ迷って、肉体と魂のわれわれの健康とは反対方向へと歩き廻り、無知に聡しく、金持ちの女より唯一つ耐えがたい肉の快楽には賢明である。[77]さらに、われわれは無用なものを是認し、有益なものを拒絶する。その共犯者たる悪魔と現世と共に、彼女はわれわれをひどく愚弄し、その挙げ句にわれわれはキリストの教えを永遠の生（来世）のために、ヒポクラテスの箴言《アフォリズム》を現世のためにも保持しようとしない。われわれは運命づけられた健康の役割を無視して走り過ぎる。そして、われわれは何事も時宜を得て行うことが滅多にないので、当然のことながら、「太陽の下の森羅万象には時と気節がある」[78]と言う人はわれわれの中では例外である。

われわれは主によって蘇った三人の死者を知っている。すなわち、家の中で、家の外で、墓の中である。ル・マンの司教ヒルデベルトゥス[79]はこれを次の短い「対句」でその意味を説明した――

家の中の死体は「悪霊」、家の外の死体は「悪行」、墓は「悪習」である。
少女と少年とラザルスはこれら三つを表わしている。(80)

二人の女の僅かな祈りでさえも主なる神に三人の死者を蘇いさせるには十分であった。しかし、何千という多くの新旧の教団の男女が誰を蘇いらせるというのか？　彼らがいかに熱心に施して、断食して、祈りをしても、われわれには何が得られようか、彼らはマリアと共に主なる神の足もとに座って、主に嘆願するのを止めなかったと言われるのだが？　しかし恐らくは、彼らはあらゆる善を遂行したいと願いながら、マルサ(81)のように、キリストに絶えず奉仕することに持て余したのであろう。マルサは一人で神に仕える間は何物も欠けるものがないように求め、そして、彼らはわれわれが必要とするものより不安の少ない、あの一つのものを求めようと努める。したがって、彼らが多くのものに心が掻き乱される間に、パウロが言うように、われわれは誰も自ら神の恩寵を通して、われわれ自らの嘆願により蘇ることができるであろう、人間ではなく神自身を信じるならば。また、われわれは善なる人キリストにより悪人から解放するであろう。(82)

xvi　カルトゥジオ会修道院(83)の起源について

グルノーブルの司教が七つの太陽がさまざまな方向からグレシヴォーダンの谷間にあるシャルトルーズ（カルトゥジオ）という山上で出会い、そこに留まっているのを夢に見た。彼は真剣にこのことを考え、翌日になっても大いに想像をめぐらせても、その意味することが分からないでいると、見よ、六人の立派な聖職者たちが、七人目の彼らの師であるブルーノを伴いやってきた。そして、彼らは例の場所に礼拝堂を建立することを司祭が許すようにと熱心に請願した。したがって、この司祭は自分の夢の幸せな結果に大いに喜び、彼ら自身の設計に従い、彼らのために自費で独房と教会を建設し、祝福をして彼らをその中に住まわせた。しかし、その山はまことに高く、その頂上には深く広大な谷があり、不毛な未開の地ではあるが、多くの泉が湧き出ている。彼らは十三の独房を持っていて、その一室は小修道院長《プリオル》のために、そして各兄弟（修道僧）には他の個室が与えられた。小修道院長は日曜日に一週間分のパンと豆類とキャベツを支給する。週に三日は、彼らはパンと水だけで満足する。彼らは病気でも肉を食べない。すべての仲間に分配されるだけ十分になければ、彼らは魚を買うことも食べることもしない。彼らはいつも粗布と帯紐を身につけて、つねに祈りと読書に耽っている。小修道院長しか誰もその独房から二人揃って出てくることはできない。小修道院長は兄弟たち（修道僧たち）を訪ねることを許されている。祝祭日には、彼らは教会に参集する。彼らはミサを毎日聞くわけではなく、ある一定の決められた日だけ聞くのである。彼らは隣人たちを謀ることも、嘲笑することも、欺くこともしない。女が彼らの許へ来ることもなければ、彼らが女の許へ行くこともない。

サン・ジャン・ド・モリアンヌ(84)の司教管区のある権力者の依頼によって、このカルトゥジオ会修道院は自らの似姿に従いもう一つの修道院を養成した。しかし、この修道院は貪欲に駆られて悪魔の手下となり、その牧場の快適さと豊かさは目を見張るものだった。そして、あらゆるところからできるだけ貪欲に財産を掻き集め、その慈善は欲望の炎と化し、悪事を企てることにかまけて、欲望をひたすら満たすのを止めようとしない。よって、隣人の境界へ踏み込んで、時には乱暴で時には奸計でいたるところからモノを掻《か》き集め、是が非でも利益を計る[85]。さらに、貪欲の限度に余地のあるモノは、何でも満たせたであろうし、査定して実際に買い入れた。しばしば、シャルトルーズの小修道院長によって矯正され、次に厳しく懲罰されたが、断念することなく、丸々と太って（懲罰など）足で蹴り返した[86]。それは（その修道院）は今や取り壊され、自らに似た母親であるシトー会修道院を養母とした。この修道院はそれに慈悲の内臓をまことに熱心に開いて見せ、前の母親の損傷となるため、実の娘として養子縁組をして、強い手で激しく握り締めている。

xvii　グランモン修道会[87]の起源について

ブルゴーニュ地方のグランモン（大山）に由来するグランモン修道会はステファンにその端を発する。先ず、彼は生活するに十分なだけつねに受け取り、それ以上を所有すべきではないと修道士たちに指令した。但し、少ないのは良く多いのは許されなかった。彼らは修道院に閉ざされて居なければならない。彼らの指導者は司祭でなければならず、いかなる免除があろうとも、塀の中の敷地から外へ出ることは許されない。誰も一人では外出してはならないし、外に何も財産を所有してもならない。また、内でも隣人を傷つけない蜜蜂を除いては飼ってはならない。彼らは慈善により施されたものか、修道院内で調達できるものを食べねばならない。食糧がすべて食べ尽くしたときには、彼らはまる一日食べ物もなく断食してから、仲間の二人を最寄りの街道へ遣わせ、最初の旅人に「兄弟たちが飢えています」と言わせる。もし主なる神が彼らの言うことを聞き届ければ、そのお恵みにより、彼らは食にありつけ元気を回復します。しかし、もしそうでなければ、その日も食べ物もなく断食し、翌日に彼らの司教に告げます。もし司教自身が助けなければ、憐れみを忘れない主なる神に大声で叫びます。[88] 在俗の兄弟たちは外（世俗）の悩みを持っているが、院内の聖職者は俗世界の煩悩もなく聖母マリアと共に座っています。そこから深刻な軋轢が（分裂）が起こって教皇が批判の的にさらされた。すなわち、聖職者たちは外でも内でも上位に任じられようと懸命に努めた。在俗の兄弟たちはステファヌスの規約が存続することを願った。そして、今なおその口論は審議中で解決されない。[89] なぜなら、聖布嚢《ブルサ》が未だ判決をしうるに足らないからである。

xviii　テンプル騎士修道会[90]の起源について

ブルゴーニュのパガヌスという村の出身で、自身の名もパガヌスという一人の騎士がエルサレムへ巡礼に行った。その地で、彼はエルサレムの街から余り離れていない馬の貯水槽のところで、馬に水を与えているキリスト教徒が異教徒に襲撃されて頻繁に待ち伏せを食って殺されると聞き、彼らを憐れに思って熱い正義感から、彼らを全力で守ろうと努めた。こうして、彼はキリスト教徒を助けるため格好の隠れ場から頻繁に飛び出して、敵の多くの人びとを殺害した。イスラム教徒はこれに激怒し、彼らの激しい攻撃には誰も抵抗できないほど実に多くの衛兵らを寝ずに監視させた。したがって、その貯水槽は見捨てざるをえなかった。しかし、パガヌスは簡単に怖気《おじけ》づくことも怯《ひる》むこともなく、慎重に考え抜いて主なる神と自分のため救助策を手に入れた。彼は主なる神の教会堂の境内に近づき、その教会堂の修道会の会員らからうまく大きな邸宅を分け与えてもらった。そして、そこで彼は質素な衣服と粗末な食物で満足し、すべての支出を馬と武器の費用に当てた。パガヌスはあらゆる方法で説得や懇願して巡礼にきた騎士たちにここでは生涯に亘って主なる神に奉仕するか、少なくとも暫くの間は主なる神へ身を捧げて欲しいと願った。彼は自分や仲間の騎士たちには身分や職務に応じて十字架の軍旗か楯の型ではっきりと見分けがつくようにした。彼は貞潔と節度を騎士修道会の仲間に要求したのである。

このようなことが始まって間もなく、キリスト教徒のひとりで、名声いやが上にも高く、多くの親族や友人たちがひそかに殺されたためその恨みで、その名が異教徒にも知られていた騎士が偶然にも捕えられ、杭のところへ引かれて行った。そこには多くの敵の貴族らが彼を弓で射ようと群がっていた。彼らは王から親族が流した血の復讐として一矢につき一タレントで彼に矢を射る権利を買い取っていた。王は彼のそばに居て、彼が（キリスト教の）信仰を否定すれば、同盟を結びたいと思って、あらゆる傷を負わせながら、是が非でも彼をなびかせようと試みた。しかし、彼はキリスト教の信仰が実に篤いものであると知ると、それでも希望を捨てずに、彼の縛った紐を解いて救済して、面倒をみるように命じた。王は一所懸命に願望を達成しようと努めたが、裏目に出た羽目を嘆くのであった。しかし、この騎士が苦しんだ原因となった主なる神は彼に恩寵を施したので、王はまことに残酷な復讐を予想して恐怖心に煽られ、彼を解放したいと思って、キリスト教徒たちが捕虜として拘束していた異教徒の少年の名前を彼に指定し、その少年と交換で騎士を解放することを彼に約束し、さらに彼が帰るための人質として彼の主人を要求した。このような約束で、その騎士はエルサレムへ急いで帰り、彼の主君に事の成り行きを詳細に説明した。したがって、王と聖職者と民衆はかくも強力な戦士（補佐役）を奪還したことに主なる神に厳かなる賞讃を捧げた。しかし、騎士はその少年が死んだことが分かると、彼は約束された日に（サラセン人たちの許へ）戻る準備をした。王と王国のすべての人びとは誰もが一致して騎士のこの行為を禁止した。そして、彼らは騎士がローマ教皇に赦免してもらい、ミサや、施しや、かかるたぐいの贖罪に関わるあらゆることを寛大にも約束して彼を引き留めた。こうして、見たかぎりでは、主なる神を満足させることができたかも知れないが、この騎士にはそれで十分ではなく、彼は帰るという約束を果たそうと努めた。彼の仲間らがこれを知ると、彼らは皆で協議して、約束した帰る日が過ぎるまで、彼を安全で名誉ある監視下に置いた。それは約束が破られて、最早それを果たす義務がなくなるように思えるためであった。彼は耐え抜いたのは、その日が間近に迫るまで偶然に脱出するか多少でも監視が断念されるのを期待したからである。それから、彼は絶望して嘘をついて脱出しようとして、彼らが自分に約束を守るかぎり、自分は出発せずに留まることを固く約束した。こうして、彼は皆に称賛され喜ばれながら、自由の身となって姿を現わした。しかし、次の夜に彼は出発し、愛する人質の主人が処罰されないように、全力で急いだ。そして、暫くの間は特別に途方もない恐怖の存在として、彼自身の王に待ち望まれ、そして復讐者たちに捜し求められていたのである。権力者が過ちを犯すときにはよくあることだが、そのサラセンの王はひそかに嘲笑されると、彼は人質の所為《せい》だと責め始めた。そして、日も希望も暮れるころに、彼は逃亡者のように、急ぎ過ぎて疲弊した予期せぬ歩行者を迎えた。彼は殆ど口もきなかったが、どうにか話しても、自分が約束の履行を遅らせたことの赦しを乞うのであった。誰もが驚いて憐れに思った。そして、王自身も彼の捕虜の真の信仰に心なごみ、キリストの恩寵により彼を自由放免したのである。

xix　ある驚異

それと同じ頃に、ある聖職者がキリスト教の信仰を否定するようにと、サラセン人らに弓矢で射られた。すでに信仰を捨てた人がいて、彼はその聖職者の信仰の愚かさを軽蔑して、矢を射るごとに「さあ、これでいかなるものか？」と言った。彼はそれには何も答えなかった。そして、彼の一途な信仰心を見て取ると、一撃の下に彼の頭を斬り落として、「さあ、それでいかなるものか？」と繰り返し言った。切断された頭は自らの口で話し、「今度こそは申し分ない」と返答した。

神への愛や現世蔑視の心が宿っていた初期のテンプル騎士団にはこのようなことや同じその他のことが起こった。しかし、隣人愛が安価となり富が力を増すと、われわれはこれとは全く異なる話を耳にし、またその話を書き加えることにしよう。しかしながら、むしろ清貧に心動かされた彼らの初期のころは傾聴に値するものである。

XX もう一つの驚異

莫大な世襲財産を持ちながら、評判が芳しくないある騎士が馬上模擬戦と呼ばれる騎士の訓練を求めて遍歴の旅に向かった。すると、鬱蒼たる森を通るときに、彼は遥か遠くで朝のミサの鐘が鳴るのを聞くと、仲間らが嫌って思い止まるように説得しても耳を貸さずに、鎧持ちの騎士見習いや武器を仲間らのところへ残し、その朝のミサを聞くため急いで向った。彼は隠者たちに出会った。ミサが執り行われると、彼は二マイルか三マイルで彼らを追跡して追いつこうと願い、大急ぎで仲間たちのところへ戻って行った。しかし、彼は一日中道に迷って、ミサが行われた場所に夜遅く引き返した。翌日も同じようなことが起こった。三日目には、隠者に道案内されていると、彼は仲間たちが帰って来るのに出会うと、彼らは大いに喜んで彼を祝福して迎えた。彼はいつもより一層の尊敬が自分に払われるのに驚いて、彼らの皮肉を内心恐れていた。したがって、仲間の親友を一人呼び寄せ、彼らの馬上模擬戦の状況はどうであったかと尋ねた。すると、彼は「君の手柄のお陰でわれわれは上首尾だったが、相手はむなしく敗れた。しかしながら、君の見事な活躍のため、今日彼らは君に会うためわれわれのところへ引き返してきたが、昨日われわれが宿へ帰ったときに、君についてたしかなことをわれわれに言える人が誰も居なかった。すると、君の鎧持ち（近習）は君の武器を君から受け取ると、君は彼らの眼前から馬と一緒に姿を消したと言った。だが、もし彼らが途中君について話していることを聞きたいと思うなら、面頬《バイザー》を下ろして聞いてみよう」と答えた。すると、彼らは一緒に並んで進んで行く人びと皆から、ハメリクスを称える大きな賞讃の言葉を聞いた。以前は臆病で悪評を立てられた人間であった彼の讃辞を耳にしたのである。何も賞讃に値する功績など与かり知らないので、彼自身は驚いた。そして、遂に辛うじて、彼は仲間らがミサを軽視したことを喜ばないように、それとも彼がミサを優先したことを悔やまぬようにと、主なる神が彼の代理人を配分したことに気付いた。こうして、彼は全財産と共に自らを主なる神とテンプル修道会へ身を捧げ、彼らを大いに増強したと言われる。

それ以降は、諸王や諸侯は彼らテンプル騎士修道会の目的は立派でその生き方を高潔なものと考えた。そして、彼らは教皇たちや総司教たちの執り成しによって、彼らをキリスト教の擁護者と褒め称えて彼らに膨大な富を積み上げた。今や、彼らは好きなことができて、目指すことを成し遂げる。エルサレムを除いて、彼らはどこでも困窮することはない。そこでは、彼らはキリスト教を庇護するため剣を握る。それはペトロがキリストを守るために禁じられたことである。そこでは、ペトロは忍耐強く平和を求めることを学んだ。わたしは誰が暴力で力に勝つためにこれらのことを教えたかを知らない。彼らは剣を取り、その剣で滅びるであろう。(91) しかし、彼らは「すべての法律やすべての掟は力によって力を排除することを許している」と言う。しかし、彼は、ペトロが激しく一撃するとき、天使の軍勢を要求しようとしなかった彼はその法律を拒否したのだ。しかしながら、彼らテンプル騎士団は最善の役目を選ばなかったように思える。というのは、彼らの保護の下では、これらの部分のわれわれの境界は常に狭められ、逆に敵の境界が敷衍される。使徒たちがダマスクス、アレクサンドリア、それに剣によって失った世界の領土を征服したのは、主なる神の言葉によってであり、剣の刃によってではなかった。ダヴィデがゴリアテに会いに出かけたときに、彼は「汝は武器を持ってわたしに向かえ、わたしは主なる神の名において汝に向かう。それは全会集が主なる神が剣によって救うことはしないことを知るためである」[92]と言った。

正常な心の持ち主は誰も修道会の設立は常に謙虚さを伴って良い源泉から厳かに前進してきたことを疑わないが、しかるに、誰であれ貪欲な人がその修道会を駆り立てると、彼はあらゆる美徳の監督者を軽視して、諸悪の洞窟から貪欲な傲慢不遜を強制する。多くの人びとは共に彼らの修道会の貧困から逃れ出ようと努力してきて、この貧困を追い遣ると、謙虚さも消え去る。すると、貧困の中で謙虚なイエスが外へ追い遣った富裕の中で高慢な例の王侯が現れる。イエスは岩盤《いわ》を砕く風の中でも、地震や火の中でもなく、微風《そよかぜ》の囁きの中をエリアのもとへやって来た。そして、エリアは前述したものすべてを投げ捨て、万感の思いで待ち望んで熱望した。これらのものは先に行ったが、主なる神はそれらの中に居なかった。微風がその後に続き、主なる神はその中にいた[93]。わが修道会の中に於いて、われわれには微風が先ず吹いてきて、その中に主なる神が居る。わたしがこの話を始めたテンプル騎士団はその後に続くが、彼らの中には主なる神は居ない。その責務ゆえに、彼らは高位聖職者や諸王には貴重な存在であり、特別に敬意を受けているので、彼らは崇拝される手段に手抜かりがないよう慎重に配慮する。預言者が言うように[94]、もしこの世のすべての終りが自ら想い起こして主なる神へ向きを変えられたら、これらはどうなるであろうか？　もし平和が来たら、剣はどうなるであろうか？かつては、彼らはこのようにして平和を忘れたと言われる。

xxi　カイロのスルタンの息子について

そう遠い昔のことではないが、カイロのスルタン、アベキウスの息子であるナサラディウスは主の殿堂の騎士たちによって捕らえられて投獄された。彼は異教徒であったが、その他の点では、出生、武勇、学問、心の高貴さの点ではまことに際立《きわだ》っていた。彼は未だ家で自由の身であったとき、彼はわれわれの信仰と彼らの誤謬について大いに議論して、彼の宗教（儀式）には確固たる信仰がないことを知って、もし彼の高貴なる一族への畏敬の念がそれを妨げなかったなら、彼はキリスト教の信仰に入ったであろう。彼が話すことによって、このことが彼を囚われの身としていた人びとに知れわたると、彼らはそれを信じぬばかりか、彼が洗礼を望むのにさえ耳を貸さなかった。もし彼らが洗礼をすることを彼に許すならば、ナサラディヌスは自力と自らの策略で自分の故郷であるカイロの街を手に入れることを彼らに約束した。しかし、彼らは冷淡さを固持して、彼の心の喪失を軽視して、他のことに熱心に耳を傾けていた。この報せがカイロの彼らの許へ届けられると、彼らは故郷の街を明け渡す約束をする者はまことに勇敢な者であると知り、彼らの掟と敵対する人を常に憎むと同じほどに、彼らは一層彼を恐れた。彼らは皆で相談して、いわば市場で売りに出されている者（奴隷）を、どんな値であろうとも、彼らが買い入れることにした。そして、彼らは使者を派遣し、値段を査定し、正直を装って金めっきのカップに入れ大いに価値のある商品の代金として数タレントの貨幣を手渡した。そして、彼らはその男の無敵な剛勇さを恐れて、協定によって彼を縛って受け取ることにした。彼は街中を自分はキリスト教徒であると大声で叫んだ。そして、彼らの荒れ狂う激しい懲戒や打擲に対して、恐れることなく彼の救済の言葉を表明した。こうして、彼はカイロへつれて行かれると、市民たちは大喜びで出迎えにやってきて、彼の拘束を解いた。そして、彼は祖国の父、主人、擁護者として敬われた。彼らが町の中心に到達すると、伝令役の叫び声によって、街の残りの市民たちが呼び集められてそれに加わった。こうして、すべての人びとの賞讃の合唱歌が天まで轟いた。さながら彼らはキリスト教徒の手から救われた如くに、彼らの神に感謝するのを止めなかった。彼らは統治者を有して居なかったので、彼が彼らを防衛する指揮を執ることを期待したのである。彼はお世辞でも処罰の恐怖によっても（味方に）引き込まれようとはせず、御父《みちち》に呼びかけ、主キリストに告解し、同時にカイロの街全体をびっくり仰天させた。したがって、市民たちは驚いて集団から離れ全く沈黙するか、大いに議論して二つの結末を吟味した。彼らの中には大騒ぎをしてナサレディヌスを直ちに殺すべしと主張する者らが居たし、また、彼の人柄の高貴さゆえに、彼は鄭重に生かされて置くべきだと思う人たちも居なくはなかった。というのは、彼は一時的に分別を失っていて、その内いつか正気に戻ると思ったからである。

近隣の支配者らが招集されて、事の次第を知らされると、彼らは異なる意見を呟《つぶや》いた。特に、もし彼が死んだなら、自分らが街を防衛してその支配者に選ばれるべきと願っていた人びとは（イスラムの神に背いた）瀆聖者と背教者は磔刑に処されるべきと言った。しかし、街の安全と無事を熱心に求める人びとは、乳母なる街への孝心とまことに高貴なる親族への愛情から、狂乱から目覚めて彼の祖父たちの神々を崇めるようにナサレディヌスに嘆願するのがより賢明であると思った。このためにあらゆる手段が尽くされたが、嘆願しようが涙で訴えようが、その目的は達成されなかった。したがって、彼は棒杭《ぼうくい》のところへ引き連れて行かれてその棒杭にきつく縛られた。そして、彼はいとも高貴なる殉教者たるエドムンドゥス王や天国に在るセバスティアヌスと同じように、弓矢で射られて主キリストの許へ送られた。どのようにしてこの男が水と聖霊から再生したか[95]は実に明白である。なぜなら、血は水であり、またすべての液体は水で出来ているから。

xxii イスラム教徒秘密結社の暗殺教団《アサシン》[96]の長老について

同じく、アッサシン派の長老と呼ばれ、さながら地軸の下に座って支配する人かのように最高の権威があり、イスラム教徒の崇拝と信仰と根源であった彼は、エルサレムの総大司教（ローマ教皇）に福音書の一冊を強く要求した。すると、それらの福音書の解釈者も一緒に彼の許へ送られた。解釈者は歓迎され、福音書も鄭重に歓迎された。すると、彼らの中で善良で立派な一人の男が、総大司教の許から司祭や聖職者を連れて帰って、一緒に洗礼や堅信の秘蹟を完全に受けるために遣わされた。街の聖堂騎士団が途中でその男を待ち伏せして殺してしまった。人びとの言うことによれば、それは不信心者の信仰が取り除かれて、和平の統一が図られないためである。というのは、人びとの話によれば、アサッシン派は異教徒たちの中の背信と不信仰の主たる師匠であるからである。しかし、その老人はその欺瞞を知って、悪魔の手綱によって最初の信心を抑制した。すると、主なる神は彼が約束したと思えたことを果たすことを無視した。総大司教はそれを大いに嘆き悲しんだし、王も罰することができなかった。総大司教ができなかったのは、ローマが聖布嚢《ブルサ》（財布）の拘留を育て、あらゆるところから集めたからであり、王ができなかったのは、彼らの小指は彼（それ）よりも大きいからである。(97)

ソールズベリーの司教ジョセリンは暴力によって司教区に選ばれたが、カンタベリーによる聖別式に入ることを許されずに嘆き悲しんでいる彼の息子であるバースのレギナルド(98)に次のように答えて言った。「愚か者よ、教皇の許へ急いで飛んで行くがよい、勇気を出してためらわずに。そして、大きな聖衣嚢《ブルサ》（財布）で彼に嬉しい横面の平手打ちを喰らわして、手懐けるがよい。そうすれば、彼はお前が望み通りに心が揺れよう」それゆえに、息子は出向いた。一方は心を捕らえて、他方は心が揺らいだ。教皇は倒れて、司教が立ち上がり、直ちにすべての教皇の小文書の文頭に主なる神に対して嘘を書いた。なぜなら、彼は「聖衣嚢（財布）のおかげにより」と書かれなければならなかったところに、「主なる神の恩寵により」と、言ったからである。彼（教皇）は望むことは何であれ、行ったのである。(99)

けれども、わが女主人とわれらの母なるローマが砕けた水の中で一本の竿でありますように！　また、われらが目にするものを信じないで済みますように！　テンプル騎士団の諸侯たちについて同様のことが言われるが、恐らく多くの人びとは嘘偽りを言っているのであろう。彼ら自身に訊いてみて、直接に聴いたことだけを信じることにしよう。わたしは彼らがエルサレムでいかに振る舞っているかは知らない。ここではわれわれと一緒に彼らは十分に害もなく住んでいる。

xxiii　ホスピタル騎士団[100]の起源について

ホスピタル騎士団は巡礼者の貧困を救済するため、彼らの信仰の立派な端緒を開いた。彼らは謙虚に任務を始めた。つまり、彼らの家は特別の愛の住み処《か》のように見えたし、彼らは進んで客人を迎え入れ、主なる神の使徒の教えに従え、難儀しながらも通行人らを客室に呼び入れ、彼らは長い間彼らの委託（天啓信条）に忠実であった。なぜならば、彼らは客人らの財布を減らさずに、彼ら自身の資金で彼らを惜しみなく歓待した。病人たちの願望は何一つ欠けることなく、どんな熱心な世話も得ることができた。健康を恢復した病人らに、彼らのお金は全額を完全に返却された。この評判を聞いて、多くの男女は自分の財産をこの修道会へ寄付して、実に多くの人びとがそこで身を呈して病弱な人びとや病人たちに仕えた。

奉仕される慣わしだが、奉仕するためにやって来たある高貴な人がひどい痛みに苦しむ病人の足を洗っていた。[101]すると、その汚さに吐き気を催し、彼は自分の内臓を嫌がるものに慣れさせるため、その病人の両足を洗った水を思わず飲み干した。

彼らテンプル騎士団の会員らはかつて微風《そよかぜ》の中に主なる神の姿を認めた。[102]しかし、彼らの利得によって、美徳の邪まな継母たる貪欲が彼らに増大し、見よ、岩を砕く風と地震と火が彼らを襲った。その苛烈な火の中を、彼らは教皇猊下やローマ法王庁の神聖なる元老院へ出向いて、主なる神と彼の聖油を受けた人びとに違反する多くの不正を特典として免除されて帰ってきた。[103]教皇アレクサンドルス三世の下に挙行されたラテラノ公会議に於いて[104]、前述の教皇が大修道院長や聖職者らと共に連れて来たすべての司教団はこの勲爵士団の前では、彼らの特権に反するがごとくに、殆ど微々たる満足すら首尾よく得られなかった。われわれがそこに居る間は、彼らは沈黙していたが、その公会議が終了すると、直ちにわが女主人の聖布嚢《ブルサ》はその口の皺を開けた――「彼女は愛でないが、ローマではすべてを克服する[105]――そして再びわれわれは彼らの餌食になった。彼らの特権は今までより堅固に確立されていたからである。わたしは、正規の修道士の聖衣嚢（財布）ではなくて衣装と、彼らの人物ではなく欲望が、われわれ在俗の聖職者の衣装や欲求よりも強力であると言おう。というのは、彼らは常に増大し、われわれは減少するからである[105]。主なる神によって最初われわれに与えられた祭壇の生活手段は後に総司教たちによって提供されている。われわれは祖父の遺産を受け継ぐことはない。われわれは取引（商売）をすることが許されない。われわれは托鉢することができる。しかし、羞恥心がこれを許さず、崇敬の念がこれを避ける。面目が欲望にこれを否と唱える。したがって、いかなる援助がわれわれにあるというのか？　またはどこから？　正規の修道士は凡そすべての祭壇を持っていて、一人につき一個の祭壇では殆ど十分でなく、祭壇より聖職者の数が遥かに多いのである。修道院は聖職者の牢獄であり、あの高潔なるヒエロニムスは「祭壇に供物を捧げなければ、斧がわたしの指の付け根に振り下ろされる[107]」と言うけれども、彼らは契約（協定）を変えて、われわれの生きる手段（糧）を保持したので、われわれは生活の糧から彼らに貢ぎ物をしなければならない。こうして、今や修道院は修道士たちの牢獄となり、そこでは聖職者は、もし祭壇に供物を捧げなければ、修道士らの思い通りに支配される。彼らは多くの方法でわれわれの足をすくい教会から遠ざける。庇護者の権利を有する騎士たちが困窮して、テンプル騎士団やホスピタル騎士団の糧食から援助を求めたときに、彼らは次のように答えた。「われわれは貴殿らを救うに足る貯えが十分にあるが、兄弟以外にはテンプルやホスピタルの資金をびた一文たりとも分け与えることが許されない。しかし、もし貴殿たちがわが教団員へ入会を望み、主なる神の館に財産を多少なりとも寄贈すれば、貴殿たちは自由放免されるであろう」[108]それゆえに、その哀れな騎士たちは、至るところ手枷・足枷で縛られていることから放免されることを望んだ。そして、彼らは教会の寄付によるより損害を受けず免れることができる物は何一つ持っていないと考えたので、彼らは自由の代価として喜んでそれらを与える。このような詐欺行為とは言わぬが機智によって、彼らは主なる神が彼らの館をいかにして豊かにされるかに気付かぬように、聖職売買の罪を防ぐのである。騎士たちの息子や甥たちや、さらに不当に思えることは、遥かに立派な聖職者たちが聖職録もなく死んで行くのだ。

xxiv シトー修道会[109]の起源について

シトー会修道士らがイングランドのドーセット州のシャーボーンという村から出てやって来た。その村で、まことに多くの修道士らが厳しい大修道院長の下で黒衣を着て務めていた。その大修道院長は修道士らに実に厳しい手綱を掛けて、ある修道士らには余りに厳し過ぎるようになり始めた。したがって、彼らの中の四名の修道士らが逃げ出さずには得なくなり、あらゆる災厄の母であるフランスの海岸へと向かった。彼らは国中を放浪し廻って、特にフランスにはいつも豊富にある享楽を追及する者らと交友を結んだ。そして、その放浪の最中に、彼らは遂に食糧不足に遭遇して、ひどい欠乏の苦痛に悩まされて、彼らはどうすべきであるかと長い間真剣に苦慮した。彼らは引き戻りたくはなく、さりとて救済に訴えずに生きることはできなかった。いかにして彼らはその策を見え出しえるであろうか？　どこでそれが達成されようか？　遂に、彼らは僧衣を纏って砂漠に住むことが良しと決めたが、彼らの砂漠はリビアの荒れ野にあるパウロやヒラリオン[110]のようなものではなく、あるいはブラック・マウンテン[111]の人跡未踏の地にあるものでもなく、主なる神しか誰もいない洞窟や巣窟でもなく、人間を神として崇めることを決意した人びとが、たとえ近隣ではなくとも、主なる神と共に人びとへ慈悲深い好意に与る場所でなければならなかった。したがって、彼らは便利な住み処《か》を選んだ。彼らが選んだのは、不便なではなく、人が多く住む、清潔で、肥沃な、農耕に適し、種子を撒くのに不適切ではなく、森林に囲まれ、泉が迸り出て、豊饒の角そのものであり、世間の中心にいて世間から外れたところで、人びととの真っ只中で人びとから離れて、俗世間を知りたくないながらも、「さながら柳に向かへ飛んで行きながら見られたいと願う彼女（メス蜜蜂）のように[112]」俗世間に知られることを願っているのである。それゆえに、彼らは大きな森の真っ只中にある金持ちから取るに足らぬ軽蔑すべき小区画の土地の分け前として手に入れて、高潔を大いに装い、長々と懇願して、言葉ごとに主なる神を添えたのである。こうして、彼らは森を伐採して根こそぎ幹を切り倒して強制的に平地として、低木を大麦畑に、柳の林を小麦畑に、また柳の小枝を葡萄の蔦へ変えるのである。したがって、彼らはこれらの仕事に自由に時間を振り向けるので、彼らの祈禱はことによると幾分なりとも短縮せざるをえない。かつてマリアはマルサの苦労に同情もしないかのごとく座っていた。これらの男たちの中には、マルサの不安を手助けするにさらに怠慢なマリアが蘇えったのを見る思いである。他の修道会は主なる神を固く信じて感謝するため、（詩篇作者に従って、）[113]真夜中に起きて、その時間の後には疲れ果てて再び眠りに就く。しかし、彼らは自らをより厳しく律して、その時間の後は夜明けまで夜番と祈りを一心不乱に志すべく決意するように命令した。それにも拘らず、暫くするとこの掟は彼らには困難と思えるようになり、また彼らの決意を変えることは恥辱であるので、彼らは真夜中の時間を夜明け前の時間に変えることをむしろ選んだ。その理由は、礼拝集会が夜と同時に終わって、規則を犯すことがなくするためである。他の人びとは宵の明星の前に起きるが、これらの人びとがむしろ好むのは――

今や夜明けの星が昇り、
われらは　主なる神に願い祈る、[114]

こうして聖務日課の定時課とミサが終わると、彼らは労働へ共に出かける。
わたしが前述した四人の修道士たちは聖バシリウス[115]や聖ベネディクトゥスの規則よりも厳しい規則を決心した。彼らは毛皮や亜麻布《リンネル》、また麻さえも差し控えて、染色されない羊毛で満足し、彼らと黒修道士たちを分け隔てる溝は余りにも広いので、彼らは他の兄弟たちとは正反対の白い衣を身に付けている。修道士たちは誰もカルロス大帝の時代以前には肉や血を常食とする者はいなかった。カルロス大帝は献身的な嘆願によってアルプス山脈の北の修道僧たちのため血（すなわち、新鮮な肉）と動物の油の使用を教皇レオから許可を得た。なぜなら、彼らはアルプス以南の人びとのように、月桂樹の油がなかったからである。(116)シトー修道士たちはこのような勝手気儘を承諾せずに、従来から方法の厳格な掟を遵守していて、その結果、彼らは肉の使用とは全く縁がなかった。しかしながら、彼らは何千匹という多くの豚を飼育していて、すべてとは言わなくとも、ベーコンを売っている。彼らはその頭や脛骨や脚を他人に上げたり、捨てたり、売ったりしない。彼らはそれらをどうするのかは、神のみぞ知る。同じように、彼らが実に沢山飼っている鶏について、神と彼らの間しか誰も知らない。

彼らは教会の所有権とあらゆる不正な取得を捨て、使徒のように自らの手を働かせて生活し、(117)あらゆる貪欲を遠ざけた。しかし、それは暫くの間であった。彼らが何を企てようとしたか、あるいは蕾みの内に何を約束したか、わたしは知らないけれども、彼らが何を約束しようとも、われわれを恐れさせるような果実がそれに続いた。その当時は、何ごとに於いても彼らは謙虚で質素に振る舞い、何物にも貪欲や私利私欲も持たず、悲嘆の声には慰めを怠ることなく、自ら欲しないことは誰にも行わず、悪に対して悪で報いることもなく、(118)また泥からバルサムの木のように汚名から無実の人を守った。したがって、すべての人びとは彼らの安息日（土曜日）を褒め称えて、彼らのようになりたいと思った。こうして、彼らは極めて偉大な人びととなり、多くの所帯へと拡大して行った。これらの所帯の名前は常に何か神を暗示するものが含まれている。例えば、「神の家」(Casa Dei)「神の谷」(Vallis Dei)、「救済の港」(Portus Salutis)、「天へ昇れ」(Ascende Celum)、「驚異の谷」(Mira Vallis)、「灯り」(Lanterna)、「明るい谷」(Clara Vallis) 等である。[119] ここからクレルヴォーの聖ベルナルドゥス[120](聖ベルナール)が生まれて、夜空の星の間の宵の明星《ルキフェル》のように、彼は他の仲間の間、否その上に耀き始めたのである。彼は弁舌爽やかな男であって、二頭馬車を街や城を乗り回しては、そうする内にその二頭馬車で、彼の信者たちを修道院へ運び去ったのである。ガリア(フランス)全土を通して、彼はこの精神を説き回った。彼によって行われた奇蹟はジェフリー・オヴ・オーセル[121]よって書き記されている。彼を信じ給わんことを!

わたしは当時カンタベリー大司教であった聖トマス・ア・ベケット[122]の食卓に臨席していた。彼の隣には二人の白大修道院長(シトー会修道士)が座っていて、彼らは前述した男、すなわちクレルボーのベルナルドゥスの多くの奇蹟に言及していた。その時には折しも、唯名論者の第一人者である師ピエール・アベラール[123](ペトルス・アベラルドゥス)の断罪に関するベルナールの一通の書簡がそこで読まれていた。ピエールは神学の書物(神学論)よりも弁証法に於いてより多く罪を犯していた。なぜなら、彼は後者を心底から論究したが、不本意にも前者を懸命に論述して多くの人びとを同じような困難に引き込んだからである。さて、クレルボーの大修道院長ベルナール猊下《ドン》の教皇エウゲニウス[124]宛ての一通の書簡が読まれていた。[125] 教皇エウゲニウスはかつてシトー会修道士であったが、この修道会から彼に続いて二度とその教皇の座に就いた者はいなかった。その書簡の中には次のことが記されていた。すなわち、師ピエールはゴリアス（ゴリアテ）のように傲慢であり、アーノルド・オヴ・ブレシャはピエールの（軍）旗手であるとか、さらにこれと同じような最悪の趣旨のことであった。すると、二人の大修道院長は機に乗じてあのベルナールを称えて、高嶺の花とまで激賞した。したがって、ヨハンネス（ジョン）・プラネタ[126]は彼の良き師について不愉快で腹の立つことが言われるのを耳にして、こう言った。「わたしはモンペリエで、多くの人びとが驚いたある奇蹟を目撃しました。」すると、それを話すようにと勧められると、彼はこう言った。「貴方たちが当然のことにも称賛されたあの偉大なお方のところへ、モンペリエで一人の悪魔に憑かれた男が癒してもらうため、手足を縛られて連れられて来ました。あのお方は大きなメスの驢馬に座りながら、悪霊に命令して――集まって来た人びとは固唾を飲んで黙っていますと――遂にこう言いました。『縛られたその男を解き放し、自由の身とせよ』しかし、その狂人は、自由の身になったと思うや否や、大修道院長に向かって全力で石を投げつけ、許される間は、逃げる大修道院長を街中ずっとひたすら追い回した。人びとに捕らえられて、彼の両手が抑えられても、彼はベルナールの方をじっと見つめていました」しかし、大司教はこの話を不愉快に思って、ジョンに威嚇するように言った。「これらがお前の奇蹟なのかね？」すると、ヨハンネスは言う。「その場に居合わせた人びとはこれを記憶に値する奇跡と言いました。なぜなら、その狂人はすべての人びとに温和で親切であって、偽善者にだけは乱暴であったからです。したがって、それは今なお傲慢さを戒める懲罰と思えます」

同様に、二人のシトー会大修道院長らはロンドンの司教ギルバート・フォリオットの前で前述の男聖ベルナールについて話をしていて、彼の数々の奇跡の威力を推称していた。彼の多くの奇蹟の話をした後で、一人の大修道院長が次のように言った。「ベルナールに関する話は真実であるが、わたしは彼には時おり奇蹟の恩寵に恵まれなかったのを見たことがある。ブルゴーニュの辺境に住んでいたある男がベルナールの許にやって来て彼の息子を癒してくれるようにお願いした。われわれも出向いて行くと、その息子は死んでいた。したがって、ベルナール猊下《ドン》はその死体を奥の部屋へ運ぶように命令した。そして、全員を部屋から追い出して、彼はその少年の上に横になり、祈りを上げて立ち上がった。しかし、その少年は起き上がらずに、横たわり死んでいた。」、わたしは言った。「その時、彼（ベルナール）は修道士の中でも最も不幸な者であった。なぜなら、わたしはある修道士が少年の上に身を横たえ、(127) 修道士が立ち上がったら、直ちにその少年も起き上がらなかったとは決して聞いたことがないからである。」その大修道院長は大いに赤面して、多くの人びとは部屋を出て大いに笑い転げた。

しかし、この同じベルナールにはこの後にも二回目の恩寵に見放されることが起こって、彼の名声を汚したのは周知のことである。ヌヴェール（Nevers）の伯爵ギョーム二世(128)がシャルトルーズで逝去し、そこに埋葬された。それで、ベルナール猊下はその墓に急いで向って、実に長く墓にひれ伏して祈りを捧げると、小修道院長はベルナールに夕食へお誘いした。丁度その刻限であったからである。ベルナールは答えて言った「否、わが兄弟ガルテルス（ウォルター）がわたしに話しかけるまで、ここから立ち去らない。」そして、大声でこう叫んだ。「ウォルターよ、墓から外へ出て来い(129)」しかし、ウォルターはイエスの声を聞こえずに、ラザルス(130)の耳も持っていなかったので出て来なかった。

今しがた、アーノルド・オヴ・ブレシャ(131)がわが話の中に入り込んで来たので、わたしが彼と同時代人の高潔で学識あるロバート・オヴ・バーナム(132)について聞いた通りに、もしお望みならば、お聞かせしたいと思う。このアーノルドは、召喚されず、弁護の余地なく、欠席の中で、教皇エウゲニウスによってアベラールの後に、彼の著作のためではなく説教のために断罪された。まことに高貴な血統の出に見合って、アーノルドは気高い偉大な人で、学識も極めて豊かな、信仰心も第一級の人物であった。そして、彼はやむを得ず必要なものを除いて、衣食に贅を求めはしなかった。彼は自分のではなく、主なる神のものを捜し求めて説教をし巡回して(133)、すべての人びとに愛され尊敬された。彼がローマへやって来たときは、ローマ人らは彼の訓えに敬意を表した。遂に、彼は教皇庁に到着し、枢機卿たちの食卓に金や銀の容器が一杯に積まれていて、彼らの宴会の贅沢さを見た。彼は教皇の面前で彼らを控え目な口調で非難すると、彼らはそれを不快に思って、彼を外へ追い返した。彼はローマの街へ帰ると、疲れも知らずに教え始めた。すると、市民たちは彼のもとへ集まって、彼の言葉に喜んで耳を傾けていた(134)。しかし、彼らはこのアーノルドが教皇の居るところで、枢機卿たちの耳に報酬と富の邪神《マンモン》の蔑視すべきことを説教すると、彼は枢機卿らに教皇庁から追い出されたと聞いた。すると、彼らは群がって教皇庁の方へ押しかけ、教皇や枢機卿らに罵声を浴びせ、アーノルドは善良で正義の人であり、教皇や枢機卿らは貪欲で不公正な悪人たちで、彼らは世の光ではなく屑などと言って、殆ど手がつけられなかった。やがて、その大騒動がどうにか鎮まった。すると、教皇は皇帝に使者を遣わし、アーノルドを破門に処して異端者であると通告した。そして、これらの使者たちはアーノルドが絞首刑にされるまで宮廷を立ち去らなかった。

XXV　ウォルター・マップ師の修道生活に関する余談

白（衣）と黒（衣）どちらの修道士らも、鷹が怯える雲雀を偵察するように、彼らがむしり取ることができる獲物の騎士たちを嗅ぎつける。すなわち、父が遺した財産を蕩尽し、借金で身動きできない騎士らである。修道士たちはこれらの人びとを招き寄せ、彼らの暖炉の傍で、喧騒と慈善の客たち、すなわち、蚤《のみ》どもから遠く離れて彼らを贅沢に持て成し、大いに媚びへつらって自分らの許を頻繁に訪れて来るように懇願する。そして、彼らは毎日かかる饗応といつも顔をほころばせ歓迎の約束をする。修道士たちは断食の時には彼らに豊富な食料品室を見せびらかす。また、修道士らは修道院のありとあらゆる財宝を彼らの眼前に広げて見せ、彼らの希望を掻き立てた。修道士らは彼らの必需品を供与することを約束して、彼らを祭壇へ急いで連れて行き、その祭壇は誰に捧げられ、日に何度のミサが熱心に執り行われるかを教えた。こうして、修道院の教務院（聖文章）で彼らを教団員と裁定して、修道会の祈禱の仲間とする。そうしてから、修道士らは、ウェルギリウスが言うように、次のように言う。

寒くなれば、家の中で、収穫期（熱い夏）になれば、木蔭で。(135)

聖バシリウスと創立者ベネディクトゥス[136]を持つ黒衣の修道士(ベネディクト会修道士)らは現代に於いて同じ規則を告白し、精神はさらに激しく、彼ら自身のより厳格な掟を加えたベネディクト会士の模倣者が現れて、われわれは彼らを白衣の修道士(シトー会修道士)とか灰色の(衣の)修道士と呼んでいる。黒衣の修道士らは彼らの地方の最も粗末な布片《ぬのきれ》を身にまとい、教会法令の免除で仔羊の毛皮しか着ないという規則があった。白衣の修道士らはさながら羊のように染色しない羊毛の織物を身に着けている。

そして、彼らは黒衣の修道士らを仔羊の毛皮を着ているために嘲笑するが、彼ら自身は同じ程まで沢山の実に着心地良い衣装に恵まれている。もしそれらの高価な紫色が染色屋の手で奪われなかったら、それらは王侯貴族を楽します贅沢品になったであろう。黒衣の修道士らは主なる神の足下で聖母マリアと共に座って言葉を聞いていて、世俗の心配ごとのため外出することは許されない。白衣の修道士らは同じ足下に座っているが、仕事をするため外出する。彼らは自らの手であらゆる畑仕事を実践し、境内の中では腕利きの熟練工に、境内の外では、砕土工、羊飼い、商人となり、それぞれの職で、彼らは実に職務に熱心である。そして、彼らは自らの仲間以外には牛飼いも豚飼いも雇わない。また、彼らはどんな些細なつまらぬ労力であれ、搾乳などの女の手仕事のためにも、彼らの平修士以外は誰も使うことがない。彼らはすべての仕事に対してすべての人になり(つまり、どんな仕事にも携わる)、したがって、全世界は彼らの財産で満ち溢れている。「福音書」によると、明日を思い患うなとされるが、(137) 彼らは仕事へ精励から自然に生ずる富の貯えを持っているので、心配の種は何一つ船外に残さなかったノアのように安らか気持ちで、彼らは方舟《はこぶね》に乗り込めるほどである。彼らはある一人の頭目、すなわちシトー会の大修道院長である。彼は思い通りに何でも変える権力を持っている。彼らは自らに禁ずる食糧を客らには饗応することなく、また境内の中でも、彼らが客らに与えないものを差し出すことを許さない。それは彼らが裕福になるために禁欲する証しである。なぜなら、貪欲の両手の一つは吝嗇《りんしょく》であるからである。彼らは牛や農具の貸借契約を受けるが、彼ら自身のものを貸すことができない。彼らはその原因をより良く見せかけても、決してより悪く見せることはしない。彼らは弱者らには孤児（すなわち、後見人の立場）であるが、強者らへは嘆願者である。彼らは隣人たちを悩まし、敗北した敵を追放する。彼らは自分らの利益を促すものは何であれ、何かしらの正義（美徳）を名目として、それを僭越にも自分らのものとして没収する。もし何か一つでも彼らの欺瞞を探ろうとすれば、その理由は実に適切に準備されているので、それを見れば「福音書」に過誤があると非難すらするであろう。慈悲深くも彼らを自分の畑の一部に呼び寄せた人は彼らの隣人と見えるかも知れないが、その張本人は追い出されよう。「自分がして欲しくないことを、他人に行うことなかれ(138)」彼らはこの戒めやその他多くのこと等を恐れることはない。

彼らはあらゆる場合に備えて良く熟知したそれぞれの解決策を持っている。しかし、暴力や強奪や貪欲を示唆する万般のことなど、すべての場合に全般的に適用する一つの解決策（言い訳）がある。すなわち、さながら主なる神が暗闇から導き出したのは彼らだけでもあるかのように、「われわれはエジプト人から奪って、ヘブライ人を裕福にする」[139]と、彼らは言う。もし彼らを除いて、すべての人が狂気であるなら、神の王国を余りに狭くすることになる。預言者らも、主イエスも、使徒らもその正しい道を発見することなく踏まずに置いたなら、神はわれわれにその道を与え惜しむか、あるいはその道を知らぬか、それ自体が価値のないはずである。しかしながら、主なる神は偽預言者に注意せよと警告する。これらの連中と同じように、偽預言者らは羊の衣を着て近づくが心の中は強欲な狼であり、同じように、街角に立ちながら祈りを捧げ、同じように彼らは道徳家の素振りをし、同じように彼らの周辺を拡大する。しかし、その会話が天国にあって「わが主なるイエス・キリストの十字架以外にわたしは誇ることがない[140]」と言う人は道徳家を装わない。自らを誇るために他人を拷問する人はキリストの十字架を誇りに思わない。しかし、自分たちだけがヘブライ人で他はすべてエジプト人であると言う人びとは実に道徳家ぶっているように思える。

パリサイ派ユダヤ人と共に、彼らは「われわれは他の人びととは違う」と言うが、「われわれは所有しているすべての十分の一税を与える」とは言わない。彼と共に彼らはわれわれ他人らについて「この収税吏のようにでもなく」と言う。そして、われわれは「神がわれわれ罪人らに慈悲深くありますように[141]」と言う。もし神が傲慢さを聞き入れて謙虚さを顧慮しないなら、彼らこそは真のヘブライ人で、われわれはエジプト人である。しかし、もし彼らが真のイスラエル人ならば、彼らは慈悲の心を持っている――すなわち、主なる神と彼らの隣人を愛する心である。しかし、いかにして隣人を迫害する人に神を愛する心がその心に宿るであろうか[142]? 慈愛の調和は二重であって、神にして人なるキリストは人間がいずれの部分をも分け隔てなく賛美すべきで、一方が欠ければ、いずれも嘉されることがないことを人間に授与した。ある人の善行を喜ばない人はいない。したがって、隣人を持たぬ人はいないのである。よって、一旦受け入れた人びとをいかに遥かに遠ざけて置こうとも、彼らは隣人であり続ける。もし彼らがそれらの隣人を憎んだら、いかにして彼らは神を愛せようか[143]？　しかし、彼らは神の名に於いてそれらの隣人らを愛すると言う。彼らは主なる神の名に於いて愛するとは、隣人の魂の救済を願望することであると定義する——しかし、彼らは隣人の肉体に対するあらゆる救援を除外している。そうであるならば、わたしはきっとすべてのわが敵を愛する。なぜなら、願わくは彼らがわたしを離れてキリストと共にいて欲しいからである[144]。わたしは未だかつて臨終の床の人にすべてを赦せないほど激しく憎んだ人は誰もいない。それゆえに、わたしははっきりと言える——「われわれの罪過を赦し給え、われわれへの汝らの罪過を赦すように」と。なぜなら、わが敵への憎しみは消えてすべてが赦され、わたしはわが敵がアブラハムの胸の中で賛美されることを願うからである。しかし、これらの人びとは迫害をし、そして愛する。困窮しているのに兄弟に憐れみの扉を閉ざすこと、これは一体どういうことであろうか？　それは傷ついた人をさらに屈服させることではないだろうか？　どうして不正を行うことのない慈愛が略奪の中に座していようか？　どうして得意がらない慈愛の心が自慢の中に留まれようか？　自分のものさえも求めない慈愛が、どうして他人のものを暴力により不当に着服しようか？　貪欲でもない慈愛が、どうして私財を熱心に追い求めようか？　親切な慈愛が、どうして貪欲にも人びとを彼らの父親の遺産から遠ざけようとしようか？　忍耐強い慈愛が、どうして隣人を許容しないであろうか？　もし彼らが愛を持っているならば、それはどこに由来するものか？　慈愛から美徳の衣を剝ぎとって迎え入れる彼らは、慈愛を客として冷遇する。もし彼らが慈愛を持たなければ（わたしはそう思えるが、神はそれを許されませんように！）、彼らはあらゆる美徳の根本を欠いて、彼らの小枝は枯れるであろう。もし彼らが慈愛を持っていても（そう願いたいものだが！）、彼女（慈愛）の主たる翼であるその親切と忍耐がなければ、彼女の羽飾《はねかざ》りが奪われて天空まで達することができず、そして別の衣装を纏っても、彼女は恥辱にまみれて、その挙げ句、彼女の恥部は曝されるであろう。

「大地は主なる神のものであり、われわれだけがいと高きお方《かた》（神）の息子らである。よって、われらを除いて、大地を所有するに値する者はいない」と、彼らは言う。しかし、「主よ、わたしはあなたの息子と呼ばれるのには値しないし、また、あなたがわが屋根の下へ入られるのにわたしは値しません」と、彼らは言わない。さらに、彼らは「わたしはひれ伏しあなたの靴の紐を解くにも値しません(145)」とも言わない。彼らはイエスの名にかけて非難を受けるに値すると見なされてきたが、すべてを所有しているとは言わない。現世は彼らには値しないが、彼らこそは現世に値する者らであるとは言わない。もし彼らが平和をもたらす者たちなら、彼らは神の息子らである。わたしはどうして彼らが平和をもたらす者らなのかを知らない。なぜなら、平和は強奪の中に存在しないからである。もし彼らが神の息子らならば、彼らはいと高きお方の息子たちでもある。それゆえに、彼らは神々である。なぜなら、「わたしは言う、汝らは神々であり、いと高きお方のすべての息子らである」と。たしかに、彼らは自らが迫害するキリスト教徒の神々ではなく、ユダヤ人らが権勢を衰えさせた後に、われわれが共に迫害される異教徒の神々である。それゆえに、彼らは次ように言う予言者から自らの真の姿を学ぶがよい。つまり「異教のすべての神々は悪魔であるが、主なる神は天を創られた。[146]」われわれは天を創られたお方を信ずる。なぜなら、神は不公平を望まれないから。われわれの主なる神（God）は彼らの神（god）ではない。われわれの主なる神はアブラハムの神、イサクの神、ヤコブの神であって、新しい神ではない。彼らの神は新しい神である。われわれの主なる神は言う、われわれの主なる神は「わたしのためにすべてを残さない人は誰であれ、わたしに値しない」と言う。彼らの神は「彼自身のためにすべてを得ない人は誰であれ、彼（その神）に値しない」と言う。われらの主なる神は「二着の外套を持っている人は持たざる人に与えるべきである」と言う。彼らの神は「もし二着の外套を持っていなければ、持っている人から奪え」と言う。われらの主なる神は「困窮している人と貧しい人を思い知る人は幸いである」と言う。彼らの神は「困窮と貧困をもたらす人は幸いである」と言う。われわれの主なる神は「汝らの心が現世への心労で押し潰されないように注意せよ、その日が不意に汝らを襲わないためである」と言う。彼らの神は「汝らの財布が現世への思い煩いによって悩まないように注意せよ、旅人のように貧窮が汝らを襲わないためである」と言う。われらの主なる神は「誰も主なる神と富《マンモナ》に仕えることはできない」と言う。彼らの神は「誰も金《かね》なしでは神に仕えることができない」と言う。

彼らの間には、誰も実践できない多くのこのような教論があるように思える。彼らには荒涼たる地に住むべきという教えがある。したがって、彼らはそのような場所を見つけるか自ら作り出す。それゆえに、彼らをいかなる土地へ呼ばれても、人びとの群れに付いて行き、瞬く間に強力にその人の群れを余儀なく荒れ野と化してしまう。そして

「正当でなくとも、彼らはどうにかして収益をあげる[147]」

彼らはいかに喜んでその真の所有者でない人によって彼らに与えられた土地の所有権を、いかに手に入れるかではなくいかに手放さないかを苦慮して、孤児や寡婦、あるいは信心深い人びとのあらゆる抗議を無視して手に入れる。そして、規則に従い教区民を治めることができないので、彼らは村々を破壊し、教会を打ち倒し、教区民を追い出し、祭壇を取り壊し、あらゆるものを鋤の道（すなわち、耕作地）に均《なら》すことも厭わない。その結果、かつて見ていた場所を見てみれば、こう言うことができよう。

「かつてトロイアがあったところ、今やモロコシ畑である[148]」

そして、孤独になるため、彼らは荒れ野を作り、彼らは自らの教区民を持つことができないので、他の教区民を滅ぼすことが許される。彼らの規則は教区民を監視することを認めず、ゆえに教区民を

滅ぼすことを命ずる。あらゆる侵略者は多少とも憐れみを持って、差し控えるものである。というのは、侵略者は略奪したものを自分のために確保し、それを貯えて置くか、あるいは、略奪したものを戻ってくる住民らの希望としていくらかは余分なものを残して置くものである。これらの侵略者らは教区民らが二度と戻らないよう入念に手配する。もし最も残忍な略奪者がその場に火を放っても、尚も鉄と壁と耕作地は戻って来る人びとのために残されたものである。炎で消滅したもの、洪水で押し流されたもの、空気で枯れ果てたもの、これらはその所有者らには多少なりとも有益かも知れない。しかし、この修道会の略奪だけは何一つも残して置かない。もし王が謀略や戦争で別の王からその王国を手に入れたなら、いかに彼が暴君であろうとも、農夫らは居残って、完膚なきまで殲滅《せんめつ》することはなく、祖国の領土内である程度の歓楽を享受することは許される。そして、人びとは主なる神による暴君の死と苦しみからその他の救済を祖国内で辛抱強く待つことができる。しかし、これらシトー修道会士らの略奪に遭った人びとは永遠の追放が迫り来るのを知らねばならない。その他の場合に、明確な理由で追放される人も中にはいるが、彼らは理由もなくすべての人びとを追放する。よってその結果として、病気や老齢で衰弱した人びとは即座に食糧の不足で斃れる。というのは、彼らのためにより少ない支えしか残っていないのである。こうして、彼らは見捨てられて、食料がこれらの飢えた人びとを呼ぶところへはどこへでも、両親や隣人らをも捨て去り、可能な人びとは捜し求めて行く。そして、彼らはあらゆる断崖絶壁の地へも突進し、飢餓に苦しむ彼らはいかなる死の襲撃をも恐れなかった。ある者は強奪に、ある者は窃盗に引っ掛かる。そして、彼らは己の悲惨さの終止符に絶望して、生命《いのち》を諦めて、どんな処罰も恐れはしない。さらに、彼らは死が咽喉を攻撃するべく挑発する。なぜなら、それ（咽喉）は長い間に亘って彼らをあらゆる不正へ突き落として来たからである。よって、彼らはあまたの貧困が辛い呵責となって夢のない最悪の光（生命）から喜んで旅立つのである。飢餓はいかに異常で、いかに残酷で、いかに悪魔的な疫病であろう！　離散とはいかに無情で、いかに憎むべきで、いかに厭うべきものであろうか、それは理由もなくキリスト教徒たちをこのような牢獄へと導いてしまう。ダキアヌス(149)もネロさえもより寛大に処遇したであろう。そしてに、苦痛の短さは長い苦しみの圧迫よりも素早く逃れられるように、彼らの残酷さは貧困をもたらすものより慈悲深くさえ見えるものだ。尊厳も犯罪に戦慄する美徳の一片《かけら》もない貧困は悪徳にまみれ、主なる神を敬うことなく、愚かにも賞賛すべきあらゆるものに激怒する。貧困はガレー船を海賊で満たし、街々を盗賊で汚し、森林を山賊で武装させ、仔羊を牝狼に変え、女たちを新婚の床から女郎屋へと追い遣る。貧困は、それ自体の中にあらゆる種類の苦しみがあるけれども、正義が罰を受けるより多くの不正を持ち、正義が打撃を受けるより多くの災難を持ち、正義が矢を受けるより多くの攻撃の目標を持っている。(150)優しい神よ、どうしてこのような貧困を汝の娘らや光の子たちに産み落とす者らが、汝の息子らでありうるのでしょうか？

　殆ど原初から正当に手に入れて所有された修道院や教会の財産や遺産を、彼らシトー会修道士らは分捕って彼ら自身の財産と言いながら、彼らには、すべてのものが全キリスト教徒共有の財産でなければならない。(151)したがって、彼らは貪欲の特権を持ち帰るために、惜しみなく貢ぐローマの裁可を強く主張する。わたしは若かったが、たしかに今や年老いている。しかし、わたしは貧しい人が特権を持ち帰るのを見たこともなければ、彼の子孫が習慣法に反し特別に願望を遂げることも見たことがない。なぜなら、その両手に不都合（不正）を抱えている人びとの右手は贈賄の品で満たされている。そして、なぜならば、

「ホメーロスよ、汝が何も持ってこなければ、外へ出ることになるであろう[152]」

彼らは教皇こそが全教会の主人《あるじ》であり、彼は根絶するも破壊するも、建設するも植え付けるも許されていると言う。そして、彼らは教皇により略奪品の正当な所有者にされたのである。もしこれが彼らの弁明なら、わたしはこのような弁解を別のところでも見た。リモージュの諸侯らが彼らの主人である英国王に正当な支払と義務としての臣従を拒んだ。しかし、その王は軍隊を引き連れて、全領土を剝奪するように命じた[153]。すると、ある者らは慈悲の心から貧しい人びとを容赦した。しかし、不正を喜ぶある者らはすべてのものを略奪して、彼らは「これは略奪でも暴力でもなく、われわれが行っているのは平和と従順である。これはわが主人の王の所有地であり、われわれは彼の労働者である。これがわれわれの報酬である。王に不当に敵対する奴らは卑下すべきであるが、彼の命令を一所懸命に果たすわれわれこそは尊いのである」と言った。これは十分の一税を取り、自らをヘブライ人、われわれをエジプト人、自らを光の子ら、われわれを闇の子らと呼ぶ連中の声ではなかろうか？　たし

かに、われわれは涙ながらに自らがすべて善なるものに値しないと告白しなければならないが、それでもわれわれは主が娼婦や罪人らの中で食事をし、義人らではなく罪人らを呼びに来るのを知っている[154]。されば、われわれは悔い改めて主に赦しを願うことにしよう。それゆえに、異教徒らに暴力を働き、彼らはキリスト教の信仰を強制することは許されないのに、どうして主なる神が受け入れる人びとは貶められ、略奪されるべきであろうか？　われわれの主なる神は打ちひしがれ、辱《はずかし》められた心を見下《みくだ》しはしない。神は自らの慈悲により「悔悛を必要としない九十九人の正しい人びとよりも、悔悛する一人の罪人の方がその喜びはより大きい[155]」と言う。われわれの主なる神はこうして罪人らを呼び寄せて受け入れる。しかし、これらの人びとは（シトー会士ら）は罪人らを軽蔑して追い払う[156]。主なる神は自らの許へ来る者を外へ追い出しはしない。しかし、これらの連中は来る者らを遠ざける。彼らについて「真理」（Veritas）は言う――「汝らは彼らの果実（成果）によって彼らを知るが良い」と言う。われわれは今や彼らの良き果実を聞くことにしよう。

最初、彼らは両手を貧しい人びとに開いている。しかし、ほんの僅かである。たしかに、彼らは撒き散らして与えるが[157]、活気（元気）づけるまではしない。なぜなら、各人は少量のものを受けるからである。そして、彼らは各自の豊かさに応じ、また貧者の必要の度合いに応じて人に与えることをしないので、彼らは右手ではなく、左手で与えるように思える[158]。しかし、たとえ彼らがこれをすべてについて詭弁を弄さず正直に行ったとしても、主なる神の目に彼らの略奪品は彼らの贈物と等しくはなかろう。彼らの教会で貧しい人びとを支えるよりも、貧しくしなかった教会は皆無であるか、あるにしても少ないであろう。彼らは互いに手厚く持て成す——すなわち、彼ら仲間内では——彼らは互いに与え渋ることがないが、われわれにはそうはしない。われわれの主なる神よ、われらにはそうはしない。[159]その権力を恐れたり、騙し取ろうとする人びとを鄭重に迎え入れ、実に豪華な酒宴を張り彼らのご機嫌を伺う。そして、言葉も陽気に満面には笑《え》みが絶えない。すると、彼らの財布はいとも親切に、いとも素直に開かれて、彼らのすべての貯えがいとも寛大に、いとも簡単に贅沢に施されるので、皆は彼らを人間ではなく天使とも信じて、立ち去る際には誰もが驚嘆して彼らを褒め称えるであろう。しかし、われわれさ迷えるエジプト人は主なる神のためのみに受け入れられ、神の愛だけを申し述べて、われわれに報いることができる門や財布が開いているところ以外には戻ることがないであろう。長い規定の食餌の後で、休息と軽食がより一層求められる刻限になり、拒絶されることは一層辛い気持になるけれども、夜の賛歌の後には、彼らはわれわれの誰にも声をかけて招き入れ、宿舎へ迎えることを許しはしない。

彼らの衣服、彼らの食餌、彼らの長時間の労働について、彼らが害を与えることができないために、彼らが親切と思う人びとは次のように言う。すなわち、彼らの僧衣は寒さを防ぐには十分ではなく、食餌も飢えを凌ぐには不十分であるが、彼らの労働は膨大である。したがって、彼らは貪欲ではないとこのわたしに論ずる。なぜなら、彼らは手に入れたものを贅沢に費やすわけではないからである。この返答はなんと安易なものであろうか！　高利貸と貪欲の下僕は誰もが衣食を実に節約するものである。吝嗇家は臨終のときにも宝物の上に身を寄り掛ける。彼らがそれらの宝物を気に入ったためではなく、貪欲を満たすため、それらを使うためではなく、蓄えるために収集する。もし人びとが労働、寒さ、食餌について強固に主張するなら、ウェールズ人はこれらすべての点でより厳しく苦しめられている。これらのシトー修道会士らは多くの外套を持っているが、ウェールズ人は持っていない。シトー修道会士らは毛皮を持たないが、ウェールズ人も持っていない。彼らは麻布を使わないが、ウェールズ人は短い一重《ひとえ》の外套を除き羊毛を使わない。彼らは半長靴も編上靴も持っているが、ウェールズ人は裸足で脛を出して歩いている。彼らは肉を常食とはしないが、ウェールズ人はパンを常食としない。彼らは施し物を与えるが、ウェールズ人は与えるべき人が誰もいない。つまり、ウェールズ人には食物は皆の共有物であるから、彼らの間では食物を要求する人はいなく、誰にも邪魔されずにそれを食べる。しかし、ウェールズ人はシトー修道会士らよりも図々しくもより平気で暴力で捕虜にして殺人をする。ウェールズ人はいつも天幕の中か野外にいるが、シトー修道会士らは象牙の宮殿で楽しんでいる[160]。

また、衣服に関する厳しいこの規則について、わたしは腿《もも》引きに関する驚くべき理由を発見する。つまり、彼らは祭壇で勤めを果たす際には腿引きを使用しなければならず、そして、そこを離れる時には脱ぐのである。これは聖衣の特権である。しかしながら、この衣類は神聖なものではなく、司祭や助祭の間でもそう思われないし、祝福もされていない。しかし、それは男の象徴たる恥部を蔽い、ウェヌスの聖域を意味して、衆人環視の目に触れないように抑えているようである。シトー修道会士らによってそれがなぜ着用されないか、ある人がその理由をわたしに教えてくれた。すなわち、熱さが突発し、衝動に駆られて瀆神的行為に陥らないため、身体のその部分を冷やして置くためと言う。しかし、これは断じてありえない！　なぜならば、むしろ外衣の内側を腰から下に短く詰めて、上部を残して置き、尊敬するに足りて、他のすべての修道会によっても認定されている秘部を隠すべき腿引きを捨て去らぬためである。

　わが主君たる王ヘンリー二世は最近いつものように彼の騎士や聖職者らの大群の先頭を馬で走って、偉大な修道士で有徳の人でもある高僧レリクス師と話を交わしていた。その時、風が強く吹いていて、見よ、白修道士がその通りへ歩いてやって来て、振り向くと、彼は急いで道をそれた。すると、彼は足を石にぶつけたが、その瞬間に天使に運び去られずして、王の馬の両足の前に倒れた[161]。すると、風が彼の僧衣を首のあたりまで吹き上げると、その哀れな男の恥部の真実が主君の王とレリクス師の両眼に不本意ながらも明らかになった。あらゆる機智の宝庫である王は素知らぬふりをして顔をそむけ、黙っていた。しかし、レリクス師は「臀部《アヌス》を顕わにするこの信仰に呪いあれ！」とひそかに言った。わたしはその言葉を聞いて、神聖なものが笑いものにされたことに心痛んだのである、たとえ風が不当にも許されざる場所に吹きつけたとしても。しかしながら、彼らがこれらすべてを述べるのだが、もし少ない食餌、粗末な衣服、過酷な労働が彼らの肉体を弱めることができず、そしてもしウェヌスの手綱を締めるために風が必要ならば、彼らは腿引きを履かずに、風に吹き曝《さら》しになるがよい。わたしはわれわれの肉が——つまり俗界のものであって、天界のものではないが——この戦い用の楯を必要としないことを知っている。なぜなら、豊穣の女神ケレースや酒神バッカス無しでは、ウェヌス神は冷えるからである。[162] しかし、恐らく敵（ウェヌス）はより堅固に閉鎖されていると思う連中を、ウェヌスはより猛烈に攻撃をするものである。しかしながら、もし腿引きを履いて肉体《からだ》を隠していたら、あの倒れた修道士はより威厳に満ちて立ち上がったであろう。

わたしは彼らがヘブライ人で、われわれがエジプト人であることを忘れることができない。たしかに、われわれは略奪されているという一点ではエジプト人である。エジプト人はかつて自らの自由意思でイスラエル人を信じた。しかるに、われわれは分別があって自覚をしながら、不本意にも略奪を受けている。しかし、彼らは多くの点でヘブライ人である。なぜなら、彼らはエジプトに於けるように略奪し、ホレブ山[163]の岩や敵対の水に対するように罵《ののし》り、マナ[164]を翌日まで蓄えるなというモーゼの命令に背くようにものをむやみに欲し、義人のフルを彼らの唾《つば》で窒息させるためであり、その他の多くの点に於いてそうである。そのために、四十年の間彼らは言われてきた「彼らはつねに心の迷う人びとである」[165]と。さらに、ヘブライ人のいくつかの行動について触れて見ようと思うが、嫌悪すべき報告であるから、多くの部分を省略しての話であるが。彼らの畑の境界である木が夜にこっそりとヨークの近くのコックスウォルドのエジプト人騎士である隣人の畑の上へ遥か遠く移植された出来事については省略しよう。もっとも、ヨークの大司教ロジャー[166]はその木をもとへ移し返えたと言われる。また、ヘブライ人によって夕べの露が降りる前に塩を撒かれた別のエジプト人の牧場についても言及するのを差し控えよう。そのヘブライ人はそれからその牧場に何頭かの羊を送り込み、塩の撒かれた牧草を根元まで食べ尽くしたので、その牧場は長年の間不毛を余儀なくされ、遂にヘブライ人に売り渡されたのである。あるいはまた、いかにして同じ土地のヘブライ人兄弟らが突然ある夜に彼らの近くの畑に多くの人手と二頭立て馬車でたっぷり肥料を撒いた。そして、その翌日エジプト人は彼らが多くの馬車馬を使って昔からの自分の土地を横領したのを見て驚くと、彼らはそのエジプト人を狂人かのように嘲笑した。こうして長い間に亘って多大な労力を注いで耕して来たヘブライ人兄弟の畑を、彼は自分の畑だとはどうして言えようか？　こうして、彼は今まで一度もそれを濫訴しなかったので、彼らはある程度の真実らしさを手に入れてしまった。白修道士らはこのような計略により、すべての裁判官の前で自らの身の安全を確信したが、遂にはそのエジプト人騎士の相続人は激怒して、彼らすべての修道士らを家もろともに焼き討ちにして報復した。われわれは同じ言葉で記された同じ土地に関する二重の同意書については黙秘することにしよう。この同意書は主人が無くなった時にいわばもう一枚の別のものに取って代わるのも知らずに、愚かな書記官から騙し取られたものである。したがって、最初の売り手か両替屋が死んだ時に、彼らは残った同意書によってその相続人から田畑を手に入れた。そして、われわれの主なる王の前でそのことが暴かれると、彼らはいつものようにあたふたと周章狼狽した。すなわち、涙ながらに嘆くべきことでも、彼らは主なる神の掟に反しても、その神のお陰で放免されて、王の許を喜んで去って行ったのである。さらに、差し控えて置くべきことだが、ウェールズのグラモーガン地方のネアスでは、彼らはグロスター伯ウィリアムから十六エーカーの土地の譲渡を受けたことが分かった。譲渡した後に、彼らは同意書の数字を百エーカーまで増大したのである。

以下のことなども、滑稽な欺瞞行為であるから想い起こすべきではない。彼らはこれらのことは「善意から出た行為」であって、人びとを傷つけるのではなく、彼らのためを思って行ったと言う。しかしながら、エジプト人らはあらゆる方法で略奪されているので、たしかに、流血を伴わないように見えるので、これらの出来事は恐怖心がより少なくて比較的許されもするだろう。しかし、ウーラストンの藪の中で、彼らは一人のエジプト人を絞め殺してモーゼに倣って彼を砂利の中に埋めた[167]。ああ！ 哀れにもその男は飢えを鎮めるため彼らの林檎を盗みに忍び込み、そのためにヘブライ人らの兄弟らの手で永遠の安息を見え出したのである。これは彼らの後継者らに隠されるべきではない。というのは、もし彼らが好都合と思うならば、そういう行為を嫌って差し控えるからである。

ヘブライ人の兄弟はエジプト人騎士の隣人がいて、彼らはその隣人を屋敷の一部に住んでいた。しかし、彼らは懇願し賃貸料を上げてもそのエジプト人騎士の心を動かすことができなかった。それで、彼らは主キリストのためと一夜の宿を求めて見知らぬ人を装いその騎士のところへ裏切り者らを送った。夜に、彼らはそのエジプト人に迎い入れられると、顔を隠して、剣と棍棒を持って乱入し、そのエジプト人と子供らと、彼の妻を除いて彼の家族を皆殺しにした。しかし、彼らが逃げ去るまで、彼はその妻と乳飲み子を立っていられる限り守り通した。彼女は一日中旅をして彼女の叔父のところへ逃げ去った。叔父は隣人らや親族らを呼び集めて、三日目に彼はしばしば友人らと一緒に出向いたその場所へやって来た。彼は建物や大木や鬱蒼たる茂みがあったことを知っていたところは、今や完全に平地となり、よく耕された田畑があって、人が住む気配は全くなかった。その痕跡を辿って見ても、彼らはもう居なかったからだが[168]、彼は不信に思って、簡単には皆には開かない門の中へ強引に入って見ると、木々は根こそぎにされて、枝も伐採され粉々に切り刻まれて山と積まれていた。想定していた通りであることを知って、彼はこの件を裁判に訴えた。そのエジプト人の妻は数名のヘブライ人を名指ししたが、特に門の錠を開けた平信徒を指摘した。彼は裁判官らによって逮捕され、水による神盟裁判でめっきり衰弱して、前述したことを白状した。こうして、彼はこれらの犯罪者であるヘブライ人の名前をはっきりと述べ、そして、彼らは自分の奉仕の見返りとして、今まで犯したあらゆる罪とこの罪や、今後も犯すはずのあらゆる罪をも赦して、今後自分はその他の点では水や火や武器によって死罪に処されることはないと、彼らはしっかり誓約したと付け加えた。哀れにもその男は絞殺され皆の罪の償いをした。そして、ヘブライ人らは、主君のヘンリー王の裁量で、主キリストのため無傷であるように命じられた。ベランダのヘブライ人らがこれを行ったのである。

ポンティニィ[169]のヘブライ人らは太った豚から、別名「豚のわき腹肉」と呼ぶ多量のベーコンを作って売っていた。それで、商人らがそれらのベーコンを引き取りに荷車を曳いて来るまで、彼らの手もとに保管していた。商人らが荷車と一緒にやって来ると、それらの豚のわき腹肉はいつものように積み重ねられ、その数もたしかであった。しかし、ヘブライ人らはそれらの肉を今までは実に肥えた分厚いものにして置いたが、その商人らは皮が骨に付着するほど薄かったのに驚いた。したがって、商人らはこの地区の剣（権威者）であるヌヴェール（フランス中部の都市）伯爵へ訴えた。その伯爵はその場所へくる途中に、ヘブライ人らはベーコンを圧搾機で豚肉から血がすべてなくなるまで搾《しぼ》り取って、それを未だワインを入れたことがない新しい樽の中に刻印したと、ある羊飼いから聞いた。[170] この真実はこの修道院の大修道院長と修道士らの前で見破られた。その伯爵は赤面して、彼の部下らは仰天した。

「どうか、クウィンティリウスよ、何か釈明しなさい。われわれは途方に暮れた。彼ら自身が釈明すべきだ。[171]」

大修道院長猊下はこう言った。「われわれ修道院の内部の者には関係がないことである。すべてはわれわれが関知しないで行われたことである。院外の愚かな奴らが無知ゆえにかかる犯罪を行ったのであり、彼らこそ鞭打たれるべきである。」見よ！　なんと好都合の弁解であることか！　たしかに、この行為は無知ではなく、相当の悪知恵《わるぢえ》のように見える。また、ここで罵られる無学な者はより罪を犯しがちである。修道院の僧らは院外で行われた奇異な出来事にはこのような弁解でよく自らを弁護して、彼らが居なければ何もできない兄弟の修道僧らにその責任を負わせる。[172] それゆえに、大修道院長らはエリ（Eli）の出来事をよく注視するがよい――つまり、あの教父らは息子らを叱責も訓戒もせず、じっと黙認し協調して彼らを激励したように思える。すべての掠奪者の一味においても同じことが行われる。すなわち、ある人は家に居残り、またある人は略奪に出かける。しかし、ダヴィデは戦いに出陣する人と、荷物のそばに居残る人の分け前は平等であると公正に裁定したが、彼が言うことは正しい[173]。修道院僧らは目を閉じながら扶養されうるのであろうか？　また、もし彼らが仔山羊の鳴き声を聞いたら、トビットと一緒に「盗まれないように注意せよ[174]」と言うべきであろう。しかし、たしかに彼らは修道院で生まれたのではない。よって、彼らは院外で見たことを想い起さなければならない。

教会はそれ自体の修道院の餌食に見えるのであろうか？　彼らが入営したのは修道院それとも要塞であるのか？　規則によって教会を所有するのを禁じられているが、彼らは後援者からの贈呈の権利を手に入れて、助任司祭を遣わして——教会ではなく——彼らからの毎年の扶助料を所有している。彼らは規則が侵犯されないよう注意しなければならない。

しかし、ああ、われらの保護者らがわれらを彼らに売り渡してしまった。それゆえに、彼らが敵意に敵意を積み重ねて、われらの傷の痛みを増幅しないためにも、わたしは沈黙すべきと思う[175]。

今やヘブライ人らはこの小著を嗅ぎつけて、このわたしを修道会の迫害者と呼んでいる。わたしが非難するのは彼らの欠陥であり、その習慣ではなく、偽りの立願修道士らであって、規律正しい修道会ではない。たとえば、わたしはウェヌス（情欲）を抑えるために肉体を苛み、主なる神が執り成す貧者らに食べ物を施し、告解をするため真夜中に起きる修道士らを、わたしは咎めるのではなく[176]、ひたすらにあらゆる収益の方法を見つけてはそれを追い求め、あらゆる貪欲の門を開けて中に入り、収益を得るどんな残忍な方法でも工夫して必ずそれを実践する——これらの行為こそ、われわれは憎むべきものであり、これらのことから判断して、われわれは不平を言わざるをえないのである。われわれはこのような行為に従事する者に戦慄を覚えるし、兎に角、彼ら自身がこれらの振る舞いに関わらないためにも、われわれは告発するのである。

今やわたしは彼らにとって誹謗中傷と物笑いの的にされ、その結果、彼らはわたしを白墨と木炭に過ぎない、無味乾燥で無学な書き手たるへぼ詩人クルウィエヌスに譬える。(177) 多分わたしはそうかも知れない。しかし、わたしの悪意の歌は疑いなく白墨と木炭に値し、わたしは無学な者ではあるが、ことを捏造することも、他人にへつらうこともしない。わたしは味気のない者でもある。塩（つまり、辛辣な風刺）が悪臭に効《き》かないかぎり、わたしは自らを風趣のない詩人と告白する――しかし、嘘偽りを書く者ではない。というのは、嘘を言う人とは声高に繰り返す人ではなく、それを捏造する人だからである。しかし、わたし自身は彼らについて、すなわちヘブライ人らについて、わたしが知っていること、教会が嘆いていること、わたしがよく耳にして自らも体験したこと、わたしはこれらのことを話す。そして、もし彼らが改悛しなければ、今わが耳の中に隠れていることは屋根の上で言い広められよう。(178) しかし、願わくは主なる神が彼らへ強力な敵対者（反対者）を差し向け、彼らの不名誉な容器《うつわ》を慈悲の館へと変え、彼らが自らをよりはっきりと見えて、正義の偉大なお方（神）の前では、彼らは罪を深く悔いる謙虚な人びとを嘲笑しただけ、より低く自らを見なすようになって欲しい！

xxvi グランモン修道会(179)の概要

彼らもまた修道院の新しい生活習慣を見出した。上述したように、あるスティファン・ド・ティエールという名の人にその源を発するグランモンの彼ら（シトー会の別派）の別の宗派がある。スティファンは彼の規則を福音書から書き写して、あらゆる貪欲を排除した。彼らは一人の小修道院長である司祭がいたが、彼はいつも在宅（院内にいて）して、いかなる理由でも境内の外へ出ることなく、誰が召喚しても連れ出すことができず、至るところで部下らに恐れられていて、彼は見たことも見ることもない物事を随意に規制している。修道士らはつねに院内に閉じ込められ、聖母マリアと共に楽しまなければならない。なぜなら、彼らは外出することが許されないからである。在俗の兄弟らが客人らの世話をする。そして、彼らは欲しい物ではなく、与えられた物を受け取り、それを喜んで施す。彼らは修道院の諸々の義務と勤行を果たす。そして、彼らは万事において主人のように見えるが、修道院内の兄弟らの執事であり、召使いである。というのは、在俗の兄弟らは修道院内部の兄弟らのためにあらゆることを執り行い、その挙げ句に、いかなる免償の欲望も彼らを動かすことができないからである。修道院の最初の境内の外では、彼らは何も仕事をしない。彼らは住む場所を受け取らないし、大司教所在地の司教や大司教の完全な許可なくして、彼らはいかなる小教区にも住むことがない。その上、彼らは教区の十分の一税とその場所の収入の代わりに小教区司祭が受け取る年金について前もって口約束を交わしている。彼らは蜜蜂以外の動物を飼っていない。しかし、スティファンはこれらを許していた。なぜなら、彼らは隣人から食べ物を奪わないからである。そして、蜜蜂の実りは年一回公然と一緒に採集される。独占欲が蜜蜂から求めるものは何もなく、それらの所有者を魅了する優美さもない。しかし、監督者が彼らを仕事に召喚すると、彼らは数人連れで出かけて行き、単独で行動する者は彼らの中に誰もいない。なぜなら、「唯一人ぼっちの人は災いなるかな！　もし倒れたら、彼を起こす人がいないから。」彼らは求める人には皆、彼らの手を開き差し伸べる。[180]食物が残っていないときは、彼らは一日中空腹で過ごして、その求める人にこの世は誰のものかと言う。しかし、彼が彼らの言うことを聞かなければ、翌日に二人は出て行き、司教に兄弟らの飢えを報せる。もし司教が何もしなければ、主なる神がある人を介して訪れるまで、彼らは断食する。彼らは内部の会話を秘密にする。司教と大公らを除いて、彼らは誰も院内に入れない。しかし、修道院の中へ入れる人びとは彼らについて不名誉なことは何も公表しない。われらが主君、つまり、彼らが何も包み隠さず打ち明けるイギリス王ヘンリー二世は慈善の点に於いて彼らには途方もなく寛大であるので、彼らは決して困窮することがない。[181]それにも拘らず、貪欲はその指を彼らの方向を指して、触れるのを止めない。というのは、最近彼らは近隣の各街で貰った贈物から彼らに衣服や食物を提供する人びとを持つように取り決めて、これらに対して、彼らは支配者らから完全なる免責を獲得した。その挙げ句に、多くの貴顕たちは手を差し伸べて彼らに財産を捧げて歓迎されたと言われる。わたしはこのことが原因で今後何かこれから起こるのを恐れるべきと思う。というのは、彼らは既に諮問に関与し、今や諸王の職務を扱っているからである。

xxvii　センプリンガム修道会[182]の起源について

センプリンガムのギルバート師は今なお存命であるが、老齢により（というのは、彼は百歳かそれ以上の高齢であるので）目が見えないけれども、修道会の新しい宗派を創設して、教皇エウゲニウスから最初に正式な認可を得た。すなわち、それは正規の修道士と修道女で成り、そして男女はお互い見えないように間は壁で仕切られていた。彼らは終油や臨終の聖体拝受の必要な場合を除いて、相互に近付くことが全くなかった。しかし、これも極めて慎重に準備され手配された窓を通して、しかも多くの人びとの居るところで行われた。彼らは既に多くの施設を持っているが、イングランドの外へ出たことがない。したがって、今まで何も悪いことは聞いたことがないが、それが却って恐ろしい。というのは、ウェヌスの迷いがミネルヴァの壁を突き通すことが頻繁に起こるし、これら二つの出会いも互いの同意なしにはあり得ないものであるから。

xxviii　カルトゥジオ修道会(183)の概要

再び、既に述べたように、もう一つの宗派がグレシヴォーダンで創設された。十二人の司祭と小修道院長が共同生活をしていたが、それぞれ別々の小部屋に住んでいて、彼らの行状は大変よく知られている。最近は、懸命に主なる神を司祭らに近づけようと熱心に努めているが、小修道院長は、衣装や礼拝の風変わりもなくして純真な心から請い求められた時より、われわれと一緒に居るのがより少なく見える。というのは、彼は衣服ではなく、心の探求者であるように、彼はまた衣装ではなく、気立てのよい精神の持ち主の愛好者でもあるからである。それゆえに、彼らは粗末な衣装を纏うわれわれを蔑ろにしてはならない。なぜなら、言葉じりを捉えられない人は衣服で欺かれないからである。(184)

その権勢を全世界が恐れるわれらが王ヘンリー二世はそれ相応にいつも実に豪華な衣装を着ている。しかし、それに加えて彼は傲慢ではなく、何か深遠なことを知っている素振りもしない。また、彼の舌が何か高揚して傲慢になることが決してないし、自らを人間以上に高く評価することもないし、彼の言葉には外面の衣装に現れている清潔さがある。近頃は王に匹敵する人も似た人も居ないけれども、王は他人を軽蔑するよりむしろ自らを卑下すべきである自認するようになっている。

xxix　ある異端者の宗派について

われらが王ヘンリー二世はまた彼の全領土から実に呪うべき異端の新たな宗派を追放した。この宗派は残念ながら口では必ずキリストに告解するが、実際は頭の天辺から爪先まで毛皮や鋼鉄や棍棒や剣で完全武装した暴徒と呼ばれる何千人もの大群衆を招集して、修道院や村落や市街《まち》を灰燼に帰し、無差別に力ずくで姦通を犯し、心が満たされて「主なる神は存在しない」と言う。この宗派はブラバント（現在のベルギーのアントワープ）にその源を発して、それゆえにブラバゾンと呼ばれる。なぜなら、最初は追剝として出発し、完全に違法な法を自らのために策定して、彼らの下に反乱のため逃亡した者、偽りの聖職者、逃亡した修道士らがその仲間となった。その上、いずれにせよ主なる神を完全に見捨てた人びとは誰であれ彼らのこの恐るべき一味に加わったのである。彼らは今や数えられないほど多くの数に増大して、これらのレヴィヤタン(185)の集団は余りに強大化したので、彼らは安全に住みつき、あるいは主なる神と人びとを憎んで、地方や王国中を彷徨っている。

XXX もう一つの同じ異端者の宗派について

新たに急成長して広まったもう一つの古い異端派がある。その宗派の起源は自らの肉を食べ、血を飲むべきと話した主なる神を見捨てた人びとに由来するが、彼らは「これはひどい話である」[186]と言って後ずさりして、彼らは異説者《プブリカヌス》とか異端者《パテリヌス》と呼ばれた。彼らは主の受難の日より身を隠して生きて、キリスト教徒の間を至るところ放浪している。最初、彼らは住んでいる村に独特の家を持っていて、どの方面から来ようが、彼らは煙によって各自の家を見分けられたと言われる。彼らは「ヨハネによる福音書」を受け入れない。神聖な食料たるキリストの身体と血について、彼らはわれわれを嘲笑する。彼らは男と女が一緒に生活しているが、息子も娘もそれによって生まれない。しかしながら、多くの人びとは改心して彼らの信仰に戻った。そして、彼らは夜の最初の夜番のころに、門や戸や窓を閉じて、各家族が自分らの教会堂で黙って座って待っていると、教会堂の中央に吊るされている綱で驚くほど大きな黒猫が下りてくると話す。それを見て、彼らは灯りを消し、賛美歌を歌わないか、それともはっきりと繰り返さずに、歯を噛み合わせて賛美歌を口ごもって歌い、彼らの主人を見つけるところまで手探りで近づいて行き、皆が主人を見つけると彼に接吻をした。彼らの熱狂がより激しく燃え立つにつれて、彼らは主人のより下部の方を手探った。ある人は彼の足を探すが、大部分の人びとは彼の尾とその下の恥部を狙う。この悪臭を放つ場所から性欲の許しを得たかのように、各々が身近な男か女を捉えて思う存分に相手を享楽する。彼らの年長者らは新参者らに完全な愛とは、兄弟姉妹が熱望し懇願するものを行うことを許して、互いに情火に燃える人びとの火を消すことであると言って教え込む。こうして、彼らは肉欲に耽ることから、異端者《パテリヌス》と呼ばれる。

今のところ、イングランドへは十六人を除いて入って来ていない。彼らは王ヘンリー二世の命令により、烙印を押され鞭で打たれて、姿を消してしまった。彼らはノルマンディーとブルターニュには現れずに、アンジュ地方には沢山いたが、アキテーヌとブルゴーニュでは実に際限なく増えて行った。彼らの同胞らが言うには、彼らは招いた食客らを料理皿の何か一品で巧みに罠に掛けて捉え、その挙げ句に彼らが通常する秘密の論議によって、敢えて近づこうとしない人びとをも、こうして彼ら自身と似たような者とする。

それから、フランスの女王の兄弟で、ランスの大司教ギョーム猊下(187)がわたしに話してくれて、また多くの証拠によって確認された次のような出来事が起こった。すなわち、誰の家へ入るかも知らないし、至るところで敵のこのような誘惑に遭遇しやしまいかと恐れて、ヴィエンヌ地方のある高貴な大公はこの嫌悪すべき拉致に備えて、いつも小袋に清めた塩を入れて肌身離さず持ち歩いていた。その時、大公の許へ偶々二人の騎士が多くの民族と市街を治めていた大公の甥を誘惑したという報せが届いた。すると、彼は甥のところへ出向いて行った。彼らは習慣に則って会食をした。彼の甥は何が起こったかも知らずに、叔父の大公に見た目も美しく、食べても美味しそうに見えるボラ一匹丸ごとを皿に載せて出した(188)。そのため、大公はそれに塩を振りかけた。すると、その魚は直ちに消えて、兎の糞の小さな球のようなものが皿の中に残った。その大公と彼と一緒に居た人びとはびっくり仰天した。

そして、大公はその不可思議なものを甥に指し示して、まことに信心深く彼に改悛するようにと説諭して、大いに涙を流しながら主なる神の憐憫の情の大きさと、悪魔らのすべての企みは、この目でしかと見たように、信仰心によってのみ克服されることを甥に詳しく説明したのである。しかし、甥はその話に怒って自分の部屋へ立ち去ってしまった。それゆえに、叔父の大公は自分が騙されたことを嘆き悲しみ、甥を誘惑した二人の騎士らを鎖で縛って引き連れて行き、多くの衆人環視の中で彼らを小屋に閉じ込め、門戸の柱に固く縛りつけて火を放ち、その小屋全体を焼き払った。しかし、火は彼らに全く触れることがなく、衣装すら焼け焦がした痕跡が少しも見られなかった。それゆえに、群衆がその大公のところへ押し寄せて言った。「われわれは真の英雄的な行為により証明された信仰に背き、これらの実に立派な人びとに罪を犯していたのであります。」すると、その大公はこの奇妙な現象のため、キリスト教の信仰を否定も疑いもせずに、追従するような言葉で群衆の怒りと喚声を和らげ、恵み深い話で彼の真の信仰心を述べたのである。それから、彼はこれらの騎士を以前のように縛ってより大きな家に閉じ込めて置いたヴィエンヌの司教に相談して、その家の外側をぐるりと廻って、魔除けのためにそこに聖水を降り注いだ。そうして、彼はその家に火が点くように命じたが、いくら火口を加えて吹き煽っても、その家を点火することも、焦がすことさえできなかった。したがって、かくも信仰心が傷ついたこのヴィエンヌの都市《まち》は司教を嘲弄して、多くの者らが司教に公然と罵声を浴びせかけ、もし彼らの主人の大公への畏敬の念が阻止しなかったら、彼らは司教自身を焔の中に投げ込み、罪のない者らを解放したであろう。こうして、彼らが門戸を打ち壊して家の中へ突入して、例の杭のところまで来ると、その男らの肉と骨が木炭と灰になっているのを発見した。紐は無傷であり、杭も損なわれていなかった。そして、正義の火が罪を犯した人だけを処罰したのである。こうして、慈悲深い主なる神は迷える者らの心を改悛へ導き、そして彼らの冒瀆を賞賛へと変えたのである。

これらの出来事はわれわれの時代（現代）に起こった。わたしがわれらの時代と言うのは最近の時代のことであり、つまり、われわれがその最後の時代に居るこの百年の時の流れと、それらの年代の間に起きた顕著な出来事の記憶が今なお十分鮮明である時代を意味するのである。というのは、今なお百歳以上も生き延びている人びとや、彼らの父親や祖父の話によって、見たこともない出来事のたしかな知識を持っている無数の息子らがいる。わたしは過ぎ去った百年を現代（われわれの時代）と呼ぶ――だが、われわれに近いということではその比率は同じであるが、来るべき百年をそうは呼ばない。なぜなら、過去は物語に関わり、未来は予言に属するからである。この世紀のこの時代に於いてこそ、われわれの論議は始まったテンプル騎士団、エルサレムの病院騎士会士ら、スペインの剣という名を持つ騎士修道会(189)（サンティアゴ・デ・コンポステラ修道会）は絶頂に達するまで彼らの力を強大にした。

xxxi　異端派ワルド派(190)について

教皇アレクサンドロス三世の下のローマ公会議において(191)、われわれは彼らの指導者のワルド（ヴァルデ=Valdes）の名に因んで呼ばれた数人の単純で無教養なワルド派の連中を見かけた。彼らはローヌ河畔のリヨン市民であった。彼らは教皇猊下にガリア語の本を献呈したが、その中には「詩篇」の注釈つきの原文と新旧約聖書の多くの書が含まれていた。彼らは実に熱心に説教する権威を彼らに認められることを請願した。なぜなら、彼らは殆ど生半可な知識人でしかなかったけれども、彼ら自身には学識ある者らと思えたからである。というのも、精巧な罠や網を見えない鳥は至るところに自由な通路があると信じるのが慣わしである。生涯巧妙な論議で自らを鍛える人びとや、他人らを罠に掛けたり掛けられたりも殆どできない人びと、それに深淵の探究者ら、彼らは皆罪を恐れて、主なる神のすべてを畏敬の念を込めて公言しないであろうか？　その主なる神の威厳はいや高く、慈悲によって引き上げられなければ、賞賛も祈りの力も主の高座《たかみ》までは届かないというのに。神聖な頁のそれぞれの文字の中に、美徳の翼に乗ってまことに多くの文章が飛び回り、実に多くの豊かな知恵が積み上げられているので、主なる神がその方法を教え与えた人は誰であれ、そこから豊富に汲み出すことができる。ゆえに、われわれがそれを受け取るに相応しくないと思い、況や受けたものを与えるに値しないと思う真珠を豚に、言葉を愚か者らに与えるのではないだろうか(192)？　そのような考えは止め給え、そして根絶されるがよい！　香油を頭から髭へ、そして髭から衣まで滴らすがよい。水は泉から引かれるべきで、沼地は街路から引かれてはならない(193)。何千人も多数の召喚された中で最も取るに足らないわたしはこれらのことを嘲笑した。というのは、彼らの嘆願（訴訟）について何か議論なり疑問なりがあってしかるべきだし、わたしが例の至高の教皇が告解の任務を委ねていたある偉大な司教に召喚されると、わたしは弓矢の印たる席に着いた。[194] 多くの法律家や賢者たちの集まりの中で、わたしの前にワルド派の二人が連れて来られた。なぜなら、彼らはワルド派では指導者と見なされ、わたしと彼らの信仰について議論するためであるが、それは真実を探求したいためではなく、わたしに恥を掻かせ、さながらわたしが不正を話すかのように、わが口を閉ざすためである。これほど大勢の集会の前で、わが罪の廉ゆえに、話の嗜《たしな》みが否定されるのではないかと恐れて、わたしは着席した。司教はわたしに彼らに論駁するよう命令したので、わたしは彼らに答える準備をした。したがって、先ずわたしは誰も知らないはずがない実に簡単な質問を彼らに投げかけた。というのは、わたしはロバが薊を食べるときは、レタスがその口に合わないと見なすのを知っているからである。つまり、「あなた方は父なる神を信じますか?」「われらは信じる」と、彼らは答えた。「そして御子を信じますか?」「われらは信じる」と、答えた。「そして精霊を信じますか?」「われらは信じる」と、答えた。わたしは繰り返し言った。「そしてキリストの御母を信じますか?」すると彼らは「われらは信じる」と、再び答えた。すると彼らはあらゆる人びとによって一様に大声で嘲笑されて、恥じ入ってその場を立ち去った。それも当然である。なぜなら、彼らは誰にも支配されていないが、さながら馬の名前も知らないあのパエトーンと同じように、[195] 支配者になりたいと願っていたのであるから。

これらの人びとはどこにも決まった住居を持たず、裸足《はだし》で、羊毛を纏い、何も持たずに、二人と二人が一対になり歩き廻ったが、さながら無一文（裸）のキリストの後を追う無一文の使徒らのように、すべての財産を共有していた。[196] 今や彼らは実に慎ましい方法で始めている。なぜなら、彼らは足を踏み入れることができないから。もしわれわれが彼らを迎え入れたら、われわれが追い出されよう。これを信じない人には、この種のことを既に述べたことをとくと聞かせるがよい。

たしかに、われわれの時代（現代）には――非難されて嘲笑される時代ではあるが――信仰を守りたいと願う人びともいて、彼らが昔の人びとのように評価されたいならば、彼らは彼らの羊飼いである主イエスのために彼らの生命を捨てることになろう。しかし、いかなる嫉妬に駆られ、また賄賂を享けてかは知らないが、われわれの時代（現代）は鉄の時代のように安価になり、黄金で光り輝く往時（昔日）はわれわれを喜ばしてくれる。われわれは太初からわれわれの現代まで続く歴史を持っている。われわれは作り話も読む。そして、われわれは歴史の神秘的な意味を理解して、何がわれわれを喜ばすべきものかを知ることになる。嫉妬深いカイン[197]、一人ではなく最期の一人まですべての人びとが淫欲にまみれたゴモラとソドム[198]の市民ら、売られたヨセフ[199]、多くの災難によって罰せられたファラオ、黄金の仔牛の偶像を以って神と主に選ばれた者らに砂漠で実に素朴な反乱を仕向けた人びと、ダタン[200]の傲慢さ、ジムリ[201]の厚顔、アヒトフェル[202]の偽誓、ナバル[203]の貪欲、それに太初の昔よりわれらの現代まで面々と途切れずに続いてきた数限りない驚異のものに注目するがよい。そうすれば、あなたは今起こっている同じようなことや、より悪質でないことをそれほど高慢にも毛嫌いすることもなかろう。しかし、諸悪を感ずることは聞くことよりもより困難であるために、われわれは聞くことについて沈黙するし、われわれは苦痛を感じることを声高く嘆くのである。むしろ、さらに悪いことが起こったこと考えながら、われわれはより評価の低いことについても節度を持つようにしよう。アトレウス[204]、チュエステス[205]、ペロプス[206]、リュカオン[207]や、彼らと同じような多くの人びとの警告的な物語がわれわれの前に提示されているのは、われわれが彼らの最期を避けるためである。そして、歴史の教訓が彼らに有益でなかったのである。いずれの場合も一つには物語の様式とその意図である。というのは、事実に基づく歴史と、作り事を織り混ぜた物語はいずれも素晴らしい結末によって善なる人びとを幸せにし、その結果悪意を厭わしく思い、善は愛されて、悪は忌むべき死を以って断罪されるのである[208]。そして、記録文書（聖書）の中では、時には逆境が繁栄と交替し、時には禍福が頻繁に激変するので、どちらもわれわれの眼前につねに存在するので、一方のために、いずれの境遇も忘れてはならないし、浮き沈みが過剰に度を超えないよう、人間は治癒力のある節度を以って自制するがよい。また、未来をよく観察すると、われわれの考えは希望がなく、不安からも自由ではない。わたしが時間的な未来と言うのは、天上の完全なる愛はその不安を払拭してくれるからである[209]。

xxxii　三人の隠修士の驚異の悔悛について

デヴォン州ニュートンの高名な男フィリップがわたしに語ったところによれば、彼がヘレフォードの南部のブラック・マウンテンズ[210]へ狩猟に出かけると、彼は毛深く醜い野人が水を飲むため泉のほとりに横になっているのに遭遇した。フィリップはその毛を摑んで引き上げて、彼は一体何者でそこで何をしているのかと尋ねた。しかし、従順であったため、その男は手離してもらいこう話した。「われわれ三人は、ここで悔悛して昔の父祖たちに見倣うために、この荒涼たる地へ来ました。われわれの最初の者は三人の中で最も優れたフランス人です。二番目はこのわたしより遙かに強く忍耐強いイギリス人です。このわたしはスコットランド人です。このフランス人は余りにも完璧な人で、わたしは彼の生活について話すことを畏れます。というのは、彼は信仰を超えています。イギリス人(Anglicus)、いやむしろ天使(angelicus)は七フィートまで伸びる鉄の鎖で縛られています。そして、彼はいつも鉄の槌と木釘を持ち歩いています。安息日には彼はその木釘で地面に鎖を固定して、その僅かな範囲の中で一週間賛美歌と歓喜に浸り、決して嘆きも悲しみもしません。彼は見つけた物をそこで食べて、安息日には寝野《ねや》を移しますが、漠然とではなく快適な場所を捜し、特に肥沃な場所ではなくて、さりとて厳しい天候を避けた片隅でもありません。そして、彼は水辺で何か食物を見つけると、そこを喜んで居場所とします。もし貴方が彼にお会いしたいならば、彼はこの泉から流れる小川をこの一週間彼の居場所にしています。」こう言うと、彼は野獣のように素早く立ち去った。しかし、ニュートン人フィリップは暫くするとこのイギリス人が死んでいるのを発見した。その徳性への畏敬の念から、彼は敢えてそのイギリス人の屍にも持ち物にも手を触れずに、彼の仲間たちが懇ろに埋葬するのに任せてその場を立ち去った。このイギリス人は喜びの源泉であるキリストを胸の中に抱いて歩き、いかなる苦難にも悲嘆しなかった。よって、主キリストが言うように、偽善者は悲しげな顔をするがよい。なぜなら、完全なる愛とは悲しみと共に恐怖をも捨て去るものであるから。(211)

「宮廷人の閑話」第一部終わる。

［註］

（1）ウォルター・マップ（一一四〇年頃―一二〇九年頃）は素性がウェールズ系の人で、イングランドとウェールズの国境に位置するヘレフォードシア出身である。一一六〇年頃にパリ大学に学び、またその頃にカンタベリー大司教のトマス・ベケットとの知遇を得る。イングランド王ヘンリー二世の宮廷の廷臣として仕え、フランス王ルイ七世や第三回ラテラノ公会議出席のため、教皇アレクサンデル三世のもとへの使節団の一人として遣わされた。また、彼はリンカンの教会聖歌隊員の前唱者、ロンドンヘレフォードのセント・ポール大寺院の司教座聖堂参事会員に、一一九六年にはオックスフォードの助祭長となった。著作者としてのウォルター・マップについては、十九世紀まで二十篇ほどのいわゆる「ゴリアス文書」と呼ばれる教皇をはじめ当時の高位聖職者の堕落を批判・諷刺したラテン語による戯れの諷刺詩篇や、アーサー王伝説の『散文ランスロ物語群』*The Prose Lancelot Cycle* とか『流布本物語群』*The Vulgate Cycle* の作者に擬せられてきた。しかし、伝存する彼の唯一の作品はヘンリー二世に廷臣として仕えながらラテン語で著した『宮廷人の閑話』*De Nugis Curialium*（c.1182）である。内容は宮廷ゴシップ集、修道会や結婚に関する諷刺やケルト伝承の多くの民話集が満載されている。

（2）『告白』*Confessiones* xi.25 'Et confiteor tibi, domine, ignorare me adhuc, quid sit tempus, ……quomodo igitur hoc scio, quando quid sit tempus nescio ?' 「主よ、わたしは時間の何たるかを未だ知らないことを御身に告白します。……よって、時間の何たるかを知らない時に、わたしはどうしてこれを知りえましょう?」参照。

（3）「コリントの信徒への手紙 二」12：2参照。

（4）「ヨブ記」14：2 〝花のように咲き出ては、しおれ／影のように移ろい、永らえることはない。〟参照。

（5）「ポルフュリオス」は三世紀のギリシャの哲学者。アリストテレス『範疇論』*Categorias* の入門論をボエティウスがラテン語に翻訳した。

（6）ホラティウス『歌章』*Carmina* ii.17.14 病から立ち直ったマエケーナスに「火を吹く例のキマエラも／百手のギュアス（巨人）が生き返って／来たとて、私を貴方から／引きさくことは出来ぬでしょう。」（鈴木一郎訳）参照。

（7）ペロポネソス半島の北東部に位置する古都アルゴスから程近いところにあるレルネー湖に棲む九個の頭をもつ水蛇でヘーラクレースによって退治されたといわれる。

（8）主神ゼウスの息子で、永遠の生命を得るためにいわゆる「ヘーラクレースの十二の功業」（The Labors of Hercules）を遂行した大力無双のギリシャ神話の最大の英雄。上述した水蛇ヒュドラーの退治もその一つである。

（9）海神ポセイドーンと大地の女神ガイアーの間に生まれた怪力の巨人であるが、天の支配者ウーラノスの影響は持っていないが、作者ウォルター・マップは「宮廷」とは巨人アンタイオスよりも怪力で「陸」、「海」、「空」の全世界を支配する巨大な権力を持つと諷刺している。

（10）古代末期のローマの哲学者ボエティウスの『哲学の慰め』*De Consolatione Philosophiae* ii, pr.l.: 'seruavit fortuna.....in ipsa sui mutabilitate constantiam'. 「〈運命の女神は〉その変わり易い気紛れさの中に彼女の一定性を維持してきた」参照。

（11）ウェルギリウスの『農耕詩』*Georgica* i.166 'mystica vannus Iaachi.'「（穀物の女神ケレースの子）イアックス神の神秘の箕《み》」参照。

（12）「イザヤ書」5：20参照。

（13）「詩篇」90：10参照。

（14）ソースはプリニウスの『博物誌』*Historia Naturalis* かセヴィーリャのイシドルスの『語源論』*Etymologiae* とされるが出典箇所は不詳。

（15）ホラティウスの『詩論』*Ars Poetica* 参照。鈴木一郎訳『ホラティウス全集』（玉川大学出版部、二〇〇一年）『書簡詩』第二巻・第三歌「詩論」一「詩作の一般的原則」（文章の整合性）六五二頁に次のような訳文がある。「もし、ある画家が、人間の／頭を馬の首につけ、／四方から手足を掻き集め／色彩豊かな羽をつけ、／挙げ句の果てに、上だけは／素敵な美人が、下半身は／醜く黒い魚になる／絵を描き、／貴方に見せたならば、／貴方は吹き出すでしょう。」

（16）この文節の論理はまったく明晰ではないが、読者は宮廷から地獄へ、そして死者の国「ハーデース」へとそこに住むんでいた伝説上の人物たちを想起させられる。

（17）彼は主神ゼウスと下界の神プルートーンの子。彼は巨万の富を有して神々の寵愛を受けたが、地獄に落ちて永劫の罰を受けた。その罰とは池の中に首までつかり、喉が渇いて水を飲もうとすると水がなくなり、頭上には実もたわわな果樹の枝が垂れ下がっているが、飢えを覚えて食べようとするが枝が遠ざかって食べられずに、永遠の飢渇に苦しむという。

（18）ホラティウスの『諷刺詩』*Saturae* i.l.［欲］69-70.「渇きに苦しむタンタロスよ。／口許にまで来る水が／逃げて行くのを飲もうとして／もがき苦しむことだろう。」（鈴木一郎訳）参照。

（19）人間の中で最も狡猾な人とされる。彼はホメーロスによって地獄の急坂で岩を転がし上げる苦役を科せられ、いま一息のところでその岩は転げ落ち、未来永劫に同じ仕事の繰り返しを強いられるさまが描かれている。

(20)「エゼキエル書」11：19参照。

(21)彼はデーイオネウスの娘ディーアを娶ったが、母親デーイオウネスが約束の結納金を求めた時に、彼女を炭火で満たした穴に落として殺し、最初の親族殺しとなった。しかし、ゼウスがその罪を清めてやったが、恩を仇で返しゼウスの妻ヘラを犯そうとしてゼウスの怒りを買い、常に回転する火焔車に縛り付けられ絶えず空中を引き回される懲罰を受けた。

(22)ゼウスとエラーレの子で、ヘラの嫉妬を恐れたゼウスはエラーレを地中に隠しそのお腹にあった巨大な身体の子ティテュオスを光明の世界に連れてきた。ヘラはそれを察して、彼をレトに対して情欲を起こさせ近づけるが、ゼウスの雷電に撃たれ殺されたと云われる。ティテュオスは冥界にあって二羽の禿鷹に肝を啄ばまれ、彼の巨大な身体は九ヘクタールの地を蔽っているとされる。

(23)ポセイドーンとニンフリビュエーの子で、エジプトの王となり、ナイルの川神の娘アンキノエーの間に多くの娘をもうける。本来はセム族のバアル（Baal）でアッシリア王、バビュローンの建設者、ディードーの父、ペルシャ王家の祖として、この名は東洋の最古の王としてしばしば現れる。

(24)冥府の入口の番犬で、ヘーシオドスはこの犬は五十の頭を持ち、青銅の声を持つと云っている。一般に古典期には、三つの頭で尾が蛇の形をし、頸のまわりに無数の蛇の頭が生えている形になっている。

(25)冥府の川の渡し守。老人で長髯を生やし、汚れたみすぼらしい衣服を着た姿で描かれる。渡し賃は一オボロスで、ギリシャではこのため死者の口中に一オボロスの銅銭を入れる習慣があったが、日本の三途の川の渡し賃の一文銭とよく似ている。

(26)クレタ島の伝説的な古い時代の王で、ゼウスとエウローペーの子。彼は善政を敷き弟ラダマンテュスと共に法を制定し、名高い立法者であった。この二人は死後に冥府の判官となった。オウィディウス『転身物語』*Methamorphoses* ix.435ff 参照。

(27) 上註(26)を参照。

(28) ゼウスとアイギーナの子で、ギリシャの英雄の中で最も敬虔な人とされる。彼は旱魃に際してギリシャ人を代表してゼウスに祈り、またアポロンとポセイドーンを援けトロイアの城壁を築き、その死後には冥府で亡者を裁いている。

(29) 不詳。

(30)「列王記 上」15:14参照。

(31) ヘンリー二世が崩御した一一八九年以後を示す。

(32) 旧約聖書に登場する巨大な海の怪物。その起源はワニ・クジラに遡るとされる。語源的には「よじれた」、「渦巻いた」を意味する 'liwjatan' に由来する。キリスト教の説く七つの大罪の「嫉妬」に対応する悪魔とされる。「ヨブ記」40:25等々参照。

(33)「ヨハネによる福音書」4:20参照。

(34)「ヨハネによる福音書」3:19参照。

(35) 廷臣と蜜蜂の類推については、大プリニウスの『博物誌』*Naturalis Historia* の xi, 17 を参照。

(36)「マタイによる福音書」22:21参照。

(37) オウィディウスの『恋の歌』*Amores* I.viii.62 'crede mihi, res est ingeniosa dare.'「本当に、与えることは天賦のことである」参照。

(38) イングランド王ヘンリー二世の行政長官を務めた(1180-9)。

(39) ホノリウス皇帝の宮廷に関係した四世紀のラテン詩人クラウディウス・クラウディアヌスを指す。彼の作品には東ローマ皇帝テオドシウスの宮廷に仕えた宦官の廷臣エウトロピウスを糾弾した『エウトロピウス駁論』*In Eutropium* や未完の『プロセルピナの略奪について』*De Raptu Proserpinae* 等がある。

(40)「ルカによる福音書」16：8参照。

(41)「ヘブライ人への手紙」13：14参照。

(42)「マタイによる福音書」6：24参照。

(43)「マタイによる福音書」26：72及び「ルカによる福音書」14：18参照。

(44)「ルカによる福音書」14：23参照。

(45)「マタイによる福音書」6：36参照。

(46) ウェルギリウスの『アエネーイス』*Aeneis* x.284 'audentes Fortuna iuvat.....'「〈運命の女神〉は勇者らを助ける……」参照。

(47)「詩編」78：57参照。

(48) テレンティウス『ポルミオ』*Phormio* 587 '.....nam ego meorum solu' sum meus.'「……というのは、俺の家財の中で、この俺だけが俺のものだからである。」参照。

(49)「創世記」1：6、「詩編」29：3、10「ヨブ記」26：5参照。

(50)「ヘブライ人への手紙」13：14参照。

(51)「エレミヤ書」1：6参照。

(52)「ダニエル書」3参照。

(53)「ヘルラ王」とは北欧伝説で真夜中に狩人の叫び声と猟犬の吠える声が聞こえるという神秘的な「幽

霊の狩猟」(Wild Hunt) の首領の物語であり、この王はゲルマン神話の主神ウォーデン (Woden) に相当する。フランス語の「エルルカン」(Herlequin) もこれに由来する。マップはこの書の中でヘルラ王に関する物語を二つ扱っている。第一話は第一部十二話と第四部十三話である。最初はヘルラ王と異界の矮人との出遭い、王の矮人の国への旅と、人間の国へ帰還後の「幽霊の狩猟」(Wild Hunt) の首領への変容と、ヘンリー二世の治世の最初の年に地上から姿が消える話と、第二話では全軍をヘルラ王の一族郎党の軍勢 (*familia Herlethingi*) として物語っている。

(54) オウィディウス『変身物語』*Metamorphoses* ii,1-2. 'Regia Solis erat sublimibus alta columnis / clara micante auro flammasque imitante pyropo,'「太陽神の宮殿は屹立する列柱の上に高く聳えて、煌めく黄金と炎のように輝く紅榴石《こうりゅう》とで燦然と輝いていた」参照。

(55) 耳の長い英国原産の獣猟犬を指す。

(56) ポルトガルの初代王であるアフォンソ (Afonso) 一世とされる。一一四六年にフランス南部のサヴォイ公国の当時十歳位のマチルダと結婚して、彼女が一一五八年に死ぬ前に三人程の子供を儲けたとされる。彼は一一八五年に没した。

(57)「ダニエル書補遺：スザンナ」1：17参照。

(58) 諺の「殺人は露見する」'Murder will out' 参照。

(59)「民数記」22：27-33参照。

(60) ヘレフォード (1148-63) とロンドン (1163-87) の司教を務めたウォルター・マップのパトロンの一人でもあった。

(61) 彼はノルマンディー出身の人で、当時優れた神学者兼教会法学者と見做されていた。また、彼はエクセターの助祭長になる前はカンタベリー大司教シオボルド（Theobald）の秘書を務めた。また、ヘンリー二世が遣わした刺客によって殉教したカンタベリー大司教トマス・ア・ベケットの秘書であった人文主義者のジョン・オヴ。ソールズベリーとは書簡を交わす間柄でもあった。

（62）ボールドウィンはボローニャで教会法と神学を学んでエクセター司教になる前に教皇ユージーン三世の甥の家庭教師となった。シトー会修道士になると、彼は大修道院長に指名されて、その後ウスターの司教職に任じられる。彼はジェラルド・オヴ・ウェールズの友人でもあり、更に第三次十字軍のための寄金や説教などに努めた。

（63）ボジュ（ボジョレ）の父祖ギシャール（Guichard）三世はクリュニーでの修道士として一一三七年に亡くなると、息子のウンベール二世が後を継ぎ、彼も死の直前の一一七四年に修道士となる。しかし、その後継息子ウンベール三世との父子の諍いの記録はないとされる。

（64）これは第四部vi「誓約に反して軍務に就いたクリュニーの修道士について」の別の作り変えた噺である。

（65）この有名な文句の歴史については、M.B.Ogle 'Bible Text or Liturgy' Harverd Theological Review, xxxiii（1940）pp.218-21参照。

（66）サラディン（1137/8-98）はエジプトアイユーブ朝の開祖であるスルタン。彼は十字軍と戦い、一一八七年十月二日金曜日にエルサレムを奪還した。その日は八十年前にキリスト教徒がエルサレムを攻略した週の同じ日であった。

（67）モアブとはロトとその第一の娘との間にできた息子で、モアブ人《びと》の祖。「創世記」19：37参照。

（68）「創世記」15：16参照。

（69）上述したように一一八七年十月二日に略取された。

(70)「哀歌」1：4参照。
(71)「列王記下」24：15-16参照。
(72)「詩編」73：2参照。
(73)「詩編」1：4及び「ヘブライ人への手紙」13：14参照。
(74)カトー（234-149 BC）ローマの将軍・政治家で通称大カトー。その曾孫で小カトー（95-46BC）は古代ローマの政治家・ストア哲学者。
(75)(240-332)通称「啓蒙者」聖グレゴリウスと呼ばれるアルメニアの使徒で、アルメニアをキリスト教化した人物。
(76)「箴言」1：20-21参照。
(77)ユウェナーリウス『諷刺詩』*Saturae* iv. 'Imperatoris piscis'「皇帝の魚」460行参照。
(78)「コヘレトの言葉」3：1参照。
(79)ヒルディベルト・オブ・ラヴァルディン（c.1056-c.1134）はフランス西部ル・マンの司教、その後トゥールの大司教を務めた。彼は古典ラテン語の大家で、彼の詩は西欧中で愛読された中世で最も重要な詩人の一人であった。また、彼の書簡集は諸学校でラテン語の模範として利用された。
(80)「マタイによる福音書」3：15参照。マリアとマルサに関しては「ルカによる福書」10：38以下参照。
(81)ラザルスとマリアの姉で接待に心を配る女。「ルカによる福音書」10：38-42、及び「ヨハネによる福音書」11：1-44参照。
(82)「ルカによる福音書」10：40、「ローマの信徒への手紙」14：12、「詩編」118：8及び140：1をそれぞれ参照。

（83）この修道会は別名聖ブルーノ修道会とも呼ばれるローマカトリックの修道会であり、一〇八四年にケルンの聖ブルーノによって創設された。また、この修道会は聖ベネディクト修道規則よりも、独自の規則を保有して、隠修士と共住修道士の生活を兼備していた。

（84）フランス南東部のローヌ・アルプス地域圏にあるサブワ（Savoie）県の村落《コミューン》。かつてこの地にはサブワの司教座があった。

（85）ホラティウス『書簡詩』*Epistulae* i.1.66 'rem facias, rem si possis, recte, si non, quocunque modo rem'「もし可能ならば誠実に金持ちに成るがよい、もし不可能ならば、いかなる手段によっても成るがよい」参照。

（86）「申命記」32：15参照。

（87）このグランモン修道会（the order of Grandmont）は聖スティーヴン・オヴ・ティエール（Stephen of Thiers）によって十一世紀末に創設された修道会で、同名の村にあるその女子修道院本部のグランモン大修道院（Granmont Abbey）に因んで命名された。この修道会の修道士らは別名「良き人びと」を意味する'*Boni Homines*'または'*Bons-hommes*'の名で呼ばれる。

（88）「詩編」77：10参照。

（89）ホラティウス『詩論』*Ars Poetica* 78 'grammatici certant et adhuc sub iudice lis est.'「文法学者らは論議していて、未だに論争は審議中である。」参照。

（90）この修道会はトロワ近郊のセーヌ河畔の地であるペアン（Payens）出身であるユーグ・ド・ペアン（Hugh de Payens）によって一一一八年頃に創設されて、その規則は聖ベルナールの助けによって創案され、一一二八年に教皇によって認証された。

（91）「マタイによる福音書」26：52‐3参照。

(92)「列王記上」17：45-7参照。
(93)「列王記上」19：11-12参照。
(94)「詩編」22：27参照。
(95)「ヨハネによる福音書」3：5参照。東アングリア王の聖エドモンドは八六九年にバイキングによって弓矢で射殺された。彼の死は矢を射られて殉教した聖セバスティアンの死と後世で同様と見做された。従って、ベリー（Bury）にある彼の霊廟は一一世紀以来巡礼の一大聖地となった。
(96)暗殺教団《アサシン》とはイスラム教・シーア派の一派であるイスマーイル派の分派ニザール派という神秘主義カルト教団のシリアでの活動に対する幻想的なイメージに彩られた中世ヨーロッパ史料や東洋学及び文学一般の呼び名をいう。彼らは十字軍の重要人物らを狂信的に暗殺したという伝説がその根幹になる。この伝説の教団が英語の「暗殺者」の「アサシン」（assassin）の語源になっている。
(97)「エレミア書」29：14及び「列王記上」12：10参照。
(98)レギナルド・フィッツジョスリン（Reginald FitzsJocelin）は一一七三年にバースの司教に選出されて、彼がローマの教皇の宮廷を訪れた後に、教皇の叙階式に従って歴代のカンタベリー大司教によって一一七四年六月二三日に聖別された。
(99)「詩編」113：3参照。
(100)このエルサレムの聖ヨハネ騎士修道会であるホスピタル騎士団は十二世紀初期にテンプル騎士団に倣って組織されて、一一一三年に教皇に正式に認められた。しかし、彼らはジョン・オヴ・ソールズベリー、ギラルドゥス・カンブレンシス、ニジェル・ド・ロンシャン等の当時の知識人らの共通の諷刺の対象となった。

(101)「マタイによる福音書」20：28参照。
(102)「列王記上」19：11-12参照。
(103)「詩編」2：2参照。枢機卿たちをローマカトリック教会の「元老院」と記述するのが当時は一般的であった。
(104)即ち、一一七九年の第三次ラテラノ公会議を指す。
(105)ウェルギリウス『牧歌』*Eclogae* x.69 'omnia vincit amor ;et nos cedamus amori'「愛はすべてを克服する。されば我ら愛の神に服従しよう」参照。Cf. 'omnia vincit Roma ;et nos cedamus Romae'
(106)「ヨハネによる福音書」3：30参照。
(107)ヒエロニムス『書簡集』*Epistulae* 14参照。'Carcer'は「牢獄」のみならず修道院や隠修士の「独房」の意味でも使われる。
(108)修道会や教団に入るのに金品を支払うことはこの頃には聖職売買《シモニア》と見做されるようになった。
(109)シトー会はシトー(Citeaux)でモルスム(Molesme)の修道院長の聖ロベール(c.1027-1110)によって一〇九八年に創設された聖ベネディクトゥス修道会則に従う修道会。この修道会は一一一二年にクレルボーのベルナールがこの修道会に入った後で急速に発展して十二世紀末頃までには五百もの修道院数を誇ったと言われる。ギラルドゥス・カンブレンシスはその著『教会の鏡』*Speculum Ecclesiae* で彼らの起源、ズボンのない衣服、彼らの食糧と田畑での絶え間ない勤労を論じている。また、彼は本書の中でシトー修道会を駁論するウォルター・マップの多くの嘲笑を記録している。マップのこの「白装束の群れの呪われた修道会」対する悪名高い反感を示す詩の一行が伝えられている――'Lancea *Longini*, grex albus, ordo nefandus'「長い槍、白い群れ、非道の修道会」。

(110) 聖ヒラリオン (291-371) パレスチナのガザの南タバタ (Thabata) で生まれて、生涯の大部分を砂漠で過ごしたと言われる。聖ヒエロニムスが三九三年にベツレヘムで聖ヒラリオンの伝記を書き、彼の禁欲的な生活を称揚したが、その内容は大部分が伝説的記述とされる。

(111) マップの出身地である南西ヘレフォードシアの西の層位を形成する旧赤色砂岩の大山塊を指す。

(112) ウェルギリウス『牧歌』*Eclogae* iii.65. 'et fugit ad salices, et se cupit ante videri.'「そして柳の木のもとへ逃れて、最初に見つけられるのを望んでいる。」参照。

(113)「詩編」119：62参照。

(114) 一時課のための有名な讃美歌の最初の文句。Cf. *Analecta Hymnica Mediiii Aevi* (Leipzig, 1886-1992), li.40-1

(115) 聖バシリウス (c.339-379) カイサリアに生まれたギリシア教父で、四世紀の最も偉大な神学者の一人である。カイサリアの主教 (司教) を勤めて、ラテン語では「大バシリウス」(Basilius Magnus) とも呼ばれる。

(116) '*oleum laurinum*'「月桂樹の油」はプリニウス『博物誌』*Historia Naturalis* xxxiii に言及があるが、料理用の油ではないと言う。一説には月桂樹に似た'bay' という木の葉の油と解釈可能とする説がある。

(117)「コリントの信徒への手紙一」4：12参照。

(118)「ルカによる福音書」6：32及び「テサロニケの信徒への手紙一」5：15参照。

(119) シトー会修道士らは荒野に修道院の敷地を求めたので、彼らは全く新しい命名をしたので、多くの著者らの空想を捉えた。例えば、イギリスの年代記作家でベネディクト修道士のオルデリック・ヴィタリス (1075-c.1142) は'Domus Dei'「神の家」、'Clara vallis'「明るい谷」、'Bonus Mons'〔良い山〕等を上げている。マップの場合は事実と空想が入り混じっている。

(120) 聖ベルナール（1090-1153）フランスの神学者であり、優れた説教家でもあった。カトリック教会の三三人の教会博士の一人でもある。彼は教皇ピウス十二世より「甘蜜博士」（Doctor Mellifius）の称号を得る。また、第二次十字軍の勧誘にも多大な役割を果たした。

(121) ジェフリー・オヴ・オーセルは聖ベルナールの『前半生』*Vita prima* の巻 iii-v を執筆して、巻 iv には彼の奇跡集が含まれている。彼はまた『奇蹟集』*Miracula* (bk.vi) の共著者でもあった。ジェフリーはクレルボーの修道士であり、聖ベルナールの秘書を務めて、ある期間イグニ（Igny）とクレルボー自身の修道院長でもあった。彼は一一八八年以降のある時期に没した。

(122) 聖トマス・ベケット（1118-1170）イングランド聖職者で、カトリック総本山カンタベリー大司教（在位 1162-1170）を務めた。裕福なノルマン人の両親の息子としてロンドンに生まれて、イングランド王ヘンリー二世の大法官となる。カンタベリー大司教に叙階された後に、教会の自由をめぐってヘンリー王と対立し、一一六四年に国外のポンティニ修道院に逃亡した。六年後にヘンリー王と和睦したが、再び両者の間に対立が勃発して、激怒した王が送った四名の騎士らによって聖堂内で暗殺されて殉死した。

(123) ピエール・アベラール（1079-1142）中世フランスの論理学者・神学者。「唯名論」学派の創始者として名を成し、所謂スコラ学の基礎を築いた人物とされる。また、パリのノートルダム大聖堂参事会員であったフュルベールの姪の才媛エロイーズとのロマンスでも知られる。

(124) 教皇エウゲニウス（在位 1145-1153）シトー会のクレルヴォー修道院に入り、聖ベルナールの下で修業した。後にベルナールの影響を得てシトー会出身初のローマ教皇となる。しかし、間もなく反対派のアーノルド・ダ・ブレシア率いる市民の反乱でローマを追放される。しかし、後にアーノルドは破門されて処刑台に送られて勝利を収めた。

(125) 教皇イノケンティウス二世へ一一四〇年に宛てられたベルナールの書簡189に言及している。聖ベルナールはこの中で「巨体のゴリアテ(=ピエール・アベラール)が行く、その従者アーノルド・オヴ・ブレシア(Arnold of Brescia)に先導されて。」と書いている。
(126) 彼はカンタベリー大司教トマス・ア・ベケットの秘書の一人である。
(127) 「マルコによる福音書」5:40及び「列王記下」4:34参照。
(128) ヌヴェール伯(count of Nevers)「ウォルター」は「ウィリアム二世」の間違いである。
(129) 「ヨハネによる福音書」11:43参照。
(130) ラザルスはマリアとマルタの弟で、イエスが墓に入れて四日後に蘇えらせた男。「ヨハネによる福音書」11:12参照。
(131) ブレシア(Brescia)のアウグスティノ会大修道院の修道院長であったアルノルドは一一三九年に教皇インノセント二世によって退陣させられて、アルプスを越えてパリでピエール・アベラールの生徒となった。彼はベルナールが断罪されてクリュニーへ隠退した後もパリに留まり、清貧の美徳を教えて説教して、ローマカトリック教会の位階制を糾弾し、特にクレルボーの大修道院長(聖ベルナール)を公然と非難した。聖ベルナールは彼をパリから追放した後に、一時チューリッヒに滞在して、遂にイタリアへの帰国を許されて、教皇エウゲニウス三世と一一四六年に和睦した。しかし、間もなく彼はローマで政治問題に関わって教皇や枢機卿らの生活態度を糾弾して、ローマで反教皇暴動を指導した。彼は結局一一五五年にローマから追放されて、フレデリック・バルバロッサが皇帝の戴冠をするためのローマへ途中で逮捕されて、ローマの聖省長官に断罪されて絞首刑に処された。
(132) 彼はギルバート・フォリオット(Gilbert Foliot)の友人で、バッキンガムシアの助祭長(在位

c.1177-c.1190）であった。
（133）「フィリピの信徒への手紙」2：21参照。
（134）「マルコによる福音書」6：20参照。
（135）ウェルギリウス『牧歌』*Eclogae* v.70. ‘(ante focum, si frigus erit, si messis, in umbra’)「寒い冬には暖炉の前で、収穫期には木陰の下へ」参照。
（136）上記註（115）参照。
（137）「詩編」104：24参照。
（138）「マタイによる福音書」7：12、及び「ルカによる福音書」6：31参照。
（139）ミサ典書の中の復活祭キャンドルで祝福する際の祈りの言葉。‘O vere beata nox, quae expoliauit Aegyptios, ditauit Hebraeos’「エジプト人らを略奪して、ヘブライ人らを豊かにした、真に祝福された夜よ」参照。
（140）「マタイによる福音書」7：15、6：5、23及び「ガラテヤの信徒への手紙」6：14参照。
（141）「ルカによる福音書」18：11-13参照。シトー会修道士らは自分の耕した土地に十分の一税の支払い免除を教皇インノケンティウス二世より受けた。Cf.G.Cons-Table, *Monastic Tithes* (Cambridge, 1964), pp.246-8, 292-4 on Cistercian tithes-privileges.
（142）「ルカによる福音書」1：48、「ヨハネによる福音書」1：47、「ヨハネの手紙一」3：17及び「ローマの信徒への手紙」13：10参照。
（143）「ヨハネの手紙一」4：20参照。
（144）「フィリピの信徒への手紙」1：23参照。

(145)「詩編」24：1、「ルカによる福音書」6：35、「マタイによる福音書」1：7、「マルコによる福音書」1：7参照。
(146)「詩編」96：5参照。
(147) 上記の註（85）を見よ。
(148) オウィディウス『名婦の書簡』*Heroides* i.53. 'iam seges est, ubi Troia fuit…..'「かつてトロイアがあったところに、今やトウモロコシ畑があり～」参照。
(149) サラゴサの助祭であった聖ヴィンセントがその下で紀元三〇二年に殉教した残忍なローマの総督の名前を指す。
(150)「哀歌」3：12参照。
(151)「使徒言行録」2：44参照。
(152) オウィディウス『恋愛術 *Ars Amatoria* ii.280. 'Si nihil attuleris, ibis, Homere,foras.'「もし何も持って来ないなら、ホメーロスよ、お前は外へ出たまい。」参照。
(153) ヘンリー二世が反乱軍に対抗するため、リムーザンへ軍を率いた一一七三－四年とその余波に関わる反乱の諸々の出来事に言及するものとされる。
(154)「マタイによる福音書」9：11、及び「ルカによる福音書」5：32参照。
(155)「詩編」51：17、及び「ルカによる福音書」15：7参照。
(156)「ヨハネによる福音書」6：37、及び「マタイによる福音書」7：16参照。
(157)「詩編」112：9参照。
(158)「左利き」は中世では一種の「悪」のシンボルとされた。

(159)「ペトロの手紙一」4：9、及び「詩編」115：1参照。
(160)「詩編」45：8参照。
(161)「詩編」91：11-12参照。
(162)テレンティウス『宦官』*Eunuchus* 732. "sine Cerere et Libero（=Baccho）friget Venus". 「(豊穣の女神）ケレースと（酒神）バッカス無しでは、ヴェヌスは冷えるであろう。」参照。
(163)「ホレブの山」とはモーゼが神から律法を与えられた山でシナイ山とされる。「出エジプト記」16：14-36参照。
(164)「マナ」とはイスラエル人がアラビアの砂漠で神から恵まれた命の糧の食物。
(165)「詩編」95：10参照。
(166)ヨークの大司教ロジャー・オブ・ポン・レヴェク（Roger of Pont l'Eveque）（1154-81）。コックスウォルドはヨークの近隣で、バイランド（Byland）修道院の領地であった。
(167)「出エジプト記」2：12参照。
(168)「マタイによる福音書」2：18参照。
(169)ポンティニィ（Pontigny）はオセールの近隣でシトー会修道院の第二の娘で、一一一四年に建立されて、この修道会の主要な修道院の一つであり続けた。この修道院はトマス・ア・ベケットの流刑地であった。
(170)「ルカによる福音書」23：53参照。
(171)ユウェナリス『諷刺詩』*Saturae* vi.280-1 'dic aliquem sodes hic, Quintiliane, colorem, haeremus, dic ipsa'.「教えてやってくれ給え、どうか弁論術教師クインティリアーヌス先生よ、このような場面での何かいい逃げ口上を。『私は今つかえている。君一人で考え給え。』と彼女は言う。」（国原吉之助訳：岩波文庫所収）参照。

(172)「ヨハネによる福音書」15：5参照。

(173)「列王記上」3：12参照。

(174)「列王記上」30：24参照。

(175)「トビト記」2：13、21参照。

(176)「詩編」69：26-7参照。

(177)ホラティウス『諷刺詩』*Saturae*,ii.246. 参照。尚、クルウィエヌス（Cluvienus）とはユウェナリス『諷刺詩』*Saturae* i.80「天分は書くなと言っても、義憤が詩を書かせる。それが私や『クルウィエーヌス』のような者にも書ける詩であっても。」と言及される無名のヘボ詩人を指す。（国原吉之助訳：岩波文庫所収）

(178)「マタイによる福音書」10：27参照。

(179)上記註（87）参照。

(180)「コヘレトの言葉」4：10、「ルカによる福音書」6：30及び「箴言」31：20参照。

(181)ヘンリー二世の善行に関しては、ギラルドゥス・カンブレンシス『作品集』*Giraldi Cambrensis Opera*, ed.J.s.Brewer et al, 8vols., RS,1861-91,viii.192, 255 参照。

(182)ギルバート修道会（Gilbertine Order）は一一三〇年にギルバートが教会区司祭であったイングランド東部の北海に臨むリンカン州のセンプリンガム（Sempringham）で聖ギルバートによって創設された。これは唯一の完全なイギリスの修道会で十六世紀まで存続した。

(183)上記註（83）参照。

(184)「マタイによる福音書」22：15参照。

(185)上記註(32)参照。

(186)「ヨハネによる福音書」6：61、67参照。

(187)彼はシャンパーニュ伯アンリーとフランス王ルイ七世の三番目の妃であるアデラの兄で、シャルトルの司教とサン(Sens)の大司教を務めて一二〇二年に亡くなった。

(188)「創世記」3：6参照。

(189)「剣の聖ヤコブ修道会、またはサンティアゴ・デ・コンポステラ修道会」と呼ばれて、カスティリャ＝レオンで一一七〇年に創設され、後に教皇アレクサンドルス三世の教皇特使の枢機卿アカルドのヒュアキントゥスによってガリシアのサンティアゴ・デ・コンポステラへの巡礼者保護のため「騎士修道会」として、一一七二年にポルトガルに於いて追認された。

(190)十二世紀ヨーロッパに生まれた教派の一つで、カタリ派と並び中世ヨーロッパの二大異端視された教派である。その精神は「清貧」と「禁欲的生活」を旨として、自らを「リヨンの貧者」と呼んだ。その上、彼らは「信徒による説教」と「聖書の(ラテン語からの)翻訳」がこの教派の特色でもある。しかし、一一七九年の第三回ラテラノ公会議で「カトリック教会権威の軽視」を理由で異端宣告を受けた。

(191)一一七九年に開催された第三回ラテラノ公会議を指す。

(192)「マタイによる福音書」7：6、「ヨハネによる福音書」4：11参照。

(193)「詩編」133：22、「箴言」5：16参照。

(194)「哀歌」3：2、及び「詩編」63：11参照。

(195)オウィディウス『変身物語』*Metamorphoses* ii.192. 'nec retinere valet nec nomina novit equorum.'「彼は(手

綱を）抑えられず、馬の名前さえ知らない。」参照。
(196)「使徒言行録」2：44参照。'nudus nudum Christum sequi'「裸（無一文の）キリストに裸で追い従う」という句は十二、十三世紀には頻繁に引用された句とされる。
(197)アダムとイブの長子で弟アベルを妬み人類最初の殺人者となった。「創世記」4参照。
(198)古代パレスチナの死海南岸にあった町「ゴモラ」と「ソドム」は共に悪徳と堕落の町として神に滅ぼされた。「創世記」18、及び19参照。
(199)族長ヤコブの第十一子で父に偏愛されたため、兄たちに嫉妬されて奴隷に売られたが、堅く信仰を守って全エジプトの司《つかさ》となった。「創世記」30：22-24参照。
(200)エリアの息子ダタンは弟アビラムレビ人コラやその他の人びとと組んでモーゼとアーロンに反逆した。そのため、神の計らいで、「大地はその口を開けて彼らとその家々を飲み込んだ。」「民数記」16：31参照。
(201)北イスラエル王国の第五代の王で、酒に酔った先代の王をクーデーターによって殺害して王位を奪取したが、オムリに謀殺されて七日天下に終わった人物である。
(202)ダヴィデ王の顧問官の一人で、その賢明さで大いに名声があったが、アブサロムのダヴィデ王への謀反の時に、ダヴィデを捨てアブサロムの主張を支持して裏切った人物。「詩編」41：9、及び55：12-14、また「サムエル記下」15：12参照。
(203)羊三千匹、山羊千匹を有する裕福なカレブ人《びと》であり、正直者の妻アビガイる夫。彼は頑固で性格が悪く、ダヴィデ王の当然の要請を断ったので、神の怒りを買って石のように硬くなって死ぬことになった。「サムエル記上」25：3参照。
(204)ミュケーナイの王であって、彼はオリュンピア王ペロプスと妃ヒッポダノミアの息子。また、彼はアガメムノンとメネラウスの父親でもある。アトレウスと双子の兄弟チュエステスはオリュンピア王国の玉座を欲しさに異母兄弟のクリュプシスを殺害したので、父王に国外追放された。彼らはミュケーナイに避難したが、その国の王エウリュステウスが戦争で留守中にミュケーナイの王座を搾取した。

(205) 上記註(204)参照。

(206) ペロポネソス半島のピサの王で、その父はタンタルス。ペロプスはオリュンピアで崇拝され、彼への崇敬は所謂「オリンピック競技大会」の創設に発展した。この競技は「ペロプスの島」を意味するペロポネソス半島のみならず、ギリシャ全土の最も重要な統一性を表わす催しとなった。

(207) リュカオンはアルカディアの伝説上の王で、彼は食卓に人肉を出して、狼に変えられとた言われる。ペロプスはフリギアの王である彼の父に殺されて食卓に供された。同様に、彼の息子アトレウスは兄チュエステスの子供らの肉をチュエステスの食卓に出したと言われる。

(208) 現世でも來世でも善が栄えて悪が罰せられるということは「旧約聖書」の史書に基づいて中世の作家らが書く共通のテーマであり、ジョン・オヴ・ソールズベリーの後期の書簡集等にもよく例証されている。

(209) 「ヨハネによる福音書」

(210) 上記註(111)参照。

(211) 「マタイによる福音書」6:16、「ヨハネの手紙一」4:18参照。

第二部

ｉ　序言

肉の勝利は理性に反する。なぜなら、人間は神のものを求めるのが少なく、世俗のものを多大に熱望する。しかし、理性は保持されると、それは魂の凱旋である。というのは、理性はカエサル（皇帝）のものをカエサルへ、神のものを神へ返すからである。(1) わたしは神の慈愛と裁きを示す二つの物語を提案した。(2) それらは愉快でないだけではなく、退屈なものでもある。さらに、それらは詩人らの寓話かその模倣と期待されるか、又は求められる。しかしながら、それらの話を完全に割愛しないまでも、ここでは先送りをして、われわれが知るか信じるかする驚異の譚《はなし》から先ず始めなければならない。

ⅱ　グロスターの修道士グレゴリウス(3)について

かつてわたしはグロスターの修道士グレゴリウスに会ったことがある。彼は既に老齢であり、その老齢自体が病気ではあるが、彼はその他に多くの疾患に苦しんでいた。彼は結石患者であり、脛骨や脚に瘻管があるが、いつも変わらずに陽気であり、たとえ健康状態が優れなくとも、彼は賛美歌を歌うのを止めなかった。もし長い一日のお務めを果たした後に心地よい眠りが忍び寄ると、その時彼は主なる神に見捨てられたとか忘れ去られたといつも言うのであった。そして、さらに厳しく苛まれると、彼は聖アウグスティヌスへ言った時のように、いと高きお方へ（Altissimus）さらに賞賛をふんだんに捧げてこう言った。「ここでわたしを焼き焦がし、ここでわたしを罰し給え、『あなたが怒りの中でわたしを懲戒しないためにも』[4]。」わたしは英仏海峡を初めて渡った時に、彼の祈禱式に自らを託していた。そして、嵐が非常に強まったので、われわれの船は殆ど高波を浴びそうになり、他の人びとが完全に絶望する中で、自らを託したかの修道士の功績を予期して、また沈まんとする船上で死の危険に人びとが常に主なる神に頼る信仰心から、わたしはグレゴリウスの慈悲とあの善行によって、彼がわれわれを波間から無事に救い出してくれるようにと祈った。こうして、嵐の最中にしばし休息を取っていると、見よ！　わたしはグレゴリウス師が水夫らの間を明るく照らして、彼ら一人ひとりを激励して導いて、何にもかも正常に直したのを見た。したがって、目覚めて見ると、わたしはあらゆるものが最高の静寂と平穏の中にあるのを発見して、しかるべき感謝を主なる神に捧げた。わたしはグレゴリウスに関するこのことを後に彼の大修道院長のハメリヌス[5]に話すと、彼自身が大いにわたしに感謝して、その話を他の多くの人びとに知らせた。しかし、テンプル騎士団に自らを捧げた高貴なる男のギルベール・ド・ラシ[6]がこれを聞いて、わが例に倣い前述したグレゴリウスの祈禱文句と祝福を携えてエルサレムへ急いで向かった。そして後に彼はギリシャのエーゲ海で自分にも同じことが起こったことを物語っている。

iii タランテーズの聖ペトルス[7]について

間もなく、わたしはアルプス山脈の山間《やまあい》にあるタランテーズの大司教、聖ペトルスに会った。彼は大変な有徳の人で、実に多くの奇蹟によって有名であった。したがって、彼はわれわれが教会で崇拝する昔の教父たちの功徳に当然匹敵すると賞賛されうる人であった。彼の手によって主なる神は――ただ触って祈るだけで――病人を癒して悪霊を追い払ったし、彼が試みて成就しないものはなかった。彼は十一日間イングランド王ヘンリー二世とリモージュで逗留した。[8] そして、わたしは王から彼の世話を委託されたので、その間王の費用で彼を扶養しなければならなかったが、彼は愉快な人で、どんな場合でも陽気な顔をして、清潔で、慎み深く、謙虚であり、わたしも他の多くの人びとが思うように、すべての点で完璧に見えた。わたしは彼の手を通し主なる神により行われた一つの奇跡を目撃し、また多くの奇跡を耳にした。ある日遅くに、リモージュ市民の大群集が悪霊に憑《つ》かれた男を連れてやってきた。彼らの後に今はリヨンの大司教であるポワティエの司教が付いてきた。彼はカンタベリーの生まれで、[9] 姓はアルベマヌス（ベル・マン 'Belles Mains'「美しい手」）と言って、きわめて雄弁で高い威徳と名声のある男であり、神を試すほどではないが、一般に信じられていることを何でも正確に確認したがるのであった。彼は次のような言葉を話しながらやってきた。「わが親愛なる友よ、皆が主張しているすべてのことをはっきりと立証するため、大司教をわれわれの許へ呼びましょう。人びとが奇跡を見たと言った時に、わたしは時々幻想的なことが起こったのを見たことがありますが、未だに何か本物の奇跡を見たことはありません」したがって、わたしはペトルス師を連れて参ると、彼は跪《ひざまず》いて彼の手を口から泡を吹いて疑えなく完全に気が狂った病人の上に置いた。司教のヨハンネスとわたしは耳をそばだて、大司教が次のように言うのを聞いた。「十一人の使徒たちが食事をしている時に(10)」等と。というのは、その悪霊に取り憑かれた男はベッドに押え付けられていた。彼らはその男を紐で縛らなかった。というのは、彼は彼らの同じ市民であったからである。大司教ペトルスが「福音書」に従い短い祈りを捧げて、彼から手を放すように命じた。すると、直ちに彼は右手で口を拭ってこう言った。「神の御母《みはは》よ、憐れみ給え。」それゆえに、司教ヨハンネスは突然に後ずさりし涙ながらに言った。「その病人はたしかに癒されている。これぞ唯一人の司教であり、されどわれわれは吠えることができないもの言えぬ犬である。(11)」

iv 再び祝福された同ペトルスについて

ローモンの大修道院長であるウィルトンのセルロ師(12)はわたしに話してくれたのだが、この同じ善き大司教ペトルスはシトーでの修道会の総会に出席していた時に、その修道院のある修道士で、生まれながらの奇形で反り返った足を持っていた男にペトルスの仲介で治して欲しいと求められた。すると、彼は修道士を皆から引き離し、腰掛に座らせて彼を裸足にした。そして、ペトルスは跪きその修道士の片方の素足を両手で持ちながら、彼の前で祈った。すると、セルロ師は近寄ってきて耳をそばだて、大司教の言葉を聞き入った。するとその時、彼は動転したように修道士から後ずさりし、彼を見て驚いて言った。「兄弟よ、あなたは両足で地獄に墜とされるより(13)、片足で天の王国に入る方が良い」そして、その修道士を去らせて、セルロ師の方を向いてこう言った。「セルロ兄弟よ、もし主なる神があの兄弟の癒しをわたしにお許しになったら、主は彼を失われたであろう」セルロ師はこれをペトルスの無力さよりは彼の予知力と見なした。しかし、事の真相を確認するために、シトーの大修道院長にすべてを話し、その修道士をこっそりと呼んできて、彼にすべての真実を告白する命令をするよう願った。命令されると、その修道士はこう言った。「院長《パテル》さま、わたしは高貴で実に眉目秀麗な家系の出でありますが、自分は足がわたしの家族らとは違って、笑い草になるほど不格好でありますので、わたしはこの醜さを恥じて、ここに入る決心をしました。しかし、今やペトルスさまがその足を両手で暖めてくださった時に、わたしには足に健康が戻ってきたように思いました。そして、その見込みを手に入れると、わたしは恥ずかしさと悲嘆の中で立ち去ったところへ心から喜んで帰ろうと考えていました」

v 再び同ペトルスについて

同じセルロはペトルスがもう一つの奇跡をその翌日に行ったとわたしに話した。ペトルスがシトーの大修道院長の命令で会衆に説教していると、丁度そのときある女が大きな叫び声で彼の説教の邪魔をし、彼女の主人の財布が切り取られたと喚《わめ》いていた。したがって、大司教は静かにするように言いながら、彼女が失ったものが涙ぐむ嘆願者の許へ戻るようにと何度も祈願した。そして、彼の勧告が無駄であると分かると、遂に彼はこう言った。「白い頭巾を被ったあの背の高い男と彼の左の腋の下の窪みにある金《かね》を取りなさい」したがって、この本当の預言者が命じたように金を取って戻すと、盗人の親方は大司教にその盗人をどうしたいのかと尋ねた。すると。大司教は彼に答えて、「彼を放して上げなさい、なぜなら、彼は叱責されても矯正されることはできないからです」と言った。

このペトルスは水を葡萄酒に変えて、僅かなパンで奇跡的に多くの人びとを養ったと言われる。よって、主なる神の恩寵は現代でもそれを求めて、それに値する人びとを見捨てることがないことを知るべきである。

ブルゴーニュ地方でよく言われることだが、神を十分に畏れず、執拗に罪を犯す習性のある騎士が復讐を、否むしろ非難を体験した。一匹の蜥蜴《とかげ》が彼の肩にへばりつき、その歯と鉤爪をそこに突き立てた。ヒポクラテスの医術でも祈禱の御利益でもその蜥蜴はどうしても取り除けないのに、聖母の憐れみは驚くほども崇められた。この哀れな騎士が聖母の名で捧げられた教会に入る時にはいつでも、その蜥蜴は追い払われて目に見えなかったが、教会を出る時はいつも彼にしっかり付いていた。ペトルスがこの男からこのことを知らされた時に、ペトルスは彼の告解を聞いて、彼に悔悛の秘跡を勧めた。そして、悔悛をしかるべく行うと、彼は自由の身になった。

vi ある隠者について

主は悔悛が行われるか始められると彼の憐れみを目に見えるようにして、真に悔悛した心は知らずして気付かぬ罪からさえ赦免されると教える。主なる神は一人の隠者をも赦された。夕食時に、一匹の小さな蛇が荒野の隠者の許へやってきて、小さな部屋に入った。そして、さながら飢えているかのように、へりくだって食べているその隠者の傍でじっとして、嘆願して餌を求めているようであった。その隠者は、知識に依らずとも、主なる神の情熱を持っていたので、「汝に求めるすべての人に施せ、すると仔犬らはパン屑を食べよう」[14]という教えを聞いて知っていた。彼は蛇にパン屑を与えた。こうして、毎日訪れる蛇を客として持て成した。すると遂にその蛇は非常に大きくなって、いつも入ったところから最早出ることができなくなった。その後で時が経つにつれて、訪問者は小屋が非常に狭いので、火のような螺旋《らせん》でその場所をぐるりと囲むと、その小屋は彼の客だけが通れる大きさとなった。したがって、曲がりくねった悪魔の養い手は嘆き悲しみ、主なる神に後悔して全身全霊を捧げて祈った。[15]するとその時、彼は愚かにも寛大に施した慈悲がこうした結果になるのを学び知った。したがって、その恩寵で憐れまざるをえない主なる神は彼に憐れみを垂れて、彼の許へ彼を訪れてきた男の姿をした救済の使者を送ることを決められた。この使者はその途方もない陰謀を聞きもし見たりもして、悔悛者に四十日目まで、蛇の存在を我慢強く耐え忍ぶように命令した。彼は言われる通りにした。そして、指定された日には、その隠者が小屋には自分しか見え出すことができなかったその人の姿はどこにもなかった。敵を見えない力でその姿を消し去る人は真に力があり、われわれが頑固者でないかぎり、隠れた罠を進んで取り去ろうと思うものである。

vii ハンガリーのルカについて

わたしはパリのジラール・ラ・プセル師[16]の学校で、ハンガリーのルカを見た。彼は立派な男で学識もあり、彼の食卓はいつも貧しい人びとと一緒であったので、彼らは乞食ではなく招待された食事仲間に見えた。主なる神はこの男をハンガリー王[17]や聖職者や民衆らによって、エストルゴンの大司教の職に召喚した。彼が大司教の職に就いた後の（ルカ）の生活や振る舞いをル・マン生まれで、アクル[18]の司教であるフーゴーがこのわたしに話してくれた。前述したハンガリー王が崩御し、世継ぎとして幼い息子、すなわち年端もいかぬ男の子を遺した。したがって、王の弟が大司教のルカのところへきて、彼によって王に聖別され戴冠されることを要求した。ルカは彼を烈しく非難し、法と慣例と正義に反してその無邪気な世継ぎの相続権を剝奪したがる弟の裏切り行為を告発して、同意しようとしなかった。しかし、王の弟は彼の領土の別の大司教によって首尾よく王位に就いた。その大司教は戴冠式に関する権利は一切なかったが、さながら次のようにでも言ったかのようである。

「もし神々をわが意に従わせられないならば、わたしは地獄を揺るがそう[19]」

そして、その大司教はルカによって呪われて破門に処された。直ちに、彼は大いに怯え、抜き身の剣をかざしてルカに赦免するように要求した。しかし、拒絶され新たに破門されて、彼はルカを乱暴にも投獄し、ルカが聖務停止した教会にはその禁止命令を無視させたのである。ルカが長く囚われの身になっていると、彼のある友が教皇アレクサンドルス三世からルカの釈放のための王へ宛てた数通の書簡を、牢獄の彼の許へとこっそりと持ってきた。しかし、それは教皇大勅書の封印が付いているその他すべてのものと同じく、それらの書簡は十二デナリウムを必要と聞いた時に、ルカはそれらの書簡を決して利用しようとしなかった。というのは、彼は自分が聖職売買《シモニア》で釈放されたくはないと言ったからである。しかし、主なる神はその王が荘厳ミサを執り行っていた復活祭《イースター》の日に彼の牢獄を開いた。ルカは礼拝堂に入って行くと皆がびっくり仰天したが、彼は祭壇から布の覆いをはぎ取り、その他の飾り物を投げ捨て、呆然として怖れ慄《おのの》いている王の傍《そば》の十字架の前に立って、ルカはこう言った。「おお、キリスト教徒しかあなたの復活を公言しない主なるイエスよ、あなたが復活された御力《みちから》によって、もしこの王があなたの天罰に値すると判断なされるのなら、彼の非道を改めください。しかし、改めなければ、ファラオ（エジプトの王）を懲らしめたあの強い右手で、誰を突き刺したかを四十日以内にこの王に知らしめてください[20]」彼は礼拝堂から出ると、直ちに敵の制裁者らによってより狭い監視所に委ねられた。しかし、彼はあらゆることにじっと耐えて、眠らずに主なる神へ熱心に祈りを捧げて賛美した。すると、四十日も経たない内に、王が悔悛することとなく亡くなることとなった。前任者と同じく乱暴な唯一人の弟が彼の後を継いだ。四十日の猶予を与えた後で、ルカはその期間内に「自らの口の息」で彼も殺して[21]、それから正当な後継者の少年を実に荘厳に聖別した。ルカは王の少年時代はまことに平穏に過ごしたが、青年期は同じくは行かなかった。というのは、今や青年になると、彼は支えきれないほどの高い野望を抱いて、自らの資産が尽き果てると、教会の所有財産を恐れずに浪費したからである。多くの涙を流して警告をした後で、ルカは王が実に頑なに我意を通すのを見て取って、泣きながら彼に呪いをかけた。そして、ルカは彼のためキリストへ多くの祈りを捧げて、主なる神から彼のため恩寵を手に入れた。その結果、真の悔悛に促され、ルカの願望に応じて彼を満足させるために、王はエズタルゴンの教会へ急いでやってきた。ルカは大いに喜んで全聖職者やその他の人びとと一緒に王を出迎えて、彼を赦して教会の中へ導き入れた。しかし、皆が歌っているのに、ルカはひそかに泣いていた。王はルカに向かって、「最愛の父よ、これほどの盛大な歓びの中で、なぜ泣いているのですか？」すると、ルカは「わたしは実際に喜ぶことができましょうか？なぜなら、一年後の同じ今日の日に、われわれ皆が当惑し憤怒に駆られることに、あなたはこの同じ場所へ死んで迎えられるでしょうから」そして、その通りのことが襲った。

viii　ウェールズ人の無節操な信仰心について

「どんな国の人でも、神を畏れる人は神に受け入れられる」と、別の箇所で言われる。[22] われわれウェールズ人の間では、知識に基づいて神を畏れることはきわめて稀である。戦争に関し実に博識な男のブリウズのウィリアム卿[23]がわたしに話してくれたことによると、彼は高貴な血統の生まれで、実に誠実なウェールズ人と同席したが、その男は毎夜一番鳥の鳴き声と共に起床して、裸でむきだしの地面に膝をつき、夜が明けるまで祈りながら寝ずにいた。彼はそれ相応に禁欲もしていて、自らの監視が余りにも厳しいので、もし彼を知ったならば、人間を超えて天使に近いと思えるほどであった。しかし、彼がいかに戦いで愚かな振る舞いをし、いかに容易に流血沙汰を犯し、いかに自分自身の安全に無頓着であり、いかに他人を殺したがり、罪や殺人が犯されるといかに喜ぶかを見れば、彼は全く重大な不正に耽る傾向があるのを疑いえないであろう。これらウェールズ人らには生れながらと言えるほど実に堅固に礼節の脆さが内在する。その結果、ウェールズ人はある点で節制があるように見えても、彼らは多くの点で未熟で粗野であるのが明白である。

ix　ウェールズ人の穏者ヘリアスについて

かつて、わたしは信仰心の篤い、その生き方も賞賛に値するウェールズ人の隠者ヘリアスに会った。彼は兄弟のウァレンフレイトとその他多くの仲間と一緒にデェーンと呼ばれる森へ連れだって行った。彼らはヘリアスではなく、彼ら自身の意図から、その一帯の沢山ある牧草地に実に多くの動物を飼っていた。しかし、これらの中である牝馬が見当たらず、長い間それを捜しても発見できないということが起こった。したがって、彼らはヘリアスに苦情をもらすと、彼はこう言った。「渡し守のリチャードがその牝馬をここからアウスト・クリフ[24]へ連れ去って、馬は大変な寝不足と労働で疲れきっている。しかし、その馬は彼の門の傍らの家畜小屋にいるであろう」そして、彼は四デナリウスを取り出し彼らに与えて、「日雇い労働者が彼の賃金を貰い損ねないように、その窃盗の報酬としてこれを与えなさい[25]」と言った。その通りに行われて、それに反対する意見はなかった。誰もこの事件でヘリアスは予言者であったことを疑わない。彼はもう天寿を全うして亡くなり、今や彼が信じたお方と共にいる。彼の慈悲がわれらの上に賜われんことを！

x ウェールズの王カドックについて

ウェールズの王カドックは主なる神が「わたしのためにすべてを放棄しない者はわたしに値しない」[26]と言うのを聞いて、彼はすべてを捨て去り砂漠の隠者として自らの両手の労力と彼の額の汗で得たパンを陽気で健全なる信心をもって食べた。しかし、数年と数日が経った後に、いわば運命によって選ばれた彼の後継者がその方向へ旅をして、自分自身と彼の騎士らのためにパンを得ようと彼の許へ人を送るということが起こった。すると、カドックは僅かしかなく、それほど多くの人びとに十分なほど持っていないが、もし主なる神のために求めるのなら、自分は与えましょうと答えた。すると、彼はカドックの許へ再び人を送ってこう言った。「もし彼がパンを送るなら、わたしは受け取ろう。しかし、もしそうしなければ、火が彼の家もパンも焼失させるであろう」カドックはそれに答えて「わたしは焼き払われるよりも彼にパンを食べてもらいたい。しかし、そのパンを食べる人びとは呪われる」と言った。彼らが食べていると——呪いを知りながら差し控えることもなく——彼らの真ん中に立っていたイルトゥドという名の騎士が皆に禁じて食べないように制した。しかし、頑固にもその騎士をあざ笑っていると、彼らは地面の裂け目に飲み込まれて死んだ。しかし、騎士イルトゥドの足下の地面は堅固で安全であり、彼は救われた。カドック・ブレニンについてはこれまでとする。

xi　怪奇な幻影（幽霊）について

ウェールズ人らがわれわれに奇跡ではなくもう一つの怪異な出来事を話してくれた。グウェスティン・グウェスティニオグは湖周が二マイルのブリュケイニオグ湖の畔に住んでいたそうである。彼は煌々と月が輝く三夜にわたり、待っていると彼の燕麦畑で女らが輪舞しているのを見て、彼女らが湖水の中へ飛び込むまでその後を追跡した。しかし、その四日目の夜に、彼は彼女の一人の女を捕らえた。彼女を捕らえた男がさらに言うには、彼女らが夜毎に湖水へ飛び込んだ後で、彼は水面下で彼女らがこう囁いているのを聞いた。「もし彼がしかじかのことをしていたら、わたしらの一人を捕らえていたでしょう」こうして、彼女自身らからどのようしてこの女を捕らえたかを彼は知った。彼女は彼に屈服して結婚した。そして、彼女の夫への最初の言葉はこうであった。「わたしはあなたがリフニ川の彼方の叫び声を聞いて、飛び出したくなり、あなたの手綱でわたしを打ち付けるその日まで喜んであなたに献身的に従い仕えます」このリフニとは湖の近くの川である。このことが実際に起こった。多くの子供が授かった後で、彼女は彼によって手綱で打たれた。そして、彼が帰宅して彼女が子供らと一緒に逃げて行くのを見つけて、彼らを追跡したが、トリウネイン・ヴァゲラウグという名の彼の息子らの一人を辛うじて捕らえた。

彼は野望を抱いていたので、彼の所有地の狭い境界を立ち去った。そして、彼は北ウェールズ[27]のデーヘウバルトの王を自分の主君に選んだ。彼はそこに長い間逗留したが、彼の主人の自慢に耐えられなかった。というのは、その主人は食卓に座って、勇敢でよく武装した実に多数の高貴な家族らを見ながら、誇らしくこう言い放った。「この天下には余が戦わずして戦利品を得て容易に持ち帰ることのできない領土も王国もない。というのは、誰が余と余の家族の偉大さに抵抗できようか？　また、誰が苦労なくわれわれの面前から逃れることができようか？」トリウネインはこれを聞いて彼の同国人の勇敢さと不遜さをよく考え比べて言った。「王陛下、王威にかけ申し訳《わけ》ありませんが、われらのブリカン王は自らの勇敢さや部下らの勇猛さに於いても極めて優れておりますので、あなたであれ他の王は誰であっても、夜明けに山の峰が晴れわたって雲一つなく、峡谷の渓流が霧に覆われる日には、武力で戦利品を奪い去ることはできません。」これを聞いて王は激怒して、彼を縛って投獄するように命じた。そこで、トリウネインを愛していたその名をマドックという王の甥が言った。「陛下よ、礼節を誇示して、あなたの名声を損なうこともなく、彼が嘘つきと判明するまでは、トリウネインが縛られて虐待される理由はありません。というのは、彼は渓流に霧が懸かり山の峰が晴れわたると言いますが、これらは晴天の印です。そして、彼は、晴れた日には、誰も戦利品を奪い去ることができないと言いたいのです。この自慢が真実か否かを証明いたしましょう。そして、偶然にも晴れていたなら、このトリウネインをわれわれの先導者にしましょう。なぜなら、彼はそれらの地方の地形や入口と出口を知悉しているからです。」王はそれに同意して、彼らはブリケイニオグのブリカンの王国を侵略して、多くの戦利品を集めた。しかし、ブリカン王は浴槽に座って入って、誰もそれを彼に知らせなかった。というのは、彼は次のような悪癖のため皆に恐れられていたからである。すなわち、誰でも不吉な騒音を報せると、真っ先に彼は災いを理解して、悪魔にでも憑かれたように、彼が手に持っている石や棍棒や剣や何であれ、それを使って直ぐに伝達者に打ち掛かかろうとして、最初の一投や一撃と一刺しの後には後悔して、怪我をしようがしまいがその使者を呼び戻し、よく聞き返すものである。王は大きな叫び声を聞き、彼の身近には槍があった。それゆえに、彼の軍隊が敵を迎え撃つため招集されたが、誰も敢えて王に何も知らせようとはしなかった。しかし、彼らの中の最も高貴な一人の青年が遂に皆の真ん中に進み出てこう言った。「わたしは皆の誰もが怖くてわれわれの王にこの騒音の伝令使に自らなろうとしないのを知っています。しかし、もし皆がわたしを祝福してくれるなら、わたしが王にこの危険をお知らせます」すると、彼は平身低頭して皆から手と口で大いに祝福を受けたのである。

そして、彼は入浴中の王のところへ向かって言った。「陛下のブリケイニオグ国は馬が残っていないので、今後はもう戦うことができません」すると、王は浴槽から飛び出て、激怒して身近にあった石をその若者に投げつけたが命中しなかった。それで、いつものように彼を呼び戻して、その報せを聞くや否や衣服と武器を掴み取って、両足が足枷を嵌められた馬に乗った。しかし、その馬は足枷などないかのように自由奔放に、王がその時にいたクメライク山（=モンゴメリ）から彼の領土まで王を大急ぎで運んだ。彼の領土に着くと、王はある女に馬の足枷を外すように忠告された。すると、直ちに王は馬を止めると、その馬は足枷を外されるまでさらに前へ進もうとはしないのを知った。しかし、その時に王はその女を呪って、彼の部下らと合流するまで止まらずに先を急いだ。部下らは王を見て安心し敵軍に突撃して、彼らを壊滅し殺害した。そして、敵の軍隊が殆ど全滅されると、その翌日に王は彼らのすべての右手を一つ目の場所に、そして彼らの生殖器は二つ目の場所に、そして彼らの逃亡する道の近くの三つ目の場所には、すべての右足を集めるように命令した。そして、王は彼らのそれぞれの肢体の山積みの上に、かくも傲慢不遜に対する彼の勝利の記念として小さな塚を建てた。彼らは今でも積み上げ身体の各部位の名に因んでそこに存在する。しかしながら、トリウネインは彼の母に救われて上述した湖の中に母と一緒に生きていると言われるが、勿論わたしは嘘であると思う。というのは、このような錯覚は行く方不明の人にはついて容易に捏造できるからである。

xii 再び同じような怪奇な幻影について

エドリクス・ヴィルデ（すなわち、野生のエドリクス）の話がこれと似ている。彼がそう呼ばれたのは、肉体が敏捷であり、その言動も陽気で、きわめて誠実な人間で、北リドベリの領主であったからである。彼が辺鄙な道を通って狩猟から夜遅く帰ってくるとき、唯一人の小姓に付き添われ真夜中まで道に覚束なくてさ迷っていると、森の外れの大きな家に出くわした。それはイギリス人が各教区に一つ持っていて、英語で「ギルドゥス」（ghildhus）と言われる居酒屋のようなものであった。そして、彼が近づいてその中の灯りを見て覗き込んでいると、多くの貴婦人たちの大舞踏会を見た。彼女らはまことに見目麗《みめうるわ》しく、亜麻布《リンネル》制の美しい衣裳を優雅に着こなして、われわれの女性らより大柄で背も高かった。例の騎士は他の女性たちの間に姿形も容貌も秀でて、あらゆる王たちのお気に入りで、より魅力的な一人の女性に注目した。彼女らは軽やかな動作と陽気な身振りで輪舞して、厳かに唱和する彼女らの抑えた声から、優雅な声が彼の耳もとへ聞こえてきたが、彼は彼女らの言葉を理解できなかった。彼女を一目見て、その騎士は心に傷を受けた。そして、クピドーの矢によって打ち込まれた焔に殆ど耐えられなかった。彼は全身に点火して炎と燃えあがった。そして、あの実に美しい疫病、あの黄金の危険の熱に浮かされて、彼は勇気を振り絞った。彼は異教徒らの迷妄や悪魔の夜の飛行隊と死を招く彼らの目撃、ディクティンナや一群のドリアドとラレース(28)について聞いていた。また、彼は侮辱された神々の復讐や彼らを突然見た者への彼らの処罰の仕方、さらに、彼らは互いに完全に孤立し、遠く離れて人知れずに秘密裡で住んでいること、彼らの集会を懸命に探し当てて秘密を漏らそうとする者を嫌うこと、特段に配慮して自ら身を隠し、見えても卑下されなくすること等々、彼はこれらの復讐や懲罰者らの例話を聞いて知っていた。しかし、愛の神クピドーは適切にも盲目の姿に描かれるように、騎士はすべてを忘れて、それを幻想とは考えず、復讐者も見えず、光もないので、先も見えずに躓《つまず》くのである。彼はその家を廻ると、入口を発見すると急いで入り、彼自身が心を囚われたその貴婦人を捕らえた。すると、直ちに彼は他の女性らに捕らえられる。こうして、暫くの間、彼は実に激しい争奪戦で引き留められるが、遂に彼自身と彼の小姓の大奮闘によって解放される。しかし、全く無傷というのではなく、女性らの爪や歯によるあらんかぎりの抵抗により至るところに傷を負った。しかし、彼は一緒に彼女を連れ去って、三日三晩の間思い通りに彼女を享楽したが、彼女の口から一言《ひとこと》も引き出せなかった。しかし、彼女は素直にじっと彼の性欲を容認した。しかし、四日目に彼女はこのような言葉で彼に話しかけた。「ごきげんよう、わが最愛の人よ！　あなたがわたしを引き割いた姉妹たちや、わたしの故郷の土地や森やその近辺の何ごとでも、わたしに非難するまでは、あなたは健康になり、身体と資産の繁栄した情況を享受されるでしょう。しかし、その日からあなたは幸福から見放され、わたしが去ってしまうと、あなたは度重なる損失で疲れ果て、あなたの無情さゆえに、あなたの運命の日に先んずるでしょう」あらゆる言質《げんち》により、彼は自分の愛が永久に堅固で忠実であることを誓った。それゆえに、彼は近隣や遠方の貴族を招集して、大群集の中で、彼は厳粛な結婚の儀により彼女を娶った。その当時は、ウィリアム庶子王という新しいイギリスの王が治めていた。彼は、この不思議な話を聞いて、それを確認して真実か否かを明白に知りたいと思って、二人をロンドンに一緒にくるよう呼び寄せた。すると、彼らは多くの目撃者と、上京できない人びとの多くの証拠を携えやってきた。そして、妖精の本質の最大の証拠は未だかって見たことも聞いたこともないようなその女性の美しい容貌《すがた》であった。そして、皆が愕然とする中で、彼らは再び自国へと送り返されたのである。その後、多くの歳月が経ってから次のようなことが起こった。つまり、エドリクスが夜の三時頃に狩りから帰ると、妻が居ないので苦情を言って彼女を呼び、すぐ来るように命令した。しかし、彼女が来るのが遅いので怒ってこう言った。「これほど遅くまでお前を引き留めて置いたのはお前の姉妹たちだったのかね?」彼がその他の悪態をついても無駄であった。というのは、彼女は姉妹たちの名を聞くと姿を消してしまったからである。それゆえに、この若者は強情で破滅的な騒動をいたく後悔して、彼女を捕らえた場所を探し求めたが、どんなに涙ながらに悲嘆しようが、彼女を呼び戻すことができなかった。昼夜を分かたず、彼は大声で彼女を探し求めたが、結局は彼の愚かさに帰するのであった。なぜなら、彼の生涯は絶えざる悲哀の中にその場所で果てたからである。

しかしながら、彼は自らの死の原因になった彼女との間に生まれた世継ぎの一人の息子を遺した。その息子はアルノスという実に信心深く賢明な男であったが、彼は少しばかり年齢が進むと、身体が麻痺し頭と四肢が震える病気に罹った。そして、あらゆる医師には不治の病と思えると、彼はある思慮深い人から是が非でも大急ぎで使徒ペトロとパウロのところへ行き、彼らの遺体が葬られているローマで健康を確実に恢復すべきであると勧められた。すると、自分はその教区民であるから、王にして殉教者たる聖エゼルベルトを無視して、彼のところへお参りする前にはどこへも行くつもりわないと答えて、ヘレフォードへ連れて行ってもらった。するとその地で、最初の夜にあの殉教者の祭壇の前で、彼は以前の健康を恢復した。したがって、彼は感謝を捧げ、永遠の施し物として主なる神と聖母マリアと王の聖エゼルベルトに、現在ウェールズ地方にある彼のリドベリの荘園をそのすべての付随品と一緒に献納した。したがって、これは今日に至るまでヘレフォードの司教の所有にあって、その所有者には年に三〇リブラをもたらすと言われる。

われわれは夢魔《インクブス》や女夢魔《スックブス》(29)という悪魔や彼らとの交接の危険について聞いたことがある。しかし、このアルノスのように生涯を幸せに終わった彼らの世継ぎや子孫について昔の物語の中で滅多に或いは全く読んだことがない。しかし、このアルノスは彼の健康の恢復の恩返しとして、すべての遺産をキリストに捧げて、その余生を巡礼者として神に仕えて過ごしたのである。

xiii 再び同じ幻影について

幻影《ファンタズマ》(幽霊)とは幻想《ファンタジア》、つまり「束の間の出現」に由来する。というのは、悪魔が時々自力で(最初は神の許可を得て)ある人たちの前に現われて害を与えるか無害で過ぎ去るかは、悪魔らを率いる主なる神がわれわれを守るのか見捨てるのか、それとも誘惑されるのを許されるかに懸かっている。しかし、このアルノスの場合やブリトン人が述べたような物語のように、存続しずっと引き続いて伝搬する幻想的な出来事に関して、われわれは一体どう言うべきであろうか? ブリトン人の話によれば、ある騎士が実際に亡くなった彼の妻を埋葬して、踊りの輪から連れ去って彼女を取り戻したと言われる。そして、その後で、彼女によって息子らや孫たちをもうけ、その血統を今日まで持ちこたえさせて、その家系の血を引く人びとが膨大な数になった。その結果、彼らは皆「死亡した母親の息子ら」と言われる。たしかに、主なる神の御業《みわざ》と赦しは忍耐強く聞き入れるべきであるし、主は皆から賛美されなければならない。というのは、主は理解不可能であるように、主の御業はわれわれの探究を超越し、それらの御業は討議を免れる。さらに、主なる神の純粋さの何ごとであれ、われわれが想像し、知りうることは(もし何かを知っているならばの話であるが)、主はそれをお持ちに思える。主なる神は完全に真の純粋であり、穢れなき真理であるからである。

xiv 再び同じ幻影について

ある騎士が最愛の実に善良で気高い妻との間に、第一子をもうけたが、その子が生まれた翌朝に、彼はわが子が揺籃の中で首を斬られて死んでいるのを発見した。一年たって第二子が、そして三年目には彼自身や家族全員の厳重な警戒が無惨にも欺かれ、第三子も同じように殺された。それゆえに、彼自身と妻と家族は、断食、お布施、お祈り、多くの涙で、第四子を楽しみに待ち望んでいた。すると、彼らに一人の男の子が生まれると、彼らと一緒に、隣人らが火や灯りでその男の子を囲み、皆が目を釘づけにして監視していた。すると、長旅で疲れたような巡礼者がやってきて、主なる神の名において、一夜の宿を請い求めると、彼は実に敬虔に迎え入れられた。そして、彼もまた彼らの監視に加わった。すると、見よ！ 他の皆が眠りに就いて真夜中が過ぎる頃に、彼が一人で寝ずの番をしていると、彼は突然に尊い貴婦人が揺籃に身をかがめ、咽喉を切って殺そうと幼児に襲いかかるのを見た。したがって、彼は即座に突撃して彼女を捕らえ、皆が目覚めて彼女を取り囲むと、彼女は彼らの多くの人びとに正体を見破られた。こうして、暫くすると、彼らの誰もが彼女こそはこの町中で、生まれも、人柄も、富も、あらゆる誠実な振る舞いでも、最も気高い貴婦人であると証言したが、しかし、彼女は名前やその他の質問に答えようとはしなかった。父親や他の多くの人びとは彼女が答えないのは彼女が捕まったことを恥じているせいだとして、彼女を釈放するよう忠告した。しかしながら、巡礼者はしきりに彼女は悪魔であると言い張って、引き続きしっかりと取り押さえていた。そして、彼は近くの教会の鍵の一つで、彼女の顔に邪悪の印の烙印を押した。その上に、彼らがこの女性と思っている（本物の）女性を直ちに自分のところに連れてくるよう命じた。彼がその女性を押さえている間、別の女性が連れられてきた。すると、その女性は捕われ人の女性と、烙印さえまで、あらゆる点で瓜二つであった。その巡礼者はびっくり仰天している一同に向かってこう言った。「今ここに到着されたこの貴婦人は実に立派な主なる神に愛されるお方と信じます。その善行によって、彼女は自らに悪魔の嫉妬を挑発したのです。それゆえに、悪魔らのこの邪悪な密使で、怒りの咽喉切り魔はその罪の汚名を貴婦人に濡れ衣をきせるために、できるかぎりこの善良なる貴婦人に似せて、彼女に敵愾心を持つようにされたのです。皆さんがこれを信じますように、この女を手放したらどうするか、よくご覧ください」すると、彼女は途轍もない大きな悲鳴を上げて窓から飛び去ったのである。

XV 再び同じ幻影について

これらのことやこれらと似た話についてはどう言うべきであろうか？　パウロとアントニオがいみじくも隠修士と呼ばれるのは、広大な荒野を彷徨いながら、孤独の中にひたすら主なる神を求めていたからである。しかし、彼らは互いに見知らぬ同士であるが、一方は客として相手を訪ね、他方は主人として相手を迎いるように魂の中で忠告された。つまり、一方が待たれる身に、他方が待つ身になるのである。しかし、道も覚束なくやってくる彼に向って、猛スピードで半人半馬の怪物ケンタウルスと二枚舌の動物、それに胸の奥底から人間とさらに下からは馬がそれぞれ彼の行く手を遮り横切って行った。彼らは彼の質問に言葉の代わりに唸り声を上げて、彼の手を使って道を教えた。彼の背後に、彼は意図的に自分が別の生き物が視野に入るところに置いてみた。それは山羊の足をして、剛毛の腹を持ち、この獣の上には星の印のついた仔山羊の毛皮をつけ、顔は赤く燃えて、顎には髭を生やし、垂直の角《つの》をしていた。古代人はこういうものを「パン」'Pan'と言う。しかし、「パン」(Pan)とは「すべて」と解釈されるから、彼(「パン」)は自らの中にすべての世界の形態を持っていると言われる。この生き物は明瞭な言葉で道を教えて、誰何《すいか》されると、自分は墜落の大天使ルキフェルと一緒に追放された天使の一人で、各自その傲慢さの賞罰に応じて、世界中にまき散らされたのであると答えた。

xvi 再び同じ幻影について

これももう一つの「幻影」ではないだろうか? フランス東部ロレーヌ地方とフランドルの境界地にある中部の街ルーヴァンのラタ・クウェルクス(30)と呼ばれるところに、今までの慣わし通りに何千という多くの騎士らが自分なりに武装して、彼らが馬上模擬戦《トルナメントゥム》と呼ぶが、むしろ拷問《トルメントゥム》と呼ばれるのがふさわしい遊びをするため集まった。しかし、試合の前に、ある騎士がまことに大きな馬に跨っていた。彼は美男で、身長は中背より少し高く、見事な武器を優雅に飾り付けていた。槍に寄り掛って、彼は余りに陰鬱にも嘆息するので、周囲の多くの人びとに注目されて、その理由を求められた。すると、彼は深い溜め息をして次のように答えた。「善なる神よ、今日ここに参集したすべての人びとに勝利を得ることは私にとって何という難儀でありましょう!」この言葉は皆に知れ渡ると、彼は羨望と怒りの囁きと共に皆から交互に指を差された。しかし、最初に彼が槍で敵を襲撃して、その日は終日実に勇敢に戦って多くの成功を収め、あらゆる敵を薙ぎ倒して赫々たる勝利に輝いたので、どんなに嫉妬深い人でさえも彼を賞賛せざるを得ず、また実に不思議なことにも、すべての憎悪の怨念は愛情へと変わった。しかし、実は、最後になって賛美の歌が歌われるのであり、夕暮れになってその一日が讃えられるのである。彼は〈幸運の女神〉の〈息子〉であったように思えるが、(31)終りに近づいて皆が立ち去ろうとする最期になって遂に、彼に対戦するつまらぬ名もなき一人の騎士の槍によって心臓まで突き刺され、即死したのである。

馬上模擬戦の両陣営が呼び戻されて、彼が武装を解かれて両軍の各自の皆に見せられると、誰も彼の正体を知らなかった。そして、彼が一体誰なのかは今日に至るまで寡聞して知らない。

xvii　いとも勇敢な騎士ガドーについて

皆が当然にもガドーを嵐の中でも微動だにしない岩のようにも崇拝するかも知れない。

彼はヘーラクレースの功業(32)を通しても常に自ら均衡を保ち、希望も恐怖にも傾くことがない。それは躓《つまず》いて結局はいずれにも陥らないためである。彼はヴァンダル族(33)の王の息子であるが、彼自身が王国を少年期に出立したのは、祖国の厄介事や父王の厳格さを逃れるためではなく、世間の人びとより大きな野心を持っていて、自らが祖国の領土内に閉じ込められるのを軽蔑したからである。それゆえに、先ず十分に学問を修得してから、彼はついに武器を手に取って、世界中の怪物を征服した。彼自身はアルケウス(34)の末裔のヘーラクレースのように途轍もない背丈の巨怪でも、妖精の末裔のアキレウス(35)のような英雄ではなかったが、彼は二人に劣らぬ名声を享けるに値する、否、彼はその徳性と勇敢さでは二人を凌駕したように思える。彼は戦いにまことに熟練し、魚、鳥、野獣を捕らえるのに実に長《た》けていて、戦時でも平時でも彼は際立って優れていたので、知らないことはないと皆から賞賛された。さらに、武装軍団は彼の右手の剣に殆ど抵抗することができないが、彼は平和の大変な愛好者で擁護者でもあり、世界中を巡って至るところで有名な馬上模擬試合に参加し、常に両軍の言い分をよく聴き及んで、悪の制圧者で善の擁護者となった。彼は一旦始めた任務から退却し、また彼の行為を抑えて自分勝手に逆行することなどは決してしないので、誰もが彼は万般の英知を具えていると言う。また、彼はいかなる王国の言語も話し、彼の絶えざる繁栄と成功によって、彼はあらゆる生き物を服従させる支配権を有しているように思える。それはさながらあらゆる蠢く生き物が彼の意思に意識的にさえ従っているように見える。(36)

彼はわが島、つまりイングランド島に上陸すると、実に勇敢なオッファ王に会った。

その時に王は、少年期と青年期(37)の間にあった。もし認識することができるなら、これは人生の中で最も楽しい時期である。しかし、われらの青春の日々はすべて瞬く間に過ぎ去るので、幸せである間はそれに気が付かず、それが過ぎてから、ようやくわれわれの眼は見開いてそれと分かるのである。この王はウェールズ人を彼らのウェールズの狭い片隅に掘割によって包囲した。このため、この掘割には今も彼の名が付いている。この掘割を越えるか通り過ぎるには、彼らは通行料を支払って、片足を失って後悔しなければならなかった。

彼は彼の王国を大いなる熱意と努力によって最高の繁栄段階にまで至らしめて、ローマ皇帝の娘を妃に迎え入れた。ローマ人とイギリス人の間には双方の悲劇に終わったこのような多くの婚姻が行われたが、これもそれらの一つである。ローマ人は皇帝の使者として頻繁にオッファ王のところへやって来て、王と王国を大いに褒めそやして王から豊かな貢ぎ物を得て帰って行った。そして、ローマはオッファ王とイングランド王国が衣裳と黄金に輝いているのを見ると、その生来の貪欲が直ちに燃え上がった。驚くには当たらない。というのは、この「ローマ」*Roma* という名前そのものが貪欲と貪欲の定義の頭文字からできている。すなわちそれは R.O.M.A., から成り立ち、そしてその定義はそれと一致する——Radix Omnium Malorum Avaricia「貪欲は諸悪の根源である。[38]」それゆえに、彼らは主人たる皇帝クンナヌス聖下（彼の醜さを見て、ある修道女はかつて「クンナヌス」(Cunnanus) は「女性器」(cunnus) と「肛門」(anus) 以外の何物でもないと言った）に対して「ローマは当然ながら世界の首都《カプト》にして万国の支配者として、イングランドもローマへ朝貢を納めるべきであると提案した。さらに、彼らは皇帝が躊躇せずにこれを遂行するように鼓舞すると、遂に彼らは皇帝を彼ら自身の貪欲の意図へと変心させたのである。しかし、イングランドへ襲撃を仕掛ける唯一の障害は、彼らはあらゆる罪のない人びとの擁護者たるガドーが今も生きているのを知っていた。したがって、祖国の近くであれ遠く離れても、彼らはそれほど大掛かりな作戦をどこでも展開することができなく、彼自身（カドー）が正義を擁護するため、呼び寄せられることを確信していたことである。したがって、長い間皇帝はローマ人らと一緒にこのことを嘆いて、この見解を秘密裡にしていた。これを知らずに、オッファ王は長い間身もとに引き留め、常に最大の敬意を以って崇めていたガトーを出立させた。彼はできる限りではなく、欲しいだけ多くの富を携えてイングランドを発《た》ってインドの奥地へと向かった。なぜなら、彼はその地から息を切らす使者と火急の手紙によって主なる神の手中の剣となり、彼に訴えられた諸悪を復讐する者として召喚されたのである。彼は遙かなる僻遠の地に去ってしまったので、ローマ人たちの間では彼の記憶は徐々に薄れていって、皇帝が恐れずにイングランド人を襲撃するために、カドーの死をその方法と場所と時期とを捏造する人びとさえも現われた。それゆえに、帝国は極めて切迫した布告によって招集された。こうして、数え切れないほど膨大な数の軍隊が参集してオッファ王とイングランド人を不意討したのである。「不意討とは」、ローマ人らの考え方であって、主なる神は予め用意していたのである。なぜなら、ガドーはインド人らの苦難を克服して、今や潮風に運ばれ海路父の王国へと急いでいた。風向きは彼の意に反するも、主なる神がイングランド人を助けるためそう仕向けたのである。そして、彼は襲撃する敵軍と同じ日同じ海岸に、防衛者にして友軍として上陸したのである。彼は主なる神の十字架を発見したヘレナの生誕の地とされるコルチェスター(39)の街に招集した軍隊と駐屯していたオッファ王に拝謁した。そこに、和平を求めたが拒絶された王の使者らが帰ってきた。それゆえに、ガトーは戦闘の様子を見て取ると、自分は主なる神に導かれこの場に来たことを感じ、喜んでその神の意に従った。今や彼はいつも使っていた見事な衣裳を身に纏って皆の前に現われて、百人の精鋭の騎兵らを引き連れて皇帝の天幕へと急いだ。カドーを最初に見た男はびっくり仰天し、それを皇帝に報せるために馬を疾駆させてこう言った。「途方もない大男がやってきます。彼は白髪まじりで、いわば半ば白髪の老人と言ってもよく、絹の衣裳をまことに優雅に装い、天使の似姿で既に主なる神によって頌徳された人間かのようです。そして、彼はさながら世界中から集めた最善の偉大で最も高貴なる約百人もの騎兵隊を率いています」さて、注目すべきことは、ガドーは常に少なくとも百人ものそのような精鋭の騎兵隊を連れていたことである。皇帝はこれらの噂を聴いて仰天し、何が起きたかを知って呆然とし言葉も出なかった。そして、皇帝は彼の進軍を助言した者らを反逆罪で告発した。するとその時、見よ！　ガドーは彼らの真ん中に姿を現わしてこう言った。「わが至高の主なる皇帝聖下がおいで下さったのは平和なことのためでしょうか？」すると、皇帝はそれにこう答えた。「家には決して留まらぬ汝にとって平和とはどういうことであろうか？　だが、いつも世界中の口論や戦争を捜し求める汝こそは平和のためこられたのか？」[40]すると、堅忍不抜の精神と真理からは揺るぎない男ガドーは丁寧に次ぎように答えた。「平和なことのためです。というのは、主なる神の恩寵と御力により、罪なき人びとには平和が訪れるでしょう。しかし、聖下はこのわたしを争論の狩人と申されますが、その通りです。というのは、わたしはそれらを真剣に捜し求めて発見すると、全力でそれらを鎮圧します。わたしはかかる争論を惹き起す人びとを憎みますし、もし彼らがそれらを育むことを止めなければ、わたしは容赦しません」こう言うと、カドーは皇帝の天幕を去って、外で待っていた彼の部下たちと再び合流し、ローマ人たちに伺候して立ち去った。彼がローマ人を愛するゆえに挨拶したのではないし、また答礼をして欲しいからでもない。ただ、良い習慣を忘れぬことが有益なためである。というのは、優雅な作法は些かなりとも無視されるべきでないのは、いともたやすく消え去りがちな善行を忘れることが起こらないためである。それゆえに、礼節はその義務がなくとも常に習慣づけるべきである。絶えず用いて、良い習慣を保持する人は幸せである。

ローマ人らは驚き恐れていた。というのは、ガドーの騎士らは途轍もない巨人で、姿形も美しく、見事な装備をしていたので、彼らはローマ人のみならず、以前に彼らを見たことのある人びとには誰にでも好かれたのである。ガドーは突然オッファ王の前に現われて、ローマ人らに恐怖と不安を惹き起したと同じくらいに王に安堵と希望を与えた。そして、彼は王の正義とローマ人らの不正を知ると、先ず自ら武装して軍隊を正義の戦いへと駆り立てた。彼は五百人の精鋭部隊を除いて、王自身とその他の全軍を街の中心の広い空き地に駐留させた。そして、ガドーは部下だけを率いて敵軍に最初の一撃を見舞うのに有利な門へ突撃するため急いで、素晴らしい青年で、彼の隣《となり》の門を防衛した名はスアヌスという王の甥に前述した五百人の精鋭部隊の指揮を取らせた。ローマ人の最初の楔状陣形が近づいてきて、恐怖の余りガドーを避けてスアヌスを襲撃した。彼（スアヌス）はローマ人らを猛勇果敢に迎え撃ち、実に勇敢に彼らに抵抗したので、ローマ人らは別のところでガドーを見た彼ら自身の眼を信じられずに、ガドー自身が襲ってきたと思った。そして、彼らは戦術では敵わない彼を兵力の数で圧倒しようと懸命に戦った。遂に、彼らの楔状陣形の二つが総崩れして敗走し、五百人の内二百人が斃れた。五百人の兵力が疲労から休息する間もなく三百人の楔状陣形に急襲された。スアヌスは一人の騎士をガドーのところに遣わし援軍を求めると、彼は勇敢に戦うべきとの返答を得た。スアヌスは不平を言わずに同意して、まことに無鉄砲にも攻撃をしかけ敵陣の真っ只中へ自ら攻め入ったのであるが、戦いというよりは狼の前の仔羊の逃亡、あるいは猟犬の前の野兎の逃亡かに見えた。そして、門の外でさえも、彼は第四隊列までも彼らを殺害し続けた。しかし、助けを求めたことを赤面し、生きることが嫌になり、彼は敵から引き返すのを恥と思い、ガドーが哀れに思って彼に退却するよう命令するまで、死を以って臆病者の汚名を償う覚悟であった。スアヌスは自らの身を考えずに、賢明にも年長者の言うことに従い、命令された通り直ちに門を放置して彼の王のところへ大急ぎで行った。するとダムが決壊した大量の水のように、[41] 敵軍は勝利を確信して門を通って襲撃してきたが、彼らは広場でオッファ王に勇敢に迎撃されて、実に堅固な障壁に打ち付けられた。背後から、ガドーは同じ門を通って彼らを襲撃して、葦の中の鎌さながらに哀れな群集の中央を突進して、彼がどこへ進もうとも、その背後には街路ができた。こうして包囲されて、彼らは屈服し切り倒された。そして、敗者と勝者には希望も恐怖もなかったので、彼らは追跡されるに値せず、ガドーは王を呼び戻した。戦闘を惹き起した連中は召喚されて和睦した。そして、王から船を与えられて、彼らは戦死者を埋葬するため引き連れてローマへ帰って行った。

xviii　コンスタンティノープルの皇帝アンドロニウスについて

ルイ六世肥満王[42]がフランスを、ヘンリー一世[43]がイングランド治めていたときに、コンスタンティノープル[44]では皇帝アンドロニウス[45]が支配していた。皇帝にはアンドロニウスとマヌエルという二人の兄弟を享有していた。しかし、兄アンドロニウスは父から遠征に送られ国外に暫く滞在していた間に、父の皇帝が天寿を全うし崩御した。それゆえに、弟であるマヌエルは帝国を違法に強奪して、帰国して来る兄アンドロニウスを撃退した。したがって、兄アンドロニウスは諸国と街々にかかる不正の不平を訴えて、世界中のほぼ半分を武装して弟マヌエルへの反撃を成就しようとしたが、マヌエルは気前よく宝物を施し、名誉に貪欲で、ギリシャ人は軟弱で女々しく、おしゃべりで狡猾であり、敵に対しては信頼も勇敢さもないことを知っていたので、暫くの間彼はギリシャ人を巧妙に利用して、惜しみなく富と偽りの約束を誓って、アルプス山脈のヨーロッパ側の人びとを一人ずつ味方に引き入れたのは、表面上は彼ら自身を守って救うためとしながらも、実際は自分たちの代わりに彼らを危険に晒すためであった。そして、金銭が惜しみなく支払われたので、これらの飢えた人びとは群れをなして突進してその国中を満たし溢れ、彼らは一歩一歩おもむろに入って、遂には自ずと一大種族へと成っていった。

したがって、彼らの尽力と援助によって勝利者となったマヌエルは敗北して完全に追放された兄アンドロニウスを哀れに思い、パルティア人[46]、すなわちトルコ人に隣接する王国を彼に与えた。ここは十分に有益で広大な領土であるが、僻遠の地でもあった。しかし、彼は先ず宣誓をして、彼とアンドロニウスからその息子と末裔による支配権の永久放棄を宣誓した。こうして、マヌエルは彼の侵略については正当性を、自発的な贈物（兄アンドロニウス）ついては十分な慈悲を果たし満たしたと思った。しかしその後に、父アンドロニウスが亡くなると、相続人兄アンドロニウスはマヌエルに対してその誓約を更新して繰り返した。これらのことは教皇アレクサンドロス三世[47]を後継した教皇ルキウス[48]

の時代に至るまで忠実に遵守されて、例のマヌエルは帝国をまことに繁栄の中に支配した。そして、彼は息子のマヌエルのためにフランス王ルイの娘を娶り、敬虔にして仕合せにも天寿を全うして逝った。ただ心残りはわずか七歳の一人息子を遺して、その任務から、最も崇高な人（皇帝）(49)と呼ばれるあるギリシャ人の手に預けたことであった。これを聞いて、実に極悪非道で勇敢な男であるアンドロニウスは、トルコ人に媚びて援助を求めるために二度もキリストを否定したが、今度は三度目の否定であると言われる。そして、彼はサラセンの大軍を引き集めて、マヌエルの近隣の島々や隣接する領土中に不平を申し立て、次のように捏造し吹聴したのである。つまり、皇帝は主人たる人の妻にうまく取り入って結婚したいと思っている。そして、愛国心を装って彼ら自ら一緒に国を治めるために、二人は共謀して少年マヌエルを殺すか既に殺害してしまっていると言う。彼はまた涙ながらに、もし彼らの善意と助力により、彼らが次の企てを実行することが適切と思うなら、自分自身はあの被後見人（孤児）の最も忠実な保護者となるであろうし、そうすれば彼らの間からこのような罪と欺瞞を取り除けるであろうと主張する。これらの約束に、彼は贈物、涙、あらゆる真実の悲嘆の素振りを付け加えた。こうして、彼は信頼を受けてすべての人びとから孤児である被後見人の保護者兼後見人として選ばれたのである。こうして大軍を率いてやって来て、彼はローマ皇帝によって派遣された軍隊を粉砕した。軍隊は戦術で勝利するのではなく、その指揮官らが不正に金で取り引きされて死に至ることによるものであった。これがギリシャ人の信念である。

遂に、彼らは聖ジョージの腕と呼ばれる海(50)に到着した。ここから、数人のギリシャ人らがコンスタンティノープルの市民によって彼に会うため派遣されると、アレクシウスの行為と彼ら市民の助けによって海を渡り、金を払って危害を与えない誓約をした後で、ダキア人の門[51]から入城を許された。しかし、コンスタンティノープルにはマヌエルの招きで殆どあらゆる国から追い払われたフランク族[52]と呼ばれた人種が住んでいた。ギリシャ人らは彼らを嫉妬からひどく嫌って迫害した。というのは、トロイア戦争で彼らの力は余りにも消耗し切ったので、今では欺瞞と陰謀が優勢となって、あの勇猛果敢なアイアース[53]以来は、どんなギリシャ人にも誇るべき優れたものは何もない。彼らはそれほどまで弱くなっているので、あらゆる民族のどんなつまらぬ些細な物やあらゆる大衆の軽蔑の対象物さえも彼らには羨望の的となる。

というのは、われわれは断罪され追放されて逃亡して来た集団がこの地に上陸したことを知っている。しかも、その生来の悪によって祖国から追放された人びとがギリシャ人の間で余りにも大きな影響力を手に入れたので、さながら蘇ったトロイア人のように、これらギリシャ人の嫉妬の炎が今や彼らに反発して燃えている。わたしは主なる神が彼女の揺籃《ゆりかご》から死に至る日まで印と奇跡によって褒め称えた最も神聖なる処女[54]を羨んでいるのではない。わたしは主なる神が選ばれた人びとを決して誹謗することはしない。わたしは彼らの騎士について話しているのである。というのは、トロイアの軍隊が壊滅した後には、あの騎士階級は騎士の訓練でも堕落して、アキレウス、アイアースとティーデウスの息子[55]以来は、武勇の誉れが彼らには見られない。

xix　まことの勇士スコット人ギレスコプについて

わたしはスコットランド出身で、そこではその名声が永遠に到達した男にかつて会ったことがある。彼の名はギレスコプ、すなわち「司教」を意味した。彼はこれらの地域の部族長や諸侯と諸王らのほとんどあらゆる争議に係わったが、いずれの場合も勝者と敗者の双方から賞賛されて、若い時から老年に至るまで実に勇敢で幸運な人であった。というのは、彼はめくら滅法にあらゆる危険に突進したが、彼の無謀で僭越な行為はいかなる場合も底意地悪い継母《ままはは》のように振る舞ったことはなく、彼の無鉄砲さが成功を納めないことは先ずなかった。彼は職務上からではなく、頭頂の円形禿《はげ》のために司教と呼ばれた。さらに言えば、スコットランドの近くには各部族長らが支配する多くの島がある。その島の領土がスコットランドから僅か二マイル離れたある一人の王は彼らの騎士道の考えに従えば、名うての悪漢であった。ある日曜日の夜明け前に、彼はこのギローの情婦を奪い去った。すると、ギロー自身は同じ日の第一刻限にそれを噂で知って、野獣のように激怒したので、彼の友人らに相談せずに、また一刻も待つことも舟を要望もせずに、剣を除いて無防備で、尻の裂けたズボン以外は真っ裸で、自らが舵、その舵柄、帆となり、そして同じく舟とその舵手、敵に進攻する軍隊と指揮官になり、大胆にも海の波を掻き分けて進んで行った。そして、彼はあらゆる恐怖の中での向こう見ずな突進ではあったが、無事に渡り切って上陸した。彼は略奪者の家に背後から入り、小さな穴からこっそり家の中を覗き込むと、三百人以上もの食客の間で、自分の情婦が王に抱擁されているのを見た。したがって、彼は気が狂って不意に家の中へ跳び込んで、一撃で王を殺し再び外へ跳び出した。食客らはびっくり仰天して、ある人びとは王の死を嘆き悲しんだが、過剰な悲嘆によってむしろ怒りがむらむらと湧き上がり、武装して彼を追撃する決意をした。ギローは海の真ん中で血染めの剣を手に握りながら、懸命に泳いで安全の方策を講じた。その様子は遠くから猪を吠えたてながら、傷つくのを恐れて攻撃を尻込みし、さりとて彼らの恨みから追跡を止められない猟犬どもさながらであった。しかしながら、海で二人を刺し殺した後で、まことに大胆で珍奇な経験と実に烈しい復讐の張本人は無事に自宅に戻った。

同じ男（ギロー）は病気のため敵に抗戦するため無事に出かけられない彼の主人たるスコットランド王に次のよう答えた。「陛下、このわたしを陛下の代わりに送り出し、しっかり戦うようにご命令ください。そして、あなたであれ敵であれ、いずれが戦いで勝利を収めようがご安心ください。わたしは戦場では誰より称讃を手に入れることになりましょう」そして、彼は完全に勝利を収めたのである。

再び、彼は多くの敵を潰走させて勝利を収めた。しかし、彼の両脚を幅広い槍で突き刺されたので、彼の仲間らを戦利品のところに残して、彼は投げ槍に凭れながら歩いて引き返した。こうして、彼の味方から遠く離れて見えなくなると、敗軍の三人の歩兵らが、最初は槍、次は刀剣、最後は弓で彼を突然に襲って来た。彼は槍しか武器がなかったが、彼らは前述した武器しか持っていなかった。したがって、最初の歩兵が攻めて来ると、ギレスコプは自分の槍でその男を迎え討ち、彼の心臓まで突き通して、左手で最初の敵の槍を払いのけた。それから自分の槍を抜き出して、彼は次の男の下腹部の真ん中を捉えた。三人目は彼がよろめくのを見て、さながら敵の死を意のままに選ぶかのように、侮りながらギレスコプを抱しめた。しかし、相手（のギロー）は即座に彼の刀剣を奪って自分の胸にしまい込むと、その仕返しにギローは肩を刀剣で刺された。それゆえに、四人とも皆倒れたが、ギレスコプ唯一人だけがその場を逃れると、部下たちに発見されて安全な場所へ連れて行かれた。このような多くの危険と苦境の中を老齢まで生き延びて、恐らくは彼のかかる境遇に次の軍人の諺が由来するのであろう。「いずこなりとも行くがよいが、しかるべき時に死ぬであろう。」'Vadis quo vis, morieris ubi debes.' これは恰も誰でもあらゆる死に突撃できても、自分の最後の日は予測できないかのようにである。軍人は奮い立って見習うためにもこれを肝に銘ずるが良いことである。

XX ウェールズ人の風習について

わが同胞のウェールズ人は、誰にでも――つまり、他人にも仲間同士にも全く不誠実ではなく――礼儀正しい（probi）。わたしは彼らが道義的に立派とか、特に勇敢とか言うのではなく、攻撃では苛酷で抵抗では激烈であって、邪悪にだけは有徳であり、命を軽んじ、自由には貪欲で、平和には無頓着で、好戦的で戦術を熟知し、復讐心が旺盛で、万事につけ実に気前がよく、誰もが食べ物を大いに節約して、自分の食べ物を他人に寛大に振る舞うので、その結果自分の食べ物は皆のものとなり、彼らの間でパンを乞い求める人は全くいないし、見つけた食べ物であれ、食卓に用意されたどんな食糧を発見して、それを食べても訴訟沙汰にはならない。そして、彼らは吝嗇な奴らと非難されないためにも、大いなる寛大さと歓待への尊敬の念を持っているので、三日経たない内は誰も接待した客にどこの誰とかを尋ねることをしない。というのは、その食客が恥を掻いたり、接待者側に自分が勝手に振る舞っていると疑われないようにするためでもある。また、客は非難されず無事に滞在できるように、彼は職業について答える必要がない。しかし、三日目には、それらの質問を鄭重にすることが許されている。

xxi ウェールズ人の歓待について

このようなウェールズ人の風習に反する出来事が起こった。これらの地域のある男が見知らぬ人を宿泊させた。そして、その客を家に置いて、翌朝彼は槍を手に取り仕事に出発し、一夜を過ごして翌朝に帰ってみると、その客を捜しても彼の姿が見当たらないので、彼はどこへ行ったのかと彼の妻に尋ねた。すると、彼女はこう答えた。「今朝早く彼は寝床に横になって、対面《といめん》の扉を開けて吹雪と暴風で大荒れの天候を見ると、彼はこう言いました。『ああ、これは困った！　何という危険な嵐だろうか！』それで、わたしはこう答えたのです。『ただ、怠け者が賢い人の家でぶらぶらするには都合のよい日ですこと』すると、彼は深く溜息をつき『あんたは最悪の女だ！　俺はぶらぶらなどしてはいない』と言って、槍を持って出て行き、彼を呼び止めることが出来ませんでした」すると、その夫は名誉を汚されたと言って槍で妻を突き刺し、ひどく嘆いて彼の客の足跡を追って、長い間追跡すると殺された一匹の狼を見つけた。その後にも、前を行く男の通り路のあたりにもう八匹の死んだ狼と、そして最後に、折れた一本の槍を発見した。それらの背後に、彼は追跡してきた男が遥か遠くに座っているのを見つけた。唯一匹ではあるが、巨大な狼が至近距離から彼に飛び掛ろうとしていた。その時、彼は全速力で近づいてその狼を追い払い、彼の客の足下にひれ伏して妻の犯した罪の赦しを請い、自分の妻をひどく懲らしめたことを話した。今や息も絶え絶えで、実に哀れにもその客は狼がしかるべきことを待ち望んでいるのを見てこう言った。「わたしは次のような契約により、あなたはわが死の責任から放免し、赦すことにいたします。つまり、わたしが力と生命が残っている間は、あなたはここから遠ざかり、そして、かくも執拗にわたしに付きまとうこの狼がわたしを襲った時に、わたしが狼を殺すということです」したがって、そう嘆願されて主人が立ち退くと、狼は深手を負った男を襲った、傍観していて主人が客に貸し与えたその槍で狼は刺し殺されたのである。主人は半死半生の客を自宅まで運んで帰り、暫くしてからその死体を埋葬した。これは生存者と死者の子孫の間の今日に至るまでの確執と相互の復讐の最初の原因である。生存者の一族に罪はなかったけれども、恨みを抱いた妻の言葉で生じた不信の念のため、彼らは非難を免れることはなかった。

さて、ウェールズ人について話し始めたからには、彼らの間で長い間にわたり議論されて、ゆっくりと決着した裁定を公表しよう。

xxii ウェールズの王ルウェリンについて

ウェールズ王ルウェリンは、殆どすべての彼の前任者や後継者と同じように、とびきり美しい妻を持っていたが、彼の妻が彼を愛する以上に彼女を熱愛していた。それゆえに、彼は全力を注いで彼女の貞潔を警戒して、猜疑心と嫉妬に煮えたぎって、彼女が他の誰とも触れないことだけを腐心していた。ところが、実に世評の高い、性格や出生や容姿も高貴で、資産や人格でも大いに恵まれた、その地方の若者がその妃と情を通じたと夢で見たということが偶然に王の耳へ届いた。すると、王は裏切られたと言って、それが実行されたごとくに憤激し、悩み苦しんで陰謀によってその罪のない男を捕らえた。そして、もし彼の親族への敬意と復讐の恐怖が思い止めなかったら、王はその青年を拷問に掛けて死に至らしめたであろう。慣例に従って、親族一同が青年の保釈を申請して、裁判に訴えて弁護しようとした。しかし、王はその保釈を拒否し、直ちに裁判が執行されるように要求した。拒絶された側はその拒絶の返答に不平を述べたが、その若者が拘束されている間は、その復讐を保留した。多くの場合に、時には王の命令により、また時には相手側の招きによって、大勢の人びとが事件の審議に招集されるが、あらゆる意見の対立で難航すると、あらゆる方面からさらに多くの賢者たちを呼び集める。最後に、彼らは世評がとりわけ優れた者とし、実体も劣らずに秀でた一人に訴訟判決を求める。すると、その人が彼らにこう言った。「われわれはわが国の裁決に従う必要があるし、われわれの祖先が制定し長い間の慣習により確証された掟をいかなる理由でも否定できない。したがって、われわれはそれらの掟に従って、国民の決定がわれわれを反対方向へ仕向けるまでは、何も新しいものを作らないことにしよう。ウェールズ王の妃を姦通により辱めた者は千匹の牝牛を王に支払って、その他は無傷で放免されると、わが最も古い慣例では告示されてきた。諸侯の奥方や、あらゆる階級の権力者については同様に、それぞれの地位に応じてある一定の数の牝牛で、罰が制定されている。この青年は妃と交接した夢のため告訴されていて、彼はそれを否定はしていない。告白した罪が事実であったなら、たしかに千匹の牝牛を支払う義務があったであろう。しかし、それは夢であることにつき、われわれはこの青年が千匹の牝牛を王の目の前でベーテニウス湖(56)の湖岸の陽の当たる場所に一列に並べ、個々の牝牛の影が湖水に映すようにすることを宣告する。そして、その影は王のものであり、牝牛は前の持ち主である青年のものとなる。なぜなら、夢は真実の影であるからである」この宣告は皆に承認され、実行するよう命じられた。尤《もっと》も王ルウェリンだけは非難したけれども。

xxiii 同じくルウェリン王について

このルウェリンは、彼の父グルフッドがまだ生きていた若い頃は臆病で怠惰であって、父の暖炉の灰の傍らに座って決して外へ出ることもない、取るに足らない弱虫の人間であった。彼の妹はよく非難した後に、キリスト割礼祭(57)の晩に涙ながら彼のところへきて言った。「親愛なるお兄さま、あなたは一人息子で王の世継ぎなのですから、あなたが皆の物笑いの的《まと》になることは王とこの王国のまことに大きな恥です。よって、今やお兄さまには、何か実に容易で危険の伴わないことを実行してほしいのです。一年の最初の夜である今夜、若者は皆自分の肝試しをするため、略奪と窃盗や、少なくとも盗み聞きに外へ出るのがこの国の習慣です。すなわち、ゲスティヌス(58)のように略奪するためにです。彼は遠くまで旅立って、彼が苦労もなく略奪したものを快く持ち帰って、その一年中は一連の成功で繁盛しました。また、吟遊詩人ゴレヌスのように窃盗するためです。彼は豚舎から藁一本を豚がブーとも鳴かせず持ち帰って、その一年中は不平や騒音もなく思い通り盗むことができました。テウドゥス（ラテン語ではテオドシウスと呼ばれますが）のように立ち聞きするか盗み聞きするためです。彼はこっそりメイレリウスの家に近づいて、家の中に座っている人びとの一人が、「わたしは今朝小さな雲が海から立ち昇るのを見た。すると、それが巨大な雲となって海全体を覆ってしまった」[59]と、言うのを立ち聞きしました。そして、彼はそこを立ち去りながら、小さい自分は海から立ち昇って（すなわち、ウェールズから生まれて）常に動いている小さな雲であり、やがては王になる運命であると思いました。そして、これが後に現実となったのです。よって、さあ、愛するお兄さま、せめて全く危険のない盗み聞きに出掛けてください」少年はこれに奮い立って、彼の魂が深い眠りから覚めたかのように、未だ経験したことない怒りに陥って、彼は力がみなぎり、行動も敏捷で迅速で決断も素早く、多くの遊び仲間らを率いてこっそりある人の家の壁ぎわに佇み、耳をそばだてた。すると、家の中には多くの人びとが座っていて、彼らは料理人が肉吊るし鉤で火に掛った鍋の中をかき混ぜて料理していた牡の子牛が皆の真ん中で切り分けられるのを待っていた。すると、その料理人はこう言った。「わしは特に不思議な一個の肉片を見たのです。というのは、その肉片を何度も他の肉の下に押し込むのですが、直ぐに上へ現われるのです」それを聞いて、ルウェリンは言った。「これこそ、多くの人びとが懸命に押さえ込み、今後も押さえようとするが、いつも皆の意に反していつも激しく突入しようとするこの俺自身である」彼はかくも明白な前兆を喜んで、父のもとを去って、近隣諸国に戦争を宣言して、他人の財産の実に巧妙な盗人となり、また大いに恐るべき侵略者となった。あらゆる悪漢どもの一味が急遽彼のところに群がり、瞬く間に彼は父親さえにも恐れられた。こうして、その父の死後には、父が臣民に与えた迫害を除いて、彼はウェールズの全境界を平和裡に手に入れて支配した。というのは、ルウェリンはマケドニアのアレクサンドロス大王や貪欲に駆られて自制心を失ったその他すべての諸王に似て、寛大で、警戒心が強く、機敏で、勇敢で、愛想がよく、鄭重で、贅沢で、節度がなく、不実で、残忍な男であった。

素晴らしい強力な前途有望な若者を見ると、彼はその若者を誰であれ謀殺するか、彼がやがて強力な男になれないように、自らの安泰を配慮して、その若者の肢体を不具にした。そして、即座に彼は皆の大将となり、こう言うのである。「わしは誰も殺さないが、彼らが自分の母親を傷つけないように、ウェールズの角《つの》を鈍らせるのだ」さて、ルウェリンの甥のルワルクは有能な少年で、背が高く美男子であるが、彼は大きな成功を収め、力と有徳の多くの兆しを示したので、王がやがて偉大な人物になると予感し、自分には脅威になると思った人物の一人であった。したがって、大いにお世辞を言って誘惑しても無駄であった。長い間捜し求めた後に、ルウェリンはその少年が恐れるには及ばない安全な場所に居るのを発見すると、ルウェリンはこう言った。「親愛なる者よ、なぜ君は余を避けて逃げようとするのか、君と君の一族にとって最も安全な避難所を余に教えてほしい。君は自らと君の一族の妨害をしているのだ。したがって、君が自分に課した不名誉を償うことができるものは、心からの親交が君と血縁の余とを固く手を結び合うこと以外に何もないのである。もし君が余を何か恐れるのであれば、君が選ぶ誰であれ保証人として与えよう。これを聞いて、少年はこう答えた。「わたしは貴方の命令で随行したのを貴方がこっそり窒息死させたホエルス、貴方が接吻と抱擁で迎えて、左手の短剣で殺したロテリクス、そして、貴方と一緒に歩いて話している時に、貴方が足を差し出し断崖絶壁から真っ逆さまに突き落したテオドシウス、それに貴方が奸計を弄してひそかに逮捕し、鎖を嵌《は》めて獄死させた貴方の甥のメイリヌスを連帯保証人として請い求めます」さらに、このような具合に彼はルウェリンが今まで殺害した他の多くの人びとを並べ立てた。

　彼の諸々の悪行の中で、彼は一度だけ気高く誠実に振る舞ったことがあると言われる。彼の治世時代には、彼はその隣人たちに余りにも弾圧的で有害な存在であったので、当時イングランドを治めていたエドワード王[60]が彼の臣民らのために嘆願書を出すか、あるいは彼らを防衛するため武装せざるを得なくなった。したがって、双方から使者が派遣されて、彼らはセヴァーン川を挟んでその両岸から交渉し合った。その時エドワード王はアウスト・クリッフに、一方ルウェリンはビーチレイ[61]にいた。重要人物らが船で両者の間を往来し、頻繁に伝言の交換をした後で、両者のいずれが川を渡って相手側に行くべきかが長い間談判された。川の波が高く急流のため、渡るのが困難であったが、これが論争の理由ではなかった。ルウェリンは彼の優位性を、エドワードは平等性をそれぞれ理由として主張したのである。つまり、ルウェリンは彼の民族がコーンウォル、スコットランドとウェールズと共に、イングランド全土を巨人族から奪取したのであるから、自分は彼らの直系の相続人であると主張した。他方エドワード王は彼の先祖らがその征服者からこの領土を手に入れたのだと論じた。こうして、延々と言い争いをした後で、エドワードはルウェリンのところへ急いで向かった。セヴァーン川のその地点は川幅が一マイルであった。ルウェリンはエドワードを見て彼に気付くと、彼の壮麗な外套を脱ぎ棄て――というのは、彼は既に公然と姿を表わす準備をしていたのである――胸まで水に入り、誠意をもって船を両手で抱きしめてこう言った。「いとも賢き王よ、陛下の謙虚さがわが傲慢を征服され、陛下の叡知がわが愚かさに勝利を収めました。わたくしが陛下に対し愚かにも怒らせたこの首にお乗りになり、陛下の寛大さが今日陛下自身のものとされたこの領土へお入りください」こうして、ルウェリンはエドワードを彼の肩に乗せて、自分の外套の上に彼を座らせ、両手を合わせエドワード王に敬意を表した。

これが素晴らしい平和の始まりであったが、ウェールズ人の流儀で、その平和も彼らが災いをもたらすと思うまでしか守られなかった。そのため、わたしは当時わが主人イングランド王ヘンリー二世の大法官、卓越せるトマス・ベケット(62)に寓話で答えることがあった。彼はウェールズの辺境に住んでいるこのわたしに、彼らの信念、つまり彼らの真実の姿とは何か、さらに彼らはどれだけ信頼されうるかを尋ねた。それで、わたしは彼にこう答えた。「フランコという騎士がドイツからフランスに亡命していた。彼はビエールルレの森の真ん中をやって来ると、シャルルの息子のルイ王(63)が独りで石の上に座っているのを見た。というのは、彼の下男らがその辺で一匹の牝鹿を捕らえると、もう一匹の牝鹿が跳びはねながら逃げ去るのを見つけ、王を置き去りにして牝鹿を追い掛けたからである。フランコはルイ王に話し掛けたかったが、この男が王とは知らなかったで、彼の方を向いて王はどこにいるかと訊いてみた。しかし、ルイ王は自分の正体を秘密にして置きたいルイは「やがて彼はここにくるであろう」と言った。そして、その騎士が馬から降りると、王は立ち上がり、礼儀に従って、鞍が滑り落ちないように彼のため反対側から鐙《あぶみ》を握った。すると、その騎士が実に長い剣を腰に帯びているのを見て、見せてくれるように願った。すると、騎士の抜き身の剣の大きさと美しさに驚嘆して、意図的に身分を秘匿していたことを忘れて、王らしく横柄に「余が座る石を持ってまいれ」と言った。フランコは王が持つ剣を恐れて石を運んできた。そして剣を返すように願い、その剣をわが手にすると、「その石をもとの場所に戻せ」と言った。王は掲げられた剣の刃に怖れをなして、その石を戻した。わたしはこの事実によってウェールズ人の信念を諸君に知らせようと思う。つまり、諸君が剣を持つと、彼らは降伏するし、逆に、彼らは剣を握ると、彼らは命令する。しかし、その後フランコは一体どうなったのかをお知らせすると、下男らが再び合流すると、ルイ王は直ちに怖れ慄き逃げ去る騎士を絶賛して呼び戻し、下男らに彼がいかに勇敢にして慇懃にも王の自分にその石を戻させた次第を話した。そして、王はその騎士に遺産としてクレピ・アン・ヴァロア(64)を与えた。

ウェールズ人の名誉なことは略奪や窃盗であって、彼らはその両方をまことに好むため、もし父親が無傷で死ねば、それは息子にとって不名誉となるほどである。そのため、彼らは白髪になる人が少ないことになる。そこには、「若死にか貧しい老人」という俚諺があり、これは、「年老いて乞食しないためにも、人は皆死に急ぐべきである」という意味である。

xxiv 大胆不敵なコナンについて

大胆不敵のコナンと呼ばれるのは、決して恐れを知らぬ死体運搬人で、強盗団の親分であるからであるが、彼はセヴァーン川の向こう側のグラモルガンに住んでいた一人の力強く豊かな騎士を略奪したいと思った。そして、コナンはグラモルガン一帯が見える森から一人で出て来て、大軍団を森に隠して置きながら、その罪もない男にきわめて残忍な待ち伏せを企てた。しかし、夕方ころに彼は前述した騎士の家へもう一人の騎士が急いで向かい、彼の小姓に告げると、客として迎えられたのを見て取ると、コナンは引き返して彼の仲間らにこう言った。「われらが強奪しようとするこの騎士はきっと安らかに休んでいるに違いない。というのは、彼は、慈悲の名において一宿一飯を請い願ったあの騎士を、われらの慣習に従って迎い入れたのである。彼は客を持てなす神が心に宿っている。神といくら戦っても敵わない」このような言葉を聞いて、皆の嘲笑的な顔が彼の方を見上げてこう叫んだ。「ああ、何とまあ彼が大胆不敵と呼ばれるのは実に本当であることか！」さらに彼は同じような非難を浴びた。したがって、彼は臆病の非難を浴びるより死の方がましなので、彼らの後について行き、真夜中にその騎士の家に辿りついた。猛犬らが彼らのところへくると、大勢の連中を見つけて、いつものように囲い地から出て、外で吠えたてた。その客は大きく地面に近い窓の下の広間に寝ていた。彼は外の犬の吠え声で窃盗団が来たのを悟った。すると、大急ぎでこっそりと鎧をまとい、手には槍を持って窓の対面《トイメン》の床の真ん中に立ち止って聞き耳を立てると、物音がしないように努めていたが、大勢いることが分かった。直ちに、コナンの甥がやってきて、こっそり開いた窓から片足を突っ込み、家の中に入ろうとした。しかし、騎士は即座に槍を彼の心臓に突き刺して追い返した。すると、彼の兄は弟が恐怖のため尻込みしたと思って悪態をつき、そばを通って進んで行くと、兄も騎士に全く同じ傷を負って突き返された。すると、コナンは死体を取り上げ、大急ぎで逃げながら彼の部下らにこう言った。「俺はあの家には神がいるのを知っていたし、神のあらゆる闘技者の中で最強のユダ・マカバイが『戦いの勝利は兵士の数の多さによるのではなく、ただ天の力によるのみだ。(65)』と言ったことも知っていた。それゆえに、俺はこの家に侵入するのを引き延すのを恐れたのだ。また、主なる神はわが甥たちが人を非難するその傲慢さに復讐するのをお忘れにならなかったのだ。」

XXV　盗人のケウェスリンについて

北ウェールズのケウェスリンは、彼の首に手綱を、そして腰帯に拍車をつけ、南ウェールズのトラエルの家に宿泊した。そして、酒のない質素な夕食の後で、彼らが黙って長い間座っていると、ケウェスリンはトラエルにこう言った。「あなた方は皆驚いているが、われらの習慣を尊重するため、わたしがどこの者か誰も尋ねようとしない。しかし、あなた方は皆これを知りたいと思っているのでお話しするが、わたしはウェールズの北部の者で、素晴らしい馬の噂を聞いて南部まで引かれてやって来ました。その馬とは南部と北部の境に住むある人が実に熱心に監視しているので、今やまる一ヶ月間もわが待ち伏せは挫折し、わが企てはすべて徒労に帰しました。尤も、当然にも皆が知っているように、わたしは常に手綱と拍車のこれらの証拠品を隠し持っています」この話を聞いてトラエルは笑って次のように答えた。「北部の人はわれわれ南部の人に臆病者で動作が実に緩慢と呼ばれるのはたしかに当然で正当な判断です。われわれの誰もが名誉のために、まる一ヶ月の間も実に貴重な盗品についていい加減な怠慢さの余り疲弊するよりも、たとえ無謀な窃盗の計画でも、勇敢な人に遭遇して、非業の死を遂げることをより望むでしょう。そのような不名誉なことを恥じらいもなく告白するとは、なんとあなたは卑劣で愚か者でしょう！　誰がこの馬の持ち主で、どこで、どのようにその馬が飼われているかをわたしに説明して、わが妻や子供らと一緒にわたしがその場に到着してから三日目まで、ここでお待ちください。そうすればわたしが天晴れにも死んだか、それとも獲物と一緒に戻ってあなたをびっくり仰天させるか分かるでしょう」すると相手はこう言った。「われわれはギョリュウ（御柳）属の低木がエニシダの小枝に変えられというような、あなたらの無謀な自慢話を聞いています。あなたも十分よくご承知のウーテルの息子カドランはゲリガエルの地でその牝馬を飼っています。昼に、その牝馬は彼の軍隊の真ん中で餌を食べ、夜は、彼の家の真向かいの隅に立って、家族全員は牝馬と一枚の戸に挟まれて寝ています。しかし、選りすぐった彼の四人の召使いが覆《ブラカン》いで、つまり最良の絨毯の上で、牝馬と火に挟まれて厳重にその牝馬を監視しています。したがって、もしその絨毯を牝馬に乗せて持ち帰れば、馬の代金は十頭の牝牛、それに絨毯の値段は五頭の牝牛となるでしょう」トラエルは手綱と拍車をひったくった。そして、ウェールズでは盗人は誰も現行犯で捕らえられることも金で保釈されることはなく、直ちに極刑に処されるけれども、彼は平気で近づいて行き、待ち伏せを企てると、ことは報告された通りであるのを発見した。最初の夜に、彼は耳をそば立て、目を瞑《つむ》ることなく、その家の近くで監視した。しかし、その夜は星もなく真っ暗闇であったので、彼の仕事には格好の夜であった。したがって、時を見計らって、彼は手を差し入れて開くためにできるだけ静かに彼の刃物を使って戸の側に穴を開けた。戸を完全に開けると、彼は牝馬の方へひそかに近づいて綱を解き放った。しかし、絨毯の上で眠っていた例の四人に気がつくと、彼は激しく興奮して、長く実に強力な絨毯の縁《へり》を大胆にも牝馬の尾に固く結びつけ、彼ら四人を灰で覆われた巨大な火の真っ只中を戸外に引きずり出して呆然とさせた。よって、大きな叫び声が起こって、彼が絨毯の中に持って運ぶ火花に導かれて、皆が彼を追跡して来た。これらの火花を消して、彼は無事に帰宅して、牝馬と絨毯を手渡して牝牛を受け取った。こうして、彼は自分自身と彼の同じ人種のために、それが彼の中に存在するかぎり、北ウェールズの人種と比較して、勇敢であるとの誉れを獲得したのである。

xxvi ウェールズ人の怒りについて

ウェールズ人の怒りはその狂暴さがいかに見境なく愚かしいかを皆が知るために例話を上げてみると、カット・ヘッジと呼ばれる城砦から一人のある少年が川、つまりワイ川[66]を渡って出掛け、弓と二本の矢を持って行った。すると、彼は二人の敵に遭遇して逃げ去った。その一人が逃げるその少年のすぐ近くに迫って来たので、今や獲物を捕らえた人かのように見えた[67]。しかし、その少年は一本の矢でその男の心臓の真ん中を突き通した。すると、彼は彼の仲間にこう叫んだ。「彼を追いかけよ。俺は死にかけているから。そして、俺の命をあの少年から取り戻してくれ」相棒はその少年を出来るかぎり街の近くまで追い立て、そして、彼の仲間のところへ戻ってきた。しかし、その少年がその引き返す男を遠くから後をつけてくると、彼の相棒の臨終を知った。少年はその場で次のような光景を目撃した。つまり、その無傷の男が灌木の中の手負いの男のところに到着すると、後者は無傷の男に少年から彼の命を取り戻して来たか否かを尋ねた。そして、「否」と答えられると、彼はこう言った。「俺から受けた接吻《キッス》をわが妻と息子らへ持って行くように、ここへ来てくれ、俺はもう死ぬのだから」こうして、無傷の男が手負いの男に接吻すると、下に横たわったその手負いの男は刃物で自らの内臓を刺し切って、「お前はわが命を取り戻せない臆病者なのだから、お前の命を絶つがよい」と言った。上の男は同じように刃物で自分の腹を切り裂いてこう言った。「わしが死んでもお前は何も自慢することがないだろう。わしが唯一無念なことは、このような接吻をもう一度お前の妻と子供らに口移しする前に、お前の傷のため止むを得ず死ぬことである」と言った。ウェールズ人の怒りとはいかに愚かで常軌を逸しているか、それに、彼らはいかに軽率に流血沙汰を起こしがちかとくと見るがよい。

xxvii ある驚異について

わたしはウェールズに実に不思議なことが起こったのを知っている。屈強な体軀をして、正真正銘の勇敢なイングランドの騎士ウィリアム・ラウドゥンが当時ヘレフォードの司教であったが、現在はロンドンの司教であるギルバート・フォリオト(68)の許へやって来て、次のように言った。「猊下、わたしはあなたのご忠告を拝聴にやって来ました。と申しますのは、ある邪悪なウェールズ人が最近わが村で極めて不信心な死に方をしましたが、彼は四夜過ぎると直ちに夜ごと村に戻って来て、同じ村人ら一人ずつの名前を呼び出すのを止めません。すると、名を呼ばれるや否や村人らは直ちに病気になり三日も経たない内に死にます。その結果、生き残っている村人らは殆どいません」その司教は驚いてこう言った。「恐らくは、主なる神がその亡霊の悪い使者に死体で彷徨い歩く力を与えたのであろう。しかしながら、その死体を掘り起こして、鋤《すき》で首を切り落とし、その死体と墓に十分に聖水を降り注いで再び埋葬しなさい」これが執り行われても、生存者らは例の亡霊の彷徨い歩きに相変わらず悩まされ続けた。したがって、ある夜、最早生存者が残り少なくなると、その亡霊の召喚者はウィリアムの名を呼んで、彼を三度召喚した。しかし、彼は勇敢であり敏捷でもあって、その状況をよく知っていたので、抜き身の剣を持って突進し、逃げ去る悪霊を墓まで追跡すると、そこで墓に戻ろうとするその悪霊の頭を首まで切り裂いた。その時から、彷徨い歩く災厄(亡霊)の襲撃はぴたりと止んで、それ以来ウィリアム自身にも他の誰にも害を与えなかった。わたしは彼の生涯の紛れもない事実(死)を知っているが、その原因はとんと知らない。

xxviii 同じくもう一つの驚異について

さらに、わたしはウスターの司教ロジャー(69)の時代に、不信心な死に方をしたとされるある男が一ヶ月かそれ以上もの間、毛衣を着て夜も白昼もさ迷い歩いて、遂には近隣の人びと全員が彼を壁に阻まれた空き地に包囲して、そこで三日間晒し者にしたと言われることを知っている。その上、わたしはこの司教ロジャーがこの哀れな男の墓の上に十字架を立て、この男を放免するように命令したのを知っている。十字架を見たためと思えるのだが、彼は人びとに伴われて墓まで来ると、尻ごみして別の方向へ逃げた。そこで、彼らは賢明にも十字架を取り払った。すると、彼は墓の中に入り、土が彼を覆い隠すと、その上に十字架を立てると、彼はそれからずっと安らかにしている。

xxix 同じくもう一つの驚異について

彼は死ぬまで親身のシャルルマーニュの補佐官であったが、そのランスの大司教トゥルピンの大王の事蹟に関する本(70)にこう記されている。シャルルマーニュ隊のある騎士がパンプローナ(71)で死ぬ時に、彼は全財産が貧しい人びとに施されるようにと彼の親友のある修道士に遺した。その修道士は当然のことながらその財産を分け与えたが、全軍の中でも最高の駿馬の一匹であった騎士の馬を貪欲にも長い間手離さずに隠して置いた。彼はこの騎士に三度夢の中で貧しい人びとに遺されたものを自分のため横領しないようにと忠告されたが、彼は不当にもそれを顧みなかった。したがって、四度目には、その騎士は眠らずにいるその修道士の前に現われて、次のように言った。「今や君は裁かれている。主なる神は君の心を頑迷にして悔悛できないようにされた。さらに、君はわが忍耐力を弄んで、警告を無視し、主なる神への敬意を傲慢にも拒んだからには、今日から三日後の三時に、君は生きたまま悪魔に空高く奪い去られよう」この話がシャルルマーニュに知らされると、大王はその修道士を指定の刻限に彼の全軍で包囲して守った。その修道士らは十字架と聖遺骨と蠟燭で武装し、また平信徒らも剣や彼らに適した武器を持って守りを固めていた。しかしながら、もの凄い大きな叫び声が起ると、その修道士は彼らの掌中から空高く奪い去られて、それから三日経ち四日目に、岩山の間で身体中が粉砕して発見された。

XXX 同じくもう一つの驚異について

ノーサンバーランド(72)のある騎士が夏の十時ころ夕食後にわが家でぽつんと一人で座っていると、見よ、ずっと前に亡くなった彼の父親が汚れた襤褸《ぼろ》の粗布《あらぬの》を纏って彼に近づいて来た。しかし、彼はその亡霊を悪魔と思って入口から追い返したが、その父は彼に次のように言った。「最愛の息子よ、われはお前の父親であり、お前に何も害を及ぼさないのだから、恐れることはない。だが、われがやって来た理由を知るために、お前は司祭を呼ぶがよい」こうして、司祭が呼ばれて群衆がその場へ駆け寄ると、その亡霊は司祭の足下にひれ伏して次のよう言った。「わたしはずっと以前にあなたが他の群集と一緒に十分の一税(73)の不当な滞納の廉で名差しもされず破門されたあの哀れな者です。しかし、主なる神の恩寵により、教会の祈禱や信者らの施しがわたしを大いに役立ってくれて、わたしは今や赦免を請うことができます」こうして、彼は罪の赦しを得ると、大行列を率いて彼の墓までくる来ると、その中へ沈み込んだ。すると、墓は自然に彼の上を塞いだ。この新たな出来事は神威に関する書物に新たな議論を惹き起こした。

xxxi　ある箴言について(74)

先祖代々、フランスの執事である騎士が臨終の床で彼の息子にこう言った。「愛する息子よ、神のお慈悲より、お前は皆に可愛がられて、主のご加護がお前にあるのは明らかである。しかし、今やお前が無事で身と財産の安寧のために、そしてお前の企てが願い通りの結果を享受できるためにも、父のこれらの最後の訓えを守ってほしい。先ず、正当な判決によって有罪にされた者を赦免してならない。澱《よど》んだ古水を飲んではならない。奴隷を助長してならない。姦婦の娘を娶ってはならない。赤毛（ユダヤ人）で身分の卑賤な者を信じてはならない」こうして、息子は父を埋葬すると、王によって父親が帯びていた世襲の職務に迎え入れられた。そして、彼は王自身に気に入られ、またフランス全土にも歓迎された。というのは、彼は温良で賢明な男であり、公序良俗をよく遵守したからである。

しかし、父の訓えにしかるべく注意をしないで、彼は姦婦の娘を娶り、「腹をすかしたギリシャ人(75)」に似た赤毛の召使いを持った。彼はその召使の気配りや勤勉さ、また仕事への素早い気転に注目し、その召使を雇った自分は幸運であり、その結果その召使と一緒に神の祝福がわが家に訪れたと思った。したがって、彼は召使に彼の世帯と資産と、その他すべての指揮を任せた……とほほ?!

xxxii　前述したことの結論

わたしは皆の前に森と材木を置いたのであり、わたしは物語ではなく書き留めたメモをと言おう。というのは、わたしは文体を彫琢するつもりもないし、たとえそう努めたとしても、わたしはそれを成し得ないであろう。各読者が荒削りの素材を彫琢し、自らの努力で立派な外観を備えて世に出してほしい。わたしは皆の狩人にすぎない。わたしは獲物を皆に運び、読者の皆さんが料理をするのである。

「宮廷人の閑話」第二部終わる。

［註］

（1）「マタイによる福音書」22：21参照。

（2）「詩編」101：1参照。

（3）著者マップはグロスター大修道院を知っていて、かつてここに滞在したことがあったと言われる。彼が初めてイギリス海峡を渡った時に、暴風が荒れ狂い、マップはグロスターの老修道士グレゴリーを想い起こした。マップは彼の年若い同時代人の友人ギラルドゥス・カンブレンシスと同様この大修道院の学校で学んだ可能性がある。この老修道士グレゴリーは一一五七年に没している。

（4）「詩編」38：1参照。

（5）ギルバート・フォリオット（Gilbert Foliot）を後継してグロスター大修道院の院長（1147-79）を務めた。

（6）ギルベール・ド・ラシはアングロ・ノルマン系の中世イギリスの貴族で、彼の父ギョームは彼のイギリス領土の権利を一〇九六年に喪失して、ノルマンディーの領土を継承した。彼は父のイギリス領土回復に成功して、一一五八年頃にテンプル騎士団員になり聖地エルサレムへ赴き、セルジュック帝国のシリア属領を支配したチュルキック・ゼンギド（Turkic Zengid）王朝の一員であるヌル・アド＝ディン（Nur ad-Din）と指揮官の一人として対戦した。彼は一一六三年に没した。

（7）彼は著名なシトー会修道士で、現在のフランス南東部のサヴォア県ムーティエ（Mouti-ers）に当たるタランテーズ（Tarentaise）の大司教であった（1142-1174）。彼は一一九一年に列聖された。

（8）ヘンリー二世は一一七三年二月末にフランス中西部のリモージュで崇拝者らに囲まれて、モーリアン伯兼ラゴン王、並びにトゥルーズ伯ウンベール（＝ウンベルト）三世を饗応した。それはサヴォアからトゥルーズに至る宏大な領土の鎮定計画の一策であった。この計画は遂にウンベールの娘とヘンリー王の末の息子ジョンとの結婚の取り決めに至った。もしこの結婚が実現したならば、ジョンはトゥリン（Turin）と北イタリア及び南フランスの莫大な領土の所有者となったはずである。そして、タランテーズの聖ペトルスがこの計画の主要な調停者であったと言われる。

（9）彼はかつてカンタベリー大司教シオボルドの秘書を務め、後にポアティエの司教（1182-1193）からリヨンの大司教（1182-1193）になった。彼は辞任するとクレルボーで一修道士となり、一二〇四年頃に没した。

（10）「マルコによる福音書」16：14参照。

（11）「イザヤ書」56：10参照。

（12）セルロ・オヴ・ウィルトン（c.1105-1181）は十二世紀のイングランド詩人でヘンリー二世の廷臣ウォルター・マップやギラルドゥス・カンブレンシス等の友人であった。彼はパリ大学で学び教えた後に、クリュニー修道会の修道士から後にシトー会修道士となり、一一七一年にシャルトルとブロア間に存在するシトー会大修道院ローモン（L'Aumone）修道院の大修道院長となって、一一八一年に没した。彼の詩はすべてラテン語で書かれたもので、最も有名なものに‘Linquo coax ranis, cras corvis……’「俺は蛙にガアガア鳴いて、鴉にカアカア鳴いて立ち去る……」

(13)「マルコによる福音書」9：44参照。

(14)「ローマの信徒への手紙」10：2、「ルカによる福音書」6：30、及び「マタイによる福音書」15：27参照。

(15)「詩編」22：1参照。

(16)フランス名ジェラール・ラ・プセル（c.1117-1184）はイングランド生まれの渡り歩くアングロ・フレンチ系の人物で、パリ大学で教えた優れた教会法の学者であった。また、彼はカンタベリー大司教トマス・ア・ベケットの秘書でもあって、晩年にはイングランドの西ミッドランドのコヴェントリ司教となった。

(17)ゲザ二世（Geza II :1141-1161/2）はハンガリーの王位を息子のスティーヴン三世（1161/2-1172）に継承させたが、彼の二人の叔父ラディズラス（Ladislas）とスティーヴンの強固な抵抗に会ったとされる。

(18)イスラエル北西部の地中海に臨む港町で、十字軍の激戦地であり、ヘブライ語ではアッコ（Akko, Accho）と呼ばれるアクレ（Acre）の司教であるが特定不詳。

(19)ウェルギリウス『アエネーイス』*Aeneis*.vii,312. ‘flectere si nequeo superos, Ache-ronta movebo.’「もし私が神々を曲げることができなければ、地獄を動かそう。」参照。

(20)「箴言」12：7、「ヨハネによる福音書」19：37参照。

(21)「テサロニケの信徒への手紙二」2：8参照。

(22)「使徒言行録」10：35、及び「ローマの信徒への手紙」10：2参照。

（23）彼は一一七五－一二〇八年まで中部ウェールズに位置するブレックノッ（Brecknock）とウェールズ沼沢地の諸地域の領主であって、ジョン王との確執で一二一一年に流刑の内に没した。

（24）ウェールズのセヴァーン河口に隣接する五ヘクタール以上にも亘るアウスト崖で、今では特別な科学的関心の場所となっている。

（25）「ルカによる福音書」10：7参照。

（26）「マタイによる福音書」10：37－8参照。

（27）実際は「南」ウェールズで、筆写の間違いとされる。

（28）ディクティンナは元来クレタ島の女神であるが、ここでは狩猟の女神アルテミス又はディアナの別名で使われていて、彼女が従者である森のニンフのドリアドらに伴われている。また、オウィディウス『イビス』*Ibis*, 79-84 'Quasque ferunt torto vittatis angue capillis / Carceris obscuras ante sedere fores ; / Vos quoque, plebs superum, Fauni Styrique Laresque / Flumina et nymphae semideumque genus :'「縒《よ》れた蛇で髪を束ねた汝らは薄暗い牢獄の門前で座っていると言われる。汝らもまた、天上の神々、ファウヌス、サチュルス、ラレース、小川とニンフ、それと半神の種族らは。」参照。

（29）「インクブス」'*incubus*' は睡眠中に訪れて女と性交する悪魔で、「スックブス or スックバ」'*succubus or succuba*' は彼の女性の片割れを指す。

（30）不詳。

（31）ホラティウス『諷刺詩』*Saturae* ii.6.49. の諺風の文句 'uespere laudatur dies'「夕暮れとなって、その一日が褒め称えられる」参照。

（32）ゼウスの子で不死を得るために十二の功業を遂行した大力無双のギリシア神話最大の英雄。十二の功業とは、ネメアのライオン退治、レルネーの水蛇ヒュドラ退治、ケリュネイアの鹿の生捕り、エリュマントスの猪の生捕り、アウゲイアース家畜小屋掃除、スチュムパーデスの怪鳥退治、クレータの牡牛の生捕り、ディオメーデース牝馬の生捕り、アマゾンの女王ヒュッポリデースの帯の奪取、ゲーリュオン牛の誘惑、ヘスペリデスの園の黄金の林檎の奪取、地獄の番犬ケルベロスの連れ出しとされる。

(33)五世紀に西ヨーロッパに侵入して、ローマを略奪し破壊したゲルマン人の一部族で、その文化芸術などの破壊行為は凄まじかったと言われる。Cf.Vandalism「ヴァンダル人風の破壊・暴力行為」

(34)テーバイの王アンフィトリュオンの父でヘーラクレースの祖父に当たる。

(35)ホメーロスの『イリアース』の中で描かれるギリシア軍第一の英雄でトロイアの勇士ヘクトルを倒したが、唯一の弱点である踵《かかと》を矢で射られて斃れた。Cf.Achilles' tendon

(36)「創世記」1：21参照。

(37)中世では一般的に「少年期」'puertia' は七－十四歳、「青年期」'adolescentia' は十五－二八歳、「若年期」'iuventa' は二九－五〇歳位と見なされていた。

(38)「テモテへの手紙一」6：10参照。

(39)ジェフリーオヴ・モンマスはその著『ブリタニア列王史』*Historia regum Britanniae* 第五巻の第六章でこのヘレナをコルチェスター公コエルの娘として描いている。

(40)「列王記上」16：4参照。

(41)ウェルギリウス『農耕詩』*Georgica* ii.479-80 'unde tremor terris, qua vi maria alta tumescant / obicibus ruptis rursusque in se ipsa residant.「その時大地の揺れが来て、その力で深海は激しく波立って膨れ上がってその障壁を打ち破り、そして再び静まり返った。」参照。

（42）（1081-1137）フランス・カペ王朝第五代目の王で在位は一一〇八－一一三七年。彼は肥満王（le Gros）または戦争王（le Batailleur）と呼ばれ、強力なイングランド王ヘンリー一世や神聖ローマ皇帝ハインリヒ五世の時代にフランス王権の防御に尽力した。

（43）（1068-1135）ノルマン王朝第三代目の王で在位は一一〇〇－一一三五年。通称は「碩学王」と呼ばれた。征服王ウィリアム一世とフランドル伯ボードゥアン五世の娘マティルダ（アルフレッド大王やマーシア王オッファの子孫である）の第四男。

（44）東ローマ帝国の首都で、三三〇年に強固な城砦に囲まれて建設され、一四五三年の帝国の陥落まで難攻不落を誇り、東西交易路の要衝として栄えて、ギリシャ正教の中心地であった。現在のトルコのイスタンブル市の前身である。

（45）偽名？不詳。

（46）西アジアの現在の北部イランに住んでいた人種。パルティア人騎兵は退却する時に後ろに向きに矢を射る習慣があったと言われる。Cf.Parthian shot (shaft)「最後の一矢」または「捨てぜりふ」

（47）（c.1103-1181）イタリアのシエーナ生まれで、在位は一一五九－一一八一年。彼はパリのノートルダム大聖堂の礎石を築いた人と言われる。

（48）教皇ルキウス三世の在位は一一八一－一一八五年である。

（49）本文中のラテン語‘protosaluvator’はギリシャ語の‘protosebastos’「最も畏敬すべき人」の意味の転訛したものである。これはローマ皇帝一族のためアレクシウス一世により創られた尊称の一つである。ラテン語の‘augustus’「崇高な、畏敬すべき」に当たる。

（50）マルマラ海とエーゲ海を結ぶ欧亜両大陸間の海峡でダーダネルス海峡とかヘレスポントス海峡とも呼

ばれる。
(51) 中世のコンスタンティノープルにはこのような門は存在しなかったし、ダキア人という名はこの時代には通常デーン人について用いられた。
(52) ギリシャ人らはどこの国の人であれ西欧人すべてをフランク人と呼んだ。
(53) サラミスのテラモンの息子でトロイア攻囲軍の勇士。
(54) ローマ・カトリックでは伝統的に「十四人の聖なる援助者」の一人であるアレクサンドリアの聖カタリナを指す。彼女はジャンヌ・ダルクと話したとされる聖人の一人でもある。
(55) トロイア戦争に於けるギリシャ側の勇士ディオメーデースのこと。
(56) 南ウェールズに存在する湖の名前。
(57) 「キリスト割礼祭」はクリスマス期間中（十二月二十五日－一月六日）で、キリスト誕生後八日目の一月一日の元旦と決め、また異教の慣習であるケルトの元旦は十一月一日であるが、この日を「万聖節」としてキリスト教に取り込んでいる。
(58) 「グスティヌス」から「メイレリヌス」までの言及されている四名の人びとは不詳。
(59) 「列王記上」18：44－5参照。
(60) イングランドのエドワード告解王（c.1002-66）を指す。
(61) イングランド中南西部グロスター州にあるセヴァーン川の両対岸にある地名。
(62) 第一部註(122)参照。
(63) シャルル三世とイングランド王エドワード告解王の娘エドギヴァの息子である西フランク王国の王ルイ四世（920-954）を指す。

（64）パリの北六十キロに位置するヴァロア地方の中心にある一行政区域《コミューン》。

（65）「マカバイ記一」3：19参照。

（66）ウェールズ中部に発してウェールズ東部からイングランド西部を南下して流れセヴァーン川の河口に注ぐ川。

（67）ウェルギリウス『アエネーイス』*Aeneis*. Xii.754. 'haeret hians, iam iamque tenet similisque tenenti'「彼は口を開けてへばり付く。彼は九分通り捉えて、恰も捉えたごとくに驚いて大口を開ける」参照。

（68）第一部註（60）を参照。

（69）彼はグロスター伯ロバートの息子であるから、ヘンリー二世の従弟となる。また、彼はウスターの司教（1164-79）を務めた。

（70）八世紀後半のランスの大司教トゥルピン（Turpin）がラテン語で書いたとされる『カロルス大王物語』*Historia Caroli Magni* で、別名『トゥルピン年代記』*Turpin Chronicle* とも呼ばれる。本書の内容はカロルス大王（シャルルマーニュ）の真偽の疑わしいスペイン征服に関する伝説的な題材を十二世紀にラテン語で捏造した年代記である。この年代記によれば、本書はカロルス大王の同時代人であるランスの大司教トゥルピンによって書かれたとするが、ルネサンス期には贋作であることが判明した。よって、偽トゥルピン（Pseudo-Turpin）作と一般に呼ばれる。

（71）スペイン北東部の位置にあるかつてのナバーラ王国の首都。バスク語ではイルーニャと呼ばれて、現在では毎年七月に開催される牛追い祭りが有名である。

（72）イングランド最北の地域で、古代にはイングランドのハンバー川とスコットランドのフォース湾の間にはアングロ・サクソンの古王国「ノーサンブリア」があった。

（73）中世時代から教会や聖職者の生活を維持するために課された税で、物納（後に金納）したが、現在は廃止された。

（74）噺の枠組みは『ジェスタ・ロマノールム』*Gesta Romanorum* の第百三話 'De omnibus rebus cum consensu et providencia semper agendis'「何事もすべて調和と先見をもって常に行うことについて」を参照。

（75）ユウェナリス『諷刺詩』*Saturae* iii.77-8. 'omnia novit / Graeculus esuriens ; in Caelum iusseris ibit.'「餓えたギリシャ人は何でも身に付けて知っている。天国へ行けと命じれば、そこへ行くだろう。」参照。

第三部

i 序言

廷臣らが君主たちの膨大な仕事に疲れ切って宮廷から下がって来ると、彼らはへりくだって平民らと話しをして、深刻な日々の重荷を冗談でも言って軽減したくなるものである。そのような気分の時に、哲学や神学の書との真剣な相談を一時的に中休みして、気分転換や気晴らしのために、この本の無味乾燥で血の気のない愚行を読むなり聴くなりするのは皆には楽しいでしょう。というのは、わたしは法廷の訴訟や厳粛な請願には触れない。わたしが裸の無防備な剣闘士としてよく出没するのは劇場や闘技場である。しかも皆はこのようなわたしをわが中傷者らの武装した楔型戦闘隊の中へ進んで送り込んだのである。しかし、万一カトー(1)かスキピオ(2)あるいはその両方がこの劇場や闘技場を訪れるなら、彼らが厳しく判決を下さなければ、わたしは彼らに許しを請う。皆はわたしに後世の人びとのため笑いを誘うか道徳を啓蒙するような例話を書くように命ずる。わたしはこのような命令を果たすことはできないけれど――というのは、「貧しい詩人は詩の女神ムーサの洞窟を知らない」と言うからである――。

善良な人びとの善行が彼らの利益になるようなこと（というのは、神の愛する善良な人びとには、万事が益となるように共に働くために)[3]を蒐集して書くことも、或いは善い土地に有益な種子を委ねることも困難なことではない。しかし、誰が邪悪で質《たち》の悪い精神を耕すことができようか？　なぜなら、聖書にも記されているように、「ソーダーの上に酢を注ぐ者は苦しむ心に向かって歌をうたう者である[4]」からである。

サディウスが歌をうたった。さて、お聞きになりたいですかな？

ii　サディウスとガロの友情について[5]

サディウスとガロ、二人は性格、年齢、容貌とも互いによく似て、戦《いくさ》の知識に恵まれ、由緒ある高貴な家系の出で、互いに相手を誠実に愛し合っていた。したがって、彼らは戦いにおいて遠近《おちこち》のあらゆる人びとの模範と教訓であると十分に承認されていた。というのは、彼らは善良な人びとの間にいる時には、敵からでさえも賞賛を得るという二人の誠実で仕合せな友情を享受していたからである。

さて、サディウスはアジアの王（この王の宮廷で二人は同じ身分の騎士であったが）の甥であって、彼は王たる叔父にまことに優しく可愛がられて、サディウス無しで、叔父は息もできず、生きても行けないほどであった。それも無理からぬことであった。なぜなら、気高い精神と肉体の能力において、彼は誰もが自らもこうありたいと望むような人間であったからである。ガロは、異国の人であって、これほどの王の溺愛だけを除けば、あらゆる点でサディウスに匹敵する美徳に恵まれていた。それゆえに、彼は黙って自らの不運をよく嘆いていたのであるが、他人には彼のこの不運は多分に成功に思えたであろう。つまり、ガロは王妃によって熱愛もされ、実に激しく迫害も受けたのである。彼女の厳しい攻撃はあらゆる口調や合図でなされて、頑固な人が和らげられ、堅い人が穏やかにされ、賢い人が愚かなことを言うのに大いに役立ったのである。こうして、彼は手や目で欲しくても欲しいとは言わず、相手は受け取っても、自ら受け取ることなく、彼は鎖首飾りや指輪、小さな帯や絹の衣服などを絶えず贈り物を施したのである。というのは、実は〈愛〉とは怠けることも忘れ易くもないからである。王妃はいかなる憂慮や申し立ても度外視した。彼女は実に執拗に請い願って自らが付き添い女《め》となった。こうして、彼女は愛の虜《とりこ》となった者の常としてあらゆる手立てを試みた。ガロも恭しく控え目にもあらゆる方法で拒否したが、彼女を決定的な形までは排斥をしなかった。というのは、彼は王妃が正気に戻るまで、彼女を絶望させずに遠ざけておいて、礼節に適う譴責をすることにより、彼女に益することを願ったのである。すると、王妃は逃げ去る彼を確保しようと急いで、手綱を緩めて走り出した。すると、彼は慎み深さの扉を閉じて捉えられないように懸命に走った(6)。そして、いと高きお方（神）の前では少しも罪悪でないゆえに、彼は女王の美貌と悦楽と自分自身の肉体の戦いに抗《あらが》って貞淑の砦を守り通した。そして、惑わすことも惑わされることもないお方の勧めによって、遂に彼は王妃の贈り物を拒絶し、彼女の恋文を断り、彼女の使者らを避け、彼女をあらゆる手段で絶望の淵へ入れるべく努めた。

遂に、おお、サディウスよ、君は親友の心労に気付いたのだ。そして、それを知って自らの心労としたのである。

サディウスは女王のところへ行き、彼女の過ちを知らぬかのように、苦しむ心に向かって歌を唄った。(7) サディウスは彼女の高貴な系図と身体と顔の優雅さをゆえに彼女を大いに称讃した。彼はまた彼女の人格の威徳を褒め称えて、とりわけ彼女の貞淑の驚異を激賞した。なぜなら、彼女は魅惑に満ち溢れ、どんなに節度のある人びとの欲望をも刺激するあらゆるものに恵まれていても、彼女は高貴な人びとや選良たちの熱烈な求愛をも遠ざけたし、彼女の意思に抵抗できる人は誰一人いないけれども、彼女は快楽の虜には決してならなかったからと言うのである。さらに彼はこう言った。「したがって、ルクレティアでさえも今後は自らを貞淑さに於いて敗者であると認めるべきです。(8) 否、精神のかくも強靭な女性を敢えて望む男性はいないでしょう。しかし、その不能《インポテンス》のため愛の営みが叶わぬことを除いて、わたしは王妃と同じ志操の堅固さゆえに称讃に値する男性を一人だけ知っております。しかし、わたしはすべての人びとが彼を崇拝して当惑もするが、彼の場合は全くそうであることを聊かも疑えません」すると、彼女は「それは誰ですか」と言った。すると、サディウスは答えた。「たしかに、彼はいかなる者とも比較にならない男です。しかし、彼を豊かにしてあらゆる幸運を授けた主なる神は彼にこれだけを拒否されましたが、彼自身も主張するように、むしろ彼を救ってくれたのです」王妃は今や不審に思い、彼女自身のことが多少なりとも触れられていると思って、サディウスの側に座って彼に真剣に尋ねて、あらんかぎりのお世辞を使って懸命にその名前を聞き、その人物を知ろうと努めた。サディウスは彼女がそれを秘密に伏すように真剣に願うと、彼女は確約した。すると彼は言った。「それはわがガロのことです。彼は、何ごとであれ女性を説得することはできようが、自分にはそうするつもりはないと、わたしにだけ告白しました」これらの言葉を聞いて、王妃はひそかに溜め息をつき、涙を完全に抑えきれなかった。サディウスは王妃に挨拶をして、自分は心配の種を注ぎ込んだと思った。[9] そして、許されるとその場を立ち去った。彼女は一人きりになるために急いだ。サディウスは談笑するため友のもとへ急いだ。友のガロは彼の情愛のある感謝の気持ちでサディウスの労苦に報いた。そして、彼はこれが原因で起こることが予想して不安に思っていた救済を喜んだ。

しかし、結果はそれとは異なっていた。というのは、サディウスがさらなる大きな困惑へと追いやった彼女は一睡もしなかったからである。愛が教えうるあらゆることを思い巡らして、彼女はある一つの秘策を決意したが、それは危険な考え方であった。つまり、自らは羞恥心から敢えてしないことを、宮廷内で最も気高い貴婦人を代理にして探ってみたいと思った。それはサディウスが言ったことが真実か嘘かをたしかめることである。王妃は彼女に指示をし、いかにしてガロの抱擁を受けて裸で結ばれるよう接近するかを教えた。そして、彼女に彼の恥部に手を入れ、貞淑な身の女として、ガロが男か否かを報告するように命令した。王妃はその若い女を遣わし、その女に嫉妬し、彼女の身代わりになりたいと思った。こうして、王妃は寝台に身を投げ出して、次のようにひとり言《こと》を呟《つぶや》いた「こうして、彼女は出向いて行く、しかもあちらの方へ。そこにはたしかにわたしが今や愛してもいないし、これからは名を呼ぶこともない侍従がわたしをいつも迎えたように彼女を迎えに来る。おお、彼は何とわたしに忠実で親切であったことか、また何と憐れみ深く同情的であったことか！　しかるに、あのデメアはしきりにこのわたしを斥け、わたしの抱擁を免れながら、丁寧ではあるが実は毒気のある言葉でわたしを護衛したのだ！　彼はわたしをあらゆる貴婦人の中で最も美しい女王と呼んでいたが、彼自身の貴婦人（恋人）もまた同じく言ったのだわ。彼自身の？　おお、いかにも彼自身の、わたしが出来るかぎり侍女として仕えた、しかも彼が許す以上にも！　何という優しい戒めの言葉で、彼はわたしが王の聖別された妻であり、自分は王の臣下であるから、王妃のためには自分は何でもいたしますと繰り返し言った！――しかし、『これだけは除いて』と付け加えた。善なる神よ、その『これだけは！』とは何と大きなことでしょうか！　わたしが熱望したものはその『これだけ』であり、それがすべてでした。それゆえに、わたしは言うべき言葉もありません。『これだけを除いてすべてを？』しかし、それでは『すべてを除いてすべてを』であり、それは「無」であると解釈されます。よって、たしかに、彼は『わが王妃さま、貴女のために』わたしはすべての「無」を行います」と言う方がより真実であったでしょう。このような無意味な言葉で彼の真意を表わして、わたしを永遠に拒絶して貶めたということでしょう。おお、神よ、誰が一体このようなあからさまな抱擁からかくも乱暴にも自ら身を引いたであろうか？　若者らと老人らの溜息もまた偽りであるのか（しかし、わたしの鏡は最も真実を映し出すものである）或いはこの顔がいかなる人の激しい恋情を呼び起こしうるのかであろう。おお、されど、わたしは忘れていたのだ！　サディウスは実に信頼できる誠実な人である――ガロは生殖器を失った。ガロも実に愚か者ではなかろうか、彼の恥辱を隠して、わたしを敬遠して遠ざけ、自らが拒絶されないために、わたしを代わりに忌避するとは！　たしかに、彼が好意を持ってわたしに親切であったら、わたしは彼の親友となったであろう。また、彼に躊躇《ためら》いがあったなら、わたしは彼が女性か男性か中性かをしっかり把握できるところへわが手をまさぐり確認したであろう。おお、ものごとはわたしが信じた通りではなかった！　サディウスは嘘をついて、ガロは男なのである。まことに確実な証拠によりガロは男であり、しかも欠陥のない完璧な男であることが明らかである。でも、最もふさわしく賢い乙女を自分の使いにやるとは、わたしは何と悲惨で愚か者であろうか！　わが理性は、わが分別はどこへ消え去ったのであろうか？　彼女は彼に忍び寄り、恭しく慎重に振る舞って、遂には最初に触れたとき彼女はわたしではなく別の女と気付かれて認められる。仮令《たとえ》そうでなくとも、彼女は自らそれを告白し、やさしく受け入れられると、それはわたしの苦悩の種となろう。これは彼女が戻って来るまで一度や二度は起きるであろう。そして、彼女はそれをし続けて、二人は相思相愛となるであろうか？　否、わたしは信じないし、考えもしない。わたしは確信して疑わないのは、わたしが女王として聖別されなかったならば、わたしが花嫁でなかったならば、——今や彼女はわたしが座るべきであった立場にいることである。しかし、彼の王への忠誠心が彼を引き留めたのだ。彼女に何が障害になるものがあろうか？　これらの障害の内で何が彼女を案じさせるものがあるだろうか？　たしかに皆無である。既に手遅れである。「それを除いて何ごとでも」とは言われずに、何よりもそれが実行されたのである。彼女は何と嬉々として、また何と素早くわが口からの命令で、これを手に入れたことであろうか、しかも何と疑いの余地もなく！　しかし、彼女は無精でも臆病でもなかった。彼女が出掛ける時にはその道には熊はいなく、街路に獅子もいなかった。しかも、既に今や真昼である。おお、彼女は何と速やかに行けて、何と安全でもあろうことか！

何と帰りが遅く、不安が一杯であることであろうか！　今や道には熊がいて、街路には獅子がいるのだから。(10)しかし、ああ、彼女は永久に彼の愛人《もの》になるためにあの雄々しい彼によって引き留められているのです。彼女は何と憤りもせず、運命の悪戯《いたずら》に耐えることとなのだろうか！　しかし、なぜわたしは嘆くのであろうか？　あるいは、わたしは一体誰をどう正当に責められるのであろうか？　わたしこそが自らの欺瞞であり、自らの裏切り者であり、われとわが身に罠を仕掛けたのである。たしかに、彼女がそうではなかった。彼女はこのわたしが、否すべての女性が望むことを行ったに過ぎない。しかし、サディウスは真実を話したのであろうか？　否、断じて何もない。ガロが男性であるのは明白である。もし彼がそうでなかったら、彼女はとっくに帰って来ていたであろう。あらゆる証拠から十分に明らかである。というのは、あの魅惑的な頰の生毛《うぶげ》が濃くなり始めて、彼の肢体には軟弱さは微塵もなく、眼には青斑もなく、心には臆病の気配すらもない。女のような男にかくも多くの武装した楔状隊形を突き刺し、すべての人びとの栄誉を破壊し、彼自身の名誉をあれほどの称讃の極みまで高めえようか？　きっとサディウスが嘘をついているに違いない。しかし、あれほど礼を尽くしわが憧れの的《まと》の許へ差し向けた彼女は、今やわが愛する人を褒め称えて、彼と一緒にこのわたしを無視して、急いで戻って帰らずに、わたしに快く従うのではなく自分と自らの快楽に耽っている。たしかに、彼女は嬉々としてわたしから快楽の宝を奪い去った。すれば、恋する者は誰もが狂気としか言いないではないか？　しかし、わたし、わたしは彼女がいつ、どのようにして出かけたか、派手な装いでか、優雅に着こなしてか、飾り立ててか、を聞いてみたい。

こうして、話題になった彼女の仲間の一人を呼んで、「ね、ライス、エロはいつ出かけたの?」すると彼女は言った‥「今、一番鳥の鳴く時刻に」女王‥「夕暮れ時に遣わされたのに?」ライス‥「そうです」女王‥「なぜそんなに遅く?」ライス‥「遣わされたのが遅いので、帰りも遅いでしょう」女王‥「わたしたちの用件と彼女が遣わされた理由をご存知なの?」ライス‥「いいえ、でも大急ぎで身支度をし、大変上機嫌で遅い時間に出かけたのを知っています」女王‥「彼女は悩んでいたが。ではどのように着飾って?」ライス‥「首飾り、指輪、香水、紫衣、上質のリンネル、眉墨《まゆずみ》、髪の焼き鏝《こて》、これらでお洒落をして――眉間にヘアピン一本も欠けることなく身なりを整えてです」女王‥「ああ、なんとしたことか! これは一体なぜなのかしら?」ライス‥「実は、わたしもよく分かりません。しかし、彼女は愛する人のところへ行くために役立つことは何一つとして忘れませんでした。彼女は香油を塗り、身を洗い清め、髪を梳《と》かし、化粧をして十分にめかし込んで出かけました。黄金、衣裳や何か装飾品が不足であるとか不平も言わず、一部始終自分に目配りして、急いで戻ることは微塵も考えていませんでした」女王‥「わたしは彼女をこの上ない愚か者、実に教養のない女と考えていたわ!」ライス‥「わたしも知りませんでした。白状してよろしければ、そのことに関しては何と聡明な女ですこと! 女王‥「ねい、ライス、何もかも教えて」ライス‥「どんな召喚状によるか知りませんが、彼女が攻撃するのはガロです」女王‥「では、ガロはどうするであろうか?」ライス‥「彼女がガロを愛するように、彼は誰か他の女に愛されている素振りをするでしょう」女王‥「『愛される』とおっしゃるが、ガロは(女を)愛せないと言われているが」ライス‥「エロは今ごろそれが事実かどうか知っています」女王：「ああ！　エロが？」ライス：「はい、エロです」女王：「われわれのエロが？」ライス：「別人のエロは知りません」女王：「エロがこれを知っているとどうしてご存知なの？」ライス：「ある種の素振りで分かります」女王：「それらは時に誤るものよ」ライス：「おお、恋とは、他のあらゆる狂気にもまして不幸なものよ！　恋とは全力で隠し通そうと努めても、恋自体が知らない内に、万人に知れてしまうとは！　よって、大胆に言わせて戴けるならば[11]――」女王：「愛しいライスよ、何なりと思い切っておっしゃいなさい」ライス：「ガロは異国の人びとの間で育てられたが、彼は血管と心臓にまで入り込んでいると言われています」女王：「誰の血管と心に？」ライス：「ある人たちが嘘をついているように、あなたのでなければ宜しいのですが。というのは、彼はわたしの心をあらゆる種類の困惑で満たしました。よって、誰の血管や心でないと言えましょうか？　だが扉の蝶番《ちょうつがい》の音がしますわ」女王：「恐らくエロが帰ったのよ。どこかへお行きなさい、さあ急いで、わたしたちが話しているのを見られるといけないから。ああ、エロ、あなた帰られたの？」エロ：「はい、ただ今帰りました」女王：「どうだったの？」エロ：「彼のところへいき、触れてみましたが、押し返されました。しかしながら、彼は（できる）男なのは間違いありません」女王：「なぜすぐに帰らなかったの？　遅れたのには何か楽しいことでもあって？」エロ：「どんな時間も願望の身には遅いと思えます」〈女王：……〉エロ：「今わたし出かける時にあれほど大急ぎしましたわ！　いかにしてより速く帰れたと言えるのでしょうか？」女王：「今ですって？　わたしが命令したあの時からなら、一万マイル先からでも戻れたはずだわ。だが、あなたは着飾ってからでないと出かけようとしなかった。結婚式にでも行こうとしていたの？」エロ：「わたしが答えを知るまでは、彼を楽しませて上げたのは幸せでした。ほぼ気に入って頂きました。万一わたしが女王さまでしたら、あの人実に明瞭に理解したでしょうに。しかし、あの人はわたしが女王さまより小さくて従順でなく、あなたほど彼に相応しくないのに気付くと、わたしは直ちに投げ出されました」女王：「今こそあなたは卑劣にも姦通したのを知ったわ」そして女王はエロの髪の毛を摑んで虐待し、拳骨《げんこつ》と足蹴りで彼女を痛めつけ、半死の状態の彼女を厳重に監視するため仲間らに託して、何ごとであれエロには許可を与えなかった。それから、一人離れて寝台に身を投げ出し、そこで不健全な恋が暗鬱な心に指南する何ごとをも抑えて沈黙せずに、今や遂に彼女の激怒のすべてをガロへ投げ返して、怒りが唆すあらゆる暴言を吐いてガロを厳しく罵った。

残酷な怒りと容赦のない復讐心が際限なく憎むべきあの男（ガロ）を襲った。女王は、拒絶されても、彼女の欺瞞に満ちた企てを悲嘆するのを止めなかった。そして、直ちに激しい愛に囚われるにつれて、冷淡な憎悪の心が荒れ狂った。どんな過失もあらゆる場合に火が点いて怒りとなったが、愛に起因するその原因だけはそれらの憎悪心を永続させた――女の恋敵に奪われた愛とか、渇望の相手に欺かれた愛である。女王は自分が騙されて自分の欲望から叩きのめされたと気付いたが、彼女の認識を信じようとはせずに、不思議なことにも、彼女自身の心の予感を否定しようと自らの心の中で格闘するのである。ガロは彼女から召喚の命令を受けてやって来た。すると、二人の間には衝突、攻撃、弁護が公然と起こった。というのは、彼女が攻撃し、彼は防衛した。彼女が厚顔無恥の槍を投げると、彼は謙譲の楯でその槍を受けた。彼女がウェヌスで迫ると、彼はミネルヴァで対戦した。遂に、彼は確固たる拒絶の軍団を総動員して、彼女を断乎たる絶望の淵へ突き落した。女王は今や女王ではなく牝虎、否、牝熊より猛り狂って愛から憎悪へと堕ちていった。彼女の厚顔無恥で気紛れな言い寄りが確固たる信念に打ち砕かれたのを嘆いて、さながら女王の権威が犯されたごとく、あらゆる鞭打ちの刑をもって引き連れていき、ガロ自身を懲罰するようにと要求した。

　アジア諸領土の王の誕生日であった。よって、王の傍らには招待された世界の半分の主座大司教たちや貴賓客らが臨席していた。しかし、皆が宴を張っている間に、ガロだけは虚ろな眼差しで食卓に座っていた。しかし、王の食卓は大きな半円形に配備されて、王自身の座席はその食卓の中央に整えられた。それは半円形に座る人びとは皆王の座席から平等に近い位置となり、あらゆる嫉妬の危険が取り除かれて、席が遠いことに嘆き、近いことを誇りにする人が誰もいなくするためであった。ガロとサディウスは並んで座った。しかし、ガロを絶えず監視していた怠りない女王は、〈恋の神《クピードー》〉の矢でメラメラと燃え上がり、鉛のような重さでその炎を掻き消されたが、ガロの魂がいかに不安に駆られて心奪われているかに最初に気付いた。そして、彼女はガロが強く想い起こして逡巡していることを完全に秘密に伏したいと思っているのを疑わなかった。したがって、彼女はガロがあのことを固く隠そうとする決意だと信じるほどに、一層熱烈に彼女はガロを晒し者にしようとして、その拒絶によって内心苦しんだその男が、並みいるお歴々の面前で赤恥をかくのを願った。

　さて、毎年誕生日には女王が選ぶものは何でも贈物をするのが王の慣わしであった。したがって、彼女は贈物の名も言わずにお願いし、王からは贈物を何でも手に入れたのである。王は誓ったことを後悔した。なぜなら、主なる神は誓うことをしないからである。[12] 直ちに彼女が要求したのは、王自身がガロに来客の面前の彼の食卓で、宴の間ずっと彼が一人ひそかに思い巡らしていたその覆い隠した秘密の瞑想を告白させることであった。王は顔青ざめて身震いし、食卓の両端《りょうはし》の人びとも呆然となった。しかし、誰よりもガロの第一の親友であるサディウスはガロにひどく同情して、最初にその願望が変えられることを願った。しかし、王は不意の誓いを後悔して、自らを未知の約束に縛られた第三者と思った。ヘロデ王[13]の当惑と踊り子[14]の執拗な要求と太陽神フォイブスの赤面とその息子ファイトン[15]の頑迷さを、この王の狼狽と女王の狂乱した攻撃の中に見て取れよう。[16] 貴賓客の仲間全員はガロにより優しい取り扱いを求めたが無駄であった。彼女は徹底して復讐を志し、彼女の実に卑劣な企てを強行し、実際は自らの激怒に負けていたのであるが、彼女自身は勝利を収めたと思っていた。よって、この愚かな女はさながら彼女の名誉は罪のない男を侮辱することに掛っているかのように、厚かましくも自分の要望に固執した。ガロは微動すらせずに座って、何の罪の意識もなかったので、女王の陰謀も恐れず、何が起こっているのか気付きもしなかった。遂にサディウスに呼び覚まされると、彼は見上げて深い溜め息をついて夢想から醒めた。その時、女王の要求と王の同意を知ると、彼は溜め息をつき、話しを容赦して下さるように願った。しかしながら、彼を支持する男たちとそれに反対する女の長い論争の後で、ガロは次のように話し始めた。

「今や一年も前の聖霊降臨祭[17]に、わたしは熱病のため長い熱で衰弱して、わが病気の危機を過ぎて五日目に、ダマルティア(18)の首都サロナでベッドに伏していました。その日は祭日で、わたしの付添人らは厄介な労働で疲れ切って、他の家族の人びととその地方のありふれた遊戯に出かけていました。わたしも衣裳を纏って、わが体力と乗馬や武器を試して見るため外出したいと思いました。こうして、わたしは甲冑と革の兜とその他をどうにか身につけました。わたしは衰弱していたのです。長い間怠ってごく自然に太ったわたしは馬に乗って町を通り過ぎて、実に深い森の道を選んで朝から晩まで一度も手綱を引いて馬を止めませんでした。わが駿馬は知らぬ間にわたしを遥か遠いところまで運び去っていました。そのことに気付くと、わたしは戻りたくなり、わたしがこれほどまで彷徨わせたのは愛の仕業だと知りました。というのは、わたしは恋をしていましたが、報われてはいませんでした。こうして道も知らずに、わたしは大きく不思議な城砦《まち》へ迷い込みました。わたしは実に高い城壁に囲まれた宮殿と象牙の館や建造物の輝きと奇妙な形にびっくり仰天しました。しかし、住人らは隠れているのか、誰一人もいませんでした。わたしは絶えず心の苦しみを思い巡らして中央を通っていくと、わたしは知らぬ間に一方的にわが乗った馬に内部の城壁に囲まれたとある宮殿に連れて行かれました。これはわが眼には最も高く聳えた実に壮麗な宮殿であって、わたしは息を飲んで見上げると実に驚嘆しました。馬に跨りその宮殿を通って行くと、誰もいないので、実に大きな一つの部屋とその背後の二つの部屋を通って広大な庭へ出ると、爛漫と花咲き乱れる乳香樹《スキーヌス》の下に一人の乙女が女王のように絹の絨毯にじっと座っているのを見ました。わたしは馬から降りようとすると、疲労から衰弱して落馬してしまい、しばらくの間彼女の足もとで心地よく恍惚としていました。しかし、彼女はわたしを見て生きているのかたしかめる動作は全くしませんでした。わたしは立ち上がって、楯と槍を取り外して彼女の前で跪き、へりくだって彼女に挨拶をしました。しかし、彼女は黙っていました。応答して頂けるようにあらゆる手を尽くしましたが、彼女の口からは一言も引き出すこともできず、彫像のように微動だにしませんでした。無言のまま引き返すのは憚れたし、また話しかけるのも恥であるので、わたしは最初に恥らいの初穂を摘もうとして、乱暴にも彼女を押し倒して犯そうとしました。彼女は自分の身を守ることができないので、大声で叫びリウィウスを呼びました。リウィウスは飛ぶようにその場に来ました。彼は聞いたこともない高い背丈の、見たこともない大きな体軀の巨人でした。わが主君の王とサディウス以外に誰も彼と対戦しうる騎士はいなかったでしょう。(19) 彼は武装して、彼の重さに耐えうる大きな馬に跨り、彼の両目は鎧の胸宛ての面頰を見ていて火が点いた松明のようでした。告白しますと、わたしは彼に怖気《おじけ》づいて赤面したのです。しかし、今や王と王のそばに座する諸侯に敬意を表して、この物語の続きがわたしの永遠の汚名となりませんように、女王陛下がわたしを憐れみください。したがって、王とその周囲の人びと皆が憐憫の情に咽《むせ》んで、ガロのために涙ながら嘆願したが、この手に負えない牝獅子の心を動かして、彼らの誰かを見て考え直して、快く彼らの要望に応えてはもらえなかった。彼女はガロだけをじっと見つめて、語り始めた話を続けるようにと強く迫った。

こうして、ガロは再び話し始めた。「怒りで燃え立っていたが、その巨人は無防備な者を猛攻撃する資格はないとして、わたしに再武装するように命じました。われわれは交戦したが、わたしにはとても敵う相手ではなく危険でした。というのは、彼は軽々としかもたやすく彼の途轍もない長い槍でわたしを近くの樹木の叉木に投げ飛ばして、そこにしっかりと押えつけ、自らの怪力を自慢してその乙女がわたしの惨めさを喜ぶように、身動き一つできないこのわたしを誹謗して懲らしめました。おお、女王よ、これでまだ十分ではないでしょうか？　王は懇願して、皆はその完全に聾唖の彫像を崇めたが、女王だけは彼に話を続けるよう命令した。ガロ：「わたしが信じていた神が見知らぬもう一人の乙女をわたしの援助のため遣わしました。彼女は例の実に残酷な乙女の足に身を投げて、わたしの過ちの赦しを求めてその両足を涙で濡らして接吻したが無駄でした。というのは、その巨人の乙女は極めて傲慢にも彼女の足でわたしの柔らかな唇を彼女の歯に押し当て傷つけたのです。おお女王よ、もう十分ではないでしょうか？　しかし、あなたが憐れんで下さらないことを知っています。わたしはすべてを告白いたします。遙かに高貴なる人にふさわしい乙女であるわたしの愛する女《ひと》はその巨人の足に唇で接吻し、ああ哀れにも血を流しなら、わたしが長患いで衰弱していると弁解して、体力も血（活力）も奪われた人に一騎打ちを強いることは彼らにとって最大の恥辱であると促しました。巨人は赤面したが思い留まりませんでした。というのは、彼はそこに身動きせずに座っていた冷酷な心の自分の乙女の要求を待って、彼に一瞥もくれない彼女の方を見ていました。そのとき、わたしの乙女はわたしに心の平安を手に入れることができなかったのでひどく泣きながら、優しくも心から同情して、一年の休戦を願い出て、一年後の同じ日に、もし死が訪れなければ、巨人のリウィウスと一騎打ちをするため、このわたしを連れて来ると自分を人質として差し出しました。すると、どんな暴君の怒りや心をも次第に変えてしまうような彼女の涙によって、その乙女の心は変えられずとも、巨人は心が和らいでその誓約に同意しました。今その約束の日が迫って、わが生命《いのち》の救済者たる乙女は五百人の騎士たちに随行され城門のところにいます。しかし、例の巨人は五千人の部隊を率いて彼女に続いて来ます。わたしはこれを瞑想して食事中に呆然としていました。なぜなら、わたしにとってこれは恐ろしく計り知れないからです。しかし今や、最高の王よ、余りにも侮辱的な話の続きを話すことをお許し下さい」すると女王は：「たしかに、お前を引き付けないからと誹謗するその巨人の乙女は堅固で一途な心をしており、お前が非難するそれらの彼女の特質こそが称讃に値します。しかし、これがいつもお前のやり方、否むしろ欠点です。さあ泣くがよい、涙を溢れさせるがよい、わたしは巨人ではないから、その涙に心動かされはしまい。さもなければ、巨人を打ち負かし、その涙で死者たちが蘇えり、悪魔の怒りをも宥《なだ》めた、お前が褒め称え、愛するその乙女をここに連れて来るがよい。おお、なんと立派にお前はその乙女を称讃することか！　また、お前が言うには、その乙女の溢れる涙は不安定な方法でエウリディケの心を捉えたオルペウス[20]の歌をなんと見事に凌駕するであろうか！さらに、彼女の涙と伶人アンピオンとを比べたらどうであろうか？　彼は楽の音も無くしてテーバイの城壁を築いたことであろう[21]。さまざまな怪物を退治したヘラクレースは全世界の利益のため汗を流したが、もしお望みなら、お前の彼女は涙を流してより一層世界の役に立ったであろう。もしわがいと高貴なる王陛下が命ずるなら、今にも彼女は涙を流すがよい。この男（ガロ）が弁護して話すべきである。ご注目を、ご列席の皆さま。王と諸侯への敬意を表して、わたしがこれからも無傷の勝利者たることを信じて疑いません。われわれは彼の話をすべて聞くべきです」ガロ：「今までより悪意に満ちたより大きな非難を聞くことになりましょう――というのは、わが主人たる王と側近の方々の懇願と貴女（王妃）の拒絶の間で、遂にわたしは固く心でこう決心しました。つまり、あなたがずたずたに引き裂いたわが信念のためでも、損得のためでも、その他の恥辱や名誉のためでもなく、決められた日に例の巨人が武装していようがいまいが、約束された場所で巨人に会うために姿を現わさないと決めたのです。しかし、われわれはわが主人たる王と巨人自身とが双方とも自軍に完全に支援されその場に居合わすことを誓約の下に同意しました。しかし、今やその必要はありません。というのは、わたしはその巨人とは会いに行かないからです。ヘラクレースが召喚され、彼が棍棒をもってその勇敢さの当然の餌食である怪物らを訪ねさせるべきです。その偉業は人間でなく神にのみ与えられる名声とも言えるヘラクレースの功業[22]のため残されたものであります。さあ、皆さまはこれで一部始終をお聞きになりました。わが不名誉を些かなりとも皆さまに隠してはいません。わたしはわが過去の失敗の恥辱と未来の不安を明らかにしました。よって、これ以上にわたしを傷つけたいと願うことは何が王妃に残っていましょうか？　今や、無人の孤独の生活をして、人びとには慣れない土地に住んで、あらゆる人びととの付き合いを避けることしか、わたしには何も残されていません。そして、わが思い出は地上からできるだけ早く抹消され、エンペドクレース[23]のようにエトナ山の焔の中へ跳び込み、ピュラムス[24]のようにわが剣で自刃するか、海神ネプチューンの怪物らにわが身を捧げて、これ以上長生きしないで、わたし自身が恥辱の絶えざる烽火《のろし》や、不面目の記念碑と指弾の屈辱的な証しとならないことです。わたしが素早く解き放ち、生の自由から去りいくこの日の光を、大胆にも言いたいことを言いて、死をもたらすことを黙して語らぬ人びとは大いに享受するがよい。わたしがここへ携えて来たのは束縛されない自由な思考です。わたしが望まぬこと以外はこれ以上話さないように、あるいは、話すべきでないもの以外は黙するように、今やこのわが口に沈黙が課されました。おお、致命的な奴隷の身よ、否、死よりも非道なものよ！　足枷された罪人の心でも自由で、望む方へと勝手に走る。わたしにとって、いかに断罪された者さえにも起こらぬほどに、わが魂は拘束されていて、騎士たる者が厚かましく無分別な額《ひたい》の犠牲《いけにえ》にされている――、たしかに久しく騎士であったが、今や騎士たちの中の怪物、女性の生贄の獣、何が罪の疑いを晴らすかも知らないでいる」彼は話し終えて、食卓から急ぎ去ったが、唯一人だけではなかった。なぜなら、多くの諸侯や選ばれた王族の一団が悲しみながら彼の後に従った。しかし、今まで長い間辛い心痛に悩んでいたが[25]、王妃は彼の苦悩にさらなる苦悩を加えて、彼らの背後から大声で叫んだ。「われわれはガロの口から、彼がその巨人と戦わないという彼の臆病さの実にたしかな証拠を耳にした。それらは雇われた群衆の金で買われた称讃に過ぎず、それによって彼らはガロを天の高きに至るまで（ad astra）激賞したのだ。これらが彼自身の主張（作り話）であり、傲慢不遜な振る舞いである。ガロはその男を巨人と呼びます。彼が巨人か否かをたしかめるために、わたしはその男を今是非ともここに召喚して欲しいものです。たしかに、われわれはすべての巨人どもがヘルクレースによって滅び去ったことを知っています。それは怯えて、完敗し、厳しく非難された卑怯な人間の話です。いかにも、彼は十分に巨人です、一撃の下でどんな巨人よりも高慢な人の鼻を折ったのですから。今や、神々が彼ら自身の天界に気遣い、巨人族《ティタネース》が蘇えって神々に彼らの鉤爪を立てないように、極めて入念に注意を払うべき時です。ムルキベル[26]の下で、彼の部下ステロペスとピュラクモンは、主神ユピテルが山の頂上に向かって武装しないで、また同じユピテルが稲妻を、軍神マルスが兜を、太陽神フォイブスが矢を、戦術の女神パラス・アテナイが楯《アエギス》を、狩猟の女神ディアーナが箙《えびら》を用いないように、懸命に汗水たらして努力すべきである。あるいは、もし巨人族はガロが言うほど実際に巨軀ならば、スティルボン[27]は敵軍に向かって幻惑を企て、彼らが彼の父に服従させるべきである。ガロは神々にとっても耐えられない宣戦布告をしたのだ。嘆き悲しむサディウスよ、歓びたまえ、そして汝の潔白を彼の嫉妬から喜んで奪い取るがよい」

こうして、ガロはあれやこれやの非難を浴びて王妃の面前から出て行った。彼は沈黙によって論争の勝利者になったと同様に、忍耐によって王妃の淫乱に対する凱旋者ともなったのである。今や彼は都城《まち》から少し遠くに離れていたが、その他の人びとは引き返していた。しかし、サディウスは真実の涙を流しながらガロに懇願してこう言った。「わたしはすべての人びとがあなたの騎士の技術の競争に敬意を表す強い欲望に燃えているのも、あなたが王や諸侯の愛情に浴しているのも知っています。しかし、あなたはわが魂をあなたの心の中でご自分の女奴隷として抱えているこのわたしにすべてが責任あることを誰も否定はしないでしょう。したがって、どんな強力なる手綱でもあなたの要望をわたしが成就するのが抑えられないように、どんな拍車であってもあなたを駆り立て、わたしの存在と二人の結び付きを避けないでください。王妃があなたから無理に引き出したすべての話の中で、あなたの心には決して浮かばなかった恐怖の告白を除いて、あなたは嘘を言っていないと、わたしは信じています。わたしは巨人との一対一の決戦を望みません。なぜなら、あなたがおっしゃったのですから、そう決心してください。しかし、あなたの鎧兜とあなたの軍旗の下でわたしは喜んで危険に身を晒したいと思います。わたしがあなたの名で戦いを挑み、しかも誰もそれを知らずに、またあなたが敗北を嘆き悲しむ危険もなく、あるいはもしわたしが勝利したら、あなたがその凱旋を横取りされないためです。その結果、われわれの友情が偶然にも裂けて、嫉妬がいかなる場合も欣喜雀躍することはありえないでしょう」このように、サディウスは真実の涙を流し、跪いて嘆願した。すると、ガロはしきりに嗚咽し暫くの間は答えられなかった。彼は話せるようになると、次のように言った。「いざ厚意の忠義は祝うべし、そして長く追放の身であっても、忠義こそ喜びをもって祖国へ帰って、恐れることなくセディウスによって身の安全が守られていると繰り返し宣言するがよい。わが最愛なる者よ、たとえ君の発見の方法が多少とも変化しても、君の愛はわが帰るべき方法を発見したのである。つまり、われわれの鎧をひそかに交換しよう。わたしは君の姿となって巨人と戦い、皆の予想を欺こう。もしわたしが敗北すれれば、それは明らかになろう。もしわたしが生き残れば、汝（君）はわが鎧を密かに脱いて、凱旋の栄光は盛大な称讃をもって汝（君）のために祝賀されるであろう。さらに付け加えて言うと、戦いの前に、君はわが主人たる王と王妃に、君がわたしの代わりにこの戦いの危険を担うということをわれわれ二人が約束したことを報せなければならない。その上、君の友情に免じてお願いしたいことは、戦いを始めるにあたり、あらゆる観衆が集合した時に、わが解放者のご帰人を呼び寄せて、彼女一人だけにわれわれの策略の真実を打ち明けて、その戦いの間中ずっと彼女と慰めの話を交わして欲しい。もしわが方か、あるいは相手方のご婦人らが偶々彼女と一緒に入って来た時には、君や彼女と直ぐに分かるでしょう。というのは、彼女は身長が実に高い女性で、平均を上回り、頸部《くびすじ》は高く伸び、撫《な》で肩で、背丈は衆に秀でて魅惑的な御婦人《ひと》であるから、君が見る美貌は隠されているものを熱烈に憧れる心に火を点けよう」

このような約束がなされて、忠実に実行されると、見よ、観客は当然に巨人の集団で半分まで占められた。そして、その他はいわゆるアジア人の王の側に付いて、申し分ないほど満席となった。したがって、巨人の高価な天幕が張られて、その入り口に、全員を眼の前にして、既に見たようにガロの乙女《こいびと》の口を傷つけた少女が絹の絨毯の上に女王のように座を占めていた。鎧を纏って巨人が出てきたりすると彼の巨体を見て、全観衆は顔面蒼白となって、誰もが溜め息をして心底から驚きを囁き合った。巨人は彼の体重に十分耐えうる巨大な馬に乗っていた。そして彼は来たるべき任務を教えるために、走り廻り旋回してその馬を鼓舞した。こうして、彼は遊びによって馬に来たるべき真剣勝負のための準備をしたのである。これを見た人は誰もが驚いて怖れ、サディウスに悲嘆の叫び声を上げて、サディウスに賛辞を惜しみなく与えると同じ位ガロには憎悪心を抱いた。彼ら二人はこれを聴いたが動揺せずに、称讃と非難の下でサディウスは忠誠を守り、ガロは信頼を通した。

巨人はガロに猛然と襲いかかると、互いに激しく攻撃を交わした。巨人はガロの楯に槍を折って放置した。ガロはその巨人の馬を顔面から肩まで切り裂いて、馬と乗り手の両者を大地に投げ倒した。

さながら亭々と聳える樫の木が斧で最後の一撃を受けるかのように、巨人が馬もろともに狼狽するのを見て、彼は言った。「お前はガロが窮地に立った時に、武装を整えるのを許したので、無防備な者と不公平な戦いをしないように、拙者も歩兵と卑怯な一戦を避けて下馬することにしよう」ガロは馬から降りた。彼らは両脚で立ち上がって、互いに激しく攻撃した。王は彼の甥を心配して深く嘆息したが、甥は全く危険に晒されることがなかった。王妃はサディウスの面前で声高く暴言を吐き、その場にいない人（ガロ）に多くの罵詈雑言を浴びせて攻撃した。サディウスは彼女が騙されているのを喜び、すべての沈黙を守って、王妃が一層嫉妬心を高めるように、彼女から顔をそむけて、彼が慰め役に関係した王妃に、程よく愛情を込めて話しかけた。王妃はじっと見つめて、選ばれた別の婦人が自分を侮蔑していると思って嫉妬し、倍増した怒りはさらに倍化し、二人への攻撃は三倍になった。ガロの身に何か不運が起こるたびに、皆の目はサディウスへ向けられた。ガロへの非難が言いふらされた。しかし、それはすべてがサディウスへ降りかかったものである。

　戦闘者たちの姿形から判断すれば、この交戦は不公平に見えたし、彼らの攻撃から見れば、両者の対等さは完璧と判断されて、劣勢の方がより大胆に攻めた。巨人は意図的に後退した。それは、予期せぬ突然の反撃によって追撃者の攻撃を避けるためであった。しかし、ガロはその巨人を実に激しく容赦なく接近して追撃したので、巨人は当初の期待を断念し、その挙げ句に巨人の偽りの敗走は今や本物となった。巨人は今や彼の貴婦人《アミカ》の絨毯の上によろめくと、ガロは彼女の上に転倒してその向うへ崩れ落ちるように、彼を突然に押し倒した。一方には大きな叫び声が上がり、他方には押し殺したような低い溜め息が漏れて、性急な怒りや過度の歓びなど皆の感情が顕わにされた。王と彼の部下らはサディウスが倒れた巨人を攻撃するのを見たがった。そして、取り決められた平和への敬意が許すかぎり、彼らはサディウスが倒れている巨人に襲いかかるように同意を表わして頷いて彼にそれを促した。しかし、ガロはしかるべく礼節をもって彼に立ち上がって再び武器を取るように命令した。

したがって、巨人は即座に立ち上がって、彼の愛する女《ひと》の涙を見て、今しがた自分に与えられた思い遣りを忘れて、最早どんな寛大さや公平さが誓約されたかなどに留意せず、心底から激怒して敵に向かって猛然と突撃した。(28) そして、巨人は強力に抵抗するガロに向かって実に強烈な攻撃を仕掛けると、「彼が善戦すると敵は負けじと反撃した。」遂に、彼の手を高く振り上げて、一撃の下でこの戦いに留めを刺そうとした。そして、剣が兜に強力に振り下ろされた時に、その剣は柄のところから折れてしまった。巨人は今やひそかに恐れて、内心では自分がほぼ敗北を喫したことを認めた。しかし、いつものように、ガロは一歩後ろへ引き下がった――それは何よりも気高さを示すためであったが――そして、その巨人に別の剣を取って来るため一刻《いっとき》の休戦と許しを与えて、ガロは「栄誉は勇敢さで得られるべきもので、運によるものではない」と言った。巨人と彼の味方の人びとは喜んだ。サディウスのすべての友人らは残念に思って、掌中の勝利が反対に危険に変わってしまったことを嘆いた。しかしながら、敵が喜び、味方が悲しむような行為を故意に行う人は誰であれ、それは軽率で不正な行為に見える。その巨人は天幕まで引き返して、彼の侍従の手から巨大でまことに見事な剣を受け取って、抜き身にして見ると、その刃の鋭さは木、骨、鉄やいかなる武器でも耐えがたえ鋭い刃を持つ剣と分かった。すると、巨人は別の剣を自分に持って来た運び手に騙されたのだと叫んだ。その剣で件《くだん》の運び手を首から背骨と腰まで通して地面に切り落として、「この役立たずの奴隷め、この剣なら一撃の下で勝利を与えてくれるであろうに」と言った。そして、彼は付け加えてこう言った。「おい、お前！　ガロの代理にこの俺に戦いを挑んだお前は、実際にガロよりも遥かに優れた騎士だが、もしお前が死ぬよりも生きていたのなら、降伏してわが牢獄へ入るがよい」ガロは次のように言い返した。「その剣がお前に与えた大きな心の余裕や誇示はお前自身の勇気からではなく、わたしがお前に許し与えた一時休戦に起因するのだ。もしお前が勝手にそれを利用したいなら、そうするがよい。わたしはわが体力と精神力によって身の安全を守るし、名声こそがわが支えであるから」すると、巨人は激怒してガロを襲撃し、最初の一撃でガロの楯すべてを稲妻に打たれたかのように引き裂き、二撃目で鎧と楯の大部分を切断した。ガロは明らかにいかなる鎧でもあの剣の刃から自分を救えないことと思い知った。そして、彼は身の防衛策は力と策略に求めるべきであり、このように差し迫った危険に備えて、彼は自ら逃走するのでなく敵を逃走させる準備をして、彼は電光石火のごとく右手の剣を敵の顔面を目掛けて振り下ろした。すると、巨人の手は楯の背後から出ることができずにまともに深傷《ふかで》を負った。ガロは巨人を激しく攻撃した。そして、敵を追い返しはしないけれども後退させて、遂には彼の恋人の上に猛然と追い詰めて、彼女を彼の足の躓き石とした。それゆえに、ガロは後退して、彼自身の生命を恐れたけれども、彼の自信を危うく証明した。つまり、彼は巨人に立ち上がれと命令して、恐れるなと励まし、女王にサディウスを称讃して、進んでガロ自身を大声で非難する機会を与えた。

すると、巨人はガロの容赦を喜んで、彼に与えられた恩恵を巧妙に利用して、安心してガロに跳びかかり、ガロの楯に彼の剣を渾身の力で降り下ろして、彼の鎧を切り裂き、剣の尖端で彼の顔に深傷を負わせた。巨人の顔からは血が流れ出て、ガロの鎧を脚まで鮮血で染めた。彼が後退しようが前進しようが、彼が通った足跡はその血で溢れた――これは彼の友人らには忌まわしい、そして彼の敵には誇らしい光景であった。当然、ガロはどんな障害物をも切り裂いてしまう巨人の剣を恐れた。彼はその剣の一撃を楯を差し出して避けたが、その剣で切り込む固い障害物がないように特段に注意を払った。王は彼の甥を心配して、彼の安全のために王国全土を差し出したいと思った。王妃は手綱を握って、サディウスの親衛隊を呼び、捕われ人を連れ戻すように命令したが、その命令が聞き入れられないと、円形競技場から立ち去って、彼女はガロの当惑を喜ぶべきか、サディウスの死を悼むべきか心が迷っていた。ガロは敵が今や益々獰猛となり、無礼にも矢継ぎ早に攻撃を仕掛けて、彼の手をやみくもに撃って来るのを見て、賢明にして注意深くも巨人のその手を待ち受けて、襲い来るその手をうまく捉えて、素早い一撃で巨人の手を切り落とし、その剣を即座に奪い取り、自分の剣を鞘に納めて馬に乗った。こうして、勝利者となり、彼は兜の鼻当てを通してサディウスと名乗ってその打ち負かした巨人を王に差し出すと、その贈物は大いに歓迎されて、彼は惜しみない感謝の念をもって報いられた。すべての人びとが勝者を取り囲み、彼の顔の傷を見たいと思った。王はこれ以上一刻の遅れも待ち切れずに、手を指し伸べてガロの頭から兜を脱ぎ取ろうとした。しかし、彼はそれを許そうとはせずに、サディウスと乙女を一緒に連れて行き、彼らの鎧をひそかに交換した。それから、ガロは乙女と一緒に家に留まっていた。サディウスは皆に待ち望まれていたので宮廷へと向かった。彼は王に顔の傷を尋ねられた。すると、騎士の仲間の誰もが顔が無傷なのにびっくり仰天した。ガロの非難とサディウスの称讃を常に口にしていた王妃が急いで近付いて、高価な軟膏の黄金の箱を携え来た。サディウスは「貴女の軟膏はわたしには必要でありません。貴女は顔に傷を負って勝利の印を今も持つ彼こそが、最早小人ではなく巨人より偉大であるのを証明したと知るべきです」と王妃に言った。わたしこそが貴女の嘲笑の的となり、その乙女の傍に立って、貴女のわたしに関する間違った称讃とガロに関する実に不当な侮辱を聴いていた者です。彼の比類ない勇気こそ、神に感謝あれかし！　今やあらゆる嫉妬心に勝利を収めたのです」これを聴いて、王妃はさながらゴルゴーン(29)を見つめたかのように呆然自失し硬直して、彼女が恐れていた真実を信じまいと努めた。したがって、今や誰が勝者か疑う者もなく、誰もがガロの勝利とサディウスの信義を確信し、皆が叫び声を上げて、競い合って彼に勝利の鷲を手渡した(30)。今や傷を見て、王は恭しく彼に嘆願して彼に加えた侮辱の赦しを請い求めた。こうして、都城《まち》全体が厳粛に歓び合っている時に、王妃だけがあらゆる点で大きな当惑に陥り衰弱して冴えなかった。その姿はさながら夕方の蛇が昼日中の暑さに当たってその熱を遮ることができず、復讐してあらゆる障害物にすべての毒液を吐き出したが、今やその毒液も空《から》となり、夕べに葉陰に潜んで牧草地から帰って来る野獣を待ち伏せして、すべての獣を殺したいと思っても叶わないでいるかのようであった。このように、王妃は今や無力で、空しい願望にやつれ果て、彼女に残っているのは人を傷つけるという無益な欲望だけであった。たしかに、主なる神の正当な審判によって、ガロは立派な最後を享受し、ウェヌスの溶鉱炉の中で浄化されて、自制という誠に純粋な模型を光り輝きだした。他方、王妃はその悪意が暴露され、当然ながら泣き濡れて、あらゆる閑暇の時には、皆の軽蔑と物笑いの的と成り果てたのである。

恐らくこれは愚かで下らない物語に思えるかも知れないが、そう思うのは愚かで下らない人びとだけであって、われわれはこの物語を彼らに捧げはしない。このような物語に関して、われわれは機会があれば恐らく話すだろうが、このような人びとのためにではない。能力と知識をわれわれは恵み深く機知に富んだ人びとに費やします。というのは、われわれは勤勉な蜜蜂がニガヨモギもタイム[31]も食べるのは知っているからである。それはその蜂蜜が辛いものと甘いものから集めた蜂蜜を知識の宝庫の中に運び集めるためであり、そしてまた、それが集め取るに足らぬようなものから、ガロのように苦い正義の道を選んで愛し、王妃のように、執拗に不名誉な快楽に懸命に固執しないためです。したがって、歌は良い心に向かって歌われるでしょう。

iii　パリウスとラウススの不和について[32]

読者と聴衆はガロとサディウスの友情には雲一つなく晴朗であることを褒め称えて慈しみ給え、そして同時にパリウスとラウススの友情の中にある暗雲と欺瞞とを驚かれんことを！　墜落した大天使ルキフェルの心に生まれて、〈嫉妬〉は先ず主なる神に背いて荒れ狂い、敢えて大罪を犯した。つまり、天界から追放されて、〈嫉妬〉は宇宙の原初にして至高の領域なる天国へと入り込んだ。そして、

〈嫉妬は〉天国から追い出され、勝者となり、また敗者となって、彼女（〈嫉妬〉）は天国の外にあるあらゆるものを偵察し、自らの高貴な出生を忘れられずに、眼下に見るものすべてを侮蔑する。そして、彼女は自らを上方へ向けようと努力して、墜落するのを忌み嫌い、さながら一歩ずつより上昇して帰郷するのを諦めないかのように、常にさらなる高処《たかみ》を目指している。彼女は自らをすべてのものと対等で類似したものと偽る。彼女の攻撃は対等ではないものへと向けられる。というのは、彼女は常に自分より優れたものへと立ち向かうから。彼女は普通の人びとの間では小さく、高貴な人びとの間では高く、茅屋では貧しく、宮廷では豊かである。その他のあらゆる悪徳はある程度の顕著な限界があるように思える。この〈嫉妬〉だけはあらゆる境界を越えて、この世の境界の中に閉じ込められると不満を訴えて、陸、海、空のあらゆる生物の中に有害にも棲みついている。その結果、虫ですら虫を羨むことが知られている。そして、彼女はより良いとかより劣ると言われるこの世のあらゆるものを汚し、自分よりも下のものに慰められると、自分よりも上のものに攻撃をしかける。こうして、主なる神へ背く企てから撃退されると、崇高なすべてのものを冒瀆して引き離す。なぜなら、それは主なる神に最も近いと見えるからである。天界から投げ出され、天国から追放されて、彼女（〈嫉妬〉は最初われわれと共に流浪して、瞬く間にわれわれの流浪の地をその住み処《か》とした。

　この〈嫉妬〉は誇り高いバビロンの玉座にひそかに入り込み、バビロンのニヌス王があらゆる点で妬み深いのを見て、彼をひときわ嫉妬深い人とした。すると世界と平和の愛好家であった彼はそれを憎悪する鉄槌に変わった。彼の専制政治といかに嫉妬深く貪欲に彼の隣人たちにその圧政を敷いたかについては、さまざまな著者たちの書物の中に明瞭であろう。しかし、ニヌス王を毒したこの〈嫉妬〉は彼の近侍の二人であるラウススとパリウスに憎悪を抱いた。彼ら二人は互いに友人であり、ことさらに気心が合っていた。彼女（〈嫉妬〉）は王の次の者として、これらの二人を打倒するのが良いと思った。そして、二人の中でより良い方を汚すことができなかったので、より悪い方に彼女自身の呪いの色を擦《こす》りつけた。したがって、パリウスはひそかにラウススに嫉妬した。つまり、悪者が善人に、つむじ曲がりが親切な人に嫉妬して、常に監視して恥知らずにも彼を追跡し、いかにして、いつ、そしてどんな方策でラウススに害を与えるか様子を窺がっていた。かつてはラウススの性格で好きだったものを、今やパリウスは大いに嫌って、最悪の占い師となってすべてを自らへの有害なものとして解釈した。パリウスは熱心に彼の主人に仕えたこと、彼は経済的で慎重に奉仕したこと、忠実に主人に奉公したこと、主人に好意をもって迎えられたこと、そればかりか、主人はパリウスを心から愛していて、彼の昇進の援助者であること——これらすべてをパリウスは二枚舌の偽りと言って、彼の誠実な恩人を欺瞞でもって告発した。ラウススは捏造の覚えもなく、またパリウスの陰謀も知らないので、ごく純粋にあらゆる友情の証しをパリウスに示した。二人の外面の表情や会話は同じであったが、彼らの感情や心の対立は明白であった。〈愛情〉と〈嫉妬〉が競い合って同じ恭順の意を尽くした。そして、この追従というものは真の愛に実に似ているので、誰もこの類似の本質の意味を判然と認められなかった。人びとは彼らをニススとエウリュアルスとして驚嘆していたが、主なる神は二人をピリトウスとテセウスと見ていたのである。(33)

今やパリウスは自らが焚きつけた憎悪の焔にもはや耐えられなかった。その焔は養い育てた溶鉱炉から激しく吹き出て、長い間努力して卑劣にも熟成してきた計画を実行に移したいと思った。パリウスは狂乱して彼の友人にあらゆる種類の死を思え描いた。しかし、彼はラウススにあらゆる殺戮の方法を望んだが、彼はこっそり唯一つの最も秘密の方法を捜し出した。つまり、夜の娘《こ》は光に跳び出さず、犯罪も知られないためである。パリウスはスキタイ(34)の女らは左右の目に二つの眸（瞳孔）を持っていて、激怒して振り返った人びとを殺したことを知っていた(35)。彼はトラキア(36)の占星術師《マテマティクス》が激しい呪文の力のみで傍観者たちを殺したことを知っていた。これらの災いよりも秘密のことがあろうか？　いかなる死が被告にとってより有効であろうか？　しかし、両方ともに、彼は不安の論拠を発見した。彼は犯罪自体の張本人たちを恐れた。彼は自らが知っていることを誰の目にも秘密に伏せないと思って、その前では無防備である主なる神には大胆にも背いて、人の噂には十分に警戒はしたがそれを恐れた。したがって、その人間と殺人行為を同時に抹消するため、彼は心がすっかり変わってしまい、自ら完全に消え果てて奇妙な計画に考え及んだ。その結果、彼は殺人者にして死人殺しという新たな名前で呼ばれた。彼は毒殺を決断したが、それはごく普通のものではなく、異常なもので、ごく秘密なもので猛毒なものであって、スキタイやトラキアのいずれのものとも異なっていた。彼はキルケ(37)やメーディア(38)をも凌駕し、その事実の証拠を握っている人がそれを漏らしても大目に見て何も言わなかった。他人《ひと》に姿を見られず、物音も聞かれずして、彼は犯罪を遂行して、あらゆる手段を尽くす。そして、古代から有効でないものはないのが分かると、彼の頑固さは撥ね返されてひるんだ。しかし、彼の心は昔の新奇なものを追い求めたが、ふさわしいものが発見できなかった。したがって、彼はヘラクレースやデイアニラを想い起して、彼の友人にネッススの毒[39]を準備し、ラウススは毒入りの布に包まれて死に果てる。

ラウススの死につて、皆が話していたが、その方法については誰も知らないし、それに関して誰も言うべき言葉もなかった。裏切り者についての疑いは何もなかったので、彼について裏切り行為が囁かれることもなかった。死はその人間と共に死に、その原因を誰も分からない。誰もが嘆いて涙を流すが、裏切り者の悲嘆はすべての人びとの涙を越えるものである。殺人者は髪を掻きむしり、握りこぶしでわが身を打って、慈悲の心でその残酷さを覆い隠す。そして、愛の口実の下で、彼は憎悪の真実を逸らして、墓の中の亡骸の上にわが身を投げ出し、彼がその亡骸と一緒に埋葬されるのを止めようとする人びとの努力に対して罵詈雑言と脅しによって抵抗する。パリウスが準備した葬式は殺人行為のためで、被害者のためではない。しかも彼はその殺人行為を皆の前で用心深く埋葬したのである。遂に、しかも不承不承に、彼は公然と彼の内面では必要としなかった慰めを受け入れたのである。こうして、今や彼は一人堂々と玉座の上に誇らしく座り、共有者もなくその座を一人占めしたのである。

しかし、ニヌス王は真実の悲しみを示して、ラウススの生き残った息子を宮廷に迎え入れた。彼は実に人好きのする洗練された物腰と、その性格も高貴で美貌にも恵まれた少年であった。その息子は彼の父親の任務を教育されるためにその父親の殺害者の許に配属された。狼は仔羊を腕の中に受け入れて、心の意に反して顔には大きな喜びを表わした。少年は賢く瞬く間に学び憶《おぼ》えて、彼の任務でもしかるべく大いに進歩した。ニヌス王の目には、今や彼は大いに贔屓《ひいき》にされて、ラウススやパリウスよりも可愛がられたのである。今や王は何ごともこの少年に相談をして、パリウスにではなかった。少年は王の頭や両手と両足の世話に絶えず呼ばれたが、決してその任務を怠りませんでした。それゆえに、人びとの盗人《ぬすっと》は突然に怒って、あらゆる大胆な狂暴さを奮い立たせた。この殺害の張本人は嫉妬心が再燃して身を焦がし、かつての困惑に陥った。彼は再び過去に存在したものであれ、あるいは可能なものであれ、あらゆる形式の死を心に思い描いて、父親に対する勝利によって、彼はその息子に向け武装するのである。パリウスの嫉妬を招いたその少年は今やその殺害の手段を示唆した。というのは、犯罪の張本人はあらゆる不合理の道案内人であり、一旦決まれば、それが躓き戸惑うことがないように、それに狡猾な工夫を凝らして、その行き先を教えて、極悪の歩みを固める。それゆえに、パリウスの師である人は彼を先導して新たな欺瞞の罪業へ導き入れたのである。

パリウスは自ら教育したその少年を呼び寄せた。彼は少年の話し方や立ち居振る舞いの美しさを称讃することから始めて、そのお世辞が呪われた嘘に成るために、パリウスはその少年だけが偉大な王の友誼を受けるに値し、その王の秘密の責務を果たすにふさわしいと言った。パリウスは少年の王への配慮を認めて称讃した。しかし、唯一点だけでは、実に優しい言葉遣いで、その少年の非を咎めて言った。「わが最愛の息子よ、〈自然〉は法外にお前を祝福して、お前の全身に彼女の適性を雅びに刻みつけたが、〈自然〉は神々を嫉妬させないようにと、完璧には及ばない一歩前で立ち止まって、お前の実に甘美な口のまことに柔らかい小さな花が、それに触れて見た時に、すべての人びとの心を揺さぶらないようにと、悪臭を発するように仕上げたのである。最愛の息子よ、わしは父が息子にするように、お前に話しているのであるが、お前が王の頭や顔の世話をしている時には、是が非でもわれわれの主人たる王のすぐ傍に余り近付かないよう勧告しておきたい。もう少しより控え目で注意深く振る舞いなさい。それはお前の悪臭の欠陥を王がやさしい思い遣りからお前に知らせないが、殆ど耐えられないほどいかに忍耐強くとも、余りに頻繁であるゆえにお前が王には嫌われることがないためである」このようにパリウスは言って、話しながら涙を浮かべ、その涙は偽りの涙ではあったが、少年にはそれが真実と思い込ませたのである。哀れな若者は狼狽して恐怖で身体がこわばった。少年は余りの悲痛から涙も出ず言葉も発せられずに、ひどく衝撃を受けた彼の生命を静脈から心臓へと追い込んだ。ようやく呼吸を再び整えると、彼は師に出来るかぎりの感謝と表明し、全幅の親愛の情をもってパリウスの足下にひれ伏した。少年を憐れみも宥めもしない何という非道な悪辣さであろうか！神のような少年は悪魔のような男の前から立ち上がった。謙譲の頭は聳え立つ傲慢の足から離れ去った。しかし、ひどく病める心の苦悩は彼の身体の中へ移って、強く傷ついた精神の苦悶は肉と化した。彼は寝台に横たわって、そこを離れようとしなかった。ニヌス王は見失っていた少年を探し求めて発見すると、王は悲しそうに彼の寝台の骨組《ほねわく》に座って、大いに可愛がっていたその少年を優しく慰めていた。しかし、少年は偽りの悪臭で主人の王を不快にしないようにと、遠慮して顔をそらした。真実を知らない王は少年の病気の重篤さが原因と思って、あらゆる最高の腕利きの医者たちに診させた。すると、暫くしてから少年は医者たちの手によって大いに健康を恢復した。健康になって職務に復帰した少年は、呼ばれないかぎり、彼の主人のところに敢えて近寄ろうと決してしないし、頭を下げ俯《うつむ》いて仕えて、彼は王に対するあらゆる務めから顔をそむけていった。ニヌス王はこれに気付いて、彼は未だ病気が完全に恢復していなと思って、頭が痛むのか未だ具合が悪いに違いないと言った。長い間、王は少年に我慢して、悪意や欺瞞であるとは非難しないで、王は優しく少年の振る舞いを真に善意と解釈したのである。

したがって、パリウスはその非道の姦計の願望をほぼ果たしたので、少年の立場を頻繁に取って代わり、少年を寄せ付けずに、彼が王に近づくのを妨害し叱りつけた。そして、あたかも少年の至らぬ点を補いたいかのごとく、王が少年を呼ぶと直ちに王の許へ馳せ参じて、少年を咎めたり、忠告したり、自ら介入することによって、少年を王から遠ざけて置いて、少年が来ると叱責して、遠ざかると褒め称えて、邪悪な魔術によるごとくに少年を惑わした。毎日、少年はいつも涙に濡れていた。ニヌス王は驚いて嘆き悲しみ、その理由を尋ねた。少年は羞恥心で呆然とし沈黙していた。したがって、王はひそかにパリウスに話し掛けて、威嚇して彼に真実を白状するように命令した。すると、この裏切り者は王の足下に平伏して、次のように赦しを懇願した。「いと慈悲深い王よ、何とぞ憐れみを下さい。そして、わが手で育て、彼の父を愛したような一途な愛情をもって愛したわたしをこの少年の告発人や死の誘発者としないで下さい。告白いたしますと、少年へのわが過度の愛情ゆえに、わたしはこのことを陛下に隠して参りました。いくばくかの同情心によって、彼の過失がお赦し頂けるのでしたら、一つにはこの少年へのわが寵愛により、また一つにはわが愚直さに惑わされて、わたしは沈黙し死を招きました。しかし、わが主人たる王が今涙して嫌がるわたしに強いて白状させることを、わたしは執拗に説得して少年の口から辛うじて引き出しました。そして、彼は明らかに嘘を言ったのを分かりますが、わが意に反しわたしに次のように誓いました。つまり、陛下の頭や顔のお世話をする時に、彼は大きな不快感を耐え忍んで、彼は陛下の口の息（その極めて芳しい香りは、夏の果実や新鮮な香膏《バルサム》を凌ぐのは疑いありません）を船底に溜まる汚水に譬えました。こういうことを言うわたしは死なんばかりですし、万死に値します。これが理由で少年は大いに嫌悪してわが主人を避けて顔をそむけ、頭を俯けて手を口の前に翳《かざ》して、陛下への話し掛けを拒むのです」

誰がかかる実に尤もらしい話を信じないでいられようか？　いかなる少年がそう警告されて自分の主人を避けないであろうか？　いかなる主人がそう騙されて無実の血を流さないであろうか？　いかなる残酷な犯罪がかつて捏造されたであろうか？　いかなるより有害な毒がかつて考案され聞き及んだことがあろうか？　しかも誰によって？　両者にとって何たる陰鬱で苛酷な謀反であろうことか！　しかし、真実の「衣を重ねて纏った」伏魔殿に於けるこれは何たる破滅的で残酷な不正であろうか！　しかし、その行為は必ずや寒さと雪を恐れなければならないであろう。(40)

王はパリウスを信じて激怒し狂気寸前となった。今や王は自分を愛した少年を容赦せず冷酷となった。しかし、怒った王よりも残酷なものはないけれども、王は復讐を猶予して、慈悲を示せるかどうかを試みた。というのは、王は復讐するより寛大でありたいと思ったのである。そうする間に、年に一度の恒例となった街の祭典が近づいてきて、そこに王自身が、王の印璽と王冠を纏って出席するか、さもなければ王の祭典の衣裳を着た代理人を遣わすことになっていた。そして、その代理人はその一年の間バビロン全土の首長の職が王によって授けられたのである。したがって、王は少年にその祭典のため着飾って、祭典用の馬に乗るよう命令して、丸一年の間権力と支配権を少年に委ねたのである。パリウスはこれを知って、未だやり残しているものがあると思い、そのやるべきものを貪欲に手に入れようとし始めた。(41)パリウスは敢えて王に近寄らずに、少年を不意に襲っては、自分が今まで示した、そして今後も示さんとするわが親切の返礼として、涙ながらに、今では本気で、ニヌス王に知らせずにこの名誉を自分に譲ってくれるようにと、少年にあらゆる手段で迫って懇願したのである。親愛なる養父の栄達を強く望んで、少年は快く承諾した。したがって、その祭日にパリウスは王冠と、王の衣裳を纏い、王笏を持って馬に跨り誇らしげに王宮から出掛けた。ニヌス王は塔の高座に昇って、少年に対して取り計らった光景を見ようとした。すると見よ！　パリウスが意気揚々と門扉に現われて、皆の眼が彼の方に向けられた。彼はより長く待たせて、彼の到着をさらなる権威で輝かせ、急ぐことで彼の威厳を損なわないようにするため、暫くの間立ち止った。するとその時、一人の若者がひそかに準備していた隠れ処《が》から突然にパリウスを襲って、不相応な王位に対して正義の素直な不敬の念を示して、鋼鉄の冷たさがすべての怒りの溶鉱炉を冷却するため、かくも多くの裏切りの温床たる彼の心臓に剣を刺した。パリウスは殺害されて落馬した。というのは、太陽は激怒して沈んだのである。(42)その若者は最寄りの祭壇の聖域に逃げ込み、街中の人びとが一緒に走って行き、今や人びとの呟きではなく騒動がわき起こった。王は声高に嘆き悲しむのは少年である思って、自分の意に背いた少年を見るためにやって来た。王はパリウスの死を認めて、少年がパリウスに覆いかぶさって死なんとして、涙ながらに最愛の師の名を呼び、髪を掻き乱して胸を打って彼の実に忠実な養父の心労を嘆いているのを見た。ニヌス王はそれを見た時に自分が騙されたと思ったが、どう言ったら良いか知らなかった。王は少年を群衆から呼んで引き離して、ひそかに奥の部屋へ入った。少年は死人の養父の教えにより、頭を垂れて口に手を置いて王の前に跪いた。王は再び激怒して、少年にもう一つの死を心で思い描いて言った。「なぜにお前は手を鼻に当てるのか？　お前にだけ余が忌み嫌われるのはどうしてなのか？　余の口臭が余りにも強くて、お前は近づけないのか？」少年：「むしろわたしの口臭でございます、陛下、陛下が感知しないように、わたしが避けております」王：「誰がそれをお前に知らせたのか？」少年：「自分が誰よりも愛したパリウスは皆がわたしに隠していたことを教えてくれました。すなわち、わたしの口の悪臭が余りにも強いので、わたしの存在が陛下にはご迷惑であるということです。それゆえに、わたしが敢えて陛下のお傍《そば》でお仕えすることが中止されました。従いまして、わたしの悪臭が陛下に迷惑になりませぬように、そして陛下の静謐で清潔なご尊顔にわたしの悪臭の息が吹きかからなくするため、わたしの手が呼吸する前にはいつも翳《かざ》されています。パリウスがわたしに与えてくれたこのようなな警告とその他の忠実な心配りの報いとして、パリウスは陛下がわたしに下さった名誉をわたしに要求して、それを手に入れたのです。今やわたしの心はすべて陛下の前に打ち明けられまして、しかるべき処罰を蒙るか、あるいは赦しの歓びを得られるまで、陛下のお慈悲の膝下にこうしてひれ伏しております」ニヌス王はこれを聞いて当然にも感動して、暫く考えると、ことの成行きが分かって、彼の重臣たちに害悪なパリウスの二重の裏切りと主なる神の審判による彼の嫉妬心に対するまことに正しい処罰を知らせたのである。王は再び少年を寵愛して、この陰謀の張本人の死体が彼の邪悪な生涯を公示するため、絞首台に吊るすように命令した。

われわれの慈悲深い父なる神は鞭と杖でその子らを叱責して、その叱責の中で狂暴の復讐から彼らを守り、遂に彼らは全く父をパリウスのように侮る。パリウスは嫉妬に駆られてラウススに抱いた憎悪心に直ちに負けて、そこから戻らずに全面的に突き進んだ。今やパリウスはラウススの子孫からいかに多くの敗北を、あるいは彼の栄達から意気消沈を、彼の威厳から苦悩をどんなに耐え忍ぼうとも、それだけ多くの譴責であると理解するべきであった。しかし、主なる神を完全に無視して、彼は自らを斥けたのである。そして、恐ろしい殺人のために、彼が神から顔を背けると、吠え叫ぶ獅子の子らが神に与えられた餌として彼を探し求めて[43]、餌食として与えられると、獅子の子らは彼を見張った。パリウスは父ラウススと同時に息子をも殺害することを完璧に意図して、その他の諸々の悪行を企んでいたが、獅子の子らは好む時に彼を呼び寄せた。こうして、主なる神が見捨てたは自らが委ねられた人によって監視された。それはその命令を成就した人のために怒りを容赦なく行使して、禍を惹き起こす成功により死のために肥えさせられ、遂にはその不正が満杯となって復讐を受けるためであった。

蜂は甘い植物にも辛い植物にも止まり、どちらからも蠟か蜜を吸い出す。智恵を愛する人はどんな詩人をもある程度は嗜んで、捲《めく》った頁を離れるごとにより賢くなる。というのは、彼は文字を熟読して離れなく、何ごとも詳細に吟味しないで否定はしないし、通読しないで等閑《なおざり》にしないから。もし著者が何か賢明なことを表現したなら、彼はそれに賛同する。しかし（御免蒙ることだが！）、彼があらゆる点で益することがなければ、それを著者の愚かさを責めるのではなく、自分自身の怠慢さの所為《せい》にして、よく撃退されるが、それでも何か有益で役に立つものを手に入れようと懸命に格闘して、彼は著者自身が持っているよりも優れた緻密な思考に偶然に出会うものである。彼らはそれ程にも不敬であってはならない。なぜなら、彼らは聞く前に嫌い、吟味する前に軽視するから、恰度《ちょうど》不浄の中にいるように、依然として汚れているために(44)。

わたしの唯一の歓びは昔話をすることである。だが、暫くの間どうか現代の話にも耳を傾けてくれませんか？

iv ラソと彼の妻について

キリスト教徒のラソと一般に臣下《ヴァヴァソル》(45)と呼ばれる人びとの一人が防衛の必要からできるかぎり強固に建造した城砦を持っていた。というのは、彼はイスラム教のとある王族《アミール》（身分の称号）によって支配されていた近隣の異教徒の城市《まち》としばしば衝突したからである。ラソはその王族に力も数も劣っていたが、彼自身と彼の一人息子の勇敢さで敵に優っていた。この息子の母親が死ぬと、ラソは結婚によって新たな友人たちを欲して、彼の最初の婚姻の床と第二の床をすり替えて、実に美しく莫大な財産を持った貴婦人を新妻に娶った。すると、彼の心は彼女に余りにも魅せられて、その挙げ句には嫉妬心ゆえに、彼は長く悩み、逡巡して熟慮を重ねて、彼女の貞淑を守るために、彼女を自分のダナエーかプロクリス(46)にするのが良いか思い迷った。彼はダナエーが黄金に惑わされたのを聞いていた。彼はまた愛さない女は、美貌、勇気、黄金によって愛するようにできるのも知っていた。彼はケファルスの愛に捕われたプロクリスを褒め称えて、自分は妻に自由な権利を与えるので賢明な愛妻家であると言った。彼は両者が幸せであると言った。彼が彼女を溺愛するため、彼女は幸せであり、それが彼女を貞淑にするため、彼は幸せである。(それは彼の功績により、そして彼女の返報によるのである。彼は閉じ込められたダナエーは堕落したこと、自由なプロクリスは自らを閉じ込めたことを知っていた。つまり、閉じ込められた女は愛欲に向かえ、解放された女は自らを貞淑の壁で囲う。また、恐れる女は大胆なに罪を犯し、愛する女は罪を犯したくないものである。彼は牢獄の責苦ゆえの恐怖よりは、自らが享けた親切のため愛されることを選んだ。というのは、恐怖は恐れることで悩み苦しみ、愛は愛されることで思い悩むからである。それゆえに、彼はその獣《けもの》を手綱から解いて、欲望が命ずるところ、いずこへも牧草を追い求めさせて、彼女の自発的な貞潔を天の高きに至るまで激賞して、包囲や網によって強制された貞潔は宦官の報償に過ぎないと主張した。彼女は厳格な容貌と実に確固たる言葉とこれを飾る涙を伴って、彼に完全なる保証を与えた。彼は熱望した彼女の誓いを歓迎して、共に涙を流し合った。こうして、彼は彼女の誠実さの多くの証拠を真に知ったので、彼の頑迷さは和らぎ、以前の男から妻を溺愛する夫へと変わって行った。今や彼は何ごとも立派な一人息子に委託しなくなった。尤も、その息子は彼の素晴らしい奉公人らと一緒に、彼のあらゆる要望に服従したのであるけれども。必要なことは何ごとも彼女の手に委ねられて、彼女がいみじくも夫に望むことは何一つなかった。

ある日偶然にも、多くの騎士の軍団を伴って、一人の軍の司令官がラソの門戸へやって来た。すると、さながら未だ求婚者のように、彼の愛する奥方の前でラソはその司令官を猛然と襲撃したので、誰も老齢の弱さからラソに反駁できなかった。その日、彼と彼の息子の見事な勇敢さによって、その司令官は捉えられて投獄され、牢の鍵は奥方の手に預けられた。その司令官は少年よりは年上で、青年よりも年下で、[48]彼の背丈は高からず低からずの中肉中背であった。またサラセン人としては、彼の顔は可愛いらしかった。それゆえに、奥方は彼の眼差しの虜になった。[48]そして彼女は万事を支配する力が与えられていたので、彼女は願望を果たすことは恐らく容易であったろう。彼女は自由さゆえに大胆となり、敢えて自ら抑制しなかった。彼女はその王族なら年老いた夫に不可能なあらゆることを自分に与えられると思った。したがって、彼女は個別の暗く堅固な牢獄を彼のために作って、その牢の鍵を自分自身の腰帯に吊るした。彼女は飲み物や食べ物の厳しい手加減でこの囚人を消耗させ、彼には十分と思える僅かなものを彼女はさながら熊でも与えるように窓から放り込んだ。彼女は誰も信じていないかのように彼には誰も近づくのを許さなかった。彼女はすべての傲慢が飢餓によって手懐けられるのをよく知っていた。こうして、ラソが自らの信念で高価であると信じていたことが侮辱的にも欲望に屈したのである。彼女は信じられて、賞賛もされた。その信じる者も彼女を讃えた。彼女の夫は欺かれたが、それも無理もなかった。というのは、偽善者の妻は真心からの愛を表したのである。ラソは安心して遠征して戦闘へと出奔した。彼は妻を大いに信頼していたので、外にいる間も家にいる思いであった。したがって、牝狼は完全に自由を手に入れて、彼の愛を引き留めるために、彼女が定めたどんな誓約でも強要し、監視の眼を欺き見事な馬でひそかに彼と一緒に逃げ去ったのである。その王族はラソがこよなく愛していた馬に跨っていた。というのは、この馬は他に比すべくもない見事な名馬であった。そして、彼らが目指した街に無事に到着すると、ラソは自分の城へと戻って来た。彼はそれを聞いて悲しみ、そして、「あらゆる賢者の話や物語や忠告に最初から逆らって、わたしはある女を信じてしまったというこの一点で、わたしは最高の笑い者になった」と言った。しかしながら、ラソが節度もなく嘆き悲しんだのは司令官や彼の妻、あるいは彼らがラソから奪い去ったすべての物の損失ではなく、ひとえに彼の馬を失ったことであり、彼の息子や部下たちの慰めによっても癒されることがなかった。

それから数日すると、彼は貧者の装いで街に入って行くと、施し物を受けるために座って待っていた人びとの中にいた彼の妻に気付かれた。すると、彼女は己の恐怖心を打ち消すため、吊るし首に値すると判断して、彼を王族に引き渡した。彼は伝令者を宣言して、街中の人びとを呼び集めて国家の敵であるラソを見るようにと促し、この国家の厄介者を破滅へと導いた。民衆の混乱と歓声が沸き起こった。ラッパとトランペットが鳴り響いた。すると、そのラッパの音と騒動を聞いて、近くで見張りをしていたラソの息子が呼び寄せられて、その騒ぎの原因を知ると、彼は武装軍を引き連れて処刑の場の近くの森へ大急ぎで出向いて、そこでじっと待っていた。すると、見よ、国家の救世主たるあの貴婦人が皆の賞賛を浴びて公然と歩いて来て、司令官はすべてのことを命令し支配していた。彼らはその無防備の行列を直ちに不意打ちした。ラソの息子は一撃でその司令官を死に至らしめた。しかし、実に見事な名馬に跨るその貴婦人は容易に逃げ去った。馬と歩兵たちの大殺戮と、すべての民衆の恐ろしい略奪が行われた。ラソはわが家に連れ戻されても、皆が大いに歓んでいる中にあっても、相変わらず悲しみに沈んでいた。彼は戦利品や略奪品も、捕虜や司令官の死も、また市民たちの損失、彼自身の救出とあらゆることが成就さても価値がないと思った。つまり、彼の馬が取り戻されなければ、彼は無意味であると思った。それゆえに、彼は表情や態度を偽って、見せかけては押し隠して、自分自身に似ていないかぎり、誰に似ようが一向に頓着しなかった。彼は装いをこらし、できるかぎり自分を偽って、脱出した正にその日に貧者たちに陪席して、中に入ると奥方と顔を向い合わせないように注意したが、首尾よく彼女が座った高い席の後に互いに背中合わせに座ることができた。

夕食時に、傍らで会食をしていた騎士は奥方にその夜彼の豊かな国へ一緒に逃げ去ろうと懇願して、そうすればラソのあらゆる怒りから自由になり、一生涯楽しく暮らすことができると唆した。このような甘言を少し弄すると、直ぐに彼は気に入られて、物珍しさを好むこの女は言い寄られると彼の願望に簡単に魅了された。こうして、夜明け前の刻限と南門が指定された。したがって、ラソはこれらのことを真剣に注視して、喜んで出て行った。夜になると、彼は武装して大急ぎで城から戻り、その南門を夜通し見張りをし、騎士がやってきたら、彼を襲撃し殺してやるか、女が騎士を装って先に来たなら、彼女を連れ去るつもりでいた。しかし、欲望の余りに眠れなかった女はその瞬間を期待していた。こうして、そこに武装した男を見て、彼女はラソが無性に切望した駿馬を率いて差し出し、彼が乗馬する手伝いをした。しかし、彼は己の願いが成就されるのを見て取ると、彼は急いで馬から降りて——当然ながら——お互いに馬を交換して、上機嫌で出かけた。しかし、この偽りの女は自分が騙されたことに気付かず、どこへ行くかも知らずに、虚しい願望を追い求めて行った。ラソは懸命の努力と長い監視に打ち負かされて、馬上で寝込み鼾をかいた。すると、彼の妻はその鼾に気付いて、彼に少し脇に寄ってじっくり眠るように願った。彼は脇に寄ったが、馬から降りることを怖れて、槍にもたれ掛かって居眠りした。したがって、無礼を許されなかった騎士は欺かれて、街中の人びとを呼び集め夫人が逃げ去ってしまったと宣言すると、見よ、彼は大軍団を率いて、ラソが眠っているその場へ近付いて来るではないか。すると、いかにして逃れるかその術を絶えず捜し求めているこの悪女はその騎士が近付いて来るのを見て、差し迫った手振りで彼を招き寄せた。今や彼らが近付いて来ると、いざ戦いの際にはじっとしているのに慣れていないラソの愛馬は頭をもたげて嘶《いなな》き、両足で砂を踏み鳴らし、こうして自分の主人を死から救った。愛馬のお蔭で、ラソは目覚めて、最初の襲撃に果敢に対戦して、近くの小さな森に潜んでいると思った彼の息子と一味へ大声で叫んだ。ラソの願いは火急であったので、彼らは急いで飛ぶようにやって来て、対峙する敵兵たちを勇敢に撃ち破った。ラソは駿馬を駆って変幻自在に移動して、思いのままに誰かまわず敵兵を狙い撃ち、彼の一味を激励して復讐に全力を尽くした。そして、彼の一人息子は父をこよなく愛し、あらゆる努力を払って諸悪の根源となった彼女に報復しようと奮闘し[49]、遂に彼女の首を刎《は》ね、その首を掲げて意気揚々と撤退した。ラソは彼の最も嬉しい戦利品を積んで部下たちと一緒に戻って行った。

それ以来、彼は皆にこう言うのであった。「われこそは皆に忠告するが、注意を怠らずに、ラソを信じて欲しい。というのは、多くの捕獲用の網を逃れた小鳥たちは、さながらこの小鳥のように、遂には小さな罠で捉えられるのであるから。」「翼を持つ鳥の眼の前に網を張っても無駄である(50)」と書物には記されている。しかし、このような翼を持つものに対して、網を張るのが滅多に無駄にはならない。なぜなら、彼らは眼を持たないからである。この小鳥、この女狐《めぎつね》、この女は自らの信念で余りも多くの美しい顔を見てきて、余りにも多くの裕福な人びとの懇願を耳にしてもそれを聞き入れずに、捕虜や無法者やサラセン人の顔の虜となって、彼女自身が無法者で卑賤な女となった。そして、彼女は法と夫を裏切る姦婦となった。そして、余はウェヌスの掟に従って言うのであるが、彼女はどんな網にもわが身を委ねて控えることなく、自ら不当にして予想すらしない罠に陥ったのである。彼女は翼を持っていたのだ、だって飛び廻ったのであるから。彼女には眼が欠けていたのだ。なぜなら、ラソにとって一層有害で罪深くあるだけ、その罪は彼女にはより甘美であったのだから。

しかし、次の話のロッロはその廉直さゆえに、ラソのように傷つくことはなかった。

v　ロッロと彼の妻について

偉大な名称と騎士道の華にして、その性行とあらゆる境遇に恵まれたロッロは実に美しい妻を持っていたが、彼女は決して嫉妬深くはなかった。すると、隣人のある若者が彼女への愛ゆえに痩せ衰えていった。彼はその美貌、高貴な家柄、財産と優れた素質の点でその近隣の若者たちを凌いでいた。しかし、彼はその念願を叶えられなかった。(51)というのは、断固たる拒絶で撥ね退けられ、彼はその愛に値するには自分には何が欠けているのかといつも涙ながらに自問するのであった。遂に彼は赫々たる名声に輝く騎士のロッロと、何も誉れ高いことを成し遂げずに、今なお揺籃期の囲いの中で少年に留まっている自分とに思い到った。(52)そして彼は「わたしは無視されても当然であり、またロッロに立ち優らなければ、彼より高く評価されるに値しない。よって、自分の求愛は正当ではなく、彼女の拒絶こそが正しいのだ」と言った。今や彼は大急ぎで戦いへ出向いて、至るところであらゆる戦闘に参加して、戦いの術策と多様性と機会とを十分に習得して、ロッロ自身から騎士の身分の印たる剣帯を受けた。こうして、この若者はロッロに受け入れられる身となり、彼の奥方に一層親しく話して、心の苦しみを打ち明けることができるようになった。しかも、たとえ彼女に一目逢うことができさえすれば、この若者は同じ努力を払ったであろう。したがって、彼は師〈愛の神〉が招く至るところへあらゆる武装闘争や諍いへと赴いて行き、またその争いが生ぬるく無気力に見える場合には、自らそれを最高潮まで煽り立てる。あるいはそうでない場合でも、彼は常に皆の中で最も優れた有能な人物であった。衆に秀でて、彼はやがて近隣の人びとの賞賛を遥かに越えて、並ぶ者なきさらに偉大な名声を得ようと心を燃え立たせた。彼は鉄の戦列、(53)城壁、塔を突破した。しかし、彼をこれらすべての勝利に向かわせたその精神は女々しくなった、否、むしろ自らによって柔弱にされた。なぜなら、それは女性の脆弱さへと変わって行った。こうして、彼女たちと同じく、内は仔羊で外は獅子たる彼は無分別に自らの願望に心砕いた。外では城砦の破壊者でも、彼の内なる恋煩いに去勢されて、彼は軟弱になり、咽び泣き、祈っては嘆くのであった。一方、彼女は乙女や女傑ではなく、男らしく彼を追い払い無視して、あらゆる可能な方法で彼を絶望の淵へと追い込んだ。

ある日のこと、ロッロがかくも恋い慕われている彼の妻の右手を馬で旅をしていると、例の若者が彼らに偶然に出会った。青年はレススと名指しで呼びかけられると、さながら自分の主人か年長者のように、礼節ある謙虚な言葉で話を交わしながら、暫くの間彼らのお供をしてから、挨拶をして立ち去った。奥方は傲慢な態度で青年を無視した。しかしながら、ロッロは青年が立ち去る後姿を万感の想いでじっと黙想しながら長い間見送っていた。そして遂にロッロは眼を離して黙って旅を続けた。彼女は不安になり、ロッロが何か気付いたのではないかと恐れて、振り向きもしない青年をなぜそんなにも長い間見つめていたのかとロッロに尋ねた。ロッロはこう答えた。「わたしは喜んで見ていたのだ、いつも見たいと思っているものを。つまり、現代の実に高貴な驚異を——その血統、性格、美貌、富裕、名声とこの世のすべての寵愛に飾られて、さらに書物にも記されていないほどあらゆる点で恵まれた者をである」彼女はかかる賞賛の言葉を聞いて、口では言い表せないほどのものを心の中に思い浮かべて、付け加えてこう言った。「わたしには彼が美男とは見えませんし、彼の良い評判も聞いたことがありません。」しかし、彼女の心の中は違っていた。つまり、ロッロは信頼できて真実を話す人である。したがって、この青年に関してロッロが他の人びとから聞いたことは信じるに値するものである。今や彼女はレススを拒絶したことを後悔し、今や彼女は自分の過去の行為を悔やんで絶望した。そしてかつて傲慢にも謙虚なる人を拒絶し、今や謙虚にもいとも誇り高い人を求めているのに身震いした。

彼女は旅から帰って寝室に戻ると、泣くこともできたであろうが、醜聞のゆえそれはできなかった。というのは、罪の痛みは隠れ場を捜し求めるが、夜の娘たちは離れて秘密の寝室に住んでいるからである。それゆえに、彼女は最も奥の秘密の場所へ駆け込み、悲嘆に暮れながら思案を巡らせて、遂に一つの大胆な方策を決心し、使者を遣わせレススが彼女のもとへ伺うようにと計らったのである。その恋い焦がれる女の使者は飛ぶように急ぎ去って、彼女への情欲に熱く燃えるレススを同じく焔と燃える彼女のもとへ連れて来た。そして、使者は命令されるとその場から引き下がった。彼らは最高の願望を成就するために二人とウェヌスに用意された秘密の寝室へ忍び込んで行った。すると、その途中で彼女はこう言った――「恐らく貴男は驚いているでしょうね、わたしの最愛の人よ、あれほどつれない拒絶をして置きながら、どうしてわたしが突然に貴男のものとなったのかに？　ロッロがその原因だったのです。なぜなら、わたしは彼のわたしに対する言葉しか世の評判など信じませんでした。わたしは彼こそが最も真実の人であると知っています。その彼はわたしを説得したのです、時と場所と手段に応じて、貴男は太陽神アポロンより賢く、主神ユピテルより優しく、軍神マルスより獅子奮迅のお方であるとのことです。彼が貴男の賞賛すべき点に添えなかった恵みの中で不死を除いて神々にも与えられていません。わたしはそれを信じて疑わずに、心魅《ひ》かれたことを告白します。さあ、わたしは喜んでお望みの歓びを貴男に差し上げます。」こうして、彼女は横臥して彼を手招いた。（レススはたじろぎ）、彼の激情を抑えて、こう答えた。「レススがロッロの寛大さと引き換えに、決して侮辱で報いてはなりません。なぜなら、全世界がわたしに拒絶し、彼が与えた寝床を汚すことは礼節に適わないからです。」このように、彼は自制して退いた。道を踏み外すこともできたが、彼はそれをしなかった。彼は意のままに彼女を説き伏せ、今や彼女なしでしで済ますべく自らも決断した。こうして、最初の勝利は長い間遅れて、次の勝利は素早く得られた。前者は拒絶し、長い夜番の末に手に入れた勝利、後者は逃げて、短く果敢な徹夜の末に得た勝利。最初は甘くて愉快な勝利、次は辛くて悲しい勝利。しかし、収穫期にはそれらの果実は異なる味覚となるであろう(54)。

こうして、オウィディウスの訓えに反して、奥方は、ルススの場合にかぎり、その若く熱烈な欲望によって、一人の乙女へと戻ったのである。しかし、彼女は自らの愛欲の焔の中で、愛神ディオーネの入口に、また安易な堕落の絶壁と貞節の絶望の淵に立っていた。できることなら誰がレススに驚き、見倣おうとしない人がいようか？　たしかに、彼は自らを差し止める恩寵によって逃れることができたし、捉えられたら、追跡する者への恩寵によって逃れることができた。彼は強かったが、主なる神が彼の中で両方から強かったのである。つまり、彼は賞賛に値したが、それは主なる神のなせる業であった。怠け者はこれを見てこう期待するであろう――すなわち、怠け者は神の恩寵を口実にして、罪に陥っていくのである。しかし、今やわれわれはそうあるのではなく、主なる神を無くして何ごともなしえぬことを知り(55)、最初の第一歩はわれわれの役割であるかのごとくに努力し、いかなる努力にも希望と祈りを欠いてはならない。われわれは主なる神がわれわれの味方にするよう身構えて、われわれの冒瀆が神には快いことを知るとしよう。その外套を摑んでいれば、美徳はわれわれを置き去りにせず、どこへ連れて行こうが、好個の伴侶として、喜んでわれわれに同行する。肉を抑える人は怒りを逃れて、自らを制する人は主なる神に導かれる。恩寵のよって来たる、主なる神へ感謝を。

「宮廷人の閑話」第三部終わる。

［註］

（1）第一部註（74）参照。

（2）（236-c.183）共和政ローマ期の軍人、政治家、元老院議員でスキピオ・アフリカヌスと呼ばれる。第二次ポエニ戦争でカルタゴの将軍ハンニバルにザマの戦いで勝利して戦争を終結に導いた。

（3）「ローマの信徒への手紙」8：28参照。

（4）「箴言」28：20参照。

（5）この話は本書の中ではその構成とその中様々な要素の対比の技術の点で最も精巧に組み立てられたものとされる。内容には所謂「ロマンス」の要素が多くあり、多少の宮廷風恋愛の要素も含まれている。しかし、本質的には貴婦人が騎士を追い求めて破滅するという巧妙に考案された反転ロマンスとなっている。

（6）「コリントの信徒への手紙一」9：24参照。

（7）「箴言」25：20参照。

（8）伝説によると、タルクゥイニウスの妻ルクレティアは一族の一人セクストゥスに犯され、このことを夫に告げて自害した。この事件はユニウス・ブルトゥスを主導者とする暴動の端緒になって、タルクゥイニウス一家はローマを追放されたという。

(9) テレンティウス『兄弟』*Adelphoe*, 228. 'inieci scrupulum homini……' 「奴に悩みの種を撒いてやった」参照。

(10) 「箴言」26：13参照。

(11) オウィディウス『変身物語』*Metamorphoses*. i.175. 'hic locus est, quem, si verbis audacia detur,' 「もし言葉の大胆さが許されるならば、ここがその場である」参照。

(12) 「詩編」110：4参照。

(13) 通常「ヘロデ大王」(73-4BC) と称される残虐をもって有名なユダヤの王で、イエス・キリストが降誕した時のユダヤの支配者。「マタイによる福音書」2参照。

(14) ヘロデ王の後妻のヘロディアスの娘でサロメという。彼女は踊ったお礼にヘロデ王から洗礼者ヨハネの首を貰った。「マタイによる福音書」14：8参照。

(15) 太陽神フォイブス（＝ヘリオス）の子で、父の馬車を御し損ねて地球に接近し過ぎたため主神ゼウスの電光で殺された。

(16) 「マタイよる福音書」14：6、及びオウィディウス『変身物語』*Metamorphoses*.ii.1ff. 参照。

(17) 復活祭後の第七日曜日で、精霊が使徒たちの上に降ったことを記念する日。「使徒言行録」2参照。

(18) バルカン半島西部の現在のクロアチアを中心とするアドリア海沿岸の地方で、古代ローマの属州であった。

(19) ウェルギリウス『アエネーイス』*Aeneis* i.475. 'infelix puer atque impar congressus Achilli,' 「不幸な少年よ、戦いでアキレースには敵わない」参照。

(20) 無視物をも感動させた竪琴の名手で、冥界に行った妻エウリディケを連れ戻すことを冥界の王ハーデスに許されるが、禁を破って地上に出る寸前に振り返って見たために永遠に妻を失うことになった。

(21) ゼウスの息子でニオーベの夫アンピオンは竪琴を弾いて石を動かし、テーバイの城壁を築いたという竪琴の名手であった。

(22) 第二部［註］(32) 参照。

(23) (c.490-c.430 BC) シチリア島のアグリジェントに生まれた古代ギリシャの自然哲学者、医者、詩人、政治家。四元素説を唱え、弁論術の祖と言われる。彼はエトナ山の火口に身を投じて死んだという伝説がある。

(24) ギリシャ・ローマ神話に登場するバビロンの美男・美女の悲恋に終わる主人公たちの名前。オウィディウスの『変身物語』に収録され、またシェイクスピアの戯曲『ロメオとジュリエット』のモチーフとなった悲恋物語である。

(25) ウェルギリウス『アエネーイス』*Aeneis* iv.1. 'At regina gravi iamdudum saucia cura'「しかし、女王はずっと前から辛い恋の痛手に苛まれて」参照。

(26) 醜い火と鍛冶の神ヴァルカヌスの別名であり、そのため神々の鎧もちとなった。

(27) 初期中世の教育を構成した自由七芸 (sept artes liberales) をその著『文献学とメルクリウスの結婚について』*De nuptiis Philologiae et Mercuii* の中でその体系を発展させたマルティアヌス・カペッラはスティボン (Stilnon) メルクリウス (水星) を表わすギリシャ語であるため、代用したと言われる。

(28) ウェルギリウス『農耕詩』*Georgica* iii.236 'signa movet praecepsque oblitum fertur In hostem :'「彼は軍旗を進めて彼の無頓着な敵に猛然と突撃した」参照。

(29)ギリシャ神話に登場する醜い女の怪物で、髪の毛の代わりに生きた蛇が生えている。ヘシオドスの『神統記』ではゴルゴンはステンノ、エウリュアレとメドゥーサの三姉妹で、「ヘスペリデスの園」の近くの世界の西の果てに棲んでいるという。
(30)ルカーヌス『ファルサリア』*Pharsalia* v.238. 'Victrices aquilas alium laturus in orbem'「別の勝利の鷹を空高く運んで行く」参照。
(31)「タイム」とはシソ科のタチジャコウで常緑低木。葉や茎は香辛料や薬用となる。
(32)『ジェスタ・ロマーヌム』*Gesta Romanum*(ed.H.Oesterly)c.283,pp.688-91 参照。
(33)ニススとエウリアルスはアエネアースの仲間で忠実な友人であった。ラピタイ王国の王ピリトウスとテセウスは犯罪の共謀者であり、彼らはペルセポネを奪還するために冥府《ハーデス》の国に一緒に侵入するが、そのために、彼らは冥府の国に囚われの身となった。尚、ウェルギリウス『アエネーイス』*Aeneis* v.294 ff., ix.178 ff. 参照。
(34)黒海・カスピ海の北東部に位置した古代王国。
(35)プリニウス『博物誌』*Naturalis Historia* 第七巻の十六章 - 第十七章参照。
(36)ヴァルカン半島のエーゲ海北東岸に位置した古代トラキア王国。現在はマリト(Mari-tsa)川によって西部はギリシャ、東部はトルコ領になっている。
(37)ホメーロスの『オデュッセイア』に登場する魔術で男を豚に変えた妖女のこと。
(38)イヤソンの金の羊毛(the Golden Fleece)の獲得を助けた女魔法使い。
(39)ヘルクレースの妻デイアニラは彼女の夫の愛情を取り戻す方法についてネッススの忠告を求めた。ネッススは半人半馬の怪物ケンタウルスの血を塗った衣裳を夫に与えるように勧めた。しかし、その怪物の血はヘルクレース自身の矢によって既に毒が回っていて、その衣裳が彼の肉体にくっ付くと、ひどい苦痛に悩まされた。ヘルクレースは我が身を火葬用の薪で焼いて辛うじて難を逃れた。この話に関しては、オヴィディウス『変身物語』*Metamorphoses* ix. 99 ff. 参照。

（40）「箴言」31：21参照。

（41）ルカーヌス『ファルサリア』*Pharsalia* ii.657. 'nil actum credens cum quid super-esset agendum,'「なすべきことが残っていた時には、何もし遂げてないと思って」参照。

（42）「エフェソの信徒への手紙」4：26参照。

（43）「詩編」104：21参照。

（44）「詩編」1：4、「ヨハネの黙示録」22：11参照。

（45）ラテン原語 'uavassores' は元来「臣下」の意味の 'vassals' と互換的に使われた。十二世紀のイングランドでは一定の社会的地位のある騎士について用いられた。

（46）アルゴス王アクリシオスは娘ダナエー（Danae）の子に殺されるという神託が出たので、ダナエーは青銅の塔に閉じ込められたが、主神ゼウスが黄金の雨に身を変じてダナエーの膝に流れ込んで彼女と交わった。また、アティカの王ケファロス（Cephalos）はプロクリス（Procris）を娶ったが、やがて彼女の貞操を疑い、八年間留守した後に身を変じて彼女に近付き。莫大な贈り物で彼女の貞操を買わんとして、ついに彼女が誘惑に負けたに、彼の正体を明かしたという。この物語はオウィディウス『変身物語』*Metamorphoses*.vi.ll.694-862 に詳しく語られているので参照せよ。

（47）第二部注（31）参照。

（48）「ユディト記」10：17参照。

(49) ウェルギリウス『アエネーイス』*Aeneis*. xi.361. 'o Latio caput horum et causa malorem?「ラティウムのこれらの災いの源であり原因である汝よ、なぜに……?」参照。
(50)「箴言」1：17参照。
(51) ウェルギリウス『牧歌』*Eclogae*.ii.2.'.....nec, quid speraret, habebat.'「彼は望むべきものも知らなかった。」参照。
(52) 第二部注(31)参照。
(53) ウェルギリウス『アエネーイス』*Aeneis* vii.622. 'Belli ferratos rumpit Saturnia postis.'「サトゥルヌスの娘は鉄で覆われた戦争の扉をこじ開けた。」参照。
(54)「マタイによる福音書」13：30参照。
(55)「ヨハネによる福音書」15：5参照。

第四部

i 序言

目や耳を閉じ、あるいは感覚を麻痺させずに生きることは、われわれすべての人びとの教育に有益である。というのは、人は外界の諸事象から内面が教化される必要があるからである。われわれは未来に対して盲目であるから、これらの事象によって、現在と過去のいくつかの点が明らかになる。よって、われわれは見えなかったものを急いで見て、また聞こえなかったものを斥けるのではなく、主なる神に未来を委ねて、主がわれわれの前に見倣うため、あるいは避けるために置かれた万象から急いで教えを請うとしよう。そして、われわれの避難所であるお方が純粋に善なるものを選ぶ力と、悪から逃れる方法をわれわれに教えて下さるよう絶えずお祈りしよう。

わたしは若者たちが見たり聞いたりすることを軽蔑しあるいは軽視するのを見かけるし、多くの者が家で怠惰に過ごして、彼らの老年期は軽蔑すべきものか、凡人の域を越えられないのをよく見かける。また、わたしは彼の親戚であることを誇りと思う青年を見てきた。彼はわれわれ一族の間で養育され、話し手の口元につねに目を釘づけにして、(1)年配の人びとと交わり、立派な人びととの仲間づき合いを求めて、勇気ある行為を企て、任務に於いては疲れを知らず怠ることなく、あらゆる気高い徳義を飽くことなく追求し、その挙げ句に、彼は学者でなかったが（それが残念に思う）、いかなる一連の文字をも写し取ることができた。彼は二十歳になる前に、われわれと彼の母なる祖国イングランドを離れて、騎士道を学ぶために外国人として単身でフランドル伯爵フィリップ[2]に仕えて、彼を自らの主人として選んだ。これは賢明であった。というのは、現代のすべての君主の中で、われわれの王を除いて、この伯爵は武芸と統治において最も強力であるからである。尤も、若いヘンリー王が崩御した後で、われわれの王ヘンリー二世の子には（主なる神に感謝を）今日では誰も並ぶ者がいない。

しかし、このヘンリーという名の息子[3]はマルテル[4]でその生涯を閉じたが、それはわたしがソムル[5]で本書のこの頁を書いていた月の使徒聖バルナバの日[6]であって、主の托身から一千百八十二年目の年にあたり、彼の生誕二十七歳の時であった。彼は戦いに於いて新たな方策を発揮し、騎士道を惰眠から覚醒させてその頂点へと立ち至らしめた。彼を友とも親友とも見なしたわれわれは彼の剛毅な天稟や優雅な嗜みを語ることができる。彼は他に比べて背丈と容貌が優れており、雄弁の才と愛嬌を備えて、また人びとの愛情と厚意に存分に恵まれていたので、その説得力は極めて効果があり、彼の父のほとんどすべての忠臣らを欺いて彼の父に背かせたのである。たとえこの男がアブサロム[7]より偉大でないとしても、人は彼をアブサロムに喩えるかも知れない。すなわち、アブサロムはアヒトフェル[8]唯一人しかいなかった。ヘンリーは多くの人びとがいたが、フッシャイ[9]がいなかったのである。そして、主なる神はこのことを今や明らかにしたのである。というのは、主なる神が彼の父でわれわれの主人へ敬虔なるダヴィデのあらゆる慈悲——すなわち神自身がダヴィデに抱いていた慈悲を成就されたのである。[10] なぜなら、主なる神はあらゆる苦難から彼を開放して、主なる神の眼は彼の敵の怒りを見下したからである。[11] 彼のアブサロムはフランスのアキテーヌとブルゴーニュ全土と、フランク人の多くの人びとと、メーヌとアンジュとブルターニュのすべての人びとを煽動してわれわれの主人たる彼の父に蜂起させたのである。こうして、われわれの味方として戦っていた人びとの大部分は彼の膝下に屈した。しかし、われわれリモージュの人びとを包囲していたメーヌとアンジュの人びとはわれわれの涙と嘆願を踏みにじり、公然とわれわれを見捨て帰国してしまい、残兵が僅かなため、わが軍は解隊せざるをえなかった。全世界の兵士たちがアブサロムへ殺到すると、彼はマルテルにいる彼の父に背いて誓いを立てると、その同じ日にはいとも正義なる復讐の（右）手により死の鉄槌で刺し貫かれ斃れた。こうして、叛逆は鎮静化に向かい、ピュトンが滅びると世界は平穏を取り戻した。[12] 彼は彼の死体がルーアン市に埋葬されるべく命じていたけれども、それは運び去られて、ル・マンの人びとによって聖ジュリアン教会[13]に強制的に留め置かれて、そこに埋葬された。しかしながら、今日では彼の父親たる王はその死骸をそこからルーアンへ移されて、慈悲と恩顧に満ちた人間として王の息子の永遠の記憶がその地にあるように計らった。彼は裕福で気高く、愛情が深く能弁であり、美男で力強く、あらゆる点で寵愛を受けて、天使に僅かに劣るけれども、[14] 彼はこれらすべての資質を濫用した。この強者《つわもの》は、これらの恩恵をも顧みずに、心は極悪非道の父親殺しとなって、父親の死を己の最高の願望に据えたのであった。それはさながら「あらゆることを詮索する山猫は自らの一族の消滅に向かうであろう[15]」と、予言者マーリンが予言したと言われる通りである。彼は何ごとをも詮索せずには置かずに、あらゆる手段を尽くした。彼は全世界を叛逆で汚し、自身は背信の叛逆者にして諸悪の放蕩者、邪悪のいとも清澄な泉、悪行の魅惑的な火口《ほくち》、実に美しい罪の王宮で、その王国はいとも甘美である。いかにして彼が反逆者の異端の創始者となったのか読者に知って戴こう――彼の父は内外共に全世界を平和裡に自ら平定したが、息子の彼は同盟を破って敵を欺き、誓約を宣誓した人びとと平和の君主（父親）の意に背いて戦乱へと駆り立て、わたし自身も目撃したが、彼は再三に亘って父親への誓いを破った。また、彼は頻繁に父に対して罠を仕掛けて、敗北すると父の許へ帰って、自分に赦しが拒まれないことを確実に認めるにつけ、益々父に対し罪を犯す傾向となった。彼は最初の涙で鎮めえない怒りを買うこともないし、少しばかりの甘言で強要できないことは何一つ望まなかった。なぜなら、彼は自らの意に反し、主なる神を無視して良心と信仰に背いて、いかなる人をも味方に入れる男だからである。マルテルで刺殺されたこの鉄槌は後悔して死んだと言われるが、いかなる忠言によっても自ら折れて父と和睦することができなかった。それはさながら、「もし我が死んだら、静かに黙するだろうが、さもなければ、父を攻めたてよう」と言わんばかりであった。彼は心の中に「争い」を仕舞い込んでいて、憎しみで心も萎えた世継ぎの兄リチャードを見捨てて激怒して立ち去った。主なる神は彼らの末路をそれぞれ異なって注視していた。

ii　結びの言葉（跋）

わたしはこの小著を王ヘンリー二世の宮廷で急遽書き留めて、わが主君の命令に従おうと努めて、わが心の中から力ずくで捻じり出した。というのは、わたしは自分の（廷吏としての）任務に嫌気がさして、自分の力及ばぬことを成し遂げようと奮闘していたからである。詩の女神《ムーサエ》があらゆる宮廷から遠ざかる間、彼女たちがわが宮廷を特に忌避したのは、彼女たちとは徹底的に敵対して、他の何よりもより一層嫌ったからである。というのは、その衝撃が睡眠はおろか、況や勉学のために十分なる平穏な寸時を作り出すことを許さなかったからである。したがって、わたしは彼女（詩の女神）たちを強いて召喚したが、彼女らは機嫌を損ねた。しかしながら、前述したわが主人の王（ヘンリー二世）の死を聴き、二年間の服喪でわが涙も涸れ果てたあと、わたしは立ち上がり、詩の女神の聖なる泉へ近づくと、宮廷から自分が解放されたことの計り知れない貴重な利得を今や初めて知るに到った。つまり、宮廷から追放されて、わたしは新たな平穏の中で自分が宮廷でいかに惨めに縛られていたかが分かるのである。「平穏に」と、わたしは言うが、たしかにその通りである、もし平穏が暗黒の首謀者が無罪放免にされて、彼を獄舎に送った主なる神の赦しによって、その権勢が王国のすべてを支配するのをたしかな証拠によって認めることができるならばである。われわれは祝福されたヨブの財産と肉体が捧げられた人に引き渡されて、忍耐の恩寵から遠ざかるにつれて、その人はより一層残酷にして、自らが彼に勝利を収めるのが増々容易ならざるを感じた。「日の老いたる者」(16)は国土を隈なく略奪して破壊し、すべての人びとの心を手に入れて、世界の支配を誇らしく思う。叛逆者の蛇はすべてを蜷局《とぐろ》で巻きつけ、外に残るものは殆どない。かつては、彼らの悪行は少なくともある種の見せ掛けの正義によって隠蔽されるという口実を理由にして、数々の不正が邪悪な強奪者によって行われた。

しかし、今や正義も滅びて、誰もその顔さえも求めはしない。否むしろ、平和は完全に消滅して、狂乱が略奪の中に口を開いていて、すべての額《ひたい》は余りにも頑なに固まり、謙遜も含羞も無に等しいものである。今や傷ついた人は誰もが不平を言い、その理由《わけ》を尋ねることもできない。なぜなら、どこにも理由などないし、答えてくれる人は誰もいないからである。こうして今や初めて、わたしは（詩の女神の）聖なる泉を愉しむことができるのである。というのは、世界の変化と共に、詩の女神たちは変わって、今では彼女たちの洞窟からものを言う必要も、また芸術の規則に束縛される必要もないのである。われわれは何ごとも意のままに行い、美点と欠点の区別もない。カトーが戻り、ヌマ（王政ローマ第二代王）が帰り、ファビウスが復帰し、クリウスが呼び戻されて、ルソが蘇生されるがよい――物事は今まで通りに進むであろう。というのは、教養というものが何もないところでは、カトーの知恵、ヌマの正義、ファビウスの高潔さ、クリウスの優雅さ、ルソの慈愛、これらは何の役にも立ちはしない[17]。彼らが崇められたものは何も重要ではないのだから、彼らが呆れ果てるのも当然である。もし暴君ネロやウィテッリウス[18]やカテリーナ[19]を蘇らせたなら、彼らは自分より遥かに狂暴な多くの連中を発見するであろう。もしマメルトゥス[20]を黄泉《よみ》から生き返らせたなら、ヘリコンとピエリア[21]はかくも多くのルフィヌス[22]に直面して何も言葉にならないであろう[23]。それゆえに、マロー（ウェルギリウス）はホメーロスと共に、そしてマルスス[24]はカトゥルスと共に眠らせておくがよい。そしてコエリルスとクルヴィエヌス[25]、バヴィウスとマエヴィウス[26]を目覚めさせ歌わせるならば、わたしが彼らと一緒に喚き声を立てるのを禁じるものは何もなかろう。世はかかる詩人らの時代である。詩の女神《ムーサエ》は非難することも、侮辱を報復することもできない。また彼女らはその諸芸において挑戦することができない――これは他の至るところでは慣わしであるが。それゆえに、わたしはかつて怖れていた任務に、無防備でも安心して近づくことができるのだ。

このような読者はわたしの小著を今やこう見るかも知れない――つまり、彼らはわたしを詩人と見なすであろう。しかし、不敬な読者らはそのようには読まない、屹度そうではない[27]。それゆえに彼らは哀れなわたしを塵埃《ほこり》のように篩い分けるであろう。というのは、彼らは耳にしない前から毛嫌いし、吟味しない前から軽視し、見る前から嫉妬するからである。

しかし、もしよくある出来事を記録するのが当然であるならば、かかる出来事が突然わが身に起こるものである。

わたしには一人の友人がいて、彼は哲学的な生き方をする男であった。しかし、長い年月が経過して、幾度となくお互い行き来した後で、わたしは彼が外観や態度や容貌も変わって、よく溜め息をし、顔は蒼ざめたが、以前よりは身なりが小奇麗で、言葉数も少なくて慎重になり、その異常な振る舞いを誇らしくしているのにある時気づいた。彼の昔の愛嬌やいつもの陽気さが消えていた。彼は病気だと言って、実は健康をひどく損ねていた。彼は一人さまよい、礼を失わない限りで、わたしに出会うのを避けていたのを知った。わたしは彼がウェヌスの虜になっているのが分かった。というのは、彼の外観はすべて求婚者の装いで、哲人のものではなかった。しかし、彼は転んだ後に、再び立ち上がるという希望があった。わたしは未知なることは寛大にも許しがちであった。わたしは（彼の病を）冗談と思ったが、まことに真剣そのものであった。彼は愛されるのではなく、結婚される方へと進んでいた。彼は軍神マルスではなく、鍛冶の神ムルキベル[28]になろうと願っている。

しかしながら、わたしは思案に暮れてしまい、彼が死のうとするので、彼と一緒に死のうとした。わたしは話しかけると、拒絶された。彼に話しかける人びとを送ってみたが、彼は耳を傾けようともしないので、わたしは「最悪の野獣がわが唯一の人を貪り喰らってしまった[29]」と言った。こうして、あらゆる友情の任務を遂行するため、わたしはわれわれ二人の名前を変えて、彼に一通の書簡を書き送った。わたしは自らをウァルテルス・ウァレリウスとして、彼の名をヨハンネスで、赤毛[30]のルフィヌスと呼んだ。そして、その書簡には次のような題名をつけた——

iii　ウァレリウスから哲学者ルフィヌスへの妻帯を戒める忠言[31]

わたしはものを言うことを禁じられているが、それでも沈黙するわけにはいかない[32]。わたしはツルやフクロウやワシミミズク、それに泥まみれの冬の陰鬱さをうら悲しくも予告する小鳥たちの啼き声を忌み嫌う。しかも、わたしがやがて災厄をもたらすとする予言を、君は愚弄するけれども、あくまでも固執してことを行えば、わたしの予言は現実のものとなろう。それゆえに、願望ではなく、真実を予言するこのわたしは、ものを言うことを禁じられている。

わたしはヒバリとウタドリを愛する。彼らは心なごむ歌声でそよ風の歓びを予告する。そして、わたしはナイチンゲールがことさらに好きである。(33) 彼女は待ち焦がれる陽気な季節をかぎりない歓びで満たしてくれるし、わたしは決して裏切られることがない。君は甘い誘惑を囁く喜劇の若い登場人物である女を、(34) ことにも妖婦《キルケ》を愛する。(35) 妖婦は君の憧れる甘く芳しい馨りを放つ悦びを撒き散らすので、君は騙されるのである。したがって、君が豚や驢馬にならぬためにも、わたしは沈黙を守ることはできない。

バベル(36)の手先らは蜂蜜のように甘い毒を君に勧める。その毒は心地よく身体中に廻って君を喜ばせ、君の魂の躍動を奪い去る。それゆえわたしはものを言うのを禁じられるのだ。(37) わたしは、遂にその毒が蛇のように嚙み、(38) どんな解毒剤も効かない傷を負わせることを知っている。したがって、わたしは黙っていることができない。

君には君の欲望を実に雄弁に代弁する多くの擁護者がいる。しかしながら、君には君が忌み嫌う厳しい真実を声高に叫ぼうとしても、口がきけない孤独なわたし一人しかいない。それゆえに、わたしはものを言うことを禁じられる。

鵞鳥の声は、人びとをひたすら喜ばすことを教えられる白鳥らの間では、つまらぬものと非難される。(39) しかし、その声は元老院議員にローマを大火から、財宝を略奪から元老院議員自身を敵の槍から、救うことを教えた。(40) 恐らく、君は賢い男ゆえに白鳥はオルガンのように君の死を声高に啼き叫び、鵞鳥は君の魂の救済を大声でわめくのを元老院議員と同じく理解できよう。それゆえに、わたしは黙っていることはできない。

君は情欲ですっかり燃え上がり、そして、魅力的な顔の美しさに心を魅かれて、哀れにも君が追い求めるものがキマイラ(41)であることを知らない。そして、君はその三つの部分を持つ怪獣は、獅子の顔で飾られ、悪臭を持つ山羊の腹で穢れて、有毒な蝮の尾を備えているのを知ろうとする。それゆえに、わたしはものを言うことを禁じられる。

ユリシーズはセイレーンの美声に心奪われたが、彼はセイレーンの声とキルケの盃を知っていたので(42)、その渦巻を避けるために真理の鎖で自らを強く縛りつけた。しかし、主なる神を信じるわたしは、君がユリシーズを見倣い、自らの哲学（わたしは憂鬱によってとは言わないが）に敗れてエトナ山を自分の墓に選んだあのエンペドクレスの模倣者にはならないと思う(43)。そして、君は今耳にした例え話を避けることと思うが、わたしは不安でもあるのだ。それゆえに、わたしは黙っていることができない。

遂には、わたしに対して灯される君の心の焔より、君を歓待する別の炎がより強くなる。すると、大きな炎が小さな炎を呑み込んで、わたし自身が死ぬことがないためにも、わたしはものを言うことを禁じられる。

わたしが君の心になってものが言えるように、これらの焔を公平か不公平か平衡秤《ばかり》で量ってみるがよい。また、君が何を行おうが、何を決断しようが、わたしの生命を危険にさらすがよい。君はこのわたしに親切でなければならない。なぜなら、わたしは君への愛ゆえに耐え切れずに、黙ってはいられないのだから。

人類の祖アダムの最初の妻は、人類の最初の創造の後で、主なる神の教えに逆らい、最初の罪を犯して断食[44]を破った。彼女は不従順[45]を生み出し、その不従順は世の終わりまで女らを征服して止まないであろう。その挙げ句に、彼女らは常に疲れも知らずに、自分の母親から受け継いだ結果を引きずっている。わが友よ、不従順な妻は夫にとって一種の侮辱である。用心せよ！

欺かれることのない真理たる主は、祝福されたダヴィデについて言った。「わたしは、わたしの心に適う者、ダヴィデを見いだした[46]。」しかし、この男は女を愛したがため、姦通から殺人へと益々堕落し[47]、かくして災厄は決して唯の一度しか起こらぬわけではない[48]。すべての罪過は多くの仲間を持っており、いかなる家の中に入り込もうが、その罪は仲間の罪に譲って、その家を罪で汚すのである。わが友よ！　パテシバは沈黙を守り、何も罪を犯さなかった。それにも拘わらず、この完璧な男には破滅の棘となり、無垢な夫には死の一刺しとなった。ソロモン王のデリラのように雄弁で、またその美しさで意図せずともすべての女を凌駕したパテシバのように、その美貌で君を征服する女は罪がないであろうか？　もし君がダヴィデより主なる神の心に適う者でなければ、君もまた破滅の道へ突き落とされることを信ずるがよい。

人びとの太陽にして、神の歓びの倉庫、そして知恵の唯一の住み処《か》であるソロモン王は、女に心奪われたがため、漆黒の濃い墨汁を塗られて、その魂の光と名声の馨り、さらには自らの家系の栄光を失い、遂に彼は異教神バアル[49]を跪拝して主の説教者から悪魔の一味となり下がった。その結果、ソロモン王は息子パイトンの墜落の後に、主神ユピテルの太陽神アポロンからアドメーテスの羊飼いにされた時の太陽フォエブスよりもさらに大きな絶壁の淵へと突き落とされたように思えた[50]。

「わが友よ！　誰もそうだが、もし君がソロモン王より賢くなければ、君は女に魅了されずにすむ男ではない。君の両眼をよく見開くがよい。[51]」善い女とは不死鳥より稀であるが、そのような女を愛するならば、常に苛酷な恐怖と不安と絶えざる不幸に見舞われるものである。悪女の数は余りにも多いので、彼女らの悪が蔓延しないところはない。それゆえに、彼女らは愛されても、その夫を厳しく懲らしめ肉体と精神の分裂に至るまで愛情のひとかけらも感じない[52]」

友よ！「君は誰に与えるかを注意せよ」と、倫理学では説かれている。また、「君を誰に託するかを注意せよ」と、説く道徳の訓えもある。

「ルクレティアとペネロペはサビニ族の女らと一緒に、貞潔の軍旗を戦闘に持っていった。そして、ごく僅かの軍隊で勝利の戦利品を持ち帰った。友よ！　今やルクレティアやペネロペのような女も、サビニ族のような女もいやしない。すべての女を恐れよ[53]」ニススの娘スキュラとキニュラスの娘ミュッラ[54]はサビニ族の戦線へ進軍を図ると、あらゆる悪徳の軍隊に取り巻かれた大群衆が彼女らを追跡した。それは彼女らを捕虜にして、呻吟と嘆息と遂には地獄の拷問を科すためである。わが友よ、無慈悲な略奪者の餌食にならぬためにも、彼女らが行進する時には、眠っていてはならない。

地上の王である主神ユピテルは、肉体の稀にみる力と比類なき心の優雅さのために天上の王とも呼ばれるが、彼はエウローパをモーと啼いて追い求めるはめになった[55]。友よ、見たまえ。善が彼を天上まで高めたが、女は彼を野獣にも匹敵するものと見なした。もし君がその威厳並ぶ者とてないユピテルよりも偉大でなければ、女は君を獣のように泣き叫ばせることができよう。

太陽神フォエブスはその叡智の光によって全世界を初めて巡回した。そのため、彼は当然ながら「太陽」という名前で唯一人称讃されたのである。しかし、彼は不名誉にも海の女神レウコトエ(56)との恋に心惑わされると、彼女は滅び去った。すると、彼は長い間気紛れとなり、日蝕の反転現象で頻繁に自らの光が欠けて、世界中の誰もが必要とする光が不足することになった。友よ、君の中の光が闇とならぬように、レウコトエを避けるがよい(57)。

マルスは絶えず戦争に勝利することで知られるため、軍神と呼ばれるのに値するが、戦いにおける彼の油断のない力は大いに役立ち、何ものにも恐れを知らなかった。しかし、彼は鍛冶の神ヴァルカンの仕業《しわざ》によって、眼には見えないがたしかに感ずることができる鎖によってウェヌスと結ばれたのである。このことはサチュロスらの拍手喝采と、天上の宮殿の嘲笑を浴びることになった(58)。わが友よ、少なくとも君には見えなくとも、多少とも既に感じる鎖をよく考えて、未だ壊せる間に鎖から君の身を解き放ちなさい。それは神が食卓に招くに値せず、女神がその寝台に迎えるにはふさわしくないと思う(59)。あの醜い片足の不自由な鍛冶屋《ヴァルカヌス》がその流儀で君をウェヌスに鎖で縛りつけ、君を彼と同じように醜く不自由な身にさせないためである。あるいは、(わたしがさらに恐れるのは)君を内反足にして、君を救う裂けた蹄を持てなくし、ウェヌスに堅く結びつけ、盲目の人びとが拍手喝采する間に、君を見る人びとの悲しみと笑い種《ぐさ》にされないためである。

知恵の女神パラス・アテーナは女神らの偽証する審判者により排斥された。なぜなら、彼女は楽しませるよりも役立つことを約束したからである(60)。わが友よ、君もまた同じような審判を下したいのではないか？　わたしには分かるのだが、君は今嘲笑う気持ちで、君が読んでいるものを大急ぎでざっと目を通して、その真の意味を無視し、比喩的表現のみを予期しているのだ。このように濁った川が流れているかぎり、これらの濁った流れに澄んだ言葉の流れがうまく続くのを期待しても無駄である。[61]というのは、濁っていても澄んでいても、川はその水源と似ていなければならない。このように、言葉の欠陥はわが心の無知を表わし、わが表現が彫琢されていないのは、好き嫌いの多い君の心を不愉快にするだろう。このようなわが無力さを意識して、わたしは君に結婚を諫止するのを自ら進んで諦めようとした。しかし、わたしは黙っていることができなかったので、できうるかぎり話をしたのである。というのは、もしわたしが書きたいと思うに見合う文才に恵まれていたならば、実に優雅に互いに気高く結び合った言葉を君に書き送れたであろう。そうすれば、個々の言葉と同時にすべての言葉がうまく結びつき、作者を祝福するように思えたであろう。しかし、未だむきだしの果実を結ばぬ愛が（わたしは不毛とは言わないが）得ることができるすべてのことは、わたしのお蔭であるのだから、わたしが紛糾させたことを解きほぐす間、わたしの言うことにじっと耳を傾け、わたしに演説者の紅や白粉《おしろい》を求めてはならない。残念ながら白状すれば、わたしはそういうものは知らないが、筆者が誠意をもって文字で表わした真実を受け入れてほしい。

ユリウス・カエサルはその偉大さにとって世界は余りにも狭すぎたが、[62]残酷きわまるアトロポス[63]が敢えて彼の高貴な糸を切ろうとしたその日に、カピトリウム[64]の折戸の扉に謙虚に耳を傾け、トンギリウス[65]の話を聞いていた。この男は謙虚であるが神のようであった。なぜなら、彼は短剣による暗殺を予言していたのである。しかし、もしカエサルが彼の心を民衆に向けていたなら、彼自身が償った民衆は彼の罪をも償ったであろう。君は蝮が魔法使いにするように、[66]短剣の予告をするわたしに耳を傾けるがよい。猪が吠え立てる猟犬に対してするように、君はわたしが言うことに注意を払うべきだ。蟹座で白く焼けつく渇いた蛇のように、君は十分に満たされるのだ。踏み躙られたメーディアのように、君は自らをいたわるべきである。海が難破した者らを哀れむように、自分自身を哀れむがよい。君は王の平和への敬意を持っているゆえに、わたしに攻撃を仕掛けるのを敢えて控えてきたのだ。わが友よ、この世の支配者はたとえ十分でなくとも、自分の忠実な召使に謙虚になるものであり、彼は殆ど服従していたため、一歩引き下がったものだ。また、彼は十分に服従しなかったため、刑罰を受けたのである。彼の大きな謙虚さが何の役にも立たないのは、その謙虚さが十分でないからである。君にかくも野蛮な非人間性や強情な冷酷さ、さらに逆立つ眉間の恐ろしささえも、無防備で盗人らの待ち伏せに突っ込んでいく時には、君に何の役に立とうか？　全世界を平伏させたお方の謙虚さの顰《ひそみ》に倣って、どうか君も謙虚になり、君の友人に耳を傾けてほしい。そして、カエサルが忠告を信じなかったため、過ちを犯したと思うならば、彼らの弾劾が君のためになるように、他の人びとに起こったことに注意して耳を傾けてほしい。というのは、前例が教えてくれる懲罰は傷みが伴わないから。君の安全な避難所や落ち着ける隠れ処《が》はどこかを、わたしは知らない。カエサルは裏切り者らが冷酷無比な奴らであることを知っていて、カピトリウムの神殿から戻らなかった。もし君がかかる試練の場を避けたなら、悪人らをも善良な人びとと見做したことであろう。

フォロネウス王[67]は民衆に宝物の法典を公示するのを惜しまずに、初めてギリシャ人の研究をそれらで飾った人であった。彼は世界中のあらゆる道を踏破した日に、彼の弟レンティウスに言った。「もしわたしが一生涯妻を娶らなかったなら、最高の幸せを何一つ欠けることもなかったであろうに。」レウンティウスは兄に尋ねた。「妻はいかなる妨げになったと言われるのか？」すると、王はこう答えた。「夫は誰でもそれを知っている。」わが友よ、何が幸福の邪魔になるかは、一度結婚して再び独り身になれば分かるであろう。

皇帝ヴァレンティウス[68]は八十歳で未だ童貞であったが、彼が天寿を全うした日に、連戦連勝であった彼の凱旋が繰り返し称賛されるのを聞いた時に、自分が誇れる勝利は唯一つであると言った。どの勝利かと訊かれると、彼はこう答えた。「最も不埒な敵であるわが肉欲に打ち勝った戦いである。[69]」友よ、君がみだりに婚約することに強く抵抗しなかったら、この皇帝は死後にこれほどの名声を遺さなかったであろう。

キケロはテレンチアと離婚した後に、彼は妻と哲学に等しく力を注ぐことができないと言って再び結婚を望まなかった。[70]友よ、願わくは君も心から同様に考えてほしい。あるいは、君の口からわたしにそう答えてほしい。少なくともそう答えて、雄弁術の創案者を見倣って、たとえ偽りの希望であれ、わたしにその希望を与えてほしい。

ヘラークレースの建てたカデスの街の出身で、軽妙にして愉快な弁舌の才に恵まれた詩人カニウスは、真面目な妻帯者で歴史家でもあるカルタゴ人のリウィウス[71]に、多くの女との恋愛を楽しんだと誇ったために、このように非難された。「君は多くの女に共有されている間はわれわれの哲学に与ることができない。というのは、ティチュオス[72]は多くの禿鷹がばらばらに引き裂いた肝臓を持ったユノーを愛さないから。」これに答えてカニウスは言った。「時には足を滑らせれば、わたしは立ち上がってより注意深い人間になる。暫くの間、窒息させられれば、わたしは空気をより素早く取り入れる。夜が明けて昼になると、より楽しくなるし、永遠に暗闇が続けば、地獄のようなものになろう。このように、春に咲く百合の花は春の太陽のほどよい温かさを好むので、時には東風、時には南風、さらに時には西風とさまざまな風からより大きな恵みを享ける。しかし、稲妻のような疾風はひと吹きで百合の花々を散らせてしまう。こうして、軍神マルスは自分の紐を切って、神々の食客となり天上の食卓に横たわった。しかし、結婚していたムルキベル[73]はその宴会から遠く離れて、自分の太い紐で堅く縛られていた。こうして、多くの糸は一本の鎖よりゆるく結ばれる。それゆえに、哲学はわたしに楽しみを与えて、君には慰めしかもたらさない。」わが友よ、わたしは両者の言い分を認めはするが、どちらの生き方にも賛同できない。しかし、痛みを和らげる手立てもなく、絶えずわれわれを苦しめるだけの病気よりも、健康と交互にわれわれを見舞う多くの病気の方が君には害が少ないであろう。

パクウィウス[74]は涙ながらに彼の隣人のアリウス[75]に言った。「友よ、僕の庭には不幸をもたらす一本の木があり、それで最初の妻は首吊り自殺をし、そして間もなく二番目の妻も自殺し、今また三番目の妻が自殺しました。」アリウスは彼にこう答えた。「君はこれほどの成功を収めて、涙ながらに泣きごとを言うとは驚きです。」さらに、「一体、その木のため、君はいくら費用の支払いができなくな

った と言うのかね？」三つ目には、「友よ、わたしが植えるために、その木の苗木を分けてくれまいか？」わが友よ、苗木がない場合には、君はその木の若木を恵んでもらう必要があると、わたしは思うがね。

スルピキウスは靴が窮屈で痛いと感じた。それゆえに、彼は気高く貞淑な妻と離婚した。(76) わが友よ、靴が脱げずに足を痛めないように気をつけよ。

ウティカ(77)のカトーが言う。「この世が女なしで存在しうるならば、神々なしではわれわれの交合はありえないであろう。」わが友よ、カトーは感じて知りえたことしか口にはしなかったし、また、女の軽薄さに愚弄されて、それに気づいて痛みを感じなければ、誰も女の性癖を呪いはしない。こういう人びとを信頼してもよい。なぜなら、彼らは真実しか話さないからである。彼らは快楽が心地よく、罪は良心の呵責をもたらすことを知っている。彼らはウェヌスの花が薔薇なのは、赤い薔薇の花々には多くの棘があるからだと知っている。

メテッルスは持参金が多くて美貌の誉れも高く、名門の家柄で評判にも恵まれた娘との結婚を断り、彼女の父親マリウスにこう言った。「わたしは彼女のものとなるよりわたし自身でありたいのです。」すると、マリウスは答えた。「いや、彼女自身が君のものとなろう。」しかし、メテッルスは言った。「いや、夫は妻のものでなければなりません。論理の法則によれば、『述語は主語次第でどうにでもなるからです。』」メテッルスはこのように言葉遊びをして、彼の背中から重荷を取り除いた。(78) わが友よ、もし君が止むをえず結婚するなら（まったく得策ではないが）(79)、よく目を見開いて愛のためにのみとして、財産目当てに結婚はせぬことだ。それは、君が衣裳ではなく妻の顔を選び、黄金ではなく心を選び、持参金ではなく妻自身と結婚するためである。そのようにして、もしかかることが可能ならば、君は「主語」によって傷を負わない「述語」となれよう。

コリント人《びと》のライスは類い稀なる美貌の特権で、[80]王侯君主だけに抱擁されることを望んだ。しかし、彼女は哲学者のデモステネース[81]と同衾しようとした。それは彼の有名な貞潔の奇跡が破れると、アンフィオン[82]が竪琴でしたように、彼女はその美麗な容貌で石を動かしたと思われるためである。そして、彼女は虜になった彼をへつらいと甘言で惹きつけた。デモステネースが懐柔されて寝室まで連れて行かれると、ライスは同意の証拠として彼に百タレント[83]を請求した。しかし、彼は天を見上げながら言った。「わたしは後悔をその値段で買うつもりはない。」

わが友よ、君もまた心の頂きを天上まで高めて、後悔することで贖うべきことを避けねばならない。リヴィアは余りにも嫌った自分の夫を殺した。[84]ルキリア[85]は余りにも愛した彼女の夫を殺した。前者は意図的にトリカブトを混ぜ合わせて、後者は裏切られて、愛の盃ではなく狂気の盃を飲み干したのだ。わが友よ、彼女らは矛盾する願望を果たそうとした。どちらのことも女特有の欺瞞の意図、即ち悪を証明している。女らは異なるさまざまな道を歩む。彼女らがどんな廻り道をさ迷い歩こうが、いかに多くの道を逸脱しようが、一つの結果があり、彼女らのすべての道には一つの終点、一つの目論みと、彼女らのあらゆる逸脱の協定がある。即ち、それは女の悪意である。これらの二つの例から、次のことを学び知ってほしい。つまり、女とは愛そうが憎もうが万事につけ有害であり、害を与えたい時には常に巧妙至極である。その上、彼女らは人のためになろうとする時でさえも、往々にして有害であることが多い。したがって、女はそう望まなくとも、害を与えることになる。わが友よ、君は竈《かまど》の中に置かれているのだ。君が黄金なら、純度を増すであろう。

デイアネイラはティリンティウスに下着を与えて着せ、怪物の血で怪物らの鉄槌に復讐をした。その結果、彼女が悦びを得ようと企てたことは涙に終わった。(86) わが友よ、テスティウスの娘アルタエラはヘラクレースの投槍でネッススが射殺されたのを見て知っていた。それにも拘わらず、彼女はネッススをヘラクレースの手に委ねて、さながら自らの意に従うように、下着を着せるべきところを、その代わりに死を纏わせた。精神が不健全で向こう見ずな気質の女はその欲望が片寄っていて、自分が望むものを特に素晴らしいと判断して、役に立つものを重要とは思わない。したがって、彼女は何にもまして気に入ることを願い、自分の喜びこそを万事に優先させることが身についている。

アルケウスの子ヘラクレースは超人的な十二の偉業をやり遂げた。しかし、すべての超人的な力を超えた十三番目の偉業によって、彼は滅びた。このように、天空を軽々と両肩で支えた最強の男は、敵を呻かせながら自らも呻いて亡びた。

最後に、数多くの女らの中で、真剣に悩む求愛者を永遠に拒み続けて、悲しませる女はいるだろうか？　また、求愛者の言葉をきっぱりと断った女がいるだろうか？　彼女の返答には好意の味わいがあるし、どんな冷淡な女であろうとも、彼女の言葉の片隅には、いつも君の求愛に対して、恋の火口《ほぐち》を隠し持っているだろう。女は誰も拒むことなく、断固として拒む女は誰一人もいない。(87)

黄金はアクリシウスの塔の守りをも突破して、(88)多くの城壁で封印されたダナエの貞潔の結び目まで解いてしまった。わが友よ、こうして、世界を完全に征服した処女の頭上に、淫乱の雨が降ったのである。こうして、女は身分の卑しい男を欺かずに、高貴なる男を征服するものだ。こうして、春風に動揺しなかった木を北風が倒すのである。

処女ペリッキオンは年老いても常に貞節の誉れ高かったが、ついにアポロンの幻影に圧倒されて懐妊して、プラトンを生んだ。(89)わが友よ、彼女は目覚めている時にはわが身を守り、傷一つ負わなかったが、さながら一陣の嵐によって薔薇園すべての深紅色の花々が奪われるように、夢の中の錯覚によって彼女は処女を汚したことに注目せよ。しかし、プラトンは叡智では父に似て、神性と優れた父の名を受け継ぐ者であったことが、もし良いとするなら、それは誠に結構なことである。

わが友よ、わたしが譬え話の中で、君が異教徒を、キリスト教徒が偶像崇拝を、仔羊が犬を、善人が悪人を見倣うべきと言いたいとしたら、君は驚くか、あるいはそれ以上に怒るであろう。わたしは君に刺草《いらくさ》から蜜を取る勤勉な蜜蜂のようになってほしいのだ。それは君が岩から蜜を、最も硬い石から油を吸い取るためである。(90)わたしは異教徒の迷信を知っている。しかし、主なる神のすべての被造物は何か徳義の似姿を持ち合わせており、それゆえにこそ、神自身は時として牡羊とか獅子とか虫とかと呼ばれるのである。不信心者は多くの不正を行う。しかし、彼ら自身には無益なものでも、われわれには豊かな稔りをもたらすものである。というのは、もし彼らが希望や信仰、また慈悲や説教者もなく、毛皮の腰紐を持っていたなら、われわれはどうなるであろうか？　もしわれわれが驢馬や豚であったりし、あるいは何か人間性に悖《もと》る行為によって獣《けだもの》と同一視されたとしたなら、たとえわれわれが預言者や使徒、ことにも心眼の澄んだ人のみが視ることができる特別なる一者を持っていたとしても、(91)なぜにわれわれは信仰や希望や慈愛を得るに値すると思われるであろうか？(92)あるいは、もし彼らが将来の至福のためでなく、ひたすら精神を無知から守るために、大いに努力して彼らがあらゆる学芸を専ら追求したとしたら、仮にその究極の目的は真理と光、足下を照らす灯火、永遠の光に至る道を照らす灯りであるこの神聖なる書を無視し、蔑ろにしたとしたなら、われわれはいかなる報いを受けるだろうか？

君はこれを選び読み、王が君を部屋へ導き入れるため、この書を寝室へ持って行ってほしい。(93)君は過ぎ去った春の日にこの書と婚約をした。君の夏の季節に葡萄の芽が出ることを期待する。収穫期には野生の酸っぱい葡萄にしないためにも、別の女を娶ってこの書を不当に扱ってはならない。(94)わたしは君に愛と美の女神ウェヌスの花婿ではなく、知恵の女神パラス・アテナの花婿になってほしい。彼女は君を高価な首飾りで装い、彼女は君に結婚衣装を着せるであろう。(95)アポロンが新郎の付添い人となり、この結婚式を引き立てるであろう。結婚したスティルボン（伝達者メルクリウス神）はレバノン杉に祝婚歌を教えるであろう。(96)わたしはこのような厳粛な儀式を心に想い描いて待ち焦がれてきた。しかし、わたしは恐れてもいたのだ。わたしが延々とこのような訓話をしたのも、そういう理由からである。遅々として長引いたが、この訓話はすべてこの目的のため急ぎ足で話したものである。そして、君は結婚の諫止の忠言の厳しさを極めて堅い鋼鉄の尖《さき》で完全に武装されていると感じている。

iv 前回の書簡の結論

外科医の手は厳格であるが、治癒力がある。この説法もまた手厳しいが、[97]健全ではあり、わたしが一途に冀うように、君にも有益であってほしい。君はわたしが狭隘な生きる掟を君に強いていると言う。さもありなん。というのは、命に至る道は狭いし、[98]満ち溢れた歓喜に至る小道は平坦でもない。否むしろ、中程度の歓びに至るさえも、われわれはデコボコ道を通り過ぎねばならない。英雄イアソンは黄金の羊毛に辿り着くには、当時未だいかなる船も櫂も処女航海しない海と、硫黄の焔を吐く牡牛の群れと、寝ずの番の毒蛇を越えて旅をしなければならなかったと言われた。そして、彼は快適ではなくとも、健全な忠告に従って出帆して帰り、念願の宝を持ち帰ったのである。このように注意深い精神の持ち主の謙虚さは真理のニガヨモギを受け入れて、職務に忠実な勤勉さはそれを豊饒にし、有益なる忍耐力がその果実をもたらすのである。[99]かくしてまた、雨の酌人たる南風は種子を蒔き、道の箒《ほうき》たる北風はその種子を堅固にし、花々の生みの親たる西風はそれを豊かに稔らせる。こうして、厳しい初めは甘美な終わりで報われるし、また狭い山道は宏大なる宮殿へと通じるし、狭い小道こそ生者《せいじゃ》の国へ至るのである。

しかし、古《いにしえ》の人びとの証言がわたしには信頼できると思われるが、君はテオフラトゥスの『黄金の書』[100]（*Aureolus*）や、ナーソの『メーディア』（*Medea*）を読むがよい。そうすれば君は女には不可能なことは殆どないのが分かるだろう。

v　前回の書簡の最後

さて友よ、全能なる神が全能なる女性の奸計に君が騙されぬように取り計らい、君の心を照らし、君が目を眩まされてわたしが恐れる方へ向かわぬようにして欲しい。しかし――『オレステース』[101]（*Horestes*）全編を書いたと思われぬためにも、ここで筆を擱こう、ご機嫌よう。

わたしはこの小論が多くの人びとに気に入られて、貪欲に奪い合われ、熱心に転写され、大いに興味深く読まれたことを知っている。しかしながら、身分の低い人の中には、わたしがこの著者ではないと言う人びともいる。というのは、彼らはこの書簡に嫉妬して、この書の面目と著者とを強引に奪い去るのである。わたしが唯一責めを負うべきは、今も生きているということである。しかし、わたしは「死ぬことで」これを訓誡するとは些かも考えていない。わたしは表題のわれわれの名前を死者の名前に変更した。この方が好まれることを知っていたからである。さもなければ、彼らはわが書を、わたし自身同様に、投げ捨てていたであろう。したがって、掛け布から汚物の中へ投げ捨てられないように[102]、この愚かな小著を守りたいために、わたしはわが身と一緒にこの著を秘匿して置くことを命じよう。わたしは死んだ後に、何が起こるかを知っている。わたしが腐敗し始めた時に、この本は先ず風趣を帯び始めよう。そして、わたしが死ぬことによって、そのあらゆる欠陥を覆い隠し、遥かな後世の人びとには、その古い時代性がわたしに威厳を授けてもくれよう。なぜなら、今と同様にその時には、古い銅は新しい金よりも好まれるからである。その時は今と同様に牝猿の時代であり、人間の時代ではなかろう。というのは、彼らは自らの現在を嘲って、優れた人びとに対する忍耐力を持たないからである。いつの世代に於いても、その新しさは嫌われて来たし、時代の原初からずっと、どの時代も同じ時代より以前の時代をより好んで来たのである。その結果として、人びとはわたしの書簡を軽蔑することができなかったので、わたしが生きている時代を軽蔑するのである。わたしはそれを気にしないのは、それに値するからである。これをひたすら誇りに思う。なぜなら、嫉妬からは自由であるからである。齧《かじ》るに値するものは何もわたしの中にはないからである。というのは、犬は乾いた骨を齧らないし、蛭《ひる》は血のない血管には吸い付かない[103]。わが乾いた血の通わぬ文体はその無能さだけで嫉妬を免れよう。もしわたしが、今やロンドンの大司教で、有徳と叡智の宝庫たる男、且つ裕福で高名でもあり、実に明晰で簡潔な文体の師匠たるロンドン司教ギルバート・フォリオットが、彼の著作よりもその目的に相応しいものは何もないけれど、彼が本を書いたゆえに狂人と呼ばれたことに動揺して、それ以上に驚いたとしたならば——わたしはこのことに驚くであろう、もしあの名うての辛辣な料理人（マルティアリス）がこう言うのを読んでいなかったとしたら——

ローマよ、汝はエンニウスを読みマローを書棚に放置している[104]。

さらに彼はホメーロスを声高に嘆いてこう言う――

彼自身の時代はマイオニアーの詩人（ホメーロス）を嘲り笑った。

誰が著作においてホメーロスよりも偉大であろうか？　誰がマローよりも幸せであろうか？　彼ら二人の誹謗に気付いて、誰が自らの誹謗に辛抱強く耐えない者がいようか？　いつの時代でも同じであったと知りながら、誰が自分の時代の悪意に感情を害されるであろうか？　されば、ギルバートよ、安心して書き続けたまえ。見えざる部分の主なる神の掟を照らして、汝《なれ》の蜜の味のする雄弁さでそれらの甘美な結び目を解き放すため。そして、心地よい晴朗さをもって、険しい道を平らにして健全なる諸々の障害を露わにし、曲りくねった小道を整えてほしい(105)。今や老齢と読書は汝に盲目をもたらし、遥かなる昔の（マイオニアー生まれの）盲目の詩人ホメーロスと同じように、汝の晩年を快い言葉を使う者としてくれる。今や肉体の眼ではなく(106)天使たちが主なる神を見るような眼によって、汝が神と神の御業を見て瞑想され、神がこれらの暗闇を通して汝をその驚くべき光の中へ導かれんため。父なる神と精霊と共に、主なる神はとこ永久《とわ》に世に生きて統《す》べたまえ。アーメン。

今や嫉妬深い人びとは唖然とし出す――彼らは彼が書いたことを想い起して、正気に返り、エンペドクレスやエウドの痛悔に値するが、後悔する。エンペドクレスが誰であり、どんな呵責で死んだかは、著者たちが明瞭に物語ってくれる。(107) しかし、よろしければ、エウドの物語を聞くことにしよう。

vi 悪魔に騙された少年エウドについて

フランスでは主人《ドミニキ》(dominici)、イングランドでは成り上がり者の男爵《バロン》(barones)(108) と呼ばれている連中のある騎士は相続人の一人息子エウドに城や村の領地や豊富な歳入の形で莫大な財産を遺した。その少年は長身の美男であったが、怠惰な愚か者で、彼の膨大な相続財産の浪費者であった。したがって、愚か者と彼の富は共に老いることはないので、エウドは近隣の人びとに嘲笑されて、彼の遺産は隣人らの餌食となった。こうして、彼の財産は次々と己の財産を略奪されて、この愚か者は自分の領地から追放され、恥辱の余りそこを脱走して、見知らぬ土地を追放者としてさ迷い歩いた。そして、長い間乞食の生活をした後で、彼は物乞いをしていたその街の外で、とある日に偶々自ら集めたパン屑を持って近くの木蔭で休息していた。その時、彼は惨めに手に入れた僅かばかりの粗末な食べ物を見て、貧困がいかに自分の恵まれた出生を零落させて、似つかわしくないかを想い起こし、突然に涙を流し慨嘆して、そのパン屑とパンの皮を投げ捨てた。そして、自分の襤褸衣《ぼろぎ》をじっと見つめると吐き気がして、それらの布片《ぬのきれ》を見て顔蒼ざめた。今や彼は誰の眼にも卑しい者であるのを知って、自ら卑しく悲惨に思えて、もし逃げ出すことができるなら、一刻の猶予も待てないほどであった。彼は当惑し、不安に慄いて座っていた。そして、自信喪失して、彼の哀れな精神はうつろにさ迷い始めた。そして、その時、途方もない巨体で、実に恐ろしい容貌の一人の男が突然に彼の傍らに立っていた。そして、その男は十分に快く慇懃な挨拶の言葉で自分を信頼するようにと突然に命令して、彼の心の苦悩を予言し援助を申し出て、もしエウドがその男の支配に身を委ねて忠告に従うなら、彼が失った財産と彼が望むだけのより多くの富を分け加えようと約束した。エウドは顔を上げて、この新たな怪物の形相《ぎょうそう》を見てびっくり仰天した。彼は支配という言葉から悪魔ではないかと訝ったが、こう言った。「お前は誰かね？　お前はエヴァ[109]に忠告して、われわれの楽園追放を促し、カインをアベル[110]に武装させ、ハム[111]に父親を嘲笑させ、エジプト王《ファラオ》をイスラエルの民に暴君とさせ、そのイスラエルの民をモーセに頑なに刃向わせ、ダタン[112]にアーロン[113]を嫉妬させ、アヒトペル[114]をダヴィデに背かせ、アブサロム[115]に父親殺しを意図させ、イゼベル[116]を呪わしい行為に仕向けたのではなかったのかね？　なぜお前は数限りない一連の陰謀を数え上げようと努めるのか？　お前が仕向けなかった陰謀が何一つだになかったし、今もないではないか？　誰がそれらの陰謀の末路を知らぬ者がいようか？　誰がお前の忠告の結末と誓約の実に恐ろしい報いを知らぬ者がいようか？　誰がお前の下に仕えるすべての人びとの破滅的な賠償を知らないであろうか？　われわれはお前の歩むあらゆる道に網が張られていて、釣り針には常にお前の餌《えさ》が掛かっているのを知っている。そして、お前のかかる甘い呼び掛けには釣り針が付いているのだ。それを飲み込めば、わたしはお前の獲物である。」

　彼はこう言うと、身震いして呆然となり、恐怖で体中が凍りついた。それも当然である。というのは、夜に盗人らか牝鹿が近づいて来れば、人はびっくり仰天するものと言われるからである。牝鹿について、その理由は知らないが、このような戦慄を惹き起こすのは盗人らではなく、彼らの仲間である悪魔らである。したがって、この男はサタンが自分の身近に立って、本物の姿で自分に話すのに身の毛もよだつのは当然である。こうして長い間、この哀れな男は次のように話した――「もしわたしは彼が命ずるように振る舞ったならば、わたしは欺かれて、地獄がわが棲み家となり、またもしそうしなければ、わたしは彼の手を逃れないであろう。[117]」

その時、最初からあらゆる方面から巧妙に策略を蒐集して来た相手方は彼の躊躇の原因は何かを推測して、こう付け加えて言った。「地獄の恐怖に当惑してはならない。なぜなら、君は若く前途が長いし、君には悔悛の時間は十分に長く残っているから。その上、君の死の前に、俺は明白な三つの合図によって、君が悔悛の余地を持てるように、適宜折々に予め君を防備してやる。しかし、君は俺を信じないで、こう言うだろう、「もしお前の追従を呑み込んだら、わたしはお前の獲物になる。」これは大天使ルキフェル[118]の失墜以来、主なる神がわれわれに課したわれわれ人類の憎悪と永遠の恥辱である。したがって、それを区別しなければならない時に、君は有罪の人びとと無罪の人びとを同等の憎しみで断罪する。というのは、主なる神へ感謝を忘れて、わが種族が十全なる新たな美しさゆえに招いたあの最初の傲慢において、多くの人びとはあの輝く君主を北の果てまで追い求めた。[119]ある者は教会分離の張本人、ある者はその補佐役、ある者は他人の誘惑者、ある者は共鳴者、ある者は何が起こっているか知らず、すべての傲慢な人びとは主なる神に背き、あるいは知恵を顧みない。したがって、彼らは復讐の右手によって滅ぼされてかくも平衡が保たれ、かくも槍（天秤）は誠に公正なので、無知の赦しや不平等の天罰に欠けることはない。したがって、それゆえにこそ恐るべき功罪のため、より酷い拷問に処されるべき人びとが、彼らの生得的な邪悪さゆえにより一層罪を犯すことを熱望する。しかし、これらの重要人物の中には、彼らの激烈な残虐さが熱望して、人びとが避けたいと思うような罠を実践できる者らがいる。彼らこそが恐れてしかるべき人びとであり、彼らが成就した邪悪に呪われた堕落者らは彼らの手の中へ引き渡される。これらの人びとは引き渡した裏切り者らを富により堅固として、成功により奨励し、防衛により安全とし、先見により用心深くすべく教えられている。そして、彼らは繁栄が有益であり、望む時にはその断罪が確実である人びとのためこれらのことを行う。こういう人びとは破滅させるためにお世辞を言い、打ちのめすために持ち上げる。彼らこそ世間にとって嫌悪すべき輩《やから》と公表されても当然である。そして、嗚呼《ああ》！ われわれ無害なる者らはその悪評で汚されるのだ。というのは、財産の略奪、都市の転覆、血の渇望、魂の飢餓、能力以上の悪行の願望、これらはわれわれから遥かに遠いものであるのだから。われわれは死をもたらすことなく、われわれの願望のすべてを成就することで満足しよう。告白すると、われわれは冗談や嘲弄に長《た》けていて、幻想を作り上げ、空想を心に描き、幻想を惹き起こし、その挙げ句に現実を覆い隠し、偽りの滑稽な幽霊たちが現われるのである。われわれは笑いを誘う何ごとでもできるが、涙を誘うことは何もできない。というのは、今やわたしは、堕落の大天使ルキフェルの罪に賛助も同意もすることなしに、彼の共犯者らの一味として、愚かにもさ迷い続けなければならない天からの追放者らの一人である。主なる神は憤ってわれわれを天に値しない者として追放したけれども、われわれの罪の性質に応じて、孤独な砂漠の中か人里離れた場所で、罰を受けることが赦された。昔は、騙された人びとは、性の差別もなく、身に付けた身体の形や容貌に応じて、われわれに名前を与えて、半神とか半女神と呼んだ――住んでいる場所や許し与えられた役目からさまざまに、われわれは山の人びと、森の人びと、木の精《ドリアド》、山の精《オレイアス》、牧畜の神《ファウヌス》、山野の精《サチュロス》、水の精《ナーイアス》と呼ばれ、われわれの支配者たちは（人びとによりこう命名された）豊饒の女神《ケーレス》、酒神《バッカス》、半獣神《パン》、豊饒の神《プリアーポス》（男根）や家畜の守護神《パレース》等と呼ばれたのだ。[120] しかしながら、われわれは初めから見たものすべてを書き留めた。[121] なぜなら、主なる神によって、われわれは物事を知る経験が与えられているので、われわれは老獪さを習得し、過去から未来を推測する術を学び取るのである。地上のどこに留まろうが、どこへ移動しようが、われわれはさながら精霊のように、実に確実に現在の出来事を判断することを習得し、われわれに従って受け入れられた人びとへそれらを明らかにするように配慮する。それゆえに、彼らはすべての人びとの情況が明白となって、彼らは意のままに不用意な敵に向かって不意討ちを仕掛け、少人数で大多数の人びとを仰天させて好き勝手に全域を管理し、彼らが不敬な行為を犯しても、われわれは関与することが許されない。われわれはさまざまな機会を彼らに示すことができるが、彼らはその資質に応じて、それらの機会を斟酌するか、あるいは壊すこともできる。しかし、君らは書物の権威から、われわれを怖れるが、しかるに、われわれは用心するように警告する人びとを怖れはしない。むしろ、わたしとわが兄弟らのたしかな忠告に従いば、君の境遇は魂の狩人たちから守られるであろうし、そうすれば、われわれは彼らが望むように君が眠り込んで死に至らぬようにと、[122] 君の最後の死の日を予告するであろう。というのは、われわれは君が悔悛によりその日に備えられるように、君の魂の安寧のため、君にその死の日を予告しよう。また、その予告を誤ることもないであろう。なぜなら、われわれは天上と地上の自然哲学の知識を、即ち星座、香料、薬草、石や樹木の知識、万物の諸原因という万般の経験を修得しているからである。それゆえに、君は正午から太陽が下るのを見て、その太陽が西の方へ沈んで行くのを知り、その日没の時刻を覚えるように、われわれも傷ついた、或いは滅びかけた肉体の終りについて見誤ることはない。この知識と温和な性質から、われわれは善良な相談役であり、主なる神が許されるならば、強力な援助者である。なぜに君は愚図ついて躊躇うのか？　君がわれわれは背信的で残酷な振る舞いをしないことを知るために、もし宜しければ、わたしの兄弟であるモルフェウス[123]がある修道士に策を弄して、われわれは残酷であると言う、一つの復讐の罰を聴いてほしい。

「その修道士は画家で、彼の修道院の聖具保管係であった。しかし、彼はモルフェウスが指揮していることを知っていたが、夜ごとの幻想に悩まされるたびに、彼はモルフェウスにあらゆる悪口雑言を浴びせて、機会が与えられた時はいつでも、壁や室内のカーテンやガラス窓の上に彼を実に醜く忠実な姿で描いた。それでさえも、モルフェウスは人びとの嘲笑の的になるまで彼の姿を醜く描かないようにと夢の中で繰り返しその修道士に命令もし懇願もし、遂には同じく評判を失うと威嚇して、彼に描くのを止めるよう警告した。しかし、その修道士はそれらの脅迫や懇願や悪夢を一切無視して一向に止めなかった。したがって、モルフェウスは夜ごとの夢によって彼の近隣の貴族たちを説得して、その修道士に贈物、ワイン、食物、銀、金、指輪、彼らの妻の胸から取られた鹿の毛皮を贈るように勧めた。というのは、主なる神の奉仕に係わることに懸命に従事する人は多忙の余りに、兄弟同士でご馳走を食べることができなく、彼は祭壇の装飾や衣装や書物の世話をして、常に信者たちのために祈っていて、さながら「かくも信心深い人が食糧を不足して、かくも偉大な芸術家が自分の仕事で材料の不足を感じてはならない」と言わんばかりである。こうして瞬く間にこの修道士は肥えて太り、ぶくぶくと膨らみ強情となって[124]、贅沢によってどこへ導かれるかも知らずに、酒から愛欲《ウェヌス》に溺れて近隣の町の実に美しい寡婦を好きになった。しかし、彼は優雅さに欠けて顔も醜いために、恋には適していないのを自覚していたので、贈物攻勢によって彼の陰謀を防備しようとした。美が斥けられて、顔の炎が揉み消され、言葉の魅力が押し戻された時に、つまり、ミネルヴァのすべての勝利の後でさえも、この種の投槍は楯《アイギス》をも射抜くと言われる[125]。最初の贈物は彼女の頑固な抵抗に会うが、遂にその贈物は執拗な熱意によって彼女に勝利する。しかし、彼らの願望が一致すると、適切な場所がなかった。彼女の家では、多くの男女の存在が障害になり、彼の方では、修道院へのしかるべき畏敬の念が妨げとなった。一方で二人は愛の営みを望んだが、他方で世の悪評を恐れた。欲望の満足を求めていると、遂に二人には教会の財宝とその寡婦の富を贅沢な程も窃取して逃げ去り、中傷者たちの面前と世間の人びとの喧騒を逃れることをふと思いついた。居ない人びとの陰口を叩くがよい。誰もが好き放題に振る舞うがよい。彼らが一緒に隠れている間は、隠れ家の沈黙の中では赤面することはない。こうして、彼らは計画した通りに夜逃げしたのである。

「修道士たちは礼拝の時刻にいつも通り目を覚まして、鐘を鳴らす時間が過ぎていたと不平を言った。彼らはその理由を尋ねて、祭壇からその祠堂がないのに気付いた。さらによく調べてみると、教会の財宝が見当たらず、聖具保管係がどこにいるかを尋ねて、彼を追跡して追いついた。彼らの関心事では全くなかったので、その寡婦は放免された。しかし、その相手は哀れにも鉄の鎖に嵌められて、実に深い牢獄に唯一人置き去りにされた。こうして、彼はワインを水で、食物を空腹で、満腹を乏しい食餌で償わなければならなかった。さらに、彼の立派な革製品を裸体で、ベッドの柔らかさを砂の粗さで、酩酊を強制的な素面《しらふ》で、愛の臥所《ふしど》の悦楽を牢獄の拷問で、光を闇で、歓喜を悲嘆でそれぞれ贖わなければならなかった。多くの苦難の後に、モルフェウスは彼の前に姿を現して、彼をこのように嘲弄する――「これらはお前の絵に対する当然の罰である、とモルフェウスは言う。お前は絵をとことん描いたし、この俺はその応報を切に考えていた。お前にはこれらは主なる神の力ではなく赦しにより、わが術策にて果たされたことを知らねばならない。もし俺がその気になれば、一層厳しくお前を激怒したであろう。なぜなら、お前はキリストの体の一部を娼婦の体の一部にしたからである。[126]お前はわが襲撃を防ぐ防御策は持ち合わせていず、手錠のために十字架の印で武装するため、お前は両手を挙げることができない。しかし、たしかに今や、俺は勝者であり、お前は敗者となって、哀れにも拘束されているのだから、もしお前が今後はどんな絵の中でも俺を醜く描かないならば、俺はお前を憐憫に思って、これらの鉄の鎖から解放し、さながらお前が破廉恥行為をした者ではないかのように、お前の犯罪への信念を拭い去り、お前の以前の評判を取り戻してやろう。」その修道士は約束した。モルフェウスは彼の足枷に薬草を添え、強力な呪文を唱えて彼を釈放した。そして、モルフェウスは自分をその修道士の似姿に変身して、同じ鎖で体を結わえた。その修道士は、取るべき行動を教えられると、いつものベッドに横たわり、お祈りして、呻いて、人に聞こえるように咳をして、定刻が来ると、鐘を撞《つ》いた。すると、修道士たちが召集されて集まって来た。わが修道士が逃亡した後、その任務を代行していた人は彼が牢獄から戻って来たことを最初に気付いた。彼はこれを院長や修道士たちに報せた。彼らは驚いてその場に駆け寄り、誰が彼を釈放したのかと尋ねた。彼は「釈放？——どんな鎖からか？」と訊いた。主《あるじ》の院長は遁走、寡婦の略取、財宝の窃盗、鉄の鎖や牢獄などの廉で彼を責め立てた。彼はすべてを一貫して否定した。彼は寡婦を見なかったし、鎖の足枷も覚えがなかった。片手を挙げて眼の前に大きな十字の印を作って、彼らは気が狂っていると叫んだ。よって、彼は鎖の足枷で再び拘束されるため、牢獄へ手荒にも連れ去られた。そこには瓜二つのわが兄弟が口や鼻や両目をゆがめて、彼らに向かって様々なしかめ面《つら》を示しているのが発見された。修道士たちは二人を見比べると、自由の身と拘束の身の二人が余りにも似ているのに呆然として、修道士は泣いて、他方は笑って彼らを嘲っていることを除いては、各々が相手に反映される姿を見てびっくり仰天した。すると、その修道士が信用の傷つくことがないように、彼（モルフェウス）は足枷を取り壊し、屋根に大きな穴を残して、空中へ逃げ去った。大修道院長と修道院は狼狽して、泣き叫び激怒する彼らの修道士の足元にひれ伏して、彼らの誤りの赦しを乞い、彼らは亡霊に騙されていたと言った。また、彼らは懸命にその寡婦をも慰労した。それ以来あらゆる疑惑を払い除けると、彼らの評判は以前にもまして高まった。

「モルフェウスがこれを行い、わたしはこのような実に面白い冗談を喜んでしばしば行う彼の兄弟であることを知るべきです。われわれは人びとを地獄に引き連れて行くことも、そこで拷問に掛けることもしませんし、小さな罪を除いては、誰も犯罪に駆り立てることもしません。生きた人間の間で、われわれは真面目くさった冗談を仕掛けます。われわれは死者や亡霊に関わりがありません。その点だけは俺を信じて欲しいし、君の両手を合わせて俺の手の間に重ねて、お前は俺の信徒になって欲しい。そうすれば、君は君のあらゆる敵を支配することになろう。(127)」

これと同じような話に誘惑されて、死が近づいた時に三つの合図で彼に予告することを固く約束されると、エウドは喜んでその契約に同意した。彼ら二人は一緒にその場を去り、彼らが渡り歩いて来たあらゆる地域で、彼らは無法な略奪者らを集めて仲間に入れた。昼に彼らは寝ていたが、しかし、犯罪の友、窃盗の女保護者の夜になると、彼らは道のない辺りをひそかにうろついたが、知らずに道に迷うことがなかった。というのは、彼らのボスはどんな小道も知らないものがないオルガであり、また、彼らがパリの北北西に位置するボーヴェという地方の犯罪現場に到着すると、そのようなボスに身を任せて一味がいつも行っているあらゆる残虐行為の忠告者、偵察者、激励者、扇動者としてオルガを仰いでいたからである。しかし、徐々に欺瞞の源泉(オルガ)の唆しで、多くの集団が彼の下僕へ加えられて行った。息子たちは共謀して父親に背き、若者は老人に、友人は友人に、そして、全く自由に、悪意が平面から無垢へ突撃する。こうして、全く完全に、その地域は彼らの手に入り、略奪品となる。彼らは実に狂暴であったので、途方もなく恐れられた。エウドのボスで主人のオルガ(エドウの教師は彼の名前をオルガであると告白していた)はあらゆる皆のあらゆる状況を部下たちに情報を知らせていた。というは、彼は嘘が好きでその源ではあるが、嘘よりも有害な真実については彼の部下たちに正直であったからである。こうして、一味の誰もが待ち伏せを逃れて、至るところで不用意な敵を襲う術を知っていた。彼らはどの方向へ突撃し襲っても、蟻のようにそこから積荷をして帰って来る。したがって、彼らの狂暴さの前では、城砦と村落は人の子一人いなくなり、彼らによって占領されるのである。

今やエウドは己の資産を豊富に所有して、他人の財産を猛然と襲撃した。かつては無気力で怠惰であったエウドは度重なる成功により賢明で大胆になり、いかなる危機に於いても同様の成功を期待していた。しかし、彼は思い通りに勝利を重ねると、大虐殺の伴わぬ勝利には満足しなかった。今や余りに多く、殺戮者の人数を数えられる日はなかった。何にも優って彼のお気に入りは聖職者から得た獲物とキリスト教会の相続財産《パトリモニウム》の強奪品であった。したがって、彼はボーヴェの司教、大司教、教皇と民衆の全面的な呪によって実に厳しく非難された。しかし、彼らは盲人に躓きの石を置き、聾者を呪うがごときであった。というのは、エウドは眼があっても見えず、耳があっても聞こえず、すべてを気にせず尊大にも見過ごした[128]。それゆえに、極悪の親分オルガはこの悪党の部下エウドを気に入って、彼を血で満たし、累々たる屍で豊かにし、一連の残虐行為で楽しませ、際限のない狂気で懐柔して、彼の犯罪への飢餓を満足させるために、彼の陣営を同罪の仲間で一杯にした。至るところで彼は極悪人たちに悪人どもの指揮を取らせて、罪のない人びとを最も残酷に襲撃する悪人どもに権威と権力を与え、また憐れみを知らない者を誰よりも重用した。彼は思え止まる一味の誰をも容赦しないし、善行が罰せられずに、また悪行が報いられないことはなかった。そして、地上に宿敵も反乱もない時には、カパネウス[130]のように、彼は天上から敵対者に挑戦した。彼は教会の境内を略奪し、教会を侵害し、生きている人びとを恐れて、また死者たちを憐れみ、一向に止むことがなかった。主なる神に畏敬の念を持たない人が墜落の前に何も恐れずに、彼の心が急降下するために絶えず高揚されるが、長年の悪行が突然の斧の一撃によって切断されるのは極めて道理である。彼は教会から破門の脅しを受けたが、怖れなかった。彼は皆に避けられたが、怖じ気なかった。彼は名声を斥《しりぞ》けて悪評を追い求めた。彼はあらゆる人びとのどんな忠告をも無視した。今や誰も彼を非難して懲らしめる者もいなく、友人たちは絶望して沈黙する中で、山頂から引き裂けた岩石が遥か谷底まで転げ落ちて取り戻せないように、彼は自由奔放に振る舞い、誰からも見放されて、大きく回転しながら地獄へ向かって行った。そして、海が風で荒れるように、彼は呪によって盛り立てられて膨《ふく》れ上がり、より一層残虐に世間全体を苦しめようとした。彼は要求したものは手に入れ、拒絶されたものは強奪したが、富をいかに取得しても静かにすることはできないし、彼の野望は地球上の全ての財宝を食い尽くしても満足しなかった。

今やオルガは彼の奴隷のエドウを十分に確信して、彼の魂を実に断固たる鎖で縛りつけて、ある日一人で木蔭を彷徨いながらエウドに会いに行った。彼らは座って話し合い、自分自身の最近の重大な不法行為と犯罪の計画を想い起して話すと、エウドは褒められてオルガは喜んで笑って、彼と彼の兄弟と彼らの弟子たちはかかる略奪や残忍行為の企みでは敗北したと告白した。遂にオルガは真剣に溜め息をし、長い間じっくり考えた後で、光の天使に変身して言った。[131]「わが最愛なる者よ、これらの策略がどこへ向かおうが、君の魂との相談を躊躇ってはならない。わたしは君がわが妖精の本性に適する以上の悪事を行うことを好まないし、わたしは笑っても、君が地獄に墜ちるため罠を仕掛ける連中が君を笑うことを望まない。なぜなら、これはサタンやベリトやレビヤタン[132]の仕業であるから。君は主なる神の心の審判はわれわれからも主の天使たちからさえも隠されていることを知らねばならない。しかし、運命によって走り過ぎるもの、あるいは四元素の規則に従って予知されるもの、星々の上昇や下降と運動によって示されるもの、地上と天上の自然哲学に従って、永遠に予定されているもの、事象の一定の連鎖によって支配されるもの、永遠の理性の接着剤で結ばれて不動のもの、神の摂理の秩序に従って存在するもの、そして、その創造の条件に従って存在し続けるもの――、これらすべてのことを、われわれはある程度は知っている。そして、われわれは過去と現在からそれらのことを予知するのである。しかし、主なる神が有害なものは憐みにより、利益をもたらすものは怒りにより、避けることを愛情もって正しく定められたことごと――これらのことは地上と天上の息子たちからは隠されている。これらとは星占いをし、元素により命令して、いと高きお方の宝物の中に隠れ潜んでいる人びとである。主の霊だけがエリヤ[133]の似て非なる祈りから来る悲しみと喜び、ヨナ[134]の予言によるニネヴェ人[135]たちの恐怖と救出、紅海の十二の隔壁を予見することができた。[136]よって、わが親愛なる友よ、わたしは、君が全能なるお方に挑戦している間、突然の復讐者が君を事前に捉えて、わたしがそのことを予め知らないことが、わたしを非難の渦に陥れて、われわれの契約者の不名誉となることを恐れる。それゆえに、唯一つ残されていることは、君が破門から赦されることであり、君は罪を犯すたびに、赦しを請いなさい。不信を抱くことはない、なぜなら、君が絶望しない限り、罪の大きさは神の慈悲を越えることも比肩することもあり得ないからである。」エウドは驚いて言った。「今からは、わたしはあなたを悪魔ではなく主の天使と、わが主人のみならず父とも呼ぼう。」

彼らは別れて立ち去った。エウドは急いで司祭を捜し求め、罪の赦しを得て、暫くの間、彼は静かにしていたが、十分に悔悛しなかった。再び彼は始め、再び呪に縛られて、繰り返し赦免を得た。遂に、司祭はこれらの馬鹿げた行動を体験して身震いして、彼（エウド）は相も変わらぬ頑固さと彼の以前の断乎たる狂気の場合よりもこのような気紛れさの方がより始末が悪いと言った。したがって、司祭は涙ながらに主なる神に大声で叫んで全世界が彼を呪い、天上から復讐の神の手を召喚するようにと民衆に悪魔祓いをさせた。したがって、主なる神はこれらの大きな悲嘆の叫び声を聞いて、眠りから覚めた者のように目覚めて[137]、彼の敵を疾駆する馬から投げ落とし、彼の脚を折ってその傲慢さを襲った。彼はサタンの最初の合図を知って、ようやく司祭から聴聞を受けて自分の過失を告解したが、オルガを秘かに主人に戴いていた。しかし、怪我が再び恢復すると、あらゆることを無視して傲慢にも否定して、自分は過ちを恐れないし、誓約を撤回すると言って、司祭自身に懸命に復讐しようとした。こうして、以前よりも誓いを破り悪劣となり、彼はキリストと彼の選ばれた人びとに立ち向かった。しかしながら、暫くすると彼は例の警告と人生の短さを想い起して、大いに信心深く神に祈願して聞き届けられると、また誓いを破るのであった。というのは、時には、彼は死がわが身に忍び寄るのを恐れて、またある時には、彼はやがて来る警告を考えて、自ら偽って自分の人生は十分に残っていると思い込んだ。こうして遂に、オルガの保護の下にあると見なされていた彼はある少年が偶然に放った矢で片目を射抜かれて喪った。こうして、第二の警告を怖れて――ほんの一瞬ではあったが――より真剣に悔悛して、一目散に司祭のところへ飛んで行くと、度重なる偽誓の後でも、彼が蒙った負傷への同情により、彼は赦免を得た。しかし、傷の痛みが和らぐにつれて、悪行への嗜好が高まって行き、その挙げ句に、自分自身以上に余りも頻繁に悪事を働いて来た彼は教会の憎まれ者と民衆の軽蔑の的となった。

それゆえに、彼が引き渡されていたオルガは今や彼の第三の災禍――これはエジプトの最後の災難でもあるが[138]――つまり、彼の最愛の長子の死という災禍を加えた。その結果その息子の死後には、彼の人生はまさしく価値のないものとなった。喪服を着て埋葬の灰と粗布のベッドの上に横たわっていた。彼は心底から悔悛し、哀れにも彼の魂を真実の痛悔で苛んでいたので、瞬く間に衰弱した皮膚は骨にへばり付いて、彼は辛うじて身体で息をしていた。今や遅きに失するけれども、彼にとって悔悛は実に快いものであった。彼は苦悩させたすべての人びとのところへ急いで向かった。そして、彼は相手を説得する術《すべ》に実に長《た》けていたので、彼の明々白々の悲惨な姿と同様にその独特な雄弁術によって、すべての人びとが彼に同情するように仕向けた。これらすべての人びとに伴われて、彼は大部隊と共にボーヴェへ向けて急いだ。

彼（エウド）は司祭を城壁の外で、街の審判者たちが女魔術師を投げ込むために点火する巨大な焚き木の傍に発見した。司祭は遠くから彼に気付いて、恐怖に慄き全身を硬直させた。司祭はエウドを憐れまないように内臓を閉じて、この病人を癒さないように、心を頑なに固めた。彼は二度と騙されないように確固たる決意をして、全身が鋼《はがね》のように固くなった。エウドはいつもより穏やかに、予想より遥かに謙虚に、片目を失って同情されると、同じように残った片目の涙で同情されるように司祭に近付いた。彼は焚き木の束の前の司祭の足下に身を投げた。しかし、彼の真実の嘆きは徹底して弁論し尽くさなければならなかった、高官たちの懇願も民衆の悲嘆も何の役には立たず、司祭の心を強く動かすこともなかった。彼はいつもの奸計を想い起した。彼は腹の底からあらゆる毒を吐き出して激しく攻め立てた。そして、エウドは裏切り者オルガが彼の主人であるという常に隠し続けて来たことや彼の最悪の秘め事を躊躇することなく暴露した。彼はもう一度赦免されて悔悛の秘跡を与えられて、いかに困難で苦痛であろうとも、それを成し遂げることを誓約した。司祭はこれを断乎として拒絶した。エウドは真に痛悔して大いに喚《わめ》き涙ながらに言い続けた。司祭は拒否して拒み続け、完全に否と繰り返し言い放った。しかしながら、エウドは心底から真実の涙を流して言い続け、すべての敵から赦しを得て、意に反してかつては時折り、主なる神に涙を流させたあの眼から溢れる涙が自然に流れ出て、彼のために執り成した。今や彼は敵から友情をもぎ取って、地上を宥《なだ》めて天上を開き、神の正義を歪めて、この哀れな男の告解は慈悲によって受け入れられた。しかし、司祭の心は彼からは遠くかけ離れていた。主なる神は聞き届け、怒りを和らげて遜《へりくだ》り、人は横柄で傲慢に振る舞うように見えた。そして、高官たちや民衆の執拗な要求に対して、司祭はエウドが誓いも約束も守らず、この実に頑迷な暴君は同情されるべきではないことを確信すると答えた。すると、以前の全生涯を通して不運であって、今や初めてたしかに憐れむべき男であるエウドは無情な司祭の足もとから立ち上がった。その司祭は未だ七の七十倍の戒律を遂行していなかったし[139]、彼に懇願するあらゆる人びとの狼狽が増大するにつれて、彼の頑固さは厳しさを増した。すると、エウドは余りにも泣き叫び涙に溢れて、余りにも悲しく呻吟するので、司祭を除いた周囲の人びとは心や目の涙を堪え切れなくなると、こう言った。「主なる神がわが肉体を捧げたことを告白したサタンにわが魂も引き渡して下さいますように。そうすれば、たとえ司祭がわたしに課すいかなる悔悛の秘跡を信心深く遂行しなくても、いかなる慈悲の作用もなしに、わが魂は救済されるでしょうから。」すると、司祭は激怒して、頑なに信じず、身をこわばらせて、あたかも彼を試して嘲笑うように、愚かな口唇《くちびる》で次の文言を言い放った。「わたしはこの焚き木の束に跳び込むように、お前の罪ゆえに命令する。」しかし、その命令を聴いてさながら新たな生を享けたかのように、エウドは実に嬉々として、素早く、その焚き木の奥深く跳び込んだので、誰もが後を追って彼の身を引き出せない内に、彼は完全に焼き尽くされて灰になった。

読者や聴衆はこの騎士が正しい熱意を持っていて、知識に基づき、この愚かで怒りっぽい司祭の軽率な判決に従ったかのような議論になるかも知れない。曠野から帰る羊に檻《おり》を閉ざして、その羊の鳴き声を聞くまで檻を開けずに、自分の羊と言わずに、その羊を認めて赦しを与えない、否むしろ、その羊が排斥されるのを予め考えるどんな羊飼いがいるであろうか？　父親は放蕩息子を出迎えて、優しく抱擁して迎え入れ、先ず極上の衣装を着せて、肥った子牛の肉で飢えを満足させる[140]。しかし、この残酷な父は帰り来る息子を追い払い、パンを乞い求める者に石を与えて、卵を求める者に蠍を与えた。[141] 彼は父親の鞭でも母親の胸でもなく、勝利者の剣と継母の毒薬を携えていたのだ。

vii 誓約に反して軍務に就いたクリュニーの修道士について[142]

クリュニーの修道士の救済についても嘆かわしい問題であるかも知れない。彼は多くの城や莫大な財産を捨ててクリュニーへやって来たが、その数年後になって、彼の息子たちや彼の領地のすべての重臣たちに戻って来て彼が捨てた領地を管理して、彼らの諸々の困難を克服し忠告するため、彼の立場を維持して、軍務に就くようにと要望された。そして、修道士は皆の涙ながらの多くの懇願に陥落して、彼は修道院長によって放免された。彼は武器の携帯の禁止と、状況が改善し平和になったら、戻って悔悛することを条件で出かけることを命令された。彼の陣営への復帰は敵軍の間に恐るべき周章狼狽を惹き起こした。というのは、彼は大いに経験に富み、実に手ごわい勇士であるからである。それゆえに、彼は自分の部下や出来るだけ多くその他の人びとを召集して、ことに構えて待ち望んで敵兵たちを攻撃し、彼らを激しく急襲し、繰り返し攻撃を仕掛けて彼らを強力に圧倒して疲弊させ続けた。その結果、彼は敵兵らが技術や勇気で自分の相手でないことが十分に分かった。日々、彼自身が防衛する味方の人びとが敵兵の攻勢から態勢を回復し、連戦連勝による至福感から、彼が参戦することで誰もが期待していた敵との和平協定を結ぶことを怖れるようになった。遂に、敵兵は皆が力尽きて、敗戦寸前まで追い遣られると、彼らは陰謀を企んで休戦を要望した。彼はそれに同意して互いに誓約を取り交わした。しかしながら、彼ら（敵軍）はその休戦の期限を先取りした。つまり、彼らはひそかにできる限り多くの兵力を集めて、人目を盗んで不意に近づき、恐るべき大兵力を成して予期せぬ敵兵に迫って来た。

修道士は人びとの絶叫やラッパの鋭い響きで呼び覚まされて、部下と一緒に彼らを迎え撃った。彼らは戦闘を開始して、兵力は劣っていたけれど、容赦のない交戦が行われた。というのは、修道士は休戦を信じて多くの部下たちを彼らの郷里へ送り返していたからである。今や地歩を失い既に退却しようとする自軍の真只中で丸腰のまま立ち尽くし、彼は声高に叫び、熱心に激励し、指令し、不満を募らせ、非難し、懇願し、敗走しようとする兵士らの前に立ちはだかった[143]。そして、丸腰の兵士が武装した敵軍に果たしうるあらゆる手段を講じても成功しなかった時に、彼は緊急の場合に自分を守るために携えて行くことを前もって命令していた武器を彼の親衛兵から突然に摑み取った。そして、その親衛兵は暫くその過ちを改めるべく期待して従わなかったが、彼はその武器を身に纏って、今や疑いなく本当に逃げざるを得なかった彼の部下たちを戦闘へ赴かせて、彼は多くの敵の手勢に片手で反撃して、彼らの心を恐怖で震撼させ、この戦いの命運をひそかに偽って、敵軍の勝利を壊滅へと変えたのである。こうして、戦利品は強奪されて、望み通りに分配されると、修道士は意気揚々として帰路に着くと、彼は太陽の熱と、彼自身の肥満と長く着用しなかった鎧の重さで窒息しそうになった。それで、彼は少年（親衛兵）を伴い、彼らの進路から外れたブドウ畑の中へ入って行き、鎧を脱いで一呼吸しようとした。すると見よ！　待ち伏せした敵軍の石弓投射兵が背後から近づいて、修道士が裸体《はだか》でいるのにひそかに気づいて、致命的な矢で予期せぬ修道士を射抜いて、こっそりと遠ざかった。修道士は死期が近いことを感じて、告解することを望んだが、その少年以外にその場には誰もいなかった。彼はこの役目が少年には適さないのを知っていたが、彼は他の場所では出来なかったので、修道士は少年に告解して、少年の眼の前で心の中のすべてを打ち明けて、彼の罪にふさわしい罰を下されるように祈った。その少年はこのようなことは見たことも聞いたこともないと誓って言った。修道士は執拗に懇願し、その少年の足下にひれ伏して、彼の罪を償うために何らかの（刑）罰を是非とも課して欲しいと少年に願った。そして、修道士は少年が全く知らないことを彼から無理に取り上げることができない時に、修道士は臨終の迫るに際して、少年に教えて言った。「最愛の子よ、もしその時にキリストの憐みにより魂の救済が行われるならば、わが魂が苦しみの中にあり、最後の審判の日まで絶え間なく罰に代わって拷問されるように申しつけ給え。」少年はこれに同意して、同じ言葉で修道士に悔悛の秘跡を与えると、修道士は主キリストを信仰して、大きな希望と悔悛の燃える熱意の中に亡くなった。

viii 再び怪奇な幻影（幽霊）について

疑わしい裁定の死について話が及び始めたので――、ブルターニュのある騎士が彼の妻を亡くして、彼女の死後長い間嘆き悲しんでいた。しかし、彼はある夜に広大な砂漠の谷間で、大勢の女性の仲間の中に彼女の姿を発見した。彼は驚き恐怖に慄いて、彼が埋葬した彼女が再び生き返ったのを見た時に、わが目を信じられずに、妖精たちによって一体何が行われるのかと疑問に思った。彼は彼女を本気で捉える決心をした。彼が見たのが事実であるなら、彼女を捉えることを大いに楽しめるし、さもなければあの幻影に欺かれるか、少なくとも中止して臆病者と非難されないためである。したがって、彼は彼女を捉えて、彼女との夫婦関係を以前と同様にいつも陽気に楽しんだ。そして、彼は彼女との間に子供を儲けて、彼らの子孫が今では大勢いて、彼らは「亡き母の息子たち」と呼ばれている。その真実のたしかな証拠が存在しなければ、これは実に信じがたい自然の摂理に背く怪奇なことであろう。

ix 再び同じような幽霊について

その歯が大きいことからデカ歯(144)ヘンノと呼ばれたが、彼はノルマンディーの海岸縁《ぶち》の近くで、正午頃にとある薄暗い森の中で実に美しい少女を発見した。彼女は極上の絹の衣服を纏って独り座って、世にも稀なこの美貌の少女は何か願いごとをするように、黙って泣いていたが、その涙ゆえ尚更に美しかった。(145)この青年は心に火が点いて熱くなった。かくも貴重な宝が護衛もなく、天から降ってきた星さながらに、地面近くにうつむいて嘆いているのに驚いた。彼は隠された罠を怖れて辺りを見渡したが、何もなかった。それで、彼はへりくだって彼女の前に跪《ひざまず》いて、恭しく彼女にこう話しかけた。「全世界で最も甘美にして最も光り輝く麗しい乙女よ、このかくも魅力的なそのお顔の輝きがわれわれ人間のものであろうと、あるいは神が小さな花々で飾り、このように光を纏わせて、地上の崇拝者たちに現われるのを望まれたであろうと、わたしは嬉しく思いますし、あなたもうまくわたしのこの掌中にあることを喜ばれるべきです。ああ、このわたしは！　あなたに奉仕するため選び抜かれたわたしは何をすべきであろうか？　予言的な直観力で、あなたが最も熱心に歓迎される場所の中で此処に落ち着いたことは、あなたには名誉なことです。」彼女はいとも無邪気で鳩のような声で、あなたはいかなる天使をも意の侭に欺くことができる女天使が話していると思っておられるようです、と言って次のように答えた。「青年たちの愛すべき花にして人びとの望ましい光たるお方よ、わたしは自由意思による見通しではなく偶然にここへ辿りつきました。舟が激しい嵐の力で押し流されて、フランスの王に嫁ぐわたしを図らずもわが父と共にこの海岸へ運んで来ました。わたしがご覧のこの侍女一人だけ（見よ、少女が傍に立っていた！）を伴って上陸した時に、嵐の後に順風が吹いて、船乗りたちは父と一緒に総帆《もろほ》を揚げて遠ざかりました。しかし、わたしがいないのを知ったら、涙ながらにここへ戻って来るのを知っていました。しかしながら、狼どもや悪い人間たちがわたしを貪り喰らい、または襲って来ないように、もしあなたと一族に代わって、わたしに害を与えないという約束をしてくださるならば、暫くの間あなたと一緒にいることにします。なぜなら、舟で戻るまでは、あなたにわたしの身を委ねる方がより安全であり、健康にも良いからです。」耳を傍《そば》立てて聞いていて、彼の願望が成就されたことを知ったヘンノは求められたことはすべて熱心に承諾して、手に入れた彼の宝を心底から大いに歓び、できる限りの親切を二人に尽くして、わが家へ連れて帰った。彼は二人を家に入れて、あの輝かしい疫病と結婚の契りを結び、彼女を彼の母親の世話をさせて、彼女との間に玉のような可愛い子供たちを儲けた。彼の母は頻繁に教会に通い、彼の妻はそれ以上に頻繁に通った。彼の母は孤児や寡婦やパンを乞い求めるすべての人びとを救済したが、彼の妻はその母をも凌いだ。妻はその邪悪な欲望を望み通りに完遂するため、衆人環視の中ではあらゆる義務を適切に果たしたが、彼女は人が大勢いるとか、何か用事があるとかと偽って、主の身体と血の聖別式の瞬間を予期して、聖水の祝別式を用心深く遁れた。ヘンノの母はこれに気づいて、彼女は正当な疑念に駆られて、最悪のことを怖れ、これは一体何を意味するものかと細心の注意を払い偵察しようとした。彼女は嫁が日曜日に散水式の後に教会に入り、ミサの聖別を避けることを知っていた。したがって、その理由を知るために、母親は嫁の部屋を覗ける小さな秘密の穴を作ってこっそり監視した。すると、ヘンノが教会へ出掛けてしまったある日曜日の朝早く、彼女は嫁が浴槽に入ろうとすると、実に美しい女性の姿から龍へ変わるのを目撃した。暫くすると、彼女は浴槽から侍女が彼女のために広げた新しい外套の上に出て、それを彼女の歯で粉々に引き裂いて、それから本来の姿に戻って、それからは何もかも同じように彼女の侍女に仕えるのであった。母は息子に見たことを打ち明けた。それゆえに、彼は聖職者を迎えにやると、彼らは二人を不意に襲って、彼女らに聖水を降りかけた。すると、彼女らは突然飛び跳ねて屋根を突き破って、大きな叫び声を上げながら長い間住み慣れた棲家を去って行った。主なる神が肉体と共に昇天したことに驚いてはならない。なぜなら、主は結局その意に反して引き下ろされねばならぬ、かかる忌まわしい被造物にさえもこれを許されたのであるから。この女の多くの子孫たちが今も存在している。

x 再び同じ幽霊について

われわれは、庶子王ウィリアム一世[146]の時代に、リドベリ・ノース[147]を領有していたある優れた天性の男が女性たちの夜の舞踏会の集まりから、とびきりの美人を奪い去って、彼女と結婚の契りを結んで息子を儲けたということを知っている。王は彼女の信じられない程の美貌とその略奪を聴いて大いに驚き、彼女をロンドンの彼の法廷に出頭させた。彼女がことの真相を認めると、直ちに放免した。彼女の息子アルノトは実に信仰篤い男であるが、特に半身麻痺して、医者たちが敗北して彼らの手には負えないと告白すると、彼はヘレフォードへ連れて行ってもらった。そして、王にして殉教者たる聖エゼルバード[148]の教会において、その息子は彼の功績により免赦を得た。それゆえに、以前の健康に戻ると、彼はそこでリドベリの彼の財産を主なる神と聖母と王にして殉教者たる聖エゼルバートに永遠に所有するため捧げた。そして、アルノトの手から直接受け取った人から六代目と言われるその教会の司祭は今もそれを恙なく所有している。アルノトこそ母親が衆人環視の中で空中へ消え去ったその女である。なぜなら、彼女の夫は自分を死者たちの間から略奪したので、彼女はその夫を憤然と非難したのである。

xi ゲルベルトゥス[149]の怪奇な幻視について

悪名高いジェルベールの怪奇な幻視について知らない人がいようか？　ブルゴーニュのジェルベー

ルは高貴な家柄、その性格や世評にも恵まれた青年であったが、彼はランスにおいて、土地の人であれ外国の人であれ、すべての学生たちを知性と話術で凌駕しようと懸命に努力し、それを遂行した。その当時、ランスの主任司祭の娘はランスの街のさながら鑑であり驚嘆であった。したがって、すべての人びとの嘆息は彼女へ向けられて、彼女は男の人びとの誓いや熱望に大いに恵まれた。ジェルベールは彼女のことを聞いて、一刻の猶予もしなかった。彼は出向いて、見て、驚嘆し、熱望し、話しかけた。彼は聞いて、魅了された。彼はスキュラ[150]のブドウ酒貯蔵庫から狂気を飲みモルフェウスの母[151]に風習を忘れることを教えられ、彼女の毒を拒絶せずに、その毒の力でロバに成り下がって、力強く重荷を背負い、鈍感にも鞭打たれ、物臭で仕事もせず、無能で仕事も出来ず、常に困難なことを一蹴しがちとなった。彼はわが身に降りかかった災禍を感じないし、譴責の笞《むち》にも心は動かず、努力を求められても怠慢で、機敏が必要でも緩慢で、彼は軽率にも彼の欲望を貪欲に追い求め、へりくだって懇願し、激しく攻め立て、頑なまで耐え続け、そして、彼の心の鋭敏さは無節操さによって麻痺して、彼は確固たる絶望に苛まれた。こうして、彼は心の平安を失い当惑し、途方に暮れて、彼の財産を管理することも自分の情況を前もって配慮することが出来なかった。したがって、彼の財産は次第に減少して、負債に苦しみ、高利の犠牲となり、召使たちに見捨てられ、友人たちには避けられ、そして遂に彼の資産が完全に消散すると、彼は自らを顧みずに一人家にいて、髭も剃らずにみすぼらしく、おぞましく雑然としていた。しかし、その悲惨な状況の中にも仕合わせな点が一つあった。つまり、諸々の悲惨さの中の主たる恋愛から彼を解放してくれた極貧、この極貧は他の事に想いを馳せることで、その恋愛のすべての思い出を追い遣ってくれたのだ。愛の女神ディオーネ[152]よ、これこそが汝の悲しく欺瞞に満ちた代価である。そして、汝はこれらの代価を愛の軍務に服した兵士たちに俸給として支払って、遂に彼らは公然と恥辱と嘲笑の的《まと》となり、あるいは汝の苦痛を蒙った格好の見世物として、すべての人びとに見られる。わたしが皆に話すこの哀れな男は〈貧窮〉に導かれて愛の女神《ウェヌス》の鉤針《かぎばり》から解き放されたが、彼は解き放った彼女に感謝の心がない。なぜなら、過去の苦難は現在のものと比べて容易に見えるからである。そして、彼は飢餓が小鹿それ自体を食べるため、その狼の群れから小鹿を奪い去ったライオンの報酬に値すると言った。

　ある日、ジェルベールは正午頃に散歩でもするかのように街を出たが、空腹に苛まれて涙が出てきた。こうして、完全に我を忘れて、彼は一歩一歩おもむろに森の中へ深く進んで行って森の中の空き地に入ると、そこに未だ聞いたことない程も美しい女性が大きな絹の敷物の上に腰を下ろして、その前に莫大なお金を積んでいるのを発見した。それゆえに、彼は幽霊か幻覚ではないかと恐れて、逃げるためにこっそりその場から退却しようとした。しかし、彼女は彼の名を呼んで、彼女を信じるように命じて、恰も同情するかのように、目の前にあるお金と彼が望むだけの更なる富を彼に約束した。しかし、その条件としては、彼がかくも傲慢にも彼自身を拒絶した主任司祭の娘を斥けて、彼の女主人や支配者ではなく、対等の者で友人として接することである。彼女はさらにこう言った――「わたしはメリディアーナ[153]と呼ばれます。実に高貴な家系の生まれゆえに、わたしはあらゆる点でこのわたしに匹敵する男性《ひと》を見つけようと常に大いに注意して心掛けて来ました。その男性こそわが処女の最初の花々を摘み取るに値すると見なされます。しかし、あなたに出会うまでは、わたしはある点でわたしと矛盾しないような男性は誰一人も発見しませんでした。したがって、あなたはあらゆる点でこのわたしのお気に入りの男性《ひと》ですから、〈いと高きお方〉が天上よりあなたの頭上に雨と降らせるあらゆる恵みを躊躇《ためら》わずにお受けください、わたしはあなたと同様にそのお方の被造物ですから。というのは、もしあなたが敢えてわたしを当然にも怒らせることがなければ、あなたは今やあらゆる富と地位とに恵まれます。但し、わたしの心遣いにより、あなたが再び十分に花開いた時には、彼女があなたを悲惨にしたと同じ傲慢さで彼女を排斥しなければなりません。なぜなら、わたしは彼女が後悔して、許されるなら、自分が拒絶した人のところへ戻って来るのを知っているからです。もし彼女が貞節への本能からあなたの求愛を嫌ったとしたなら、彼女はあなたへの勝利者として敬意を受けるに値したでしょう。しかしながら、彼女の唯一の理由は、あらゆる点を判断して、誰よりも愛すべきあなたを不遜にも拒絶して、疑いなく誰か他の人びとを贔屓《ひいき》にしていました。つまり、ミネルヴァの偽りの衣装を纏って、(154)愛の女神アフロディテーを覆い隠して、また、あなたを拒絶したのを口実にして、彼女は他の人びとに彼らの重大な不正行為の相棒にされたのです。嗚呼《ああ》、悲しいかな！　知恵の女神パラス・アテーナは追放されて、ゴルゴンがミネルヴァの楯《アイギス》の下に隠されているのです。そして、あなたの公然たる恥辱は娼婦の汚らわしさを覆い隠しました。もしあなたが当然にもあなたの抱擁に値しないと常に彼女に言明したなら、わたしは地上のあらゆる卓越した人びとの間であなたをさらに優れた男性《ひと》といたしましょう。あなたは多分騙されることを怖れて、わたし自身の中の悪魔スックブ

[155]スの奸智を避けるつもりでしょう。それを恐れるのは間違っています。というのは、あなたが恐れる人たちは同様に他の人びとの陰謀を警戒して、誓約やその他の保証がなければ誰をも信じないし、彼らが欺いた人びとには罪しかもたらしません。なぜなら、もし――これは稀なことですが――、悪魔たちが成功や富をもたらしても、それらは余りにも無益にして空しく消え去るので、それらは何の価値もありあませんし、あるいは騙された人びとに呵責と破滅を惹き起こします。しかしながら、わたしはあなたから何の保証も要求しません。というのは、わたしはあなたの誠実なお人柄を熟知しているからです。わたしが安心させられるのではなくて、あなたを安心させようとするのです。わたしはすべてをあなたに喜んでお与えします。よって、われわれが結ばれる前に、わたしはこれらの金銭をあなたが持ち帰り、そして、すべての借金が完済するまでより多くの金を受け取るために時おり戻って来てほしいのです。そうすれば、あなたはこれが架空の金ではないことを証明して、あなたは真実の愛の出費に対する正当な代償を支払うことを恐れないでしょう。わたしが望むことは愛されることで、支配することではありませんし、あなたと対等の身になることでもなく婢《はしため》になることです。あなたはこのわたしの中に愛の馨りを感じないものは何一つも見出さないでしょう。真の判断力があれば、わたしの中に禍の痕跡を見つけることは出来ないでしょう。その必要はなかったけれども、メリディアーナはこれらのことやその他これと似た多くのことを話した。というのは、ジェルベールはその申し出を熱望して、既に話の途中で彼女を遮って同意した。彼はひたすら貧乏の捕虜になるのを避けて裕福になりたいと冀って、大急ぎで実に甘美なるウェヌスの危険の中へ入ろうと望んだ。したが

って、彼はへりくだってすべてを約束し、承諾して、求められもしない誓いの接吻を交わしたが、それ以上は貞潔の証しを損なうことはしなかった。

ジェルベールは一杯に荷を積んで帰ってきて、使者たちが貯蔵物を持って到着したと債権者たちに偽って、悠然として宝物を発見したと疑われないように、彼の借金を決済した。それ以降は、今や彼は自由の身となり、メリディアーナの贈物に満ち溢れて、家財道具は豊富になり、召使の数も増えて、衣装の着替えや貨幣も増えて、飲食物にも事欠くことなく安定した。その挙げ句に、ランスの彼の富はエルサレムのソロモンの栄華にも匹敵した。その上、褥《しとね》の完全な歓びはソロモン王にも劣らなかった、尤《もっと》も王は多くの女性を愛し、ジェルベールは唯一人の女性しか愛しはしなかったが。毎夜、彼は過去を完全に知り尽くしていた彼女から昼は何をすべきかを教えられた。これらはあの実に素晴らしいローマのヌマ王の夜ごとのようであった。つまり、毎夜ローマ人たちは生贄が捧げられて、神々は会議に召集されたが、しかるにヌマ王は夜ごとの勉強でひそかに彼女の知恵を懸命に求めていた(彼の妻で)妖精のエゲリアを崇拝していた。[156] ジェルベールは褥と講義の二重の教育を享けて、栄えある凱旋を果たして名声の頂点まで昇りつめた。さらにまた、彼は褥(寝床)についての講義の訓えと同じ程も、講師(妻)の薫陶によって教養も大いに涵養された。つまり、後者は彼の振る舞い方で最高の名誉をもたらし、前者は諸学芸の研究により、彼の精神の蒙を啓いた。瞬く間に、誰一人も彼に並ぶ者はいなくなり、彼はあらゆる人びとを凌駕して、飢えた人びとのパンとなり、困窮する人びとの衣服となり、そして、すべての抑圧からの抜かりなき救世主となった。こうして、ランスの街を羨ましく思わない街はなかった。

このことを聴いて知ると、傲慢にもジェルベールを谷間（奈落）に突き落としたバビロンの娘[157]は哀れにも耳を欹《そばだ》て、いつもの使者たちを待っていて、その遅いのを不思議に思って非難したが、遂に自分が拒絶されたのに気づいて、かつて不遜にも排斥した激しい恋の焔を今初めて心に抱いた。[158]彼女は今やより優雅に生活し、より立派に装って歩き、より謙虚に彼に接し、より大きな敬意を払って彼に話しかけた。そして、彼女は完全に彼に非難され排斥されたのを知ると、彼女の恋人（ジェルベール）にかつて狂乱を与えて飲ませた同じ杯から魂の恨みを飲み込んだ。したがって、彼女は逆上して手綱を捉え、その手綱が彼女をどこへ向けようと、あるいは引き留めようと一向に構わず、拍車の命ずるままに猛烈な勢いで突っ走った。こうして、彼がいかなる手段であれ彼女を獲得しようとしたように、つまり、今度は万策を弄して彼女がジェルベールを鉤針に掛けようと努めた。しかし、陰謀を仕掛けても、網を張っても、釣り針を投げても無駄であった。なぜなら、古い憎悪の復讐者で、新しい愛の追従者は愛が与えるすべてのものを彼女に拒み、憎悪が投げつけるすべてのものを彼女に投げ与えた。彼女のあらゆる努力が徒労に帰すと、その愛は膨らんで狂気となり、苛酷な心痛は彼女の判断力をも越えて、肢体の麻痺が薬を受け入れないように、希望を失った心は些かの慰めも感じなかった。遂に、ジェルベールの近くに住む一人の老婆がさながら死者たちから蘇った人かのように彼女を抱き起こして、彼女の小屋の小さな穴を通して、ジェルベールが夕食後にその日の暑さの中で、小さな果樹園の真ん中で一人散策している姿を彼女に見せてあげた。暫くすると、彼女らは彼が曲りくねった樫の木蔭に横たわり、静かに寝ているのを見た。しかし、彼女の心は平静ではなかった。上着を脱ぎ捨て、シャツだけを身に纏い完全に身を任せて彼の外套の下に忍び込んで、顔を隠して接吻と熱い抱擁でジェルベールの情欲を刺激した。ジェルベールのほろ酔い気分と満腹感から、彼女は念願のものを容易に手に入れた。というのは、青春と、季節と、食事と、ワインの焔とがウェヌスの激昂へと至ったのである。こうして実際に、太陽神フォエブスと牧人の神パン、豊饒の女神ケーレスとバッカスはウェヌスに常に仕えて、パラス・アテーナは常に彼らの賑やかな集会から閉め出されたのである。[159] 彼女は媚びるような甘い言葉を囁きながら熱い抱擁と接吻で彼に迫った。しかし遂に、ジェルベールはメリディアーナを想い起こして、羞恥心で困惑し、少なからず恐怖に慄いた。しかし、彼は丁重に彼女を避けたいと思って、戻ることを約束してその場を立ち去り、いつもの森の中でメリディアーナの足下で彼の過失の赦しを請った。長い間彼女は軽蔑して彼を見下ろしていたが、遂に、彼は過ちを犯したので、彼の臣従の礼を保障として求めて、それを手に入れた。こうして、彼は無事に彼女の好意に与かり続けたのである。

　そうする間に、ランスの大司教が天寿を全うして亡くなり、ジェルベールがその名声のお蔭で、ランスの大司教に推戴されることとなった。それから、この名誉ある職務を果たして、ローマに逗留している間に、彼は教皇により枢機卿とラヴェンナ[160]の大司教に選ばれた。それから暫くして、教皇が崩御すると、公選によってその教皇の座まで登りつめた。彼の聖職の在任中はずっと、主の体と血の秘跡が執り行われる時に、恐怖あるいは畏敬からであれ、彼は決してそれを味わうことなく、実行しなかったその行為を実に注意深く隠蔽して行ったふりをした。しかし、メリディアーナは彼の教皇職の最後の年に彼の前に現われて、彼がエルサレムでミサを執り行うまで、彼の生命は安全であることを彼に仄《ほの》めかした。こうして、彼はローマに住んでいるので、彼はこれを行うのを避けることが出来ると勝手に思った。しかし、ジェルベールは（ローマ総督）ピラトが受難の碑銘が刻まれた主の十字架の天辺に結びつけた例の板が置かれているという教会でミサを執り行うということになって、実際にその教会は今日までエルサレムと呼ばれている。[161] そして、見よ！　メリディアーナが、さながら彼女の許への彼の早速の到着を喜ぶかのように、彼の対面で拍手を送っていた。ジェルベールは彼女を見て気付き、そしてこの場の名前を知ると、すべての枢機卿たちや聖職者たちや会衆を招集して公然と告解して、彼の全生涯のいかなる不敬の過ちも包み隠さなかった。その上、彼は以後ミサの聖別は聖職者と会衆のすべての人びととが面と向かって行われることを定めた。それ以来、多くの人びとは祭壇を会衆との間に置いてミサを執り行うが、他方教皇猊下は座り皆と面と向かったミサを受けるのである。

ジェルベールは彼の短い余生を心底から厳しく悔悛し、真摯に崇めて過ごして立派に告解してこの世を去った。彼はラテラノの聖ヨハネ教会の大理石の墓に埋葬された。この墓は絶えず汗を滴らせる。しかし、それらの汗の一滴が連なって流れなると、それは誰か裕福なローマ人の死の予兆である。というのは、教皇聖下の移動が差し迫いる時は、その流れは地上まで流れ落ちるが、誰か貴族の場合には、その流れの多寡によって各人の品位を示すかのように、汗は墓の高さの三分の一、四分の一、五分の一の部分まで滲み出ると言われている。

ジェルベールは貪欲ゆえに実に長い間悪魔の罠に捉われていたが、彼はローマカトリック教会を見事なまで強固に掌握して支配した。そして、彼の富の一部はすべての後継者たちの時代まで長持ちしたと言われる。教皇レオ[162]は、聖ペトルスを廃嫡することによって、ペトルス・レオニスの後継者たちが今もクレスケンティウス城[163]（聖アンジェロ城）を所有する端緒を開いたと聞いている。ユダヤ教であるこのペトルス・レオニスは教皇レオの労力でわがキリスト教信仰へと改宗して、教皇レオから彼の姓レオニスを継いだ。教皇レオは歳入や固定資産で彼を懸命に裕福にして、大いなる栄光と名誉なことにも、前述の城を彼の監督に託した。その上、教皇は大変高貴な市民の娘を妻に娶らせて、ペトルス・レオニスは彼女との間に十二人の息子たちを儲けた。そして、彼は思慮深く息子たち一人一人を要職に就けて、彼らを国内で最高の位の人物たちに仕立て上げた。そして、彼は城の監督をこのようにして彼らに譲った。つまり、彼は強く束ねた十二本の棒を手渡して、束を解かずに素手で棒の束を折ることが出来た者は最初の監督者と見なされるという次第である。したがって、彼らすべての努力が失敗に終わると、彼は棒の束を解いて息子たち各々に自分の棒を折るように命じると、それは瞬く間に折れた。それゆえに、彼はこう言った――「たしかに、わが最愛の息子たちよ、敵が愛の絆で堅く結ばれたお前たちを見ている間は、彼らは敗北して撤退するであろう。しかし、お前たちが手を携えなければ、いかなる武力も勝利しよう」このように、ペトルスと彼らの一族の知恵と策略によって、キリストの財産はさながら遺産として彼らの許に残ったのである。現代に於いては、教皇アレクサンデル三世[164]はペダギウム[165]という聖ペトルスの門の習慣を中断して、彼自身の教会の主の祭壇を平信徒、すなわちローマの長官[166]の手に手渡した。そして、今日では教皇ルキウス[167]がアレクサンデル三世の後継者としてローマ人によって選ばれた。去年、教皇ルキウスはオスティア[168]の司教で神聖ローマ教会の枢機卿であった。

xii　コンスタンティノープルの奇矯な靴屋について[169]

ゲルベルトゥス（ジェルベール）が稀に見る幸運の中で繁栄していたと同じ頃に、コンスタンティノープルの平民階級出身の一人の若い靴屋がいた。彼は新しい優れた創意工夫で靴職人のすべての親方衆より優っていた。彼は他人《ひと》が二日でするよりも彼は一日でより多くの仕事が出来たし、個々の仕事ぶりで、彼の迅速な仕上げは親方衆の丹精さに優っていた。というのは、彼は裸足を見て、それが曲がっていても真っ直ぐでも、直ちに足に実にぴったり合った靴を履かせることができたし、また、足を見ないで誰のためにも働こうとしなかった。それゆえに、彼は貴族の人びとの間で贔屓《ひいき》にされて、貧乏な人びとを客として商売する暇《いとま》がなかった。その上闘技場《アリーナ》の槍投げ、格闘や男の力比べ競技のような、あらゆる見世物に於いても、彼は常に優勝したので、あまねく驚異の人と言われていた。するとある日、実に美しい少女が大勢の随行者を伴い彼の店の窓へやって来て、彼に靴を履かせてもらうために、彼女の素足を見せた。この哀れな靴屋は目を見開いて彼女の足をじっと見つめて、その靴を作って売った後で、彼は足から始めて彼女のすべてを心の中へ納めて、有毒な疫病を飲み干して、彼は完全に憔悴し切ってしまった。奴隷が王侯の美味な馳走を望んだが、彼はその願望の的《まと》には手が届かなかった。しかしながら、彼は家財道具を捨て、財産を売り払って騎士になったのは、どんなに手遅れでも、彼の低い境遇を高貴な身分と交換して、少なくともより優しく拒絶されるに値するためであった。彼は敢えて愛する淑女《ひと》に話しかける前に、彼が自ら選んだ騎士の務めを熱心に追及して、訓練によりしばしば成功を収めて、今や彼はかつて靴屋の間で得ていた地位を騎士の間でも占めるに至った。したがって、彼は試してみて、自分が彼女に値する者と思ったけれども、彼はその少女の父親から熱望した彼女を得ることが出来なかった。それゆえに、激しい怒りに燃えて、家柄の卑しさと資産の欠乏ゆえに断られた彼女を強奪する決心して、彼は海賊の大群を集めて、地上の拒絶の答えに海戦で復讐する準備をした。すると、彼は陸でも海でも怖れられることになった。彼は幸運に見放されることが決してなかった。彼がひとえに突撃して、常に成功を収めている間に、彼は愛する乙女《ひと》の死について真実の報せを聞いた。感涙に咽《むせ》んだが、休戦を受諾して彼女の葬式に急いで向かい、埋葬を見てその場に印しをつけて、翌日の夜に彼女の墓を掘り返して、彼女がまるで生きているかのように死んだ少女に添い寝した。このような罪を犯した後で死体から起き上がると、彼は彼女の分娩の時には、彼が出産させたものを運び去るために、ここへ戻るようにとの声を聞いた。彼はその命令に従い、その時が来ると彼は戻って来て、墓を掘り、殺害すべき敵以外には誰にも見せないようにと警告されて、彼は死んだ女から人間の頭を受け取った。彼はそれを幾重にも結わえて箱の中に入れて、その力を信じ切って、海を見捨てて陸を襲撃した。いかなる街や村を攻撃しようとも、彼はこのゴルゴンの兆候を目の前に翳《かざ》した。哀れな犠牲者たちはメドゥサのような怪物を見て身が凍えた。彼は途方もなく恐れられて、彼らが死なないようにと、彼らの主人皆は迎え入れられた。誰一人として嫌悪すべき疫病や突然死の原因を知らなかった。彼らは見るや否や、無言で呻くこともなく死んだのである。要塞でも、武装兵らは負傷もせずに死んで行った。陣営も都市も地方も屈服して、彼の行く手を阻むものは何もなかった。すべての敵兵はいとも容易に苦もなく略奪されることを嘆いた。ある者は彼を占星術師と、またある者は神であると言った。彼が要求するものは何であれ、彼らは断ることがなかった。

彼の勝利の中で、人びとが数え上げる一つは、コンスタンティノープルの皇帝が死ぬと、皇帝の後継者であるその娘はわれらの英雄ヘルベルトゥスに遺されたのである。彼は贈られた彼女を貰い受けた。誰が断るであろうか？　暫くの間一緒に暮らした後で、彼は例の箱について彼女から質問された。彼女は真実を知るまで、心穏やかではなかった。彼女はことの真相を知ると、眠りから目を覚ました彼の前にその頭蓋を差し出した。こうして、彼は自らの罠に嵌ったのである。このような大罪の復讐者たる彼女はメドゥサのような怪物を国から運び去って、ギリシャの海の真ん中に投げ捨てるように命令した。そうして、罪の張本人を破滅の相伴に与かるよう指示した。使者たちは兜を被って急いで立ち去り、海の中央にやって来ると、この世の恐るべき二つの怪物を海の中へ投げ込んだ。彼らがその場から戻ると、海は渦巻いて砂と共に噴き出して、さながら海の捻《ね》じれは波が突然に飛び跳ねて〈いと高きお方〉の怒り（iram Altissimi）から逃れるのを予兆する如くであり、また、憎悪で嫌気がさした海は、その怪物の誕生で嘔吐した陸が海へ吐き捨てようとしたものを懸命に拒否して投げ上げようとしているようでもあった。潮流は星辰まで吹き上がり、炎のように中天の高処《たかみ》まで達した。しかし数日後には、怪物たちの意図は変わって、星辰を襲った潮流は降下して永遠に回転して渦巻きの深淵を作った。かつて堆積であったものが今や窪んで穴となる。というのは、海の泥は海の憎悪と恐怖には耐えられず枯渇して、呆然として尽き果てて、無限の裂け目が開く深淵の底まで通ずる道が造られた。[170] それを通って、海が荒れ狂って投げ込むものすべてを十分に飲み込むのである、恰もシチリア島の街メッシナの沖合の渦巻きカリュブディスさながらに。偶然に落ちたり、大きく開いた貪欲な口に誘い込まれたものは何であれ危険に晒されて、取り返しができない。そしてこの乙女の名前はサタリア(Satalia)であったので、サタリアの深淵と命名されて、誰からも避けられた。そして、一般的に「サタリの淵《グフル・ド・サタリー》」と呼ばれた。

xiii　男の人魚ニコラス・パイプについて

海で偉大な、あらゆる驚異をも凌ぐ怪物、つまり男の人魚のニコラス・パイプを見たとわれわれに話す多くの人びとが今も生存する。一ヶ月や一年間もの長い間、彼は呼吸もすることなく、魚と一緒に深海へよく潜っても無事である。そして、嵐の襲来を予感すると、港に停泊中の船が出港するのを禁じて、また既に出帆した船には帰港するよう通告した。彼は本物の人間であり、肢体に怪物的なものはなく、その他の五感に欠陥をも持ち合わせていずに、彼は人間の資質を越えて、魚の適性を具えていた。しかし、彼が海に潜ってそこに留まる時には、二頭立て馬車や馬の蹄、あるいは古い家具からねじり取った古い鉄片を身に付けて持って行ったが、わたしは未だその理由を聞いたことがない。彼は海の臭いや水が無ければ生きられないということの一点では、人間より弱く魚に似ていた。彼はその鉄片から一定の距離を離れると、さながら呼吸が出来なくなるかのように、急いで戻ってきた。シチリア王ウィレルムス[171]（ウィリアム）がこれらの噂を聞いて彼に是非会いたいと思い、王の御前に引き連れてくるように命じた。しかし、人びとが嫌がる彼を連れてくる間に、海から遠く離れたために、彼らの手の中で死んでしまった。わたしはこれに劣らぬ驚異を見たし聞きもしたが、これに似た怪異なものを知らない。

ル・マン[172]の遥か上空に、山羊の大群が何千人もの多くの人びとに現われた。ブルターニュでは、兵士たちが戦利品を曳いて夜ごといつも黙って過ぎて行く光景が見られた。それらの戦利品から、ブルトン人たちは馬と家畜をしばしば奪い取って、あるものは彼らの食用に屠殺するため、他のものは無傷でそのまま利用した。

人びとがヘルラ王の一党[173]（Herlethingi）と呼ぶ夜の彷徨い人らの集団は、わが主君ヘンリー二世の時代までイングランドで実に有名であった。彼らは永遠に彷徨う、狂気の沙汰にも当てどなく流離《さすら》う、仰天するほど沈黙を守る軍隊で、その中には死んだと思われた多くの人びとが生きて現われた。このヘルラ王の一党はヘンリー二世の治世の最初の年の正午頃に、ウェールズとヘレフォードの境界区域で最後に見られた。彼らはわれわれが外を歩くのと同じように、二頭立て馬車と役畜、荷籠と小さなパン籠、鳥と犬を引き連れて、男と女が群がって歩いていた。その時、彼らを最初に見た人びとは大きな叫び声や笛を鳴らして近隣一帯を彼らに向けて煽り立てた。そして、実に注意深い人種[174]の慣わしにより、直ちに大部隊が銃を装備して到着した。しかし、彼らは言葉を掛けても、その奇妙な軍隊から一言も絞り出すことが出来なかったので、武力で返事を誓わせようとした。しかしながら、その軍隊は空高く上昇して、突然に姿が消えてしまった。

　その日以来、その軍隊の姿は見られることがなかった。彼らはその彷徨いを愚かなわれわれに譲り渡したかのように見える。その彷徨いの中で、われわれは衣服を擦り切らせ、王国全土を荒廃させ、われわれ自身と役畜の躰を打ち砕き、われわれの病める魂を癒す薬を求める暇《いとま》もない。金銭で買わずして、何の恩恵もわれわれには近寄らないし、損失が総計されれば、何の利益も生じないし、われわれは熟慮して急がずに何事も行うことがない。虚しく不毛にも齟齬として、われわれは狂人よろしく押し流されている。わが支配者たちは近付くことも禁止され監視された隠れ処《が》で秘密裡にいつも談判するので、われわれが審議することは何もない。われわれは狂乱と激情に振り回される。そして、われわれは現在を愚昧にもぞんざいに取り扱い、そして未来を偶然に委ねている。彷徨えるわれわれは、承知して慎重に、われわれの滅亡へ常に向かっているので、他の誰よりも臆病なわれわれは途方に暮れて悲惨である。その他の社会に於いては、なぜ悲しいかを尋ねるのが慣わしである。なぜなら、彼らは悲しむのが稀にしかないからである。われわれの社会では、なぜ楽しいかを尋ねる。なぜなら、われわれは楽しいのが稀にしかないからである。われわれは時おり悲哀を軽減されるが、歓喜を知らない。われわれは慰めにより支えられるが、歓喜に恵まれない。しかし、富に伴い、悲しみが心の中で高まる。なぜなら、人は偉大に成るほどに、その人の意志はより大きな攻撃に苦しめられて、他の人びとの格好の餌食となるのである。

この悲惨な憂慮すべき宮廷の中で、他の人びとのご機嫌をとるため自らの願望を放棄して、このわたしは惨めな生活を送っている。というのは、他人《ひと》を助けることのできる人は極めて少ないけれども、誰でもが傷つけることはできる。もしわたし一人で宮廷全体を満足させられなければ、わたしの存在は無に等しい。もしわたしは有徳な人より優って羨望の的となれば、人びとはわたしを秘かに貶めて、わたしの擁護者たちが外見に騙されていると言う。彼らは、純朴を愚鈍、平和を怠惰、寡黙を無価値、雄弁を道化役者、親切を媚び、無頓着を貪欲、欠乏を疫病、敬虔を怠慢、富を吝嗇、祈りを偽善、祈らぬことを収税吏とそれぞれ裁定する。人生のかかる喧騒に取り囲まれている人びとは彼らの美徳を抑制して悪徳で武装せざるをえないと思う。そして、彼らは善人に正しく、悪人に極悪に見えるように、それぞれの立場を注意深く区分しなければならない。しかし、誰も三位一体《トリニタース》が常に秘密裡に崇拝され、真実の信心は清浄な心の奥で祝福されるべきという健全なる忠言を疑う人はいない。その結果、この荘厳な〈人〉生が立派に内面で保たれ、汚れなく守られさえすれば、主なる神がどのように〈慈悲〉の袋を緩《ゆる》めることを許そうとも、外的状況は人間の内面を変えないし、束の間の万象の偶然の出来事が人間の魂の主なる神へ本質的に目を向けることも妨げはしない。

わたしはわれらの宮廷に関するこのようなことを世に広く知ってほしい。というのは、過去にこれに似たようなことを聞いたこともなかったし、将来もこのような恐るべきものもないであろうから。わたしはまた後世の騎士たちがこの悪意を肝に銘じて、耐え難いことを蒙ったわれわれから、自分たちが蒙ることは忍ぶべきことであることを知ってほしい。よって、「さあ、立て。ここから出かけよう」、なぜなら、われわれは洗礼を宣言して放棄した人の下僕らの間にあって、われわれは主なる神を宥めて満足させる余裕がないからである。というのは、ここではすべての人びとが妻を娶るか牡牛の軛を是認しているからである。(175)

サリウスがいかにしてこれらの弁解を避けたかを、次にお聞きあれ。

xiv イスラムの王族の息子サリウスについて

サリウスは出生と信仰が異教徒である王族の息子であるが、少年期に於ける彼の習熟した知識ゆえに、彼の両親と一族全員は彼を驚嘆して見ていた。彼は自らの魂の安寧について憂慮した時に、異教の法律の中に希望を抱く根拠を見出せなかった。したがって、彼の父祖たちの諸々の伝統を精査した後に、彼はキリスト教の真理へ向かって、洗礼と信仰と同志の契り（修道会）により、テンプル騎士団員となった。休戦の間に、彼の両親と一族の諸侯たちは内密にサリウスと話し合って、彼が犯した過ちから更生させようとすると、彼は答えた。「衆に秀でた知識をもつ最愛の父よ、どうか泣くのを止めて、貴方一人だけが、神々に恭順を尽くした代償として、いかなる報酬を貴方の魂のために期待されるかを教えて下さい。」すると父は答えた。「最愛の息子よ、われわれの神々は乳と蜜で二本の大河となって流れる天国をわれわれに用意していて、その蜜の中にはわれわれが欲するあらゆる食物の味覚があり、その乳の中にはあらゆる飲み物の歓びがある。」すると、サリウスはこう言った。「もし貴方がそれらを渇望しなければ、ご馳走とは思わないでしょうし、渇望すればするほど、大いに満腹になった後には、自然の要求に従って顔を背けるでしょう。

というのは、肉体の飲物や食物は消え失せないので、不可欠のもの（便所）が無ければなりません。よって、そのような小屋のない天国は消滅してほしいのです。」彼らはサリウスが自分の祖父たちの法律を嘲笑し、また彼らの熱心な説得も彼の一徹さには無益であるのを見て、彼を呪いながら涙ながらに立ち去った。しかし、彼自身は妻帯もせずに、雄牛の軛でもないことを証明した。

XV ブルターニュの王アラーヌスについて

しかしながら、アラーヌス・レブリット、すなわちブルターニュ人の王は不吉な前兆の下でフランス王の娘と結婚した。王自身はレンヌ[176]の伯爵にして領主——言うなればブルターニュ全土の王と言える人であった。その当時、レメリヌスはレオン[177]の伯爵であって、彼はアラーヌスへ臣従の誓いを立てたが、不遜に振る舞い彼の主君を避けて疎遠にしていた。アラーヌスの妻はこれに気付いて、夫婦の寝室説法の中で夫アラーヌスを怠惰な臆病者と執拗なまで非難した。なぜなら、彼はどうにかしてレメリヌスから彼の生命を奪うか、あるいは然るべき十分な奉仕を宣誓させなかったからである。遂にアラーヌスは妻へこう言った。「彼を抹殺することはいとも容易なことであるが、彼には容貌が瓜二つで性格の全く異なる二人の息子ウィガヌスとクロドアヌスがいる。というのは、クロドアヌスは教養が高く聡明ではあるが、道化役者に成り下がって、その挙げ句詩作や戯れ事に夢中になり、並外れて成功を収めている。しかし他方、ウィガヌスは背丈が高く、わたしが見たどの人間よりも美男であり賢明な男である。彼は実に見事な武芸の知識と雅びな礼節を持ち合わせているので、アキレースやヘクトールと比べて、そのいずれにも優る男と見なされている。彼の賢明な忠告により、二人が同時に略奪されないためにも、ウィガヌスと彼の父は同時に彼らの領土を決して留守にしない。」すると、彼女はこう答えた。「彼らはそんな状況にあるのですから、父親が亡くなって、その息子の敵意がわれわれにさらに厄介にならないように、二人の息子とは言わないまでも、弟のウィガヌスを亡き者に努めましょうよ。よって、彼の父をここに呼んでください。」

アラーヌスは同意した。見よ！　レメリヌスが現われると、真実の愛の偽善者たる王妃はレメリヌスと彼のすべての家臣たちに寛大にも心の籠った様々な栄誉をもって飾った。

彼らは金や銀の贈物と晴着を満載して帰国して、ウィガヌスの助言者たちが煌《きら》びやかに飾った人びとを見ると、彼らは形勢が暗転して、王の宮廷へ行かなかったために、自分たちはあのような金や銀と晴着の贈物をもらい損ねたと不満を漏らした。彼らは貪欲に苛まれて憔悴している間に、見よ！　アラーヌスの使者がやって来た。彼は立派な男で策略にも見事に通暁していた。そして、彼は父と息子の両方ともが、もし両方がだめなら、少なくとも父に前回同伴しなかった息子はアラーヌス王の許へ出向くべきであると熱弁をふるって請い求めた。最初、彼らは躊躇して協議を重ねたが、各自の助言は貪欲から声高《こわだか》に話された。彼らは、「王の愛を万事につけて極めて明白に証明されて、何の陰謀の仕掛けも潜んでいないことを知った時に、自分たちの主君に忠誠を誓い共に訪れるのを躊躇すべきことは何もない」と言った。しかし、ウィガヌスは恐れて押し留まり、家臣たちの意見に反して本国に残留すると、家臣たちの不満は実に大きかった。彼らはウィガヌスを無益な臆病者と非難したが、それは彼らの真意ではなかった。なぜなら、その暴言はウィガヌスに関する彼らの真の知識と相反するからである。彼らはウィガヌスを卑怯で怠惰と嘲笑したが、彼は愛すべき、非の打ちどころのない人間であるのを知っていたのである。しかし、レメリヌスが晴着と黄金、馬と飾り馬具を携え、そしてアラーヌスの激賞と王妃の称讃を享けて帰国した時に、貪欲の焔が燃え立ち、彼らは同じ贈物を欲しいためウィガヌスを侮辱してこう言った。「アラーヌス王への表敬の証しは臣下たちの訪問にあり、それによって、アラーヌスへの謙譲と愛は証明されます。再三召喚されても、これを断わることは貴方が彼を裏切り者と告発して、彼の権力と矜持に対する貴方の軽蔑を言い触らすことに過ぎません。さあ！　最初の命令に従い、貴方の消えゆく名声を配慮し、かつての不名誉なる無為を払拭して下さい。」ウィガヌスは同意して、自らの生命を危険にさらす決意をした。すると、見よ、王と王妃の使者たちが来るではないか！　クロドアヌスは父と息子が一緒に出向いて行くのに出会った。彼は驚いて、説得して中止させて、ウィガヌスを引き留めた。

レメリヌスは王と王妃にいつも以上に恭しく迎えられた。彼の裏切りを一層熱心に企む王妃は特に、あらゆる方法で彼に対して愛想よく振る舞って、外に連れ出しては家に戻り、真剣さと冗談とを混ぜ合わせて、彼女の卑劣さをできる限り愛嬌を振る舞って覆い隠した。二人は一緒に座って城壁の上に佇んでいると、二羽の白い禿鷹が腐肉に止まるのを偶々目に入った。それらの禿鷹は実に大きく、醜い鳥との評判の割には、誠に美しかった。というのは、この種の鳥は無骨な生き物であるから。すると、見よ！　三羽目の小さく黒い禿鷹が二羽の白い禿鷹を突然襲って追い遣り、その腐肉を手に入れた。レムリヌスは笑うと、王妃はその理由を尋ねた。彼は笑ったことを悔やんだ。彼は心の内を隠したいと思ったけれども、秘密にすればするほど、一層激しくその理由を求められた。というのは、風は障害に向かって荒れ狂うように、女は秘密の理由《わけ》を拒まれると猛然と突撃して、相手を説得するまで、その執拗さは終わることがないものである。それゆえに、レメリヌスは陥落して、こう言った。「わが領土には黒い禿鷹を育む大きな山があります。その反対側の別の山はより多くの白い禿鷹を飼育しています。しかし、彼らが戦う時はいつも、今ご覧になったように、一羽の黒い禿鷹は二羽の白い禿鷹を圧倒します。そしてこれと同様に、わが兵士の一人はどんな戦いに於いても貴女の二人の兵士たちを打ち負かすことができますので、わたしは笑ったのです。」これを聞いて、彼女は答えた。「それが本当であるなら、あなたは当然笑い、わたしたちは悲しまねばなりません。」こう言って、彼女は間もなく別の話題へ切り替えて、彼らの出発まで、楽しい話で彼を持て成した。こうして、これらのことがレメリヌスの意図したことよりも激しい口調でアラーヌスに伝えられると、彼女の心の娘たる〈憎悪の炎〉が彼らの間により強く燃え盛った。彼女はアラーヌス自身も彼女と共にこの無邪気なレメリヌスの裏切り者になることを執拗に迫って懇願した。彼らは秘かに武装して、この陰謀策を予め知らされた百人のフランス人騎士たちを外門の中の穴倉に配置して、レメリヌスとウィガヌスを包囲しようとした。したがって、二人はより高位の使者たちによっていつもよりも厳粛に召喚されて、彼らはその招聘を受託した。すると、クロドアヌスは彼らの身に災禍《わざわい》が振り掛かるのを泣きながら予言して、ウィガヌスに自分を父と共に先に送るように大いに涙して誓わせた。なぜなら、彼はウィガヌスと実によく似ているから、敵を欺きクロドアヌスが兄弟の身代わりに死ぬことができて、祖国への損失はより少ないからである。ウィガヌスは後から離れて付いてゆき、もし彼が万事恙ないことが分かれば、城内へ入ることができた。もし彼が裏切りを見破ったならば、彼は一マイルごとに彼のために準備された馬を乗り継いで、帰国することができた。

こうして、レメリヌスとクロドアヌスが城内に入ると、城門は突然閉じられて、二人は捉えられ、レメリヌスは去勢されて殺された。クロドアヌスは自分の名前を白状し難を逃れた。王妃はウィガヌスが死を免れたことを知って、彼女の騎士たちを鼓舞して追跡させた。彼女は彼らの前に跪いて急ぐように懇願した。彼女はすべてを話し、すべてを約束した。彼らはあの無垢な者（ウィガヌス）を殺すために全速力で追撃した。しかし、彼は五匹の馬を乗り換えたが、六匹目の馬が見当たらず（というのは、その馬をその場で確保していた物臭で怠惰な奴隷が彼の主人に何も災禍が起こらないと予想して、食べ物を求めて近くの村へ立ち去っていたのである）、よって、ウィガヌスは恐怖の余り、六番目の馬を期待して余力を残さなかった五番目の馬に拍車をかけた。しかし、その馬がある森の境界の辺りで疲れて力衰えると、彼は家の前で糸を紡いでいるのを見た女の方へ急いで回り道をした。彼は自らの身と苦境を彼女に打ち明けて、何なりと要望のものを約束した。したがって、彼女は彼女の男の子を屋内の揺籃《ゆりかご》に覆い隠すため彼に手渡して、彼女が追跡して来る連中をうまく欺く間、彼はその子をどうにか宥《なだ》めて泣かないようにする手筈となった。彼はその言いつけに従った。乗馬者たちが彼女の許へ近づいて来て、彼女に素早く話を聞くと、それを嘘とは思わずに先へ急いで行った。しかし、彼らは幾度も戻って来て、彼女の小屋の辺りを隈なく極めて綿密に捜し回った。その間に、ウィガヌスは泣いている男の子を宥めようとして、象牙の柄の付いた小刀《ナイフ》をその子の両手に与えて、彼が静かな間はその場を離れて、家の中を歩き回って隠れ場を探して、彼は穴から不安げに外を見張った。それから遂に、その子供の泣き声を聞いて戻ると、その子は小刀《ナイフ》の上に倒れて死んでいるのが分かった。よって、彼にはいかなる希望が残っているというのか？　間近に死を控えて、今や彼は捉えられたかのように恐怖に慄き、涙も乾いて冷静に待っていた。なぜなら、希望を失うと、恐怖も消えたからである。ウィガヌスを探している連中が依然として近隣を隈なく探索している間、息子が死んでいるのを知った母親はその子の屍に死んだように覆いかぶさり、狂乱して飛び掛かって、ウィガヌスを責め立てた。ウィガヌスは足を摑んで彼女を押さえ、自分自身が死んだ子の代わりに彼女の息子になろうと約束した。そして、彼は復讐しても何の利益にもならないし、もし赦してくれるならば、莫大な富の希望を与えると言って、彼女を説得した。遂に彼女は心揺らいで、彼女の夫に急いで会いに行き、すべてを打ち明けた。約束の希望に惑わされて、兵士たちが尚も監視している間に、二人はウィガヌスを秘密の小道を通って安全な隠れ処《が》へ連れて行った。すると、ウィガヌスは彼の兵力を召集して、アラーヌスの裏切り行為と略奪の恐怖を彼らに話した。そして、彼ら全員の前で彼の救出者を騎士の証したる（腹・肩）帯で表彰して、彼に莫大な富と領地を賦与した。彼の子孫は今日までその領地を所有していて、「裸族の息子ら」呼ばれている。なぜなら、彼は最初裸一貫から着衣をしたかのように、貧困から富豪へと成ったからである。

しかし、ウィガヌスは父と自分への侮辱に復讐するために、ブルターニュの王と称するアラーヌス・レブリットに対して大兵力を率いて蜂起したので、多くの市街《まち》や村落《むら》の中で、彼の敵たちが安眠できる所はどこにも無かった(178)。その結果、彼の激烈極まる略奪の記念碑が今なお明白であり、市街《まち》の破壊や教会の倒壊がそれを証明している。それゆえに、アラーヌスはフランス王である彼の義父（岳父）の許へ逃げ込むと、王の仲裁により、後継者である彼の娘をウィガヌスに与えた。こうして、アラーヌスは平和裡に再び王位に復帰した。この同盟により、その全域一帯は長い間平和で穏やかであった。

ウィガヌスは妻とチェスをしている間に、廷臣たちに重大な用件で呼び寄せられることが起こった。すると、彼は信頼できる彼の騎士に彼の代わりに奥方とその遊びを終わらせるように任せてその場を立ち去った。それゆえに、その時奥方が勝利を収めると、彼女はチェスをしていた相手の騎士に言った。「お前ではなく、盲人の息子へ王手詰み！」ウィガヌスはこの侮辱に平然と耐えることが出来なかったので、彼はアラーヌス・レブリットの許へ急いで向かい、彼を不意討ちした。アラーヌスは敗北して聖レウィウスの教会(179)に唯一人逃げ込んで、彼は門戸を閉めて、自分がもう一方の門戸で武器をもって敵に抵抗している間、彼の功徳にかけて一つの門戸を守って下さるように聖レウィウスに祈った。というのは、その教会には門戸が二つあったのである。したがって、敵軍は聖者の門戸から入ることが出来なかったので、アラーヌスの門戸から辛うじて中へ入って、アラーヌスを引きずり出して、教会の前で彼の両目と生殖器を奪い取った。そのお蔭で今尚、その聖レウィウスの教区に於いては、いかなる動物も子を産むことができないが、産みそうになると、教区の外に出て産むということになった。ウィガヌスは完全なる復讐を誇るために、アラーヌスの両目と生殖器を左の袖の中に入れて持ち帰って、その行為と目的を陽気に微笑む表情で覆い隠して帰宅すると、座って彼の妻とチェス遊びを始めた。勝負に勝つと、彼はチェス盤の上にアラーヌスの生殖器と両目を投げつけて言った。「盲人の娘へ王手詰み！」これを見て、この女傑は事の次第を悟った。そして、彼女の心は死ぬほど打ち砕かれたが、にっこりと笑って歓びを言い表して、彼女の主人は実に賢い正義を果たしたような素振りをした。彼女の心は復讐のため全力で武装したが、心の中の奸計が些かも外に出すことはなかった。

その当時、ナント[180]（Nantes）の伯爵は若くて、美男で、勇敢なホエルスであった。彼は容易に奥方のお気に入りになれたが、彼を使って、彼女がウィガヌスを損傷できるゆえにこそ、彼女の特段のお気に入りであった。彼女はホエルスへ使者を送って、二人は悪事の一心で結託した――彼女は復讐、彼は貪欲、そして両者は愛欲の一心からである。彼らは互いを求め合い、自らの目的とウィガヌスの死を請い願った。こうして、ウィガヌスは哀れにも騙されて、ナントの境界にある彼の資産を整理するという口実で、彼女自身に欺かれて派遣されて、その挙げ句に殺害された。ホエルスは全権力を掌握して、彼女を占有してもう一人の妻と結婚をした。そして、彼女との結婚で得た娘をイリスポンという名の貴族に与えた。そして数年後に、ホエルスは彼女との間に息子を儲けて、サロモンと命名して亡くなった。

　イリスポンが彼の後を継いで、激烈な進攻によって全ブルターニュを統治した。そして、彼は相続権の理由からいかなる誹謗をも予防するため、サロモンを殺害しようと企んだ。しかし、その国の気高く実に忠実なる男ヘンノは幼少のサロモンを憐れに思って、その子を奪い去って、彼のパン焼き場の召使たちの間にその身を隠した。それは奴隷の状態と卑しい身分で、下賤な人びとの間で彼を育てることで、その子の血統の高貴さを隠すためであった。養父母だけがこのことを知っていた。

　サロモンが十五歳になった時に、イリスポンの狩人たちから逃れた一匹の猪が、サロモンの住んでいたパン焼き場の近くの森の中へ偶然跳び込んで来た。ヘンノと彼の家族は犬の吠え立てる声を聞いて飛び出て来た。彼らは狩人たちと一緒に森を取り囲んでいたが、勇敢にもその猪に襲い掛かる者がいなかったので、サロモンは衣装が汚れても勇敢な顔つきで、左手に小外套を、そして右手に小刀を握ってその猪に突進すると、左手で攻撃を勇敢に受け止めて、右手でその猪を殺害して、少年の実に勇敢な光景を披歴して、並みいる人びとの驚嘆を呼び起した。したがって、すべての人びと視線は先ずその巨大な猪からその少年に向けられる間に、彼の父と一緒にいた年老いた狩人が少年を脇に呼んで、彼の名前と家系を尋ねた。すると、少年は「サロモンが僕の名前で、出生は知りません。なぜなら、ヘンノが捨て子の僕を発見して、養育してくれたのですから」と答えた。すると、相手は涙を浮かべながら「わしは知っている」と答えた。少年がこのことをヘンノに知らせると、養父は彼の計画が露見するや否や、少年がイリスポンによって殺されるか、あるいは少なくとも相続権が剥奪されるのを恐れて、彼の市街を堡塁《ほるい》で囲んで、恐怖心を捨てて、知る人びとへも、知らぬ人びとへも皆に、自分の意図の明白な宣言を布告した。彼は自分自身と自分の若い主人のため彼らの援助を求めたのである。それゆえに、ブルターニュの多くの諸侯たちは、イリスポンの圧政と暴虐により既に激怒して、今や格好の機会と見て取って、喜んでヘンノの許へ馳せ参じた。

イリスポンはこの噂を聞いて驚いて、彼の助けとなるできる限り多くの人びとを召集すると、彼らに混じって真の賢者たるメインフェリヌス・デ・キメレックがやって来た。しかし、イリスポンの妻はそれらの仲間の一人である若者を見つめていて、二人は愛し合っていたので、メインフェリヌスが予言者か占い師さながら彼の奸智によって彼らの秘密を漏らすのを恐れていた。その奥方は奸計を図って公然と非難するか、または嫌疑を掛けて恥をかかせて、彼を彼らの宮廷から追放しようとした。彼はこの事を知って、彼の八人の息子たちと残りの家族たちに、彼が振る舞ったのを見たように、あらゆる場合に自らを抑制して振る舞うように教育した。したがって、奥方にこの賢者のメインフェリヌスの家をあちこちさ迷うようにと奥方から指示を受けていた愚か者の愛人は、メインフェリヌスが食卓で牛乳を飲んでいると、その牛乳の容器を彼の頭上に引っくり返した。メインフェリヌスは彼の愚かな行為を笑うかのように、その牛乳を愚か者に振り掛けて、冷静で穏やか顔つきをして、イリスポンからの復讐を待っていた。彼の様子から危害は加えられないと思って、この愚か者の振る舞いは単に失態と見なしたのである。しかし、これらのことが罰せられず忘れ去られると、さながら帰国するかのように、許可を得てその場を立ち去った。悲嘆に暮れるヘンノの許へ行くと、ヘンノは彼の到着を心より喜んだ。ヘンノは彼に言った。「われわれは汝と共に、そして汝によって主なる神から贈られたわれわれの勝利が次の一点だけに於いて阻止されうることを恐れている――つまり、わが隣人である若く、思慮深く、強力で、実に多くの城砦を所有する若者のカモ）がわが同意を得て、未だどんな男をも知らぬわが一人娘を娶る希望を抱いていたことである。なぜなら、今や彼は余が心変わりして彼女をサロモンに嫁がせようと思っているのを知って、彼の市街《まち》を堡塁で囲み、人民を召集して、全力で兵力を増強して烈火のごとくに怒りに燃えて自らの侮辱に復讐しようとしている。恋愛に起因する憎悪は実に頑固なものであるから、彼がわれわれの味方に転向しなければ、われわれは敗北するであろう。」すると、その賢者は答えた。「われわれに対する彼の怒りを宥めるために、サロモンとあなたの娘をわたしと一緒に付いて来させて下さい。」したがって、彼らは賢者メインフェリヌスの後に付いて行くと、カモは大軍の行列を随《したが》えて彼らと遭遇した。すると、賢者は彼に話した。「われわれの父祖たちの慣例と権能とがわれわれを指揮させるわが主君サロモンは、ヘンノの処女の娘たる彼の愛を汝に譲り渡される。それは先に彼女へ熱い恋の焔に燃えた汝がその欲望を横取りされないように、彼は自分の歓びを諦めて汝の愛する女《ひと》とするためであります。そのために、彼は汝のような友人と不和の道を開くことよりも、自ら苦悶し傷つくことを選ばれたのです。」このような寛大さに負けて、カモはその謙虚さと彼の恋人の返還ゆえにサロモンを激賞して、全力を挙げてサロモンを援助する約束をした。

イリスポンはこれらの協定をすべて聞くと、軍勢を召集してサロモンに対峙して急がせ、戦いの火蓋を切る日を定めた。実に用心深い老人のデ・キメレックは戦場とその場の情況、そこへの最善の近づき方、その前哨地点、逃走手段を夜ごとに下調べした。彼が夜これを行ったのは、彼の慎重さが敵軍に気付かれないためであり、探知されたら場所を変えるか、あるいは彼の味方が彼に見倣って彼と同様に振る舞うためかである。しかし、きたるべき戦いの前夜、彼は度外視できない光景を見たのである――すなわち、イリスポンは前述した場所の一本の木の許へ唯一人でやって来て、キメレックの眼前で、彼は地獄の神々に生贄を捧げると、彼の熱心な懇願に対して、明日その場に最初に姿を現わした者が勝利者となろうと答えが返って来た。イリスポンが直ちにその場に戻るつもりで、戦闘の準備をするため彼の部下たちの許へ帰って行く間に、その賢者はサロモンを勝利者になるため、夜明け前にその場へ連れて行くと、彼の姿は最初にそこで発見された。その賢者はサロモンの部隊に戦闘準備をさせると、百人の兵士から成る援護部隊をその密集方陣部隊の背後の鬱蒼たる小さな森の中に隠して置いた。これは要するに、イリスポンの部隊が敗北して壊走したが、その賢者と彼の七人の息子は滅びたのである。こうして、サロモンが十五人の騎士たちと――その他のすべては死んだのである――帰途につくと、彼の同盟軍の一つで、三十六人もの兵士たちを連れたレウキウスに突然に出会った。レウキウスは自分がサロモンよりも兵力で優ると見て取って、もしサロモンを片付けてしまえば、自分がその領土で最強の者となって、王冠を頭上に戴くことができると心の中で邪念を抱いていた。したがって、彼はサロモンと少し離れて部下たちと相談すると、これがサロモンに疑念を抱かせて、サロモンは彼の部下たちと一緒に防衛と逃走の準備をした。レウキウスは部下たちと一緒にサロモンに襲い掛かったが、兵力に優るレウキウスはサロモンを敗走させた。賢者が森陰に隠した百人の騎士たちはこの騒動を聞きつけた。彼らはレウキウスを襲撃して彼とその臣下たちを捉えて、裏切り者に相応する絞首刑をもつて彼らを処罰した。これ以降、ブルターニュ全土はサロモンとその後継者たちの支配下となった。

この話を精読するに値すると考える読者は皆、このような多くの種々様々な悪事から注意深く身を守ることを学ばれるでしょう。しかし、もし最も強力な手綱で自分の〈貪欲〉を抑制しなければ、無事に免れることができないでしょう。〈貪欲〉、〈空腹〉や〈渇き〉よりも狂暴で、あらゆる〈困窮〉よりも嫌悪すべき、この〈貪欲〉こそが人びとを卑俗さの深淵へ駆り立てるのです。というのは、これこそが諸々の逸脱行為の原因であるのですから。

xvi 商人のスケウァとオッロについて

スケウァとオッロは同じような年齢で、性格は異なるが、卑賤の身の少年であったが、彼らは同時に僅かな資産を手に入れて、今では先ず小物の行商人となり、やがて頻繁に成功を収めて大きな物品の商人となった。というのは、彼らは行商人から荷車引き、荷車引きから多くの荷馬車の御者の主人となったが、彼らは常に信頼し合う仲間であった。しかし、彼らの商売が増大するにつれて、換言すれば、金銭慾は財産が増えるにつれて増大して行った[181]。今や商売仲間の結びつきと友情の絆に飽き飽きして、二人別々の所有権が取り決められた。そして、彼らはすべての物を籤《くじ》で分配して、二人は各々自分の取り分を受け取り、互いに挨拶を交わして別れた。彼の身分にしては高貴で礼節ある人物たるスケウァは、彼らが将来いかなる町や都市に住もうとも、二人の間を定期的に往復する使者たちが稀であってはならないし、また、たとえ一個の人間として別れても、頻繁に友情を想い起して二人が一心同体でいるべきであると、涙ながらにオッロを励ました。

さて、スケウァはラヴェンナ[182]に留まることを選んで、長い間結婚もせずに商品の交易に精を出していた。一方、オッロはパヴィア[183]で美しい妻を娶った。最初の頃は、多くの使者たちが二人の間を頻繁に往き来したが、遂にそれは中止した。それゆえに、スケウァはオッロに会うため、多くの召使たちを伴い立派に飾り付けてパヴィアへ向かって急いだ。すると見よ、満載した二頭立ての馬車で遠くの市場に急いで向かうオッロと出会った。彼らは接吻を取り交わすと、彼らの以前の友情を考えれば、むしろ戻ってこれほど大切な友人を迎え入れるべきであったが、オッロは「どちらからどちらへ《ウンデ・エト・クウォー》[184]」とそっけなく尋ねた。しかしながら、自分自身がスケウァのやって来た理由の一つであると聞いて、オッロは市場へ向かうため、戻れないと弁明して、且つ多くの理由でスケウァを自分の家には泊めることはできないと言った。そして、彼はスケウァを取り残して二頭立て馬車の後について行った。スケウァは欺かれたわが身を嘆いていると、パヴィアの近くでオッロの羊飼いに誰とも知らず偶然に話しかけた。しかし、彼の正体を知るや、スケウァはオッロの動産と不動産を合わせた全資産の状態を尋ねると、彼はオッロの家の秘密をすべてその羊飼いから詳しく聞き知った。そして、スケウァは手厚く接待を受けるために、これらの情報を保証としてオッロの妻の許へ持って行った。スケウァは歓待されると、彼自身の召使たちやオッロの召使たちが、たとえ沢山あったとしても、オッロの家の資金力に見合うようなもので満足するのを許さなかった。彼はご馳走をいつもの慣わしで外から捜し求めるように命令した。こうして、彼はかくも豪華で贅沢な夕食を自費で調達したので、隣人たちもびっくり仰天したほどである。彼は「市場に立っている人びと」を呼び込み[185]、通行人たちを引き留めて、実に多くの食べ物や飲み物を大判振る舞いしたので、他のすべての人びとと同様にオッロの妻はオッロがいつも留守にして、スケウァがいつも在宅しているのを強く願うほどであった。このような祝宴が何日間にも亘って行われて、いつも益々趣向がこらされた。彼はあらゆる人びとを招待した。招待されて来た人びとは熱烈に喜んで賞賛された。来ることができない人びとは贈物がどっさり積んで送られる。その地域全土の人びとが聞いたことを目でたしかめるために急いでやって来ると、驚嘆の声が村や街中に飛びかって、急いで逃げ去るオッロの耳に届いた。オッロはびっくり仰天して、スケウァがいなくなるまで戻らない決心をした。そして、自分の妻について嫉妬心と不安で激怒したが、彼は変わらぬ嫉妬の炎で嘆き悲しんで、いつものように彼の商品を貪欲に売り込もうとする熱意は最早なかった。彼は商売の損失も嘆かずに、利益も喜ぶことなく、お金を儲けて蓄えることさえも考えなかった。彼は資産に無頓着になり、彼の妻に貪欲となった。そして、彼は妻とスケウァの関係と事の成り行きを好奇心から予想すると、彼は偶然に起こるべく事実に思い当たった。というのは、スケウァはオッロが恐れることに実に熱心であり、駆使しうるあらゆる手段を使って、彼女を自分の思い通りに巧みに誘惑して、許されぬ仲の他人妻《ひとづま》に迫って己の情欲を満たすと、その侮辱では満足せずに、さらに言った。「最愛なるわが選びし女性《ひと》よ、わが心より愛しいお方よ、もしあなたのお心が望まれるならば、あなたは今や実に不安で貴女への愛の炎で燃え盛るわが心を和らげることができます。それは今後われわれが万全を尽くして安全に一緒にこの家に住むためであります。——すなわち、オッロが戻って来ても家に入れずに、恰もびっくり仰天したかのように、あなたは彼を退けて大声で呪い、その男を知らないと拒絶するのです[186]。もしわたしを援護してくれるならば、わたしはすべての隣人や知人たちにもこのように振る舞ってもらい、さらに子爵と彼のすべての顧問官たちをこの談判に引き込みます。こうして、それらの裁判官たちや誰か権威者に彼（オッロ）がかつてのあなたの夫であるとか、この財産の所有者だと信じ込ませようとする人は誰であれ、わたしの話を聞いて直ちに沈黙して、もし必要とあれば、彼らはその反対のことを誓うでしょう。その結果、彼は自己不信に陥り、魔術に掛かったように自分はオッロではない他の誰かだと思い込むでしょう。」この計画を実行するのが難しいと思ったが、彼女はそれに同意した。したがって、スケウァは至るところで報酬を与え、さらに約束を付け加えて、オッロの知人たちにうまく取り入った。なぜなら、このような片意地な性格の人との友情は変わりやすいからである。スケウァは君主と裁判官たちに近づいて、彼らをいつも通りに惑わして陥落させた。すべての人びとにこれは立派な術策で賢い冗談に思えた。しかし、彼らは不毛のイチジクの木は伐採されて、稔り豊かなオリーブがその代わりに植えられることは有益と考えた。

スケウァは正当な夫のごとくに家でその妻と同居し続けて、この欺瞞の師はオッロにいかに返答すべきかを皆に相変わらず教えていた。オッロはスケウァが立ち去るまで、思い通り注意深く待って、彼の妻に対する不法行為と援助者のいない彼女の拷問者に対する復讐者となろうとし、またそれは、彼が聞いていた彼の財産の莫大な浪費を見ないためでもあった。というのは、貪欲者は自分の財産の損失を実際に見るよりも見ない方が心に傷がつかないからである。

遂にオッロは出発が余りに遅れたと思い、そして噂の危険を真剣に危惧して、家路に向かった。そして、彼は門扉を叩いても、誰も直ちに開きに来ないので、腹を立てた。彼は繰り返し門扉を叩いて、大騒ぎをして、激怒した。そして、彼は敵意を露わにして威嚇した。彼はかつて彼の門番にしたニコラウスの名前を横柄に呼んだ。彼はやって来て同じように傲慢に答えた――「お前は誰かね？　なぜ怒っているのだ？　どんな悪魔に取り憑かれたのか？　なぜお前の脳の錯乱のため、われわれは悩まされるのか？　なぜお前はわがご主人さまの休息を邪魔するのか？　お前は狂人か、それともそう振る舞っているのか？　たしかに、お前は気が狂っているなら、今お前を正気に戻してやろう。静かにしなければ、棍棒でお前を黙らせてやろう。」するとオッロは言った。「わが召使よ、わたしはわたしではないのか？」ニコラウスは答えた。「お前がお前であるのを知ってはいるが、お前自身はそれを知らないのか？」オッロが言う。「お前は俺の召使であるのを知らないのか？」ニコラウスが答える。「お前が所有欲に狂奔する奴隷なのは知っている。」オッロは言う。「俺の門扉を直ちに開けよ。」ニコラウスが答える。「お前の門扉だって？　お前は気が狂っているのが今や証明されたではないか？　きっと、お前が黙るか、それとも、この鍵で金輪際話せなくしてやるから。」オッロが言う。「卑劣な召使よ、俺はお前をこの邸宅の番人にしてやったオッロではないのか？」ニコラウスが答える。「おいお前、この哀れな道化師よ、もちろんオッロはこの中にいて、わが女主人（奥方）とベッドに寝ているよ。」オッロは言う。「どんな奥方とだと？　この悪魔野郎！」ニコラウスが答える。「たしかに、お前こそ悪魔だ！　わが奥方の美しいビブリスとだよ。」オッロはビブリスと聞いて落馬して意識を失い、暫くして意識が戻ると、彼はこう言った。「ニコラウスよ、外に出て来て、俺をよく見つめて正気に戻ってくれ。そして、俺がお前の主人でビブリスの夫であることを知ってほしいのだ。」すると、ニコラウスは実に大きな笑い声を上げて答えた。「鍵穴を通してお前をよく見えるし、お前は多分オッロだろうよ。だが、オッロが誰もがビブリスの夫とは限らないものだよ。」オッロが言う。「でも、この俺こそが彼女の父親メラと母親バラからお前の面前でビブリスを妻に娶ったあのオッロだよ。」ニコラウスが答える。「こんなに記憶力の良い呑兵衛だか狂人だか見たことないよ。誰から名前を教えられたにしろ、覚えていたにしろ、お前はメラやバラやニコラウスの名前を良く知っているよ。でも、わが家の女中クリスティーナの名前も聞いたことがあるかね？」オッロが言う。「誰かに彼女の名前を聞く必要などないよ、だって、俺が彼女やお前やお前たち皆の主人であるし、俺がこの邸宅《やしき》を建てたのだし、この家のものはすべて俺のものである。」ニコラウスが答える。「クリスティーナ、クリスティーナ、おーいクリスティーナよ、ここに来て実に哀れな狂人を見てごらんよ。彼はここの何でも知っていて、われわれ皆を養い、この家の全財産の所有者と言っている。彼は愉快な狂気に憑かれて、彼は王侯（庇護者）になってしまった。彼を一目見てごらん、最近、彼は殺人罪で拷問台へしょっ引かれたが、聖域へ逃げ込んだ奴ではないのかい？　そして、今は自分がわれわれの主人だと言っている！　キミにはどう見える？」クリスティーナが言う。「わたしゃ彼がその男だと言いたかったんだよ。しかし、彼が何をしようが許されてしかるべきだよ。なぜなら、狂気に憑かれている者は何をしても当然許されるものだから。」

オッロは一人ごとを言う。「これらの召使どもの傲慢さは何と大胆で頑固なんだろう。彼らはスケウァからそう仕向けられたのだ！　彼らは金で買収されてこの俺を拒絶している。そして、スケウァが俺の財産をたらふく喰らって立ち去った時には、彼らは平伏して赦しを請い求めて、人びとは知らずに過ちを犯したと言うであろう。だが、もし彼らに大激怒でもしなければ、オッロなど死んでしまい。」ニコラウスが言う。「反省しなよ、この哀れな愚か者が！　鞭で打たれたくなければ、さっさと立ち去れ。」クリスティーナが言う。「こら！　自分をオッロと言うお前よ！　お前はわれら気が狂っていると言うし、われらはお前を狂人と言う。じゃ、隣近所の人びとを呼んで、彼らがお前にわれわれと同じことを言った時には、お前が変質者であるのを信じるがよい。」

オッロは隣人たちを呼び寄せて、彼らに自分が蒙った損害について話した。彼らは彼を見たことも聞いたこともない人だと言って嘲笑し、彼を縛り上げて正気に戻そうと互いに励まし合った。彼らは頑なに主張するオッロを石の飛礫《つぶて》で無理やりに市場から追い遣った。その後も同じように、彼は裁判官たちにも追い払われて、彼は至るところで同じ視線と同じ言葉が自分に注がれるのを見ると、彼は自分の身をじっくりと見渡した。そして、隣人たちは彼が一体誰であり、どこから来て、ことの次第を尋ねられると、自分の意に全く反して、彼は自分よりむしろ他人の意見を信じるに至った。しかしながら、彼らはスケウァの財布で誘惑された他の連中と一緒に話しかけた。遂に、彼らの中の一人で、バラトゥスという名の男がオッロに言った。「ご主人さま、われわれは事の真相を知っています、あなたは常にわれわれに厳しく、ひどく傲慢に振る舞ったので、あなたへの恐怖心から、真実と分かっていても、それを隠蔽せざるをえません。あなたがここで捜し求めている邸宅《やしき》と妻のビブリスはラヴェンナにおります。もしよろしければ、あなたがここに存在したと信じているものをあちらで見つけるために、ラヴェンナへ参りましょう。」こうして、彼らはパヴィアを立ち去った。そして、旅の最初の夜に、オッロは途中で仲間たちに完全に見捨てられて、恐らく屈辱感から、彼は本当に気が狂ってしまった。彼は身を横たえて休息するものを除いて、莫大な資金を失ったことに気付いた。彼は彼の羊飼いたちのところへ行って、羊舎から彼らを追い出して、彼が握ることが出来るだけの動産を持ち去った。スケウァはこの噂を聞いてオッロを追跡して追いついて、さながら自分の財産の盗人かのようにオッロを縛って一緒に引き連れて来た。オッロは審判者たちを恐れて、そして彼に向けられる嘲笑を恥じ、スケウァに対するすべての讒訴《ざんそ》を誓って否認した。「たしかに、与えることは天賦の才である。(187)」

「宮廷人の閑話」第四部終わる。

［註］

（1）ウェルギリウス『アエネーイス』*Aeneis* iv.79. '......pendetque iterum narrantis ab ore.'「そして彼は再び話し手の唇に目を釘付けにする。」参照。

（2）フィリップ・オヴ・アルザスは一一六八－一一九一年までフランドル伯であった。彼はフランドルの未来の偉大さと繁栄の基礎を築いた有能で活力ある支配者とされる。

（3）イングランド王ヘンリー二世の息子にしてその後継者であるヘンリーは一一五五年に生まれて一一七〇年に戴冠した。しかし、その三年後に父王に反乱して、その翌年に和解したが、一一八三年に再度謀反を起こして、その年の聖バルナバスの日にフランス南西部のドルドーニュ河畔のマルテルで赤痢のため死んだ。

（4）上記註（3）参照。

（5）フランスのロワール川とトゥエ（Thouet）川の間に位置する歴史的な街で、ソムルとシノンとブルグイーユ（**Bourgueil**）の葡萄畑に囲まれてフランスの最高級ワインの生産地として有名である。

（6）聖バルナバはイエスと同時代にキプロスに生まれた実名をヨセフというユダヤ人でレビ人。使徒たちからはアラム語で「慰めの子」を意味するバルナバの綽名で呼ばれた。イエスの十二使徒の中には含まれないが、イエスの傍らに身を置きイエスの昇天後も使徒たちの布教に加わった。聖バルナバの日とは6月11日に当たる。「使徒言行録」4：36参照。

（7）ダヴィデの王子に一人で、妹タマルが腹違いの兄アムノンに強姦されたことに復讐してアムノンを殺して、母の故郷ゲシュルに逃亡するが、将軍ヨアビの執り成しでダヴィデに許されて帰国する。やがて国民を煽動してクーデターを起こすが結局百戦練磨のダヴィデの親衛隊に敗れて、ヨアブに殺される。「サムエル記下」3：3、及び14：18参照。

（8）ダヴィデ王の議官であるが、王に背いてアブサロムの顧問となる。しかし、提案した謀計が用いられずに自ら縊死した。「サムエル記下」15：17参照。

（9）ダヴィデ王の友人で間諜役。アブサロムの反乱の間に、フッシャイはその計画を妨害するために、アブサロムの顧問官になる約束をするが、その間に情報をダヴィデに密告する。結果としてアブサロムの壊滅を速めるた。「ヨシュア記」16：2参照。

（10）「イザヤ書」55：3参照。

（11）「詩編」54：7参照。

（12）クラウディアーヌス『ルフィヌス駁論』*In Rufinum*「序論」Praefatio.15. 参照。

（13）フランス北西部にあるル・マン（Le Mans）大聖堂を指す。

（14）「詩編」8：6参照。

（15）ジェフリー・オヴ・モンマス『ブリタニア列王史』*Historia Regum Britanniae* vii.3.「マーリンの予言」参照。

（16）「ダニエル書」7：9参照。

（17）藤井昇訳 マールティアーリスの『エピグランマタ（上）』*Epigrammata* 第五巻二八詩節（p.234）参照。慶應義塾大学言語文化研究所刊 1973年。

（18）（15-69）在位八ヶ月間のローマ皇帝で、彼のフル・ネームは「アウルス・ウィテッィイウス・ゲルマニクス（Aulus Vitellius Germanicus）という。家系名に *Caesar* の代わりに *Germanicus* を付けた最初の人である。

（19）紀元前一世紀のローマの政治家で元老院議員。彼は貴族的な上院議員の政府転覆の陰謀を企てたが失敗に終わった。

（20）（?-c.476）ガリア・ヴィエンヌの司教で、ローマ・カトリック教会の聖人の一人。司祭として活躍をしたのは、四六一－四六二年とされる。彼は教会内でての政治的抗争運動で知られた。

（21）「ヘリコン山」古代ギリシャのボイオティア地方にあり、所謂「詩の女神ら《ムーサエ》」を祀る二つの泉があることで有名であり、「ピエリア」はオリュンポス山麓にある「マーサエ」らの誕生の地とされる

（22）フラヴィウス・ルフィヌスはガリア系人種で四世紀の東ローマ帝国の政治家で、皇帝テオドシウス一世の法務官として仕えた。彼は西欧の宮廷詩人クラウディアヌスによる『ルフィヌス駁論』*In Rufinum* で非難の対象となる。

（23）マルススとカトゥルスに関してはマルティアリス『寸鉄詩』*Epigrammata* i.Praef.9 コエリルスにはホラティウス『詩論』*Ars poetica* .357, クルヴィエヌスにはユウェナーリス『諷刺詩』*Saturae* i.80、バヴィウスマエヴィウスにはウェルギリウス『牧歌』*Eclogae*, iii.90 を参照。

（24）ドミヌス・マルススは古典期黄金時代の叙事詩人ウェルギリウス、抒情詩人ティブッルスの友人で、ホラティウスの同時代のラテン詩人。

（25）サモスのコエリルスは紀元前五世紀ごろに活躍した叙事詩人。クルヴィエヌスに関しては不詳。

（26）バビウスとマエヴィウスはアウグス帝時代の批評家で、優れた詩人らの才能を貶めて攻撃した。特に彼らはウェルギリウスやホラティウスの作品を攻撃して嘲笑したと言われる。

（27）「詩編」1：4参照。

(28) 鍛冶の神「ウルカーヌス」の別名。ウェヌスはウルカーヌスの妻であったが、軍神マルスに恋をした。

(29)「創世記」37：33参照。

(30) 中世ヨーロッパに於いて「赤毛」とは一般的に「ユダヤ人」を意味することが多い。

(31) この反結婚に関する小論の著者「ウァレリウス」と受取人「ルフィヌス」の両者の名前は偽名で隠蔽されている。マップは自分の名をティベリウス帝治世下の紀元一紀のラテン作家「ウァレリウス・マクシムス」(Valerius Maximus) から取り、また「ルフィヌス」については四世紀の東ローマ帝国のテオドシウス皇帝に仕えた「フラウィウス・ルフィヌス」(Flavius Rufinus) の名に因んだと推定される。内容の主たる出典は神話の格好の教典であるオウィディウスの『変身物語』*Metamorphoses* と、中世ヨーロッパのアンティフェミニズムの伝統の教典たる聖ヒエロニムスの『ヨヴィニアヌス駁論』*Adve-rsus Jovinianum* である。ヨウィニアヌスとは四世紀のキリスト教禁欲主義の反論者で、シリキウス教皇下の宗教会議で異端宣告された。また、聖ヒエロニムスは彼を「キリスト教のエピクロス」と呼んだ。

(32) ガリア生まれのラテン詩人 Decimus Ausonius (c.310-c.395) の著『アウソニウス補遺』*Appendix Ausonius.* 1.8 'Loqui ignorabit, qui tacere nescit.'「沈黙することを知らぬ者は話す術を知らない。」逆手に取った表現とされる。

(33) この論調は同時代の討論詩『梟とナイチンゲール』*The Owl and the Nightingale* (c.1198-c.1216) を彷彿させる。後者は春の陽気さと歓喜を、前者は禁欲と陰鬱を象徴する。

(34) 原語では 'Gnatones' で、彼女らはローマの喜劇作家テレンティウスの『宦官』*Eunu-chus* に登場するおべっか使いの女らを示す。

(35) 太陽神ヘリオスの娘で、ホメーロスの『オデュッセイア』*Odysseia* に登場する魔術で男を豚に変える妖女をいう。

(36)「バベル」は'confusio'「混乱」を含意する。'Mulier confusion hominis est.'「女は男を惑わす。」が示すように。「バベルの下僕ら」とは余の男らを混乱に陥れる女の一群をいう。

(37)「箴言」23：31、及び「エゼキエル書」1：12参照。

(38)「箴言」25：32参照。

(39)ウェルギリウス『牧歌』ix.36. 'argutos inter strepere anser olores.'「鵞鳥は美しい声で啼く白鳥たちの間では大声で喚いた」参照。

(40)この事件は紀元前三九二年頃にケルト部族によるローマの略奪中に起こった。つまり、ガリア戦でユピテル神殿のあったローマのカピトリウム救済の功績のあったマンリィウスに、鵞鳥がケルトの奇襲攻撃をマンリィウスに告げて、敵陣の撃退に成功したことを物語る。

(41)ギリシャ神話で頭はライオン、胴は山羊、尾は蛇で火を噴く怪獣のこと。

(42)ホラティウス『書簡詩』*Epistulae* i.2.23. 'Sirenim voces et Circae pocula nosti'「サイレンの声とキルカの盃を知っているので」参照。

(43)ホラティウス『詩論』*Ars Poetica* 463-66でこう歌われる。'Siculique poetae / Narrabo iteritum: deus immotalis haberi / dum cupit Empedocles, ardentem frigus Aetnam insiluit.'「私はシチリアの詩人の死を語ろう。エンペドクレスは不死なる神と思われることを望んだ時に、彼は燃え盛るエトナ山へ冷然と身を投じた。」参照。

(44)ここでの'ieiunia'「断食」とは知恵の木（林檎の記）の禁止命令を意味する。

(45)「エフェソの信徒への手紙」5：23-29に記述される婚姻関係のあるべき姿の言及を参照。

(46)「使徒言行録」13：22参照。
(47)「サムエル記下」11：12参照。
(48)「マタイによる福音書」18：7参照。
(49)古代フェニキア人やカナン人が崇拝した異教神。
(50)オウィディウス『変身物語』*Metamorphoses* ii 以下参照。
(51)「列王記下」19：16参照。
(52)「ヘブライ人への手紙」4：12参照。
(53)古代ローマ伝説中の貞婦ルクレティア、不在中に貞節を守り抜いたオディッセウスの妻ペネロペ、古代イタリア中部のサビニ族の女たちは古来妻の貞節の鑑の例として描かれる。
(54)オヴィディウス『変身物語』*Metamorphoses* viii.x. 参照。スキュラは父の敵を愛することで、ミュッラは敵に恋することでいずれも彼女らの父親を裏切った。
(55)オヴィディウス『変身物語』*Metamorphoses*.vi.103 ff. 参照。
(56)バビロン王の娘で、アポロンは彼女の母の姿で近づき、二人は相互に熱愛した。父王がこれを知り、彼女は生き埋めにされた
(57)「ルカによる福音書」11：15参照。
(58)オヴィディウス『変身物語』*Metamorphoses*.iv.171 ff. 参照
(59)ヴェルギリウス『牧歌』*Eclogae*. Iv.63. 'nec deus hunc mensa, dea nec dignata cubili est.'「いかなる神も彼の食卓に値せず、いかなる女神も彼女の褥に値しない。」参照。
(60)所謂パリスの審判に於いて、パラス（＝ミネルヴァ）は戦争の勝利を、ウェヌスは美しい妻を約束し

た。審判者パリスはウェヌスを選んだ。
(61) ホラティウス『書簡詩』*Epistulae*.i.2.42. 'rusticus expectat dim defluat amnis'「無骨者は川が流れ去るまで待つ。」参照。
(62) ユウェナーリウス『諷刺詩』*Saturae*. x.168-69 で、たった一つの世界で満足しなかったアレクサンドロス大王に言及している。
(63) 運命の三女神の一人で、クロト (Clotho) は人間の生命の糸を紡ぎ、ラケシス (Lachesis) はその糸の長さを決め、アトロポス (Atropos) はその糸を断ち切る。Cf. 'Moirai'「運命の三女神」。
(64) 古代ローマの主神ユピテルの神殿があった丘。
(65) カエサルの占い師と推定される。
(66)「詩編」58：5参照。
(67) ギリシャ神話で川の神イナクス (Inachus) の息子で、ユピテルに愛されたためユノーに妬まれて牝牛に変えられたイオー (Io) の兄でもあるアルゴスの王を指す。
(68) 筆写マップが創作した名前で、このような皇帝は実在しなかった。
(69) キケロ『命題について』*De Sententia* c.47 参照。
(70) 聖ヒエロニムス『ヨウィニアヌス駁論』*Adversus Jouinianus* i.48 参照。
(71) 詩人名「カニウス」は不詳。リウィウスは古代ローマの歴史家で、主著に『ローマ建国史』*Ab Urbe Condita* がある。リウィウスとカニウスの関連はマルティアリス『寸鉄詩』*Epigrammata* i.61,3,9 で作者一覧表にその名が言及されている。
(72) 巨人族の一人で、アポロン神とディアーナ女神の母親ラトーナを追いかけてアポロンの弓矢で殺された。彼は地獄に落とされて、禿鷹が絶えず彼の心臓を啄み、再生すると再び禿鷹に啄まれる拷問を受ける。

（73）鍛冶の神ヴァルカヌスのこと。

（74）ブルンディシウム出身のローマの有名な悲劇詩人（前二二〇－一三二年頃）。

（75）ローマ人によくある氏族（gens）名（Nomen）。ここで語られる逸話はマップの創作とされる。アウルス・ゲッリウスの『アティカの夜』*Noctes Atticae* xiii:2 で悲劇詩人パクウィウスとアッキウスの出会いが述べられている。

（76）聖ヒエロニムス『ヨウィニアヌス駁論』*Adversus Jovinianum* i.48 参照。

（77）アフリカの街でカルタゴの北西に位置し、小カトーが紀元前四六年に自殺した土地。

（78）「詩編」18：7参照。

（79）「コリントの信徒への手紙二」228、及び「マタイによる福音書」19：10参照。

（80）アウルス・ゲッリウス『アティカの夜』*Noctes Atticae* i.8 参照。また、ライス（Lais）の変形であるタイス（Thais）は紀元前四世紀頃のアテナイの美貌の遊女《ヘタイラ》で、エジプトのプトレマエウス一世の愛妾となった。その他、アレクサンドリアの遊女であったが、後に回心して修道女になったと伝えられる初期キリスト教の聖人になったタイスもいる。オウィディウス『恋愛術』*Ars Amatoria* 3:604 及び『恋の治療法』*Amoris Remedia* 384 参照。

（81）アテナイの雄弁家・政治家（384-322 B.C）で、反マケドニア派の中心人物。

（82）メルクリウスから贈られた魔法の竪琴を弾いて石を動かし、テーバイの城壁を築いたと伝えられる。

（83）ギリシャの貨幣単位で一タレント約二百五〇ポンド。

（84）彼女（Claudia Livia Julia）は恋人のセヤーヌス（Sejanus）に唆されて、ティベリウス皇帝の世継ぎである夫のドルスス（Drusus）を毒殺した。
（85）著者マップが創造した人物とされる。
（86）オウィディウス『変身物語』*Metamorphoses* ix.99 ff. 参照。彼女はアルタエア・テスティアス（Althaea）の娘、つまりギリシャのアエトリア地方のプレウロンの王テスティウスの娘であった。
（87）マルティアリス『寸鉄詩』*Epigrammata.* iv.81.5. 'Negare iussi, pernegare non iussi,'「私は否定することを命令して、断固否定することを命じなかった」参照。
（88）第三部注（29）を見よ。
（89）聖ヒエロニムス『ヨウィニアヌス駁論』*Adversus Jovinianum.*i.42.' 参照。
（90）「申命記」32：13参照。
（91）「マタイによる福音書」5：8参照。
（92）「詩編」119：105参照。
（93）「雅歌」1：3-4参照。
（94）「イザヤ書」5：12参照。
（95）「イザヤ書」61：10参照。
（96）「雅歌」5：15参照。
（97）「ヨハネによる福音書」6：61参照。
（98）「マタイによる福音書」7：14参照。
（99）ホラティウス『書簡詩』*Epistulae* i.7.8. 'Officiosaque sedulitas et opella forennsis'「過剰な勤勉さと集会場での小仕事は〜」参照。

(100) 植物学の祖テオフラストゥスの『黄金の書』*Aureolus Theophrasti* という論考はテオフラストゥスの著に帰せられるが実証されているわけではない。著者マップは聖ヒエロニスの『ヨウィニアヌス駁論』*Adversus Jovinianum* i.47. に出てくる'aureolus Theop-hrati liber'を誤読したものとされる。また、オウィディウスは悲劇『メーディア』*Medea* を書いたが湮滅して今に伝存しない。

(101) アガメムノン王とクリュタエムネストラの息子で、エレクトラの弟。父を殺した母とその情夫アエギストスを殺したため一時正気を失って復讐の女神ら (Furiae) に追われた。ここでは、ギリシャの悲劇作家アイスキュロスの『アガメムノン』、『供養する女たち』と『慈《めぐ》みの女たち』のオレスティア三部作を指す。また、もう一人の悲劇作家エウリピデスにも同名の作品がある。

(102) マルティアリス『寸鉄詩』*Epigrammata* i.3.8 'Ibis ab excusso in astra sago'「ピンと張られた兵隊マントを振られて、お前は星辰《そら》に向けて投げあげられるぞ。」参照。

(103) ホラティウス『詩論』*Ars Poetica* 476. 'non missura cutem nisi plena cruoris hirudo.'「蛭は血を一杯吸わないかぎり、肌か離れようとしない。」参照。

(104) マルティアリス『寸鉄詩』v.10.7-8. 'Ennius est lectus salvo tibi, Roma, Marone / Et sua riserunt saecula meronidem.'「ローマよ、お前はマロー(ウェルギリウス)が健在なのに、エンニウスを読み、彼らはマイオニアーの詩人(ホメーロス)を彼の生きている時代には笑ったのだ。」参照。

(105)「イザヤ書」40:2参照。

(106) ギルバート・フォリオットは一一八七年には死んでいるので、一一八一年には既に老人であった。彼は『主の祈り』*Pater Noster* の註解《コメンタリ》で晩年は盲目になっているのを述べている。

(107) シチリアの哲学者エンペドクレスがエトナ山の火口に身を投じて死んだように、次の第五話でエウドも焼身自殺をしたことを予示する。
(108) 著者マップはイギリスの多くの男爵は成り上がり者らであるという古来の愚弄に基づいて、この騎士もイングランドでは男爵と呼ばれているが、フランスでは領主直轄地に扶養される一近衛騎兵で最下級の騎士を暗示するようである。
(109) 神が人類の祖アダムの肋骨から創った最初の女にしてアダムの妻。神の掟を破って悪魔の化身たる蛇に唆されて禁断の知恵の木の実である林檎を食べてエデンの園からの追放の原罪となる。「創世記」3：20参照。
(110) 第一部［註］(197) 参照。
(111) 義人ノアの次男でエジプト人・カナン人・ヌビア人の祖とされる。「創世記」10：1参照。
(112) 第一部［註］(200) 参照。
(113) モーゼの兄で、ユダヤ教の最初の祭司長である人物。「出エジプト記」4：14参照。
(114) 第一部［註］(202) 参照。
(115) 第四部［註］(7) 参照。
(116) イスラエル王アハブの淫乱で放埒な妃。「列王記上」16、19、21、及び「列王記下」9：30-37参照。
(117) 「ヨブ記」17：13、及び「ダニエル書」13：22参照。
(118) 傲慢ゆえに神に背き、堕落した大天使で大魔王サタンと同一視される。「イザヤ書」14：12「ああ、お前は天から落ちた／明けの明星、曙の子よ。お前は地に投げ落とされた／もろもろの国を倒した者よ。」参照。
(119) 「イザヤ書」14：12-13参照。

(120) オウィディウス『変身物語』Metamorphoses. i.192-5: 'sunt mihi Semidei, sunt rustica numina, Nymphae / Faunique Satyrique et monticola Siluani; / quos, quoniam caeli nondum dignamur honore,/ quas dedimus, certe terras habitare sinamus.'「わたしには半神たち、つまり、妖精、牧神、山谷の精、森の精がいる。未だ彼らは天上の名誉を与えるには値しないが、既に与えた地上に棲むことを許そうではないか。」参照。

(121)「ヨハネの手紙一」1：1参照。

(122)「詩編」12：4参照。

(123) モルフェウスは《造形者》を意味する「夢の神」で、「眠りの神」ヒュプノス（Hypnos）の子供。ポペトール（Phobetor）《威嚇者》とパンタトス（Phantasos）《仮像者》の兄弟である。モルフェウスは夢の中で人間に「人間の姿」を見せる役目であり、他の二人はそれぞれ「動物」と「無生物」の姿を見せる役割を持っていた。彼らは大きな翼で音もなく飛翔したと言われる。

(124)「申命記」32：15参照。

(125) 知恵と武勇の女神ミネルヴァの楯で、戦いに備えた女性の防衛を示す。

(126)「コリントの信徒への手紙一」6：15参照。

(127)「詩編」10：5参照。

(128)「レビ記」19：14、及び「詩編」115：5、6参照。

(129) ロタリオ・デ・セニ（教皇イノケンティウス三世）『現世厭離』*De contemptu mundi* iii.15. 'Ipse est iudex iustus.....qui nullum malum praeterit impunitum, nullum bonum irremuneratum relinquit'「いかなる悪をも罰せずには置かなく、いかなる善をも報いずには置かないその人こそ正義の審判者である」参照。

(130) テーバイを攻める七将の一人で、巨漢の乱暴者。テーバイ市に火を点けようとして城壁を登り、主神ゼウスも止められないと大言壮語したため、神の雷電に撃たれて死んだ。
(131)「コリントの信徒への手紙二」11：14参照。
(132) 悪魔の名前としての「ベリト」はインドの神として描かれる『バーソロミューの受難』*Passio Bartholomaei* に由来するとされる。また、「レビヤタン」は「ヨブ記」、「イザヤ書」や「詩編」に出てくる巨大な海の怪獣。
(133) エリヤは紀元前九世紀のヘブライの預言者。「列王記上」17-21、及び「列王記下」1-2参照。
(134) ヨナはヘブライの預言者。海上の嵐の責任を負わされて犠牲《いけにえ》として海に捨てられるが、鯨に呑まれて陸上に吐き出されたと言われる。「ヨナ書」1-2参照。
(135) 古代アッシリアの首都で紀元前六一二年に帝国が滅亡した。現在のイラクのモスル地方のチグリス川の対岸に古代ニネヴェ帝国の遺跡がある。
(136) 十二世紀フランスの神学者ペトルス・コメストルが著した歴史書 *Historia Scholastica* に記録されているユダヤの伝説によると、エジプト脱出の際に紅海はこのように各部族のためいくつかの通路に裂けたとされる。
(137)「詩編」78：63参照。
(138)「出エジプト記」11：4-8
(139)「マタイによる福音書」18：22参照。
(140)「ルカによる福音書」15：20-4参照。
(141)「ルカによる福音書」11：11、12、及び15：22、23参照。
(142) この話は第一部第十四話でも繰り返される。

(143)「テモテへの手紙二」4：2参照。

(144) フランスのサン・クレール生まれのノルマン人貴族「ハモ・デンタトゥス」(Hamo 'Dentatus') を指す。彼は一〇四七年に後にノルマン征服王となるウィリアム公への反乱軍の指導者であった。

(145) ウェルギリウス『農耕詩』*Georgica* ii.534 '.....rerum fact est pulcherrima Roma,'「こうして、ローマはあらゆる物の中で最も美しくなった」、及びオウィディウス『祭歴』*Fasti* ii.757 'lacrimae decuere pudicae'「(その仕草は) 彼女の慎ましい涙に似つかわしい」参照。

(146) 通称「征服王ウィリアム一世 (1027-1087)」と呼ばれて、所謂一〇六六年のノルマン・コンクエストによりイングランドを征服して、ノルマン王朝を開き現在のイギリス王室の開祖となった人物。

(147) イングランド西部のウェールズに接する南シュロップシアにある地方行政区の村。「聖ミカエルと全天使」(St.Michael and All Angels) という教区教会が有名である。

(148) 聖エゼルバートは東アングリアのキリスト教徒の王で、紀元七九四年にマーシアの王オッファ (Offa) 宮殿に旅してこの異教徒の王の娘アルフレッダと結婚の赦しを願ったが、ヘレフォードシアで殺害されて広く殉教者として崇拝された。聖母マリアと聖エゼルバードに捧げられたヘレフォード大聖堂に埋葬されている。

(149) 第一三九代ローマ教皇シルウエステル二世 (在位九九九‐一〇〇三年) で、本名はオーリヤックのジェルベール (Gerbert d'Aurillac) で、フランス人で最初のローマ教皇となった。所謂千年紀を跨いだ教皇であり、天文学者・数学者として十世紀の優れた人物とされる。この教皇はまた当時悪魔と協定を結んだが結局はその悪魔から逃れたという諸説の伝説に彩られた人物でもあり、著者マップはこの教皇に関する伝説の一面を伝えている。

(150) スキュラ（Scylla）については上注（54）を参照。

(151) モルフェウスはヒュプノス「眠りの神」の息子であるが、「眠り神」は彼の父であって母ではない。（オウィディウス『変身物語』*Metamorphoses*xi.634-5, 'At pater e populo natorum mille suorum / excitat......Morphea.'『しかし、父は彼の千人もの息子らの群れからモルフェウスを目覚ませて……』参照。）しかしながら、ここではモルフェウスを「夢の神」として言及している。

(152) 愛と美の女神ウェヌスを指す。

(153) 彼女の名前は彼女の外観の時間である「真昼」を暗示している。「詩編」91：6参照。

(154) ラテン語の'peplum'「婦人用袖なし上衣」はアテナイにあるミネルヴァ像の威厳ある衣裳。彼女の楯には頭髪に蛇が絡みつき黄金の大翼を持って、見る人を石に化す力を持った三姉妹の一人であるゴルゴンの像が描かれている。

(155) 睡眠中の男と性交渉をするという女の悪魔。Cf. Incubus

(156) 伝説によると、ローマの第二代ヌマ（Numa）王は指示を仰ぎに彼の妖精の妻エゲリア（Egeria）の許を毎夜訪れたと言われる。

(157) 「詩編」137：8参照。

(158) オウィディウス『変身物語』*Metamorphoses* vii.9. 'concipit interea validos Aeetias ignes'「その間に、アエテス王の娘は激しい情熱を抱いた」参照。

(159) 太陽神アポロンと森の牧人の神パンは戯れの恋をするが、知恵と武勇の女神パラス・アテナ（ミネルヴァ）は貞潔であった。また穀物の女神ケレースと酒神バッカスはそれぞれ食糧と葡萄酒を表わす。テレンティウス『宦官』*Eunuchus* 732. 'sine Cerere et Libereo(=Baccho) frigit Venus'「ケレースとバッカス無しでは、ウェヌスは凍え死ぬ」参照。

(160) イタリア北部のエミリア・ロマーニャ州の古都。五世紀には西ローマ帝国の首都であり、東ゴート・ビザンティン時代（六世紀－八世紀）のイタリアの首都であった。

(161) ローマのサンタ・クローチェ・イン・ジェルサレンメ聖堂がそう命名されたのは、この聖堂が建立されたのはイエス・キリストが磔刑に処された本物の十字架（the True Cross）を収納するためであったと言われる。

(162) 教皇レオ三世（在位：七九五－八一六年）はローマの貧民階級の出身者であったが、聖職者の道を歩み頭角を現して、教皇まで登り詰める。彼はフランク王国のカール大帝に帝冠を授けて、所謂カロリング・ルネサンスという新たな歴史の扉を開く役割を果たした教皇として評価される。

(163) クレスケンティウス城とはローマのテヴェレ川右岸にある皇帝ハドリアヌスの霊廟である。これは後にサンタンジェロ城（Castel Sant'Angelo）として防備されて、中世の主要な教皇の要塞の一つになった。

(164) 教皇アレクサンデル三世（在位：一一五九－一一八一）は第一七〇代ローマ教皇で、イタリアのシエーナで生まれた。彼はパリのノートルダム大聖堂の礎石を築いた教皇としてゆうめいである。

(165) ペダギウムとは「通行税」を意味する。

(166) ローマの長官はローマ市を治世する上での皇帝の代理人であった。

(167) 教皇ルキウス三世（在位：一一八一－一一八五年）当時独立国のルッカ共和国出身の第一七一代の教皇で、本名ウバルド・アルチンゴリと言う。彼はアレくサンデル教皇の下で主席枢機卿となり、強い影響力を発揮して、その名跡を継ぎ教皇となった。

(168) イタリアのラツィオ地方のティレニア海沿いの町で、古代ローマ時代には栄えた港町である。

(169) この話の最後の出てくる「サタリーの湾」'Gouffre de Satalie' とは十字軍戦士らがトルコ南方の東地中海に浮かぶ「アンタルヤ湾」を指してこう呼んだと言われる。これは所謂古代のメドゥーサ神話の中世版とも言えるの物語であり、例えばティルベリのゲルウァシウス『皇帝の閑暇』*Otia imperialia* ii.12. の中でも取り扱われている。
(170)「ヨブ記」38：16参照。
(171) イングランド王ヘンリー二世の女婿であるウィリアム二世（1166-89）と推定される。
(172) フランス北西部のサルト（Sarthe）川に臨む街。
(173) 本書の第一部第十一話「ヘルラ王について」を参照。
(174) ウェールズ人を指す。
(175)「ヨハネによる福音書」14：31、及び「ルカによる福音書」14：19、20参照。
(176) フランス北西部のイール・エ・ヴィレーヌに位置する街。
(177) スペイン北西部の旧カスティーユの西に位置する地方を指す。
(178)「マタイによる福音書」8：20、及び「ルカによる福音書」9：58参照。
(179) この教会の名は不詳。
(180) フランス北西部でブルターニュ地方に近いロワール川に臨む街。
(181) ユウェナーリウス『諷刺詩』*Saturae* viv.139 'crescit amor nummi quantum ipsa pecunia creuit.'「金銭それ自体が増えるにつれて、金銭欲が膨らんでいく。」参照。
(182) 上記註（160）を参照。
(183) イタリア北部のロンバルディ地方の街。中世の教会や城が遺っていて、「百の塔の都」と呼ばれる。

(184) ホラティウス『諷刺詩』*Saturae* ii.4.1. 'Unde et quo Catius?'「どこからどこへ、カティウス?」参照。
(185)「マタイによる福音書」20：3参照。
(186)「ルカによる福音書」22：34参照。
(187) オウィディウス『愛の歌』*Amores* i.8.62. 'crede mihi, res est ingeniosa dare.'「いいかい、与えるのは天賦の才のあること。」参照。

第五部

i　序言

古代人たちの勤勉な功績はわれわれの掌中にある。彼らは当時でも過去のものであった様々な業績をわれわれの時代に現存させて、われわれは唖然として沈黙する。こうして、彼らの記憶がわれわれの中に生きて、われわれは自らを忘れさる。注目すべき摩訶不思議！　死者たちが生きて、生きた人たちが死者にとって代わり埋葬される！　現代も恐らくソポクレス(1)の悲劇に匹敵しなくはない何かを提供しよう(2)。しかし、現代の優れた人びとの偉業は等閑《なおざり》にされて、昔の見捨てられた末梢的なものが称揚されている。これはたしかに、われわれは批判することは知っていても、書くことを知らないからである。われわれは粉々に引き裂こうとするし、引き裂かれるのも当然の報いである。こうして、中傷者たちの二枚舌が詩人の払底を惹き起こしている。こうして、精神は鈍麻して、想像力は枯渇する。こうして、現代の本来の活力は不当に消滅させられて、灯は燃料の不足にではなく、職人（芸術家）が精彩を欠いているために、灯は仄かに光り、現代の作者たちは何の権威も持っていない。よって、カエサルはルカーヌス(3)の多大な賞賛の中に、そしてアエネアースはマロー（ウェルギリウス）の多大な賞賛の中に、主として彼らの功績によるが、就中《なかんづく》詩人たちの用心深さによって生きている。わわれわれに対して、無教養な人びとの一座がシャルルマーニュ大王や王ピピン三世(4)の聖なる高貴さを卑俗な物語で祝福しているが、われわれは現代のカエサルたちを物語る人が誰もいない。しかし、彼らの性格はその勇敢さと、自制と、すべての人びとの賛嘆と共に、執筆されることを待ち構えている。マケドニアのアレクサンドロス大王は自分が征服した世界の狭さを嘆いて、遂にアキレースの墓を見て、溜息まじりにこう言った。「若き英雄よ、汝のかかる偉大な功績を高らかに称揚する人を享受する汝は仕合わせなるかな!」と。彼はホメーロスを心に描いていたのだ(5)。あのアレクサンドロス大王は死後も人びとの間で生きるに値した多くの人びとが著者の解釈によってのみ生き残るという証拠である。しかし、アレクサンドロスの溜息は何を意味するのであろうか? たしかに、彼は死を迎える最後の日に当たって、自分の存在を完全に消滅させないためにも、彼の功績を謳う偉大な詩人たちがいないことを嘆いたのだ。しかし、一体誰が敢えて今日起こっていることを記録し、あるいはわれわれ現代人の名前を書き留める人がいるであろうか? 実際に、もし何か新しい文字でヘンリー王とかウィリアム王、あるいはあなた自身の名前を署名して見せたなら、人は蔑んで嘲笑する。しかし、それは彼らの罪ではなく、あなたの責任でもないことを願う。そして、もし人はハンニバル(6)とかメネストラーテス(7)とか何か古代風の耳障りよい名前を見ると、心を奮い立たせて黄金時代の伝説的な物語の集成に跳び込みたい一心で、彼らの事績に狂喜乱舞する。暴君ネロの僭主政治ユバ(8)の貪欲、さらに古代が与えるものは何であれ、これらを人は極めて恭しく寵愛するが、ルイ王の温良さやヘンリー王の寛大さを軽視する。しかしながら、もしわれわれ現代人にも古代人の良い気質が内在することを信じずに、茶番として受け入れないなら、暴君ネロや同じような人びとの残虐な物語に耳を傾けるように、少なくともわれわれ現代人の中にある古代人の悪業を傾聴するがよい。なぜなら、たしかに〈嫉妬〉はその本姓から堕落して、現代人に古代人の高貴さの存在を否定しておきながら、一方で彼らが少なくとも古代人の下劣さを持つことを容認しないことはないからである。すなわち、人は現代人の中にその賛同を伴う栄誉と、嫌悪すべき恥辱を伴う見苦しさが描かれていることを発見するであろう。わたしは後者を毒物ゆえに避けるべきものとして、前者は賞賛ゆえに選ばれるべきものとして皆（読者）に提示したい。それを十分に吟味して認識しなければ、そのいずれからも目を背けてはならない。というのは、諸君（読者）は目にするすべての頁を読んで精査すべきであり、完読しないかぎり、どの頁も等閑《なおざり》にしてはならない。

ウスラ(9)はダニューブ川の魚の一種で、敵の武器を通り抜けて音楽の調べを追い求め、傷ついても止めることないが、命知らずで楽器（オルガン）の音を飽くことなく求めて、その魂の甘美な誘惑を死ぬまで追求する。これこそが高貴で勤勉なる人間の勝利への固執で、咳も結核もその他いかなる不平等も、彼を勉強から遠ざけるものはない。彼は傷ついた肉体に殉教者のさらなる苦悶を課する。なぜなら、熟慮の末に、彼は知識の光で輝く魂を主なる神の前に注ぐ方が、怠惰と安楽に満ちた生活を自分のために慈しむよりも一層高貴であると思うからである。このように、ウスラとなるがよい。

ii アポロニデース王について[10]

西方の領土のアポロニデース王は敵から略奪した莫大な戦利品を満載して帰国した。その途中で、一人の司祭は王が戦利品として自分の家畜二十匹をも引き連れて行くと背後から大声で叫んだ。王は彼の誓約を認めて言った。「お前だけの分量を取り上げて安心して帰りない。」すると、その司祭は事実よりも利益を優先して、すべての家畜の群から最良のものを選んだとき、アポロニデースは何が行われているか気付いていたけれども、その司祭への敬意から黙っていた。そして、彼らが依然として驚いている間に、見よ！　もう一人の司祭が走り寄ってきて、同じようにもう二十匹の家畜を要求して、最初の司祭のように偽って連れ戻したが、その王は不快であったけれど、咎めはしなかった。それから、三人目の司祭が現われて、家畜二匹だけの誓いを立てたとき、その王はこう言った。「今立ち去った他の二人のように、二十匹と誓約しなさい。」しかし、彼はこう答えた。「ご主人さま、わたしは偽誓をいたしません。」すると、王はその司祭の誓約に報いたいと思い、彼の二匹に加えた上に、もう百匹を与えてこう言った。「偽誓するより多くの物を失うことを選ぶ人こそが、失うことより偽誓するのを選ぶ人びとより、わが家畜により一層値する人である。」

わたしは（ヘラクレースに）誓って、これはホメーロスの筆《ふで》に値する言葉であり行為であると思う。わたしはかかる高貴な題材を扱うには全く値しないと思う。

この同じ王は、自分の領土が外国の王に侵害されているのを聞いて、偵察隊を派遣してその王は高価な食料を食べ実に贅沢な生活をして、また、その地域ではワインは極めて希少な飲み物であったが、彼の軍隊では皆がワインしか飲まないのを知らされた。したがって、自分や領民には水で十分こと足りることを確認して、王はこう言った。「ワインが水に優ったことは未だかって聞いたことがない。」こうして、両軍の長い戦いにおいて、彼らはワインと水を飲んだとき、勝利は水の方へ至った。なぜなら、外人部隊はワインが不足すると、ワインを飲みに帰国したからである。

この王を、わたしは見たことがあり、知っているし、嫌いでもある。しかし、わたしは嫌いだからと言って、彼自身の価値まで中傷したくないし、また嫉妬心から誰か他人の長所を控えめに見るつもりもない。敵が包囲されて飢餓の危険から「槍の下へ行かざるをえないとき」(=降服せざるをえないとき)、この同じ男は敵兵に寛大にも食料を贈ったのである。つまり、彼は敵軍が食糧の欠乏ではなく兵力によって敗北するのを望んだのであり、彼は勝利を引き延ばしたけれども、その勝利の栄誉を増幅したのである。彼は自分の身近な自国の人びとには穏やかで温厚であったが、国外の人びとを徹底して征服した。それはさながら、その巣の近くに棲む小鳥を決して脅かさないが、調停者の鉤爪によって小鳥たちの敵たちを追い払い、遥か遠くに住む人びとを餌食にする猛禽類のようである。

iii ゴッドウィン伯爵と彼の性格の由来について

主の托身の年から一〇五四年に、聖都エルサレムはサラセン人に略奪されて、四五年の間彼らに占領された(11)。エルサレムがサラセン人の隷属に帰する十二年後に、イングランドはノルマン人に屈服した。

一一八七年には、エルサレムはサラディン（Saladin）の掌中にわたる。

一〇六六年には、イングランドの境界では、彗星の尾（弁髪）が目撃された。

一〇九九年には、フランク人はエルサレムを勇猛果敢に奪還した。

エルサレムがサラセン人から奪還される三三年前に、イングランドは捕虜の身となり、いと高きお方（主なる神）の怒りにより、ノルマン人ンに引き渡された。このエルサレムの転覆の約三年前に、長い平和の中で脆弱化していたコンスタンティノポリスは、その悪辣さがネロを越えないまでも、それに匹敵するアンドロニクス[12]の多くの数えきれない陰謀術策によって奪還されて保有された。このように、前述した二つの転覆はエルサレムの転覆の予言する前兆であった。しかし、これらの出来事の理由が後世の人びとの記憶から失せないためにも、わたしは少々脱線しながら、これらを記録して置かなければならない

その系図、性格、統治の上で実に高貴なイングランド王エドガー[13]は最初の妻との間にエドワードを儲けた。彼は父王のあらゆる特質を受け継いでいた。だが、彼の母親が死ぬと、エドガー王は二番目の正妻の間にエゼルレッド（AEthelred）を儲けた。すると、この母親はエドワードが王国を継ぐこと

に嫉妬して、彼に毒を飲ませたが成功しなかったので、彼女は兵士を雇ってシャフツベリー[14]で彼を殺害した。したがって、エゼルレッドがエドガー王の後継者となった。そして、イングランド人は彼を「行動計画のない王」と呼んだ[15]。というのは、彼は決して行動を起こさなかったからである。このエゼルレッドはノルマンディー伯爵または公爵の妹との間に、アルフレッドとエドワードの二人の息子を儲けた。この不名誉なエゼルレッド王の時代には、彼の愚行と怠慢のために、近隣諸島の王たちはイングランドからは略奪品を、エゼルレッド自身からは平和の贈物を運び去った。

そういう時代に、とある人がこのようにして高位の身に立ち昇った。狩をしていると、エゼルレッドは仲間から逸《はぐ》れてしまった。季節は冬であった。彼は夜に一人彷徨って、彼の牛飼いの家に辿りつくと、一夜の宿を願い許された。その時、牛飼いの息子でその名をゴッドウィン[16]という名の少年が飛び出してきた。彼は両親の系図から保証される以上に美しい立派な少年であった。彼は王の脛《すね》当てを脱がせて、それらを磨いて、再び履かせた。そして、彼は王の馬を洗い清めて、外に連れ出し、毛梳き櫛で手入れをして、馬に藁と飼料を与えた。彼は万事を整然と、素早く、清潔に手配した。さながら父親のお気に入りで、この貧しい家の指令者らしく、この少年は飛び切り太った鵞鳥を火に焙《あぶ》って、妹にそれを見張らせた。彼の父親は鶏を一匹用意するように命じた。彼は直ちに三匹を火に焙った。父親は一枚の塩漬け豚肉と香味野菜を添えて出すように命じた。すると、彼は即座に三枚追加して、両親の知らない内に、未だ歯も生えていない豚一匹、即ち、汚れない新鮮な子豚を出した。彼は火を煽って、蠟燭に灯を点けて、退屈凌ぎに話をした。彼は王の道化役者、母親の媚びる人、父親の奨励者となった。そして、彼はあらゆる不足物を注意深く供給した。彼は横になることも、坐ることも、寝ることも、じっと立つこともなく、いつも身体を動かしていた。彼は面倒をも顧みず、自分の利益に専念せず、自らの昇進を意図せずに、王にひたすら尽くし、全身全霊で自らを王のために捧げた。少年は王とは知らずに、十全を尽くして王にしかるべき敬意を払い、自らを見下ろして顧みられ、自らを等閑《なおざり》にして選び抜かれ、自らを意識せずして意識された。そして、彼は求めや望みもせず、物欲しさや釣り針で何かを釣るために仕えたのではなかった。彼は自らすべてを惜しみなく捧げて、儲けや利益を得るためでなく、進んで寛大に走り回り、知らぬ間に利益と利得に滑り込んだのである。王はその仕事ぶりに魅了されて、莫大な富の管理をするため、少年を自分自身の使用人に採用した。これは世の慣わしで、貪欲な策略に駆られて釣り針を仕掛ける人は、その針で魚は釣れないが、純粋な心で努力する人には、幸運が不意に天から雨と降り注ぐものである。というのは、他の点では愚鈍であったが、王はこの奉仕のすべてを観察して、飲み込んで、受け入れた。自身は怠惰であったが、王はこの少年の中に機敏な配慮と手抜かりのない奉仕を見て取った。尤も、多くの人は急いで見倣おうとはしないことを褒め称えるものだが。

したがって、王はゴッドウィンを自分の寝室へ連れて行った。そして、時が経つにつれて、彼を領土のすべての諸侯たちの上に昇進させて、騎士たる身分の礼帯と共に、グロスター伯爵(17)の位を授与した。彼はイングランドのあらゆる港を陸や海から巡回して、すべての海賊たちを壊滅した。こうして、彼の功績により、イングランドはかつて略奪と餌食であったすべての近隣諸国にとって今や恐怖となった。したがって、イングランドは治安を確立して息を吹き返した。しかし、伯爵自身は平和と休息に飽き足らずに、心底から好戦の気概で燃え立ち、遥か遠く海を越えて多くの大戦を行ったので、彼の名前はサラセン人やキリスト教徒たちにも実によく知れ渡って、彼の名声は至るところで比類ないものであった。したがって、彼が帰国すると、国中は歓喜に満たされた。というのは、貴族や王の子息には当然にして求められる愛想の良さ、洒落っ気や寛大さの資質はこの牛飼いの倅によってすべての人びとに陽気で十分に示されたからである。人びとがこれに一層驚いたのは、予期に反していたからである。というのは、田夫野人がその無骨さから洗練されて、これほど美徳の甘美な香りを放つとは誰が信じられようか？　わたしは彼が善良な人ではなく、善も悪をも行う人であると言うのである。善は寛大さの娘であり、智恵は身分卑しき者をその頂点に至らしめることはない。しかし、勇敢さは善と悪とに同じく存在する。

善は人を善良にしかしなく、勇敢さは人を善悪いずれにもする。だが、わたしはこの男を善良な男とではなく、勇敢な男と呼ぶのである。というのは、わたしは彼が身分の卑しいのを知っていて、また、彼は行動が勇敢であり、危険には大胆であり、機会にうまく乗じて、不屈の制裁者であり、選択を迫られると即断して、正と悪の強力な擁護者である。したがって、これらの性格の秀でた特質によって、この善良にして見た目には愛想の良い伯爵は、彼の出生の証したる欠点を覆い隠し、卓越した力によって、彼の悪意ある生得的な攻撃性を抑えていた。というのは、自然と相容れないとき、人はすこぶる勇敢な闘争心によって、他の人びとよりも際立つからである。しかしながら、彼は浮かび上がった。そして、ここでは美徳に極めて近いものであったが、彼の熱望は高まって、貪欲が彼の寛大さを補うために忍び込んだ。というのは、是が非でも惜しみなく物を施すために、彼はどうしても富を自分の手に入れようと努めたのである。寛大さは資産の分量を越えてはならないが、彼は配分するため略奪も恥じなかったし、策略で得たものを与えるのは称賛するに値しない。彼は飛び抜けてすべての中で第一位であって、善と悪に強い人は豊かで怠慢な主人からいとも安易に何でも手に入れることができるので、彼は主人たる王から伯爵領地の一つと半分を獲得して、その他の場所では同じく王とその他の人びとからそれぞれにお気に入りの物は何であれ手に入れた。

セヴァーン川添の価格五百ポンド程の村バークリーはそこに住んでいる尼僧たちの所有物で、大変気高く美貌の尼僧院長がいた。しかし、今や前述した男（ゴッドウィン）は巧みな策略を弄してあらゆるものを徹底的に調査すると、尼僧院長ではなく彼女の財産を強く欲しいと思った。それで、その地を通り過ぎる時に、彼は大変に美男の彼の甥を病気という口実で自分が帰るまでその尼僧院長に預け、また病人には自分が尼僧院長とできるだけ多くの尼僧たちを手籠めにするまで、完治しないようにと強く申しつけた。そして、その若者が彼女たちに贔屓にされる手段を与えるために、彼は指輪、腰帯、鹿革、宝石類で星のように輝く物をその甥に与えて、尼僧たちをうまく騙し込むように贈らせた。したがって、彼は喜んで悦楽の道へと進んで行った。というのは、地獄《アウェルヌス》への下降は容易であって[18]、彼は趣味に合うことに賢くも狂奔した。この若者は愚かな処女たちが望むあらゆるもの、つまり、美貌、贅沢の嗜好、愛想の良さ、を持っていた。そして、悪魔はうずうずして彼女たち一人一人の中に居場所を見つけようとした。それゆえに、彼はパラス・アテーナを追い払ってウェヌスを持ち込んで、救世主と聖人らに神聖なる教会を呪われたパンテオン[19]にし、神殿を売春宿に、そして牝仔羊たちを牝狼[20]へと変えたのである。したがって、尼僧院長や多くの尼僧たちの腹が膨れ上がると、快楽の園の征服者は今や憔悴して敗北を喫し逃げ去って、彼の主人にその不当の報いに値する勝ち誇る鷲たちについて直ちに告げた。[21]ゴッドウィン即座に王の許へ出向いて、尼僧院長と尼僧たちは妊娠して、あらゆる男たちの売春婦であると詳しく報告した。そして、彼は偵察隊を送り込んで、そこから彼らが帰るや否や、すべて真実であることを証明した。こうして、尼僧たちは追放されると、彼の主人、否、言うなれば彼の道化師にバークリーを要求して手に入れたのである。

彼はチチェスターの傍のボシャムの土地を見て熱望した。そして、大勢の重鎮らに取り巻かれて、冗談のように微笑んで、当時その村の所有者であったカンタベリーの大司教に言った。「猊下、ボシャムをわれに呉れませんか?」その大司教はびっくり仰天して怪訝そうにこう言葉を繰り返した。「わたしが貴男にボシャムを与えるんですって?」直ちに、彼の騎士団と一緒に(手配していたように)大司教の足下に平伏して接吻した。そして、大層の感謝の言葉を述べてボシャムへ退却して強権によってそこを保持した。そして、彼の部下らの証言によって、贈与者たるその大司教を王の前で称讃して、その地を平和裡に所有した。

これらの例から、彼の精神は読者の皆様にはお判りになろう。つまり、彼は惜しみなく施す者になるためには手に入れる時にはいかに破壊的であるかということを。彼はあらゆる人びとのすべての利益の狩人であった。[22] それは彼のすべての分配・分与を満たすためである。つまり、すべての恐怖と希望と、悲しみと喜びの源泉を満たすためである。

iv デーン人の王クヌート[23]について

当時すべての王の中で最も豊かで勇敢な王はデーン人のクヌート王であった。彼はアングリア（イングランド）の貴族たちに招聘されて彼らの頻繁な手紙に誘われて——アングリア人は意に反してではなく進んで要請し迎え入れたのであるが——大軍を率いてダネシアに上陸した。この地は今でもデーン人からはデーン人居留地のダネシアと呼ばれている。しかし、これは屈辱的な圧政をもたらした。というのは、臆病であるほど、より残忍であるのが諸侯らの習性であるからである。エゼルレッドは正にこのようで実に戦慄すべき男である。なぜなら、彼は臆病であらゆる人びとを恐れて、誰でも罠にかけ待ち伏せして、すべての者を直ちにではなく、高位の身分の者を一人ずつ捉えて、奴隷の身分には自由を取り戻し、またその逆も行った。つまり、貴族たちの頸を奴隷たちに与えて踏みつけさせ、正義を覆して不正を擁護し、残忍さの種を蒔き、無情と冷淡の火口となって、不正に復讐し善行には報いることもない。彼は怒りに捉われて、卑屈な裏切り行為やその他の犯罪に与しない者を好まなかった。彼の心には次の言葉が漲っていた。つまり、「不正な王は不正な仕える者しか持たない。[24]」恵み深く、温和で憐れみ深いと言われる者は彼（クヌート）の前では適応しなかった。[25] 奴隷の傲慢な目と驕る心こそが彼の喜悦に寄与したのである。[26] 彼の喜びこそは貴族らの嘆きと涙の中にあった。彼は貴族の娘らを無骨な奴らと結婚させ、いと気高い血筋の子息らを敢えて品位を落として奴隷の娘らと嫁がせた。彼は従者らの心が自身と同じことを望んで、あらゆる策略において残忍さを身に纏った。彼の手下の支配者らと同じ数だけの王がいた。彼は威嚇においては嘘を言わず、約束においてはいつも破って、至るところで、あらゆる正義に鉄槌を下した。彼の支配の始めに、貴族らは、彼らの家系を拒否するように思われないため、彼に耐え抜いていたが、それ以降には、強制的に貴族の身分の辱めを受けようとする貴族らは彼を異民族にその身を売り渡した。

彼は自ら選んだ従者らと一緒にウェストミンスターの彼の部屋に居て、彼らの合図に従い、自由民らに乱暴狼藉を働いていた。するとその時、クヌート王の到来の噂が喧しく叫ばれると、彼は小舟で逃亡して、ロンドンの街で彼の奴隷たちに囲まれ、恐怖の余り死に去った。そして、彼らに見捨てられて、テムズ川の激流によってヌマとアンクスが逝ったところへと運び去られた[27]。

わが精神は当然にも奴隷らを嫌うが、彼らの次の点には賛成である。つまり、結局は危急存亡の際には、彼らはどれだけ愛されるに値するかを如実に示しているということである。彼らについて次のような英語の諺がある——犬を代父として連れていけ、そしてもう一方の手には杖をもって。したがって、クヌートは不意に唐突に彼らの許へやって来ると、直ちに彼を招聘した人びとにロンドンで歓迎されて、彼は隣接するあらゆる地域を襲撃して、彼の配当分を確保するため、ノルマンディー公の娘でエゼルレッドの新たな寡婦エンマを娶った。しかしながら、彼らの子供アルフレッドとエドワードをいくら捜しても発見できなかった。というのは、いと高きお方（神）が予め定められたように、ある騎士が二人の子供らをその戦乱と騒動から奪い去って、彼らをこっそり舟に乗せて、彼らを海へ押し流して、彼らの身元保証と親族の証を示す手紙を添いて、その舟を王家の装飾品で飾り付けた。こうして、彼は二人の子供を神の配剤に委ねたのである。しかし、二日目に彼らはパンノニア[28]の商人たちによって泣いているところを発見されて、ハンガリア王によって買い戻され、彼らの叔父である公爵の許へ送り返された。

しかし、このような時局において、ゴッドウィンは何をしたのであろうか？　多くの勇敢な軍勢を召集していたが、彼はエゼルレッドの息子エドマンドを召喚して、彼らに急遽対峙しようとしていたクヌートにサブリナ河畔（現セヴァーン川）のグロスターの峡谷のディアハースト[29]で遭遇した。これらの軍隊の楔状陣形と密集方陣は両方で戦闘態勢に入っていたが、彼のデーン人と共にイングランドの半分を率いていたクヌート軍隊の方がより大部隊であった。しかし、デーン人らは優秀で怒れる敵軍と貪欲だけが唯一の支えであった彼らの邪まな大義を恐れていた。彼らは戦闘の代わりに決闘を果たして、全軍の壊滅ではなく一人の人間の死を目論み、その勝者は主君のために王国を手に入れて、その他の部隊は平和裡に解散させるということをクヌートに同意させた。両軍はこの話を喜んだ。そして、エドマンドは自らこの危険に身を晒すことが良いと思えて、彼の代わりに誰もこの決闘に参加することを許さなかった。この報せを聞いて、クヌートは醜い不平等を避けるために、自らがその白兵戦に参じる決意をした。というのは、王と王の決戦こそ対等でまさしく適切であるからである。したがって、王にふさわしいあらゆる手筈が厳粛に取り交わされた――すなわち、一時休戦が宣言されて、監視兵らは武装して、王の威信と防衛のため十分なだけの見事で高価な武器と馬とを装備して、彼らはそれぞれ対岸から二艘の船に乗ってサブリナ川（セヴァーン川）の島へやって来た。われわれは決闘が始まった後の彼らの勝敗を詳述する暇《いとま》はない――（他の話題に移らねばならないから）。この決戦の運命が転変する間に、微動だにせずに啞然として見守っていた両陣営の長い沈黙によって、われわれはいかなる悲惨な恐怖と歓喜の希望が二人の主役を悩ましていたかを見て取れる。しかしながら、そこから次のような記憶すべき文句が生まれた――彼らの馬が殺されて、二人は歩兵となって戦った時に、細長く、痩せて、背の高いクヌートは堂々たる体軀で滑らかな――換言すれば、恰幅のよいエドマンドを実に激しく執拗にも攻め立てたので、休戦の暫くの間に、エドマンドは激しく喘いで立って、深く息を吸い込んでいた。

すると、周りの人びとの聞こえるところで、クヌートが言った。「おお、エドマンド、貴殿は息づかいが余りにも速い。」彼は赤面したが、控え目に沈黙を守った。そして、次の攻撃で、クヌートの兜に強力な一撃を打ち下ろしたので、クヌートは膝と手を付いて地面に倒れた。しかし、エドマンドは後ろに跳び返って打ち倒されて勇気を挫かれたクヌートを襲うことも差し押さえることもせずに、言葉には言葉で復讐してこう言った。「膝下にかかる偉大な王を沈める者は余り息切れしてはいないのだ。」それゆえに、デーン人らはかくも真剣な結末の争いに於いて、エドマンドが彼らの主君に猶予を与えて、しかも、今まさに勝利が掌中にあるとき、エドマンドは打ち負かすのを差し控えたのを見て、彼らは涙ながらに幾度も懇願して、二人に次のよう誓約を締結させた。つまり、生きている間は二人が王国を平等に分割して所有して、どちらか一方が死んだら、生き残った者が全王国を受け継ぐということである。すると、実に堅固な信義で結ばれて、彼らは即座に兄弟にして友人となった。こうして、怒りの種子を播く悪魔も、中傷者や追従者の舌の厭うべき剃刀である彼の共犯者らは彼らの誓約も友情の絆の紐をも解くことができなかった。

しかしながら、エドマンドはこうして偶々最初に亡くなることになった。王たちの中には彼らの寝室や寝台の秘密を召使たちに容認する慣わしで、彼ら自身の率直な考えをを召使たちに晒すのを恐れない者もいた。そして、ここで突然に次のことが起こった、つまり、ヘンリー一世の息子で、実に賢明で教養豊かであるが、よくあるように、気紛れであるグロスター伯ロバートが同じ欠点を持つようなステーブン・ド・ボーシャン(30)(Stephen de Beauchamp)といつも頻繁に会話を交わして、彼のすべての立派な騎士たちを軽蔑しているようであった。ラッパの音が鳴り響き、両軍で兜の緒がきつく結ばれ、突撃のため槍が翳され、胸も前には楯が掲げられ、軍馬の手綱が手繰られた戦いの決定的な瞬間に、ロバートは急遽貴族らから援助と助言を求めて、ステーブンを無用者として無視した。しかし、それらの貴族(兵士ら)の一人がロバートに「ステーブンを呼ぶように」と言った。伯爵は非難に気付いて赤面して、忠告を呼び掛けたすべての人びとに向かって言った。「わたしを憐れんで、欠点を告白する者を躊躇わずに赦し給え。われこそは大いなる欲望の人間である。わが女主人〈愛の女神《ウェヌス》〉が呼ぶときには、このような場合には逸早く助けてくれる〈愛の女神〉の下僕たるステーブンを呼ぼう。しかし、〈軍神《マルス》〉が呼ぶときには、われは彼の弟子たる諸君に助けを求めよう。しかしながら、もしわが耳はほとんど常に〈愛の女神〉に耳を傾けるのは、(本当のことを言うと)なぜかと言えば、わたしは〈愛の女神〉には志願兵としてお仕えして、〈軍神〉には止む無く仕えているからなのだ。」これを聴いて、皆は笑って彼を許して彼らの援助を施した。

このために、わたしは王の中には自由民を排斥して奴隷たちに自らの秘密を委ねる者がいるのだと思う。なぜなら、奴隷たちは悪に仕えることを望んで、諸々の徳の自由を避けるからである。そして、よく言われるように、類は類を呼ぶからである。こうして、エドマンドは快楽、否むしろ悪徳に於いて彼自身とよく似た特質を備えた者を捜し求めて、彼の宮廷の自由民よりも奴隷的で卑俗な境遇の人間を指揮官に任用した。この男はエドマンドから自らは望みもしなかった、その卑しい身分に不相応な多くの富を手に入れたとき、遂に彼はグロスターから三マイル離れたサブリナ河畔(セヴァーン河畔)のミンスターワース[31]にある国王の所有する小さな別荘に魅了された。彼はこの別荘を要望すると、彼は「(よろしい)拒絶」ではなく「(あとで)延期」と王から返答を受けた。したがって、彼はこれに直ちに激しい怒りを抱いて、主君の不公正な贔屓によって愚かにも傲慢ではなく狂気へと駆り立てたこの男は、自由人の精神ではたとえ際限ない不正によって傷つけられても考えも及ばぬ敵対行為をベッドの中で考え巡らした[32]。高貴なる人びとの心は嫉妬や野心や不正の酢では溶かすことができない真鍮の壁の中に閉じ込められているので、悪行に対して忍耐を覚えることはあっても、好意の振る舞いに対して恩知らずになることは稀である。しかし、奴隷たちの心には、垣根がないか壊れているかである。彼らの心は窃盗、略奪、その他の不正の娘たちに開かれている。彼らの心は名誉と不名誉を天秤に掛けるのを軽蔑して、例の有名な最悪の短句に満足している――

主神ユピテルは人を喜ばすものは何事であれ正義と定めた。[33]

これは子音のVで綴られるEvanに由来する悪魔の福音書で、「狂気」(ここから酒神バッカスはエヴァン(Evan)と呼ばれる[34])と解釈されている。これは主イエスの福音書ではなく、ここでは、善を意味する*eu*に由来する母音のVが二重になっている(*euuangelium*)。というのは、これは悪を差し控えて善を熱心に追求することを教えるからである。

この奴隷は謂れのない憎しみを心で弄んで、遂に二人の王たちの情況を考慮した後にある一つの計画を決意して、最悪の結末、即ち、生存者が死者の後継者となるべきであるという結末を思い描いた。そして、この奴隷はその行動からクヌートを生存者としたのは、彼こそ自分自身と同じ性格であり彼に似ていると判断したからである。その結果、あらゆる名誉や主なる神へのあらゆる思いを無視して、全領土が彼の下で統合されて、その挙げ句に、彼の不正行為の報酬として、この奴隷は自ら彼の主君のエドマンドが与えるのを延期したものを容易く直ちに受け取ることを望むであろうと判断したのである。

さて、これがその分配の方法であった。つまり、クヌートはロンドンとイックニールド[35]以遠の領土を持って、エドマンドはその他の部分を保有した。こうして、彼はわたしが(神に感謝を!)ウェストベリ[36]の母教会の当然の権利でその礼拝堂を今日所有する例の羨望の的たるミニスターワースへ偶然やって来た。しかし、この奴隷は、その豊かな財力と快適さを持ったその礼拝堂を見たとき、それを欲しさに狂い発って、この悪魔の手下は彼の主君のために便所の穴に大きく鋭い鉄の串を取り付けた。そして、主人がやって来ると、この奴隷は多くの蠟燭の灯を点して主人を先導すると、エドマンドが不注意にも鉄の串に倒れ落ちるようにと、何本か蠟燭の灯を突然消した。それゆえに、エドマンドはその鉄の串の上に倒れて串刺しの致命傷を負った。彼はそこから運び出されて、彼がヘレフォードの教会に寄進して、その教会が今も所有しているエドマンド王の村ロスで亡くなった。その奴隷はクヌートの許へ急いでこう言った。「ごきげんよう、完全なる王よ、陛下は昨日まで半分の王でしかありませんでした。その手によって陛下の敵が取り除かれて、陛下の一人の敵がこの世から根絶された張本人にお報い下さい。」すると、クヌートは深く悲しんだが、平然とした容子でこう返答した。「おやおや！　誰がそれ程までに余の味方をして、余にすべての仲間らより高いところへ登らせようとするのかね？[37]」「わたしがです」、と奴隷は答えた。すると、クヌートは彼を高々と捕らえ上げて、最も高い樫の木に彼を吊るした。これこそが奴隷らの然るべき当然の末路である。

それゆえに、クヌートは長い間に互って自由気儘な君主であり続けて、デーン人らはあらゆる地域の至る所を席巻して、イングランド人らに打ち克って彼らを最悪の隷属の身に陥れて、彼らの妻や娘や姪たちを虐待すらした。ゴッドウィンはこの事実を大いに涙を流しながらクヌートに告げたが、彼のイングランド人民の解放は聞き届けられなかった。したがって、自国民を憐れに思って、ゴッドウィンはデーン人の王の非道で残忍な敵となり、雄々しく王権に抵抗して（多くの衝突において、ゴッドウィンがクヌートに優勢であったと言われる）、彼は絶えずイングランド人の平和と自由を懇願した。しかし、クヌートはゴッドウィンが戦いでは打ち負かすことができないと見て取ると、武力や武術では得ることができないものを平時の術策によって達成するために、ゴッドウィンの願いを受け入れた。こうして、彼らは表面的には友好関係を結び、イングランドには自由が回復された。しばしば、デーン人らはこうして平等に締結された条約を破って、いつもより獰猛に以前の勝手な振る舞いへ陥って行った。だが、依然としてこの平和は長い間続いたが、その間にクヌートはゴッドウィンに陰謀を企んでいた。頻繁に些細な贈物をして友情を見せ掛けて、彼はゴッドウィンから信頼と友情とを手に入れた。そして、クヌート王はこれを十分に確信した時に、彼はゴッドウィンを呼び寄せて、幾度も溜息をつき大いに嘆いた後で、こう言った。「余は貴殿の赦しを期待しても宜しいかと思います。なぜなら、余もまた謀反のため処罰に値するように見えたすべてのことを貴殿に赦したのですから。余は「ように見える」と言って、「値した」とは申しません。というのは、余は貴殿の人民を不当にも迫害してきたけれど、貴殿の反抗・防衛は常に称讃に値し正当でもあったからです。しかしながら、もし依然として貴殿を暗然とさせる何か疑念や曇りがあるならば、貴殿の判断が選ぶいかなる方法であれ、余は貴殿を喜んで安心させたいと思います。」ゴッドウィン伯爵は、欺瞞に満ちたものであったが、それらの言葉に和らいで、幾分心の中も鎮まって、デーン人のかつてのあらゆる不正な行動を許した。すると、クヌートはゴッドウィンをより慎重に罠に掛けるため、次のように付け加えて言った。「おお、伯爵殿、貴殿はわが心を大いに満足させてくれたので、余は喜んでわが両王国の最高指揮権を安心して貴殿に委ねたいと思います。先ず、余は貴殿にデンマークを訪れて、そこで貴殿が相応しいと思うように、情勢を秩序立てて正してほしい。そして、乙女らの中で最も美しく最も忠実なわが唯一人の妹が余に代わってそこで治めているので、すべての貴族らを貴殿の許へ召集するようにと命ずるわが書状を彼女に手渡してほしい。彼らが余に対すると同様に、あらゆる敬意を払って貴殿に服従するという趣旨のもう一通の別の手紙を彼らに渡してほしい。伯爵は同意して二通の書状と認可書を受け取って出航する港へと急いで向かった。そして、策謀に於いては実に巧妙な名匠であると知っていた彼の礼拝堂付き司祭のブランド[38]の忠告に従って、ゴッドウィンはクヌート王の信義と陰謀を吟味するため、二通の書状の封印を解いた。というのは、当然のことながら、彼は「贈物を携えていてもデーン人を[39]」恐れていたからである。第一の書状にデーン人は彼の前に召集すべしと記されてあり、また第二の書状にこう書かれていた。「最も忠実なゆえにすべての人びとの中で当然この余には最も親愛なるデーン人の友人らに次のことを知らせるべし。つまり、余の書状によって諸君が召集されてやって来たゴッドウィン伯爵は余から陰謀と暴力によってデーン人(デンマーク)の三年間の統治権を強奪して、今後彼は余にとって、余の歳入と万事の繁栄と諸君の保護に賢明にして忠実な奉仕することを誓約している。その結果、彼はエジプトのヨセフ[40]より有益な執事となろう。それはさながら、狼が愚かな羊飼いに番犬に見せ掛けて、信頼され外からの攻撃の恐れを取り除いて、より自由にひたすら獲物に襲い掛かるようなものであった。ゴッドウィンはイングランド人種の屈辱に復讐し、イングランド人の血統《ちすじ》を誇らしく思った。余はカヌートの陰謀に気付いて、自ら愚者を装い、死の陰謀家が己の手で自ら死滅して、彼の狡猾さが叡知によって凌駕されたと自ら分かるようにと、ゴッドウィンはクヌートのこの要求に同意した。というのは、彼が生きている間は、余はイングランド人とデンマークの唯一の王ではないからである。」ゴッドウィンはこの書状を書き改めるよう命令して、恐怖心から彼を引き戻そうとした彼の部下たちの懇願を無視して大胆に振る舞い、クヌート王の書状の命令を次のように書き改めた。「デンマークとイングランド人の王たるクヌートは、彼の繁栄の唯一の愛好者たるデーン人に望むことは、彼らが戦時でも平時でも常に忠誠と勇気をもって自分に仕えてくれたことである。諸君が知るべきことは、余が全イングランドの君主として恙なく無傷で統治していることを、神が愛したヤコブのように余を導いてくれた主なる神に感謝したい。余は主なる神と諸君の祈願に感謝を捧げる。われらに長い間に亙って抵抗したヨーク伯爵にして、リンカン、ノッチンガム、レスター、チェスター、ハンティン（グ）トン、ノーサンプトン、グロスター、ヘレフォードの領主であるこの贈物の担い手に対して、この世の誰よりも恩義を蒙っている。なぜなら、彼の手がわれわれに平和を誓わせてくれて、彼の勇気と叡智が領土を平穏に収めているからである。余の最も忠実な下僕として彼に、余はデンマーク全土の監督と治政を委ねて、わが妹を妻に娶らせた。諸君は異論を挟むことなく、彼の命令に従ってほしい。さらばじゃ(41)。

v イングランド王ヘンリー一世とフランス王ルイ六世について

現在統治するヘンリー二世の母君の父イングランド王ヘンリー一世は先見の明のある、平和を愛好する王であり、ジゾール近郊の戦いでフランスの肥満王ルイ六世を彼の優れた軍隊で打ち負かして壊走させ、勝利して凱旋しイングランドに平和を回復した。(42) というのは、イングランドは彼の父である庶子王ウィリアムによって攻略されたが、ウィリアマム自身と彼の息子やその後継者である赭顔《しゃがん》王ウィリアムよってても平和に至らなかった。なぜなら、その古い住民らは彼らの追放を決して黙って耐えることなく、新参者らを脅かして、王国全土には反乱が実に激しく荒れ狂ったからである。しかし、わたしが皆に話すこのヘンリーは彼らの家族間で互いに結婚を執り行い、また可能な限りのあらゆる手段を尽くして両国民を確固たる宥和で結び合わせて、神の栄光と莫大な富と、彼の臣民らの永続する歓喜の下で、彼はイングランド、ウェールズ、ノルマンディー、ブルターニュを支配した。彼はまたクリュニー修道院を基礎から完成させた。(43)

この基礎部分はスペイン王アルフォンソが私財を投じ据えたものだが、彼は地面上僅かに建てた後で、吝嗇のためにこの企てから引き下がったのである。この建造物は実に大きく美しいものであったが、最後の仕上げを施されてから暫くして、全体が崩落した。クリュニーの修道僧らが恐れ慄きこの大崩落を知らせて職人らを非難したとき、王は彼らを弁護して、その神の修道院が貪欲に負けたが異国の王によって据えられた基礎の上に築かれないように、その崩落は神の手によって惹き起こされたと言った。そして、王は卓越した職人らを送って、アルフォンソ王が築き上げたすべてのものを地面から掘り起こさせて、王は途方もなく巨大な建造物を新たに再建して、この建物を損傷から永遠に守るために、修道僧らに毎年英貨百ポンドを与えた。

インググランド王ヘンリー一世は浪費により近づいて悪徳に陥らないように、貪欲と浪費の中庸を保っていたが、彼は常にあらゆる潤沢に恵まれて、彼の王国全土を通して人的にも物質的にも恵まれた状況の内に富み栄えた。彼は自ら定めた宮廷や家族の次のような習慣を書き留めていた(44)。宮廷についてーーつまり、宮廷は常に豊富なあらゆる生活の糧を備えて置いて、前もって予定され周知されている至る所への滞在と移動の実に規則的な変遷をして、王の直臣と呼ばれる土地の重要な人びとが宮廷に来たときには、彼ら各々に王の寛大な分け前から一定の手当・支給を受けることである。廷臣らについてはーー誰一人も困窮せずに、誰でも一定の下賜金を受けることである。この世界が許すかぎり、彼の宮廷は心配事がなく、彼の宮殿は混雑も混乱もないが、これは稀なことである。そして、われわれの祖先らを信じるならば、彼の時代はサタンの治世で、われわれの時代はユピテルの治世と呼ぶことができようと言われている。彼らが言うには、わが自国民らが心配事から解放されるため宮廷に馳せ参じるだけではなく、異国人らもやって来て、そこには膨大な数の商人や商品を発見した。というのは、王がその宿営をどこへ移動させようとも、王の後に続いていわば市場ができたし、王の巡行と滞在はそれ程までに一定していた。年齢と叡智に成熟した人びとは夕食前に常に宮廷に於いて王と同席して、彼らの商売に関して聴聞を望む者らは、伝令官の叫びによってこれらの長老らの前へ呼び出された。正午と昼寝の後には、娯楽に興ずる人びとが迎え入れられる。こうして、この王の宮廷は午前中には美徳と叡智の学校（鍛錬場）となり、午後には陽気さと礼節ある歓喜の学校となった。

しかし、誰が皇帝や王というよりも、イングランドの父のかくも陽気で愛嬌たっぷりの礼節ある何気ない特質を秘密に伏すことができようか？　というのは、われわれは偉大なものを正当に扱うことができないのだから。王の私財官ペイン・フィッツ・ジョン[45]は慣例によって王の渇きを癒すため毎夜一パイントのワインを準備することになっていた。しかし、そのワインは年に一度か二度しか、あるいは全く要望されることがなかった。したがって、このペインと小姓らは夜早くにしばしばそのワインをすべて飲み干していた。しかし、ある時、真夜中に王がそのワインを要求するも、全然無いということが起こった。ペインは起き上がって小姓らを大声で呼んだが、ワインはなかった。王は彼らがワインを探し求めてもそれが無いのが分かった。したがって、王は恐れ慄いているペインを呼び寄せこう言った。「これはどういうことかね？　お前はいつもワインを用意して持ち合わせているのではないのかね？」彼は大いに恐れて答えた。「はいたしかに、陛下。毎晩われわれは一パイントのワインを用意して置きますが、陛下は決して咽喉が渇かないで、そのワインを要求されませんので、われわれはそのワインを夜遅くか陛下が就寝された後に、よく飲んでおります。したがって、陛下のご慈悲から何卒お赦しを願います、わたしは正直に申し上げたのですから。」すると、王は言った。「お前は夜に飲むため一パイントのワインしか取り寄せないのかね？」ペインは答えた。「はい。でもそれではわれわれ二人分には少なすぎます。今後は小姓らから毎晩二パイントのワインを取り寄せます、最初の一杯は陛下のために、もう一杯はわたし自身のためです。」こうして、ペインは真実を告白することで、彼のしかるべき恐怖は取り除かれて、王の不興を和らげたのである。このように、争いと憤怒の代わりに、歓びと利得によってペインに報いることこそ、王者の礼節と寛大さの特質である。このような王はより良い文筆とより長い詳論に値しよう。しかし、彼は現代人であり、古い人びとは彼に権威を与えなかった。

さて、前述したフランスの肥満王ルイ六世であるが、彼は巨漢であると同時に、行動や思考に於いても劣らず並外れていた。カール大帝の息子であるこのルイは彼の従兄弟のカンブレのラルフ(46)の愚かな傲慢さゆえに、エヴォールに於いて殆どすべてのフランスの諸侯らや軍隊の損失を蒙った。その日から、グルムントとイゼンバール(47)の到来まで、彼はフランク族の王国を大いに難儀して支配した。このルイ王はグルムンドとイゼンバールに対してフランク族の残兵を率いてポンティユー(48)で戦闘を仕掛けた。彼はごく僅かの随行者らと共に凱旋帰国したが、敵軍の大部分を殺戮していた。彼は退位して暫くしてこの戦闘で受けた傷害と辛苦が原因で死去すると、フランス全土は涙を流して哀悼の意を表した。先代のルイ王が逝去した後に、主なる神が憐れみから現在のルイ王を送るまで、剣はフランス国から遠ざかることがなかった(49)。しかし、王は若いので近隣の重臣らの許可や護衛なしでは、パリの城門の外へ三道標も出かけることが出来なかったし、彼らの誰一人も王の命令を守ったり恐れたりする者はいなかった。それゆえに、意気盛んな王はこれに大変激怒して、このような狭い境界に閉鎖されるのに耐え切れなかった。主なる神は王をさながら眠りから覚醒して(50)、彼に戦闘意欲を与えて、しばしば勝利の恩恵を恵み、彼の努力に報いて全フランスの統一と平和を成就させた。

この王の後を彼の息子のルイ[51]が継いだ。の息子は人びとの中で実にキリスト教信仰の篤く心優しい人であったので、彼の父が武器によって手に入れた平和をキリストの恩寵によって生涯に亘って保ち続けた。こうして、彼は信じる者を決して見殺しにしない主なる神を心底から信じていた。わたしは目で見て知ることを話しているのである。彼はかくも恵み深く、かくも純粋にして温和であり、どんな貧しい人びとにも、また自分の臣下らであれ、他の臣下らにも親しく振る舞ったので愚か者と見えたかも知れないけれども、彼は実に厳正な審判者であって、傲慢な者や格下ではない軟弱な者らには毅然として、時には涙を流して正義を実践する者でもあった。

多くの偉い方々から聞いた話だが、口にするのも摩訶不思議で当然信じられないようなある事件がたまたま起こった。フランスの境界内のある男は、有力な侯爵であったがすこぶる残酷な男で、彼は隣人らと旅人らを毎日実にむごく悩み苦しめていた。彼は巡礼者らを急いで投獄して、彼らを拷問に掛けて獄死させるか、あるいは衣服を剝いで半死半生の体《てい》で釈放していた。彼は陰謀ではカティリナ[52]に劣らず、犯罪では暴君ネロに匹敵したけれども、その出自、美貌、性格に於いて至るところ誰にも優る妻を持っていた。彼女は夫の実にひどい暴政を嫌っていた。よって、彼女は夫の恐怖よりもキリストの慈悲を優先して選んだ。したがって、彼女はいつでも夫婦の絆を解いて、囚人らを釈放して皆を自由の身とし、彼らに自分が出来うるどんな贈物をも与えることを恐れなかった。さらに、彼女は釈放された捕虜らが幸せでなければ、自分も幸せとは思わなかった。彼女は主人のどんな残虐行為にも涙を流して泣いて、キリストの慈愛によって哀れな人びとを心底から嘆いて同情した。その挙げ句に、彼女は暴君の略奪品であれ、あるいは土地所有者の正当な資産であれ、何らかの方法で与えられたものは何であれ、そのすべてを身ぐるみ剝れた人びとやその他の貧窮した人びとに分け与えた。したがって、彼女の夫の残虐さや悪評が知れ渡る至るところで、その妻の慈愛と評判は付随して広まり、妻の明るさは夫の暗さの中でより一層明るく光り輝いた。この暴君は良妻の忠告にも実に敬虔なルイ王の叱責にも一向に改まらなかったので、ルイ王は彼を逮捕して罪の告解をさせて絞首台へと送った。こうして、上述した善女、つまり彼の妻を見よ、彼女は妊娠して、今や分娩を控えていたけれども、今まさに子を産まんとする自分のためか、生まれ出てこようとする胎児のためでも、あらゆる危険を顧みずに、情け深い裁判官らの足下に平伏して、涙ながらに叫んで慈悲を懇願し、彼女の評判に免じ赦してくださるよう陳述した。すると、彼女の涙ながらの嘆息は武器にも動じず、黄金にも懐柔されない裁判官らの心を動かした。今や自由の身で、今やあの有害な暴君から解放されてはいたが、結婚の誓いに従って、彼女は再び結ばれることを望んでいたので、この嘆願者の美徳はそれだけ一層明々白々であった。彼女は夫からの解放と独り住まいにより仕合わせになっても、自由の損失とか、隷属の身分の災厄とか、彼女の心を重圧する罰の重荷とも考えないし、また、かつての蠍に刺殺されるとか、鞭の下に再び舞い戻るのを恐れるのではなく、心底から厳格な忠誠心に従おうと努めたのである。それゆえに、この悪漢は処刑台から鎖で縛られて宮廷へ連れ戻されて、彼の悪癖が叱責や処罰なしで完全に見過ごされることがないようにと、ルイ王は彼の右耳を切り取ることを命令した。するとそうするうちに、次のような注目すべき不思議な現象が起こった――つまり、それから四日後に、彼の解放者から右耳のない男の子がこの暴君に生まれたのである。もし父親の耳が切り落とされた後に生まれたのであれば、それ程怪奇な現象でもなかったであろうが、母の胎内に生を享けて姿態が完全に出来上がった後に、右耳が切り落とされて生まれてきたことはとりわけ同情すべき証しである。

これはルイ王の温情ある行為の一つである。これに続くもう一つは次のような行為である。つまり、エッフリアのワレランは無学な騎士であったが、実に愉快な弁舌の才に恵まれて、王に良く知られて可愛がられていた。王はフランス全土を指揮していた三人の代理人を抱えていた。彼らは国王私財官のゴーティエ、番犬のリシャール（ガリア語で'veautur'「犬」）とパリの地方総督のギョーム・ド・グルネーであった。ゴーティエはフランスのほゞすべての収入を随意に手に入れた。彼に次ぐリシャールはその一部を獲得して、ギョームも多少なりとも蓄えた。ルイ王はその淡白な性格ゆえに彼らが与えた額だけを受け取った。騎士のワレランはこれを見てことの成り行きを知り、これら三人の属官らの権力によって、かかる膨大な損失が国の金庫に降り掛かるのを嘆いて、フランス語でこの件につき次のような歌を作った――

ゴーティエは葡萄の収穫でリシャールは葡萄の房
ギョーム・ド・グルネーは葡萄の粒を口で咥《くわ》え取る。
ルイ王は彼らが落ち零《こぼ》したものを受けとる。

この歌が人びとに知れ渡ると、これらの男らは彼らの策謀が発覚され、彼らの協定が露見したことに気付いた。したがって、彼らは腹を立て復讐のため武装して、ワレランに不利益になるあらゆることを収集して、待ち伏せして罠を仕掛けて、ワレランの王への諸々の罪を告発して、王を頻繁に促して、ワレランを王の愛顧から切り離した。遂に、ある気高く大変に裕福ではあるが、評判の芳しくない貴婦人が大きな恨みと自尊心から狂乱して王の面前で、ワルランが彼女だけではなく王についても卑猥な歌を唄ったことを告発した。しかし、王はこれに突かれて言った。「ワレランよ、余は己の侮辱はじっと耐え忍ぶが、余はここにいる従姉妹の侮辱を見過ごすわけにはいかない、彼女はわが血筋の者で余の一族の一人であるのだから。」すると、ワレランが答えた。「この一族では、陛下は大変に病んでいます」。(フランス語では、*'De ce membre es tu* magrinez.*'*「この一族の中で、あなたは病人です。」この言葉にも、王は恭しく振る舞った。その他の人びとはどっと笑ったが、彼女は自分に対する冗談に憤って言った。「王陛下、彼をわたしの望み通りにするため、処罰をわたしにお任せください。わたしは道化師がどのような罰で矯正されるべきか十分に存じておりますから。わたしは三人の娼婦を探し、彼女らの鞭であの男に相応しく処罰いたします。」すると、ワレランは言った。「奥方さま、うまくことが運びますよ、二人だけ探せば済むのですから。」その時、彼女は涙を流してこれらの侮辱に復讐することを願った。するると、ワレランが憤慨させた三人組は彼女の不平に与して彼らの苦情を述べ加えると、哀れにもワレランは追い込まれた。よって、ワレランはわれわれの主人、つまりイングランド王の許へ避難して寛大にも迎え入れられた。その間に、ゴーティエはワレランの家を引き倒し、彼の葡萄畑を抜き取り、彼の草むらを破壊し、彼の垣根を粉砕し、あらゆるものを全滅にした。その上、われわれの主君（ヘンリ二世）は自筆の書簡で二度、自ら口頭で三度、主君のルイ王に懇願したが、ワレランの返還は聞き届けられなかった。

それゆえに、ルイ王が衷心より同情してくれるのを知っていたので、ワレランは誰が仲裁しても自分を呼び戻すことが出来ないのを見て取って、ルイ王の親身の援助に難を逃れた。そして、英仏二人の王が大平原で騎士の大軍団に囲まれて談判しているとき、ワレランはイングランド王（ヘンリー二世）に予告していた通りに、小さい黒い馬に跨ってやって来た。その馬は痩せて見た目も醜く、彼自身もすこぶる貧相な姿であった――つまり、衣服は着古してぼろぼろであり、髭も剃らずもじゃもじゃで、顔も洗わずに不潔で、拍車は踵からだらしなくぶら下がり、脛《すね》当ては硬く穴が開いて、あらゆる点で極貧の人間の容子であった。彼はその姿を見てほしいと思って、ルイ王とわれらがヘンリー王の前に現れたが、そこで彼は乞食のように手荒く棍棒で地面に叩き落とされて立ち去った。こうして、円陣の中で二人の王だけで談判して、両王国の平和について論じ合っていた。しかし、ワレランの外見に気付いて、ルイ王はワレランの巧妙な策略によって演じられたことが、実際は止むを得ない必要からで、単なる見せ掛けから行われたのではないかと恐れた。したがって、ルイ王は自分の行き過ぎた厳しい振る舞いに大いに嫌気がさして、その挙句に彼は唯一人で天国の王にすがるために、イングランド王の前から姿を消して、地上の平和のことなど顧みずに天上と和解するため急いで去った。われらがヘンリー王はことの次第を知って、じっと待っていた。しかし、ルイ王は彼の随行者らのところへ戻って来て、ゴーティエを呼び寄せて言った。「余はあまたの人びとの中からお前を選び、わが全王国の賢明にして忠実なる執事となることを願って、お前を指揮官とすることを決定した。余は人民の平和と余の安寧のため、お前の蜂蜜のような叡智を余に注ぎ込んでくれるのを望んで、いつも余の耳をお前に傾けてきた。しかし、お前は余が神とわが兄弟ワレランに背いて罪を犯すように勧めて、余に毒を注ぎ込んだのだ。ワレランは棍棒で馬から叩き落され追放されるべきではなく、言葉には言葉をもってたしなめられるべきであった。ああ！　余は何と無慈悲な者であり、お前の所為《せい》でいかに彼を惨めにさせたかに、今となってようやく気付いた。彼はあちらの方へ去って行った。彼を急いで追いかけて、呼び戻すがよい。」ゴーティエは恐怖の余りひどく動揺して、ワレランを急いで見付けて連れ戻し、彼に十分に償いをして、ワレランがこれ以上不平不満を言わないようにと、彼が奪い取られた以上のものを付け加えてやった。ワレランは自分の完全なる復権に感謝の意を表したとき、ルイ王は実に敬虔で慎ましい嘆願により、ワレランの赦しを得たのである。

わたしは（著者マップ）パリでルイ王の許にかなり長く逗留していた時に、他のさまざまな話題の中で、彼は諸王らの財宝について一緒に話すことがあった。彼はこう言った。「諸王らの富の多寡が異なるように、彼らの財宝も実に多種多様である。宝石、ライオンと豹《ひょう》と象がインド人の王の財宝となる。ビザンティン皇帝とシチリア王は黄金と絹織物を誇りとするが、彼らは話すこと以外に何も知らない人民を持っている。というのは、彼らは軍事には不向きであるからである。ドイツ人民の皇帝と呼ばれる神聖ローマ皇帝は戦争と軍馬に適した人民を持っているが、黄金と絹織物やその他の贅沢品を持っていない。というのは、カール大帝は、サラセン人からあの国（スペイン）を征服した時に、彼がキリスト教へ回心させたすべての都市に任命した大司教や司教へ主キリストのため、要塞や城を除いてあらゆるものを与えたからである。しかし、欠けるものなく満ち足りた汝の主君イングランド王は人民、馬、黄金と絹、宝石、果物、野獣の獲物とその他あらゆるものを持っている。われわれフランスではパンとワインと歓楽しか持ち合わせていない。」わたしはこの言葉を記録したのは、その言やまさに陽気でまことに正鵠を射ているからである。

それと同じ頃に、わが主君イングランド王の命令により、わたしが教皇アレクサンドルス三世[53]の下ローマで開催予定の公会議[54]に急いで赴いていた時に、テオバルド四世の息子、シャンパーニュ伯アンリー[55]はわたしを丁重に饗応してくれた。彼は誰よりも寛大な人であるから、多くの人びとには浪費家に思われた。というのは、彼は求められる人には誰にでも与えたからである。会話の中で、彼は甥のレジナルド・ド・ムゾン[56]を気前が余りに良過ぎることを除いて、あらゆる点で褒め称えた。しかし、彼自身が実に度量が大きく寛大に見えるのを知っているので、わたしは微笑みながら、彼自身がその寛大さの限度を知っているか否かを尋ねてみた。すると、彼は答えた。「与えられるものが底を突いたときに限界がある。というのは、与えられるものを卑劣な手段で手に入れることは寛大さに悖《もと》るからである。」けだしこれは機知に富む名言に思われた。なぜなら、もし与えるために不正な求め方をしたなら、人は寛大になるため貪欲になるからである。

前述したルイと彼の父は行動では叡智を、言葉では率直さを大いに発揮した。息子は主なる神に極めて深い畏敬の念を抱いていたので、自分自身や公教会に関する何か問題が起こった場合はいつでも、聖堂参事会員の一員かのように聖堂参事会の決定に従って自らを律して、どんな損失や損害をも訴えた。

彼が眠気に襲われたと感じた時には、その場かその近くで休眠するのが彼の慣わしであった。二人の騎士だけに付き添われて（その他の騎士らは狩猟をしていたので）、彼がある森の近くの木陰で眠っていた。すると、ルイ王がその妹を娶ったテオバルド伯(57)が彼を発見して、そのように唯一人で眠らないようにと叱責した。王たる者にはふさわしくないからである。すると、彼は答えた。「余は独りで眠っても全く安全である。なぜなら、余に悪意を抱く人は誰もいないのだから。」これは実に率直な返答であり、純粋な心情を吐露した言葉である。他のどんな王が自分のため敢えてこう言えるであろうか？

彼は実に寛大な好意を示して聖職者らを奨励したので、彼の時代には聖職者らがキリスト教国のあらゆる領域からパリへ集まった。そして、彼らはルイ王の両翼に庇護され養われて(58)、今日に至るまで諸学校内で持続してきた。それゆえに、わたしが他の人びとと一緒にその地の学校に逗留した時に、フランスの全ユダヤ人の中で最も裕福な男が祈願節(59)に聖職者らの行列を襲撃して、彼らの中から一人の聖職者を捕えて、石で自分の息子に傷を負わせたと言って、彼の家の汚水溜めの中へその聖職者を放り込んだ。キリスト教徒の王がこのことを知ると、そのユダヤ人を焚き木の束に投げ込むように命じた。全フランスの祈願もユダヤ人民の数千タレントもの全貨幣でもその男を救うには無益であった。

しかし、王は涙して懇願する人びとへこう答えた。「余はユダヤ人らがクリスマスの行列から犬を遠ざけるべきことを知ってほしい。」

　これらの出来事は恐らく些細なことであり、大著の題材に適していないかも知れないが、わが小著には十分に相応しいし、少なくともわが筆には余る大きな題材のように思える。わたしがパリに滞在していた時に、彼の宮廷で聖職者らと俗人らの間に諍《いさか》いが起こって、その軋轢が増大して俗人らが優勢となって、彼らは多くの聖職者らを訪れて拳と棍棒で手荒くあしらった。そして、彼らは王の正義を恐れて隠れ処《が》へ逃げ去った。しかしながら、王は貧しい人びとの叫び声を聞いて来てみると、ひどく貧しく小さな少年が黒い頭巾を被って負傷した頭から血を流しているのを発見して、彼に尋ねた。「誰がこんなことをしたのか？」すると、その少年は王が最近スペイン王の娘を娶った王妃の近侍長を指さした[60]。すると、その近侍長は傲慢さと自らの権威を笠に着て敢えて逃げもせず、また責められてその行為を否定もせずに、少年が自分の悪口を言ったとだけ答えた。したがって、王の命令で、彼は捕らえられ縛られて、刑場へ連れ去られた。王妃はそれを聞いて卒倒した。彼女はその場へ急いで駆け寄って、髪を振り乱して王の足下へ身を投げ出し、大声で泣き喚きながら赦しを請い願った。彼女はその男の高貴さと叡智を、それに彼女の父が彼を彼女の手と保護に委ねたことを申し述べた。すると、ルイ王が憐憫の情から感涙を流すという奇跡が起こった。それにも拘わらず、正義心が王を処罰へと駆り立て、その少年の頭を殴りつけた近侍長の右手を切断するように命じた。

　この同じ王がフォンティンブロー[61]を美しく造成することを命じて、山、泉や森の広い領地を城壁で囲み、彼の保養のためそこに館を造ろうとした。そして、その館が既に建築されて、歩道、壁、濠と水道が完成した時に、近くに住むある農夫が彼の領地の一部が王の壁や館によって侵食されたことに不平を漏らした。王はそれを聞いた時に、細やかな不平にもひどく注意を払って、その館を取り壊し、壁を破壊するように命じたので、大多数の人びとは慈悲深さゆえに賞賛を受けてしかるべきというより王の愚かな行為を非難した。王はその農夫がより一層利益になる代替物を要求するまで満足しなかった。こうして、その農夫は要した以上のものを手に入れたのである。

彼の父である肥満王ルイ六世が自らの剣でフランスを征服して自由に揺るぎなく支配した時に、彼の第一子フィリップ(62)を王にした。そのフィリップは聖油を注いで全フランスの臣従の義務を受けた後で、彼の父の風習から逸脱し、また彼の父の訓えに背いて、傲慢不遜で暴君的な無情さで全人民にとって災いの種となった。しかし、主なる神の命令によって、ある日多くの騎士らに付き添われて、ラ・グレーヴと呼ばれるパリの地区へ馬を差し向けて早足で進めていると、セーヌ川の岸壁の堆肥の山から一匹の黒豚が突然飛び出てきて、疾駆する馬の両脚の下に走り込んだ。その馬は衝突して倒れて、騎手は頸を折って死んだ。しかし、その豚はセーヌ川に突然姿を消した。こうして、前にも後にも誰一人その豚を見かけた人はいなかった。それゆえに、彼の父の肥満王ルイは、否むしろフランスを獅子の口から解放した主なる神は、サウルに代わってダヴィデを後継させたように、彼に代わって温良で敬虔なルイを後継者とした。

上述したようにイングランド王ヘンリーに敗北した時に、この肥満王はポントワーズ(63)へやって来た。

そして、彼は敗北者の意気消沈した容子ではなく、勝利者の歓喜を満面に浮かべて実に陽気に彼の客らに囲まれ食卓についた。すると、食客らは実に大きな悲嘆の中にありながら、王がひどく陽気に振る舞うのに驚いてその理由を尋ねると、王はこう答えた。「余にとっては、フランスの殆どあらゆる地域で今回のような出来事は頻繁に起こることであり、今や余は度重なる不幸によって鍛えられて、恐れることも殆どないのである。しかし、今日われわれを征服したイングランド王ヘンリーは連戦連勝を誇って未だ不運を強く忍耐したことがない。もしわが身に起こったことが彼に降りかかったならば、彼は耐えがたく途方もなく嘆き悲しみ、その過剰な傷心は彼を発狂させるか死に追い遣ったであろう。彼は良き王であり、全キリスト教国に必要とされるべき王である。よって、余は彼の勝利をわが勝利と見なしている。なぜなら、そうしなければ、われわれはかの王を失ってしまうからである。」これぞ見倣うべき、羨望の気持ちの微塵もない返答である。

この同じ王が、彼の諸侯らが依然として彼と勢力を争っていて、シャンパーニュ伯テオバルド(64)が彼に対抗する諸侯の中の筆頭格であった時に、多くの交戦でこの伯爵に勝利すると、伯爵の日々大きく膨らむ憎悪の念を買った。その上、神聖ローマ皇帝はテオバルド伯を贔屓《ひいき》して、彼に戦争を促し、フランス王国の他の諸侯らもシャンパーニュ伯と共に戦うよう勧めた。今やルイ王が戦況で優勢に見えた時に、ローマ教皇から王の許へ使者らがやって来て言った。「王が王国の状況と王自身の安寧を享受されたいように、ローマ人民の皇帝は、この一ケ月以内に伯爵の意に完全に沿って、彼の名誉を傷つけぬように、テオバルド伯と和睦し条約を結ぶべし。もしそうしなければ、皇帝は一ケ月も経たぬ内にパリを包囲し、そして、もし王が大胆不敵にも皇帝を待つのならば、皇帝は王をパリに兵糧攻めにすると命令し警告しています。」王は使者らに答えた。「トプウルト　アレマン！[65]——（*Tpwrut Aleman!*)」今やこの返答はすべてのゲルマン人らに最悪の侮辱と考えられている。この種の嘲弄のために、彼らと外国人らの間に絶えず多くの争いが起こる。わたしには、これは豪胆な心と肝の据わった精神の持ち主の返答であったと思われる。

同様に、ルイ王とテオバルド伯の間には致命的な、即ち、死に至るほど危険な敵意のみならず、また不滅の敵意が存在した。なぜなら、彼らの和睦の道は賢者らによっても見出せなかったからである。しかし、子として受け入れるわが子らを可能なかぎり思いのままに鞭打たれる主なる神は彼らの憤激をこのような方法で巧みに収束させた。[66]ルイ王はシャルトルの前のある森の中に、武装兵の大軍団と共に身を隠して、散兵らを遣わしてシャルトルの敵兵らに彼らを追跡させて不意に彼の罠に陥れようとした。すると見よ、テオバルド伯は馬で行進しながら、何が起こっているかも知らずに王の側《そば》をいとも安心し切って通り過ぎた。したがって、王は伯爵が自分の掌中に陥ったのを見て取ったが、かかる成功を取るに足らぬものとした。その成功は偶然何の配慮も努力もなく起こったことゆえ、王は自ら差し控えて使者を送って、敵がいる間はかくも安心して決して行進することないように伯爵を叱責して、テオバルド伯を釈放した。憐憫の情に負けた勝者と父親のような敵の温情に感動しない人がいるだろうか。

また、王が大軍を率いてブロワ[67]へやって来たことがあった。そして、城壁用の攻囲道具と、攻撃用の騎兵隊と、村落用の放火兵らを準備した時に、彼はテオバルド伯が僅かな兵らと市内にいて、それも瀉血して二日目であることを耳にした。すると、追い込まれた敵を最接近して包囲すべきという叫び声が四方八方から立ち昇った。しかし、王はそうとは考えずに、騎兵隊を引き戻し、放火兵らを呼び戻し、攻囲道具を粉砕して急いで引き返した。すると、特に自らをより賢明な者と思っていた彼らは憤慨した。彼らは王と喧嘩して、理由もなくかかる好機を無視して、天与の幸運を蔑ろにして、彼らの悪行に復讐するにも怠慢で、敵を愛して支持し、いとも容易な勝利を無情に放擲するこの王は途轍もなくわれわれ皆には危険極まりない、と王を公然と非難した。王は彼らに簡潔にこう言った。「もし余が何か過ちを犯したとしたなら、その過失はこれらのどの理由の所為でもない。君らはソロモン王以降人びとの中の最大の賢者カトーが言うことを知らないのであるか？——

たとえ勝利することができても、時には友人に譲りたまえ(68)？

君らは彼の忠告に背きたいのか？　しかしながら、今伯爵を救ったのにはもう一つ別の理由があったのだ。余はあの実に立派な男が死を惹き起こし兼ねない瀉血をした際に、余の行為によって、何か不吉なことを耳にしないようにとたしかに配慮したのだ。」すると、彼らは、ひそかにではあったが、ルイ王を軽蔑して嘲笑した。しかし、彼の心の中を見通してかかる知恵を授けた主なる神は王がフランスのすべての剣を犂《すき》に変えて(69)、主の恩寵によりすべての人びとを王自身の剣の下へ服従させるという知恵を再び授けた。というのは、王のこのような慈悲深い言葉と温情ある善行を聞いた時に、テオバルド伯はこの友愛に満ちた敵を尊敬し崇拝して、信頼すべき使者らに託して王に書簡を送った。「わが健康の保護者たる、フランス王ルイ陛下へ、シャンパーニュ伯テオバルドは主の名に於いて御挨拶申し上げます。聖母被昇天の祝日[70]には、わたしは、キリストの恩寵により、陛下の許に参上して、今後は進んで万般に亘って陛下の命令に従います。わたしは諍いの創始者であったが、今後は平和の愛好者へ償いをいたして、われわれの間には永遠に平和がありますように、わたしは敗者としてわが征服者へ降伏します、陛下の名誉のためとわたしの不面目として。主の名において、平和をもたらす王よ、とこ永久《とわ》に栄えあれ！」これを聞いた時に、ルイ王はいと高きお方（天上の神）に感謝して、約束された日に跪いたテオバルド伯を抱き起こして接吻し抱擁した。それ以来、王は伯爵を心の底から愛しまた愛されて、彼の治世時代と王国には平和が永く続いた。こうして、主なる神の言葉に従い、王は彼の敵の頭上に燃えている石炭を置いて、この不敬な者を回心させると、伯爵は最早信心深い人となった[71]。

　しかし、主なる神がやがて明白な愛の印を示したテオバルド伯を、事実に反していたとしたら、わたしはなぜテオバルド伯を不敬な男と言うべきであろうか？　たしかに（もし脱線を許されるならば）、彼は自慢のためでなく善行を輝かすために、肥満王の息子ルイに次の話を述べて、彼の死の日までその証言を伏せて置くことを懇願した。彼はあらゆる人びとの友人であったが、他の貧しい人びとよりも癩病患者らを一層快く喜んで面倒をみていた。しかし、彼らは一層惨めに蔑視され、より耐え難く虐待されたので、テオバルド伯は主なる神への奉仕は一層心地よくて、それだけ情愛こめて受け入れられることを願ったのである。彼は彼らの足を洗い拭ってやった。そして、偉大なマグダラのマリアを想い起して、彼女が主の御身に成就したことを、主の信者たちの上に一心に果たした。しかし、テオバルドは小屋に独り住む一人の男を特に気遣っていた。しかし、彼は品性と高貴な出自の証したる紫衣と高級亜麻布《リンネル》に見合って幸運であったが、癩病に罹患し、彼は二つのいずれより気高くなった。というのは、これが実際に高貴な出自の振る舞いである。つまり、資産が貯まると、謙虚さが増し、苦難に喘ぐと、忍耐力が強まる。そちらの方向を通り過ぎると、伯爵はいつも気遣ってこの男を訪ねて、彼の有益な忠告を楽しんだ。しかし、ある時、伯爵がいつものように彼を訪れると、彼は病死したことを発見するということが起こった。それで、伯爵はその小屋番に彼の世話をするように指図した。数日後に、伯爵は彼を思い出してその小屋へ戻ってきた。彼は戸が閉まっていてノックしても無駄だと分かっていたが、尚もじっと待っていると、遂に彼はさらに遠くに住んでいるすべての癩病患者を見たのである。したがって、彼は馬から下りて再びノックをして低い声で言った。「貴方の友人テオバルドが、出来るなら戸を開けるよう願っています。」相手は立ち上がり、優しい声と嬉しい容子で現れて、親切に彼を出迎えてくれた。すると、彼はいつも膿の出る腫物の悪臭で伯爵を悩ましていたが、今やひときわ甘美な軟膏の香りで和ませてくれた。伯爵は驚いたが、抑えてそれを言わなかった。彼はその患者が全快したのかを尋ねてみた。相手は「完璧に」と答えて、小屋番は一所懸命に助けてくれたので、彼に十分に報いて下さるようにと熱心に懇願した。テオバルドはそれを大いに喜んで、彼の敬虔な感謝の言葉に伴われてその場を去った。すると、伯爵はその小屋番に出会ったので、病人の世話をしたことを褒め称えて、十分な報酬を受けるに値すると誓った。その小屋番は答えた。「ご主人様、ご指示に従って、わたしは生きているその人の世話を実に懸命にしましたが、死体は彼にふさわしく葬式をして埋葬しました。よろしければ、彼の墓を見に参りましょう。」伯爵は仰天したが、自分が目撃したことを何も言わずに、その墓を訪れてから小屋に戻ってみると、人の住まない空き小屋しかかったので、自分はキリストを見たのだと喜んだ。これは肥満王ルイの息子ルイ王がテオバルド伯の死後に、われらの王に話したものである。

vi イングランド王ウィリアム二世赭顔王[72]の死について

諸王の中で最悪の王であるイングランド王ウィリアム二世はカンタベリーの司教座からアンセルム[73]を追放すると、その時彼は主なる神の正義の審判により、「飛来する」矢に射貫かれた。なぜなら、彼は真昼に出没する悪魔に囚われ、その命令に従って生きたからである。[74]そして、その死によって、彼はこの世界を最悪の重荷から解放したのである。さらに、銘記すべきことは、彼の死は野獣や猟犬と戯れるため、彼が主なる神と人間から奪い取った「新しい森《ノウェ・フォレステ》」という森で起こったのである。しかも、彼はその森から三十六もの母教会を根絶して、それらの教会の人びとを追放した。この愚行の助言者はフランスのポントワーズ[75]近郊にあるエクウェスネの騎士ゴーティエ・ティレル[76]であった。彼は自分の意志ではなく主なる神の意志によって、野獣を通り過ぎて主なる神に厭われるこの怪物を狙った矢の一撃で葬った。

彼は矢で撃たれたその日朝早くに、ロチェスターの司教グンドゥルフ(77)に彼の夢を次ぎのように話した。「わたしはひときわ美しい森の中で、長い間野獣の狩猟をした後で、実に立派な礼拝堂の中に入って行くと、そこで祭壇に裸で横たわっている人を見た。その人の容貌《かお》と身体全体が見た目に余りにも美味しいそうで、世界中の飲食物として永久に事足りるようであった。よって、わたしは彼の右手の中指を食べると、彼はすこぶる忍耐強く冷静な顔をして、それを我慢していた。それから、わたしは直ちに狩猟へ戻ったが、戻って暫くすると空腹を覚えて、わたしは先に中指を食べたその右手を摑んだ。だが、彼は以前には天使より美しかったその手を素早く引っ込めて、その天使の容貌を耐え難い恐怖とえも言われぬ憎悪を以て、わたしを激怒して見下ろしたので、あの渋面からたった一人ではなく全世界の破滅が起こりそうである。グンドゥルフは涙して言った。「今後、お前はわたしを食べることはないだろう。」それを聞いて、グンドゥルフは彼はわたしに言った。「あの森はイングランド王国のものである。野獣らは主なる神が監督するためお前に与えた無垢なる者らである。お前は下僕となって主の名誉と賛美のために、彼らに平和と安寧を施すために、主なる神に定められたけれども、お前は自らの邪悪な願望によって、彼らの主人ではなく下僕となって、さながら目の前に置かれた果実のように、彼らを引き裂き、貪り食い、滅ぼしている。お前が乱暴にも押し入り、その財産をお前の騎士らの賃金としてより、きっと浪費のために散財した礼拝堂は教会以外の何物であろうか？　あの人間の子よりも美しい人は至高者の御子と呼ばれて(78)、お前が主の御身体の一部である聖者アンセルムを貪った時に食べた彼の指は職責を果たしてない。お前がその場を去って空腹で戻って来たが、これは主なる神の御身体を更にひどく引き裂くことを意味する。また、主なる神がお前からその御手をさながら光から闇へのように顔色を変えて激しく引っ込められた。つまり、光とは主なる神がご自分に呼びかけるすべての人びとに優しく親切で大いに慈悲深いことを意味する。[79] しかし、お前はあらん限りに主なる神を窒息させた。その上、主なる神の御顔の黄金の色が変わったが、[80] それはお前の所為《せい》である。というのは、主なる神は憤って怖くなり、穏やかな間にお前が主なる神を見下げて拒絶したその罪を今やお前に負わせているのである。主なる神は「食べてはならない」と言われたが、お前は今や既に審判を下されて、悪を行う力がお前から完全に奪われている。たとえ遅くても、悔い改めよ、死がお前の玄関にいるのだから。」その王は彼を信じなかった。そして、主なる神から奪った森の中で、前述したゴーティエ・ティレルによって殺され、彼自身の一族らに略奪され丸裸にされた。ある名も知らぬ村人が同情して粗末な荷車に乗せて、ウィンチェスター[81]まで彼を運んで行こうと思った。しかし、そこに到着して運んで来た男が居ないのに気付くと、彼が通り過ぎて来た池の中に泥で汚れたその屍を発見した。それで、彼は埋葬するために運んで行った。

同じ日に、エクスター[82]近辺の人でメルウィスのピーター[83]のところへ、血染めの矢を握って、醜く汚いある男が現れて、走り寄って言った。「この矢が今日君らの王を突き刺した。」

この王は不正な手段で高位聖職者らから搾り取った多くの教会の財産を彼の騎士らに与えたのだ。彼は自分の物には固執するが、他人の物は寛大に恵んでやる。

彼の死の日に、クリュニーの大修道院長猊下が追放中で一緒に住んでいたアンセルムに彼の死を打ち明けた。

さて、この王の弟ヘンリーはロンドンにいて、王になるため熱心に画策していたが、彼を助けてくれる司教らは誰もいなかった。一つには彼の兄ロバートがエルサレムで戦っていたのと、一つには司教らが当然畏れていたアンセルムが今なお追放中であったからである。しかし、ヘレフォードの卑劣な司教ジェラルド(84)は王が空席になったら最初に大司教職を与えるという誓約を取り交わして、ヘンリーを王位に就けた。ヘンリーが公正で勇敢であるのを見て知る人びとはその場にいた諸侯らとこれに同意し、彼を歓呼の声で迎えて誰も抗議しなかった。すると、ヨークの大司教アルレッド(85)が亡くなった。彼は既述のウィリアム王に果敢に対峙して、その他の教会が壊滅されたのに、彼の教会をウィリアム王によって破壊されず完璧に保持した殆ど唯一の人であった。今や、ジェラルドはヘンリー王の許にやって来て誓約の履行を迫った。しかし、王は聖職売買への介入を後悔して、ヘレフォードの司教区を前述したヨークの大司教区に匹敵する程の収益を増大して、王の従者が何も手出しが出来ない――つまり、あらゆる権力と権限がその司教に属するダラム(86)の司教区が有する永久の自由権を付与することを申し出た。しかしながら、悪魔に唆されたジェラルドはすべての申し出を無視して大司教になり、その職権を盾に多くの無慈悲で残酷なことを行った。だが、ある日サウスウェル(87)での夕食後に、彼は聖職者らに囲まれて豪華な絨毯と絹の枕に横たわって眠りに就くと、彼は亡くなった。

しかし、ヘンリー王は王国の支配者として成功を収めて、治世の最初は欠点が多かったけれども、その統治の平穏さや彼の富裕さ、さらにキリスト教界全体に対する寛大さではすべての前任者らを凌駕した。年に三度、彼はフランス王ルイや自分の多くの諸侯らに衣裳を賦与した。彼は自国のすべての伯爵らや男爵らに関する記録を持っていて、彼の宮廷が到着し、あるいは逗留する際には彼らを表彰するために、蠟燭、パン、ワインのような特定の贈物を分け与えた。(88) アルプス山脈のこちら側で、王が人生で幸先の良い名声を熱心に望んでいると聴いた若者らを誰でも自分の家族の一員として入籍して、一年間の手当てが百シリングより少ない人は誰もが王の使者よりそれに相当する額を受け取った。そして、王に呼び出される時にはいつも、家を出て宮廷にやって来るたびに毎日それぞれ一シリングを受け取った。

さて、これは王国での王の日常の在り方であった。つまり、誰もがうっかり間違いを犯すことなく、彼の生活の状態を毎月知ることができるように、彼は綿密に予定を立て、彼の旅程と逗留する場所や日数と町名を公然と布告させた。彼は何事も先を見通すことなく、熟慮もせず軽率な行動を取ることはなかった。彼は万事を王に相応しいしかるべき節度をもって扱った。それゆえに、イングランドの津々浦々からと同様に、海の彼方の国々からも彼の宮廷へ商人らが商品や贅沢品の売り物を携えて押し寄せて来たので、王がどこへ逗留しようとも、彼の周りほど品数の豊富な市場はなかった。しかし、王の最高の名誉は平和の遵奉と臣下らの富にあった。彼は誰にも正義と平和の恵みの不満を感じて欲しくなかった。その上、すべての人びとの心の平安を請け合うため、彼は職務のない日々には、大邸宅であれ野外でも第六時まで、伯爵や男爵や重臣らを伴った王自身と自由な面会の許可を与えることを慣例とした。しかし、自ら進んで王の指示を請うか、あるいは指示をするため自発的に王に会いにいくような場合を除いて、一家の若者らは夕食前に、また年配者らは夕食後に王に近づかなかった。この節度ある流儀が世界中に知れ渡ると、その他の宮廷が遠ざけられるにつれて、彼の宮廷は有名となって人びとが頻繁に訪れた。主人であれ臣従であれ、圧制者らは抑制された。あらゆる〈貪欲〉はその手を固く縛られた――この〈貪欲〉はかつて一種の欠陥であったが、今やシトー会修道士の戒律である。当時は愚か者でない限り、貧しい者は誰もいなかった。飲食物は摂取される以上に惜しみなく与えられた。他人に頼って生きる決意をした人は誰もが、至るところで親切に歓迎されるので、彼は自分の悲惨な生活を決して恥じなかった。誰か伯爵や諸侯の一人がよく言われるように、王の慈悲を受けるべく判決を下された時はいつも、彼は百シリングを受け取っていたが、その金額を三年以内に返済することになっていた。王の宮廷に関連して昔起こった不満の代わりに、彼の慈悲の保護の下にあった人には誰にも平和があった。このために、多くの人びとは慈悲に与るため罪を犯して、喜んでその慈悲の中に身を置いた。

さて、ヘンリー王はイングランド王、ノルマンディー公、ブルターニュ伯、ル・マン、スコットランド、ギャロウェー(89)、それにイングランド全島の支配者である。そして、彼はこれらすべてをさながら立派な家長が一軒の家を治めるように、力強く慎重に統治した。ウィンチェスターの女子修道院から、彼はスコットランド王デヴィッドの妹である修道院に入った聖なる修道女を婚礼の床の妻に迎えた。しかし、ローマはこの結婚に同意も否定もせず黙認していた。彼は妻との間に青年になるとバルフルール湾[90]で溺死した一人の息子と、神聖ローマ皇帝ハインリヒ五世[91]と結婚した娘マティルダ[92]を儲けた。しかし、皇帝が子孫もなくて死ぬと、父は彼女をアンジュ伯のジョフロワに嫁がせた。彼女は伯の間にアンリー、ジョフロワ、ギョームの三人の息子を生んで、いずれもが大変に勇敢であった。しかしながら、二人の弟らは速やかに歴史の舞台から撤退された。

ジョフロワーの長兄アンリーは祖父のヘンリー王が亡くなった時は二歳であった。よって、ヘンリー王は彼の妹とブロワ伯スティーブンの息子で王の甥に当たるスティーブンによってその王国は後継された。このスティーブンは武術には大いに長けていたが、悪へ走る傾向があることを除き、あらゆる点で殆ど無能な男であった。彼の治世下で王国は約二年間平穏であったが、三年目にヘンリー王の息子でグロスター伯ロバート[93]は後のヘレフォード伯ミロ[94]の差し金と知恵に促されて、マティルダとその息子ヘンリーをアンジュから王国を引き継ぐため招喚した。彼らはミロの賢い方策と熱意によって、次のような調停を成し遂げた。つまり、スティーブンが王国の後継をヘンリーに誓約して、自らは死ぬまで王国を治めるということである。彼は三年も経たずに亡くなって、自ら建立したベネディクト会修道士に属するファヴァシャム修道院[95]に埋葬された。マティルダの息子ヘンリー（これが有名なヘンリ二世）がスティーブンを後継すると、フランス王妃で、実に敬虔なルイ七世の妻であるエレアノールがヘンリー王に淫らの視線を投げ掛けて、どうにか不法な離婚を手に入れて、ヘンリー二世と結婚した。尤も、彼女は夫ルイ七世の褥を彼の父ジョフロワと共有したという噂がひそかに囁かれていたけれども。[96]そういう理由で、彼らの子孫らは王座への段階へ昇るのを遮られて到達しないと推測されている。

ヘンリー二世が王として支配し始めたのは二十歳頃であり、彼は三十六年間彼の息子らが惹き起こした悲痛を除いては無敗で意気阻喪することなく治めた。彼はこれらに激怒して我慢がならずに、その恨みで死んだと言われる。しかし、この同じ王はいとも敬虔なるルイ七世に既述の侮辱以外にも多くの不快な出来事を働いた。こうして、主なる神はこれを忘れずに、彼自身と彼の息子らに厳しい復讐を強制したと信じられている。

彼の治世の開始とその後の生涯は多くの点で賞賛に値するものと思う。彼は並の背丈の人の中でも最も高い人より少々上背があり、肉体の健全さと容貌の魅力に恵まれていて、既に千回も入念に見入っても、皆が走り寄って覗き込もうとしたような男であった。彼は身体の敏捷性で誰にも劣らず、他人が為しうる努力を怠らず、礼節に適う振る舞いを知悉し、社交や実務に必要な万般の教養を具え、ガリアの海からヨルダンに至るまでに使われるあらゆる言語の知識を持っていたが、ラテン語とフラン語しか使わなかった。彼は法の制定とあらゆる治世の改革に慎重に取り組み、異常で隠密な判定を巧みに発見する人でもあった。つまり、彼は愛想がよく、尊敬に値して謙虚であった。また、彼は埃や泥（非難）の苦悩にも耐えた。厄介な不平に偶々遭遇し、侮辱に傷ついても、彼は黙ってそれらを耐え抜いた。しかしながら、彼は常に旅して、郵便配達人のように耐えられない程長い旅程を移動した。この点では彼は随行する家族には途方もなく無慈悲であった。彼は犬と鷹にすこぶる精通していて、鷹狩りを大変好きであった。彼は夜も眠らず過ごして、絶えず活動していた。彼は夢の中で虚しい欲望に駆り立てられる時はいつでも、いかに努力し節制しても抑えることも飼い慣らすことも出来ない自分の肉体を呪った。しかし、われわれは彼の諸々の努力が彼の気紛れのためではなく、異常な肥満を恐れたためと書き加えて置いた。

彼の母の訓えはこうであったと聞いている。つまり、すべての人びとの事柄はどれも引き延ばし、自分の手に入ったものは何であれしっかり握って長い間手放さずに、そこから利益を享受し、望みの高い女性らには期待で気を揉《も》ませ置くことである。そして、彼女は次のような恐るべき言葉でこの忠告を鼓舞した。すなわち、傲慢な鷹は、肉をよく与えられては不意に奪われて隠されると、より一層貪欲になり、従順で心を集中する傾向が高まる。さらに、彼は寝室に常住して群衆の前に滅多に姿を現さないこと。また、自ら見て知らない限り、誰か他人の推奨で人に何物も授けてはならない。彼女はその他この種の最悪の忠告を与えた。その上、わたしは王が不快な人物であったあらゆる特質は彼女のこのような訓えの所為《せい》と断言する。

彼の統治の初期の頃に、卑劣を厭わぬある公娼が多くの愛人らの一人との間に産んだジェフリーという名の男の子を彼に引き取らせた。すると、王はその子を思慮分別もなく不当にも自分の子として受け入れて、彼を大いに昇進させたので、今や彼はヨークの大司教である。彼の母親の名前はイケナイ（Ykenai）であった。この男は前述した推定上の父親の厄介な習性を併せ持っていて、良い習性は余りに少ないので司教参事官員らの彼に対する敵対関係が絶えず相互に存在する。というのは、彼は短所だらけで品性に欠けているからである。

皆はこの王の母親についてお聞きしたいと思う。なぜなら、彼女は立派な君侯と后妃マティルダの娘であり、善良な王の母親であるが、彼女自身は善良な人びとの間では悪女であった。彼女の父ヘンリーは神聖ローマ皇帝に彼女を嫁がせた。皇帝は戦場で自らの手でイタリア王の弟を捕えて斬首した。そして、支配欲に駆られて、彼は自分自身の父を彼の皇帝の座から追放した。その結果後に貧困の中で、彼は彼の王国の在俗司教参事官員の団体によって支えられた。前述した彼女の夫のこれらの犯罪に加えて、マティルダは次のように助言した。つまり、彼女の夫が自分の帝国の大公と王侯や司教と大司教から都市《まち》と城砦を自らの手で掌握するため強要した。そして、命令によって承服できない者は戦いで打倒しようとした。ドイツのバイエルン公とザクセン公だけは彼に抵抗して全軍を整えた。戦闘が開始されると、両軍は一歩も引かなかった。相互の殺戮は六月末頃の最も日の長い一日朝から真夜中まで続いた。何千人も多くの人びとが全滅して、両軍の臆病者や卑怯者らが僅かに生き残った。したがって、生き残った者らは死体の埋葬を諦めたので、それらは狼と野犬と鳥の餌食のためと腐敗のままに放置されて、それらの悪臭で辺り一帯は寂寞としていた。

　しかしながら、主なる神はその日にこの皇帝の心を突いて疼《うず》かせて、主の恩寵によって彼の眼の前に次のことを知らしめた。すなわち、彼は貪欲に駆られて兄弟を殺害して父親をも追放し、また数え切れない程の現在の殺戮を犯して、全世界を悲嘆に陥れていると。すると、彼は己の悪行を深く後悔して外に出て号泣した。[97] そして、姦夫ではないが、賢明で忠実な家令の手助けによって、彼は先ず仮病を使って扉を閉めて、遂に彼の死を告げて自ら懺悔したことを布告して自ら進んでひそかに追放者の身となった。その家令は彼の身代わりの死体を前もって手配して、それを甘美な香りで満たして豪華な衣裳を纏わせて、皇帝らしく豪奢に埋葬させた。しかし、肉体は彷徨いながらも精神は決然として歩んで行った。しかしながら、そのような大層な陰謀の効果もその正義の欺瞞も完全に隠し通すことは出来なかった（彼はどう見ても高貴な人であったからである）。多くの場所で、彼はわれわれの皇帝であると言う人びとが多く現われて、彼の死（彼の死後、否むしろ退位後）の偽装は賞賛に値する者と思われるためと主張した。こうして、多くのことが偽りであることが分かった。しかし、クリュニー修道院で、皇帝に瓜二つのよく似た男が受け入れられたと言われる——彼は衣服が粗末で、言葉は余りにも不明瞭であるので、彼自身の口からは、諾否いずれの答えも知りえなかった。大修道院長はクリュニーの慣わしに従い丁重に彼を迎え入れた。しかし、ドイツ人修道院副長であるクリュニーの尊師がその場に偶然にやって来ると、大修道院長はその副長を例の男のところへ行かせて彼に会わせて、もし以前に会ったことがあるならば、報告するように指示をした。すると、その副長は長い間その皇帝と一緒にいたことのある彼の若い甥を連れて行った。すると、甥はその男を見るや否や、彼は贋者で詐欺師であると即座に言った。しかし、その男は素早く泰然としてその甥を強力に平手打ちして言った。「たしかに、お前はわたしと一緒に居たが、お前はいつも裏切り者であって、お前の諸々の裏切り行為の一つで捕えられたが、うまく逃れたのだ。しかし、わが親衛兵の一人が矢を放ってお前の右足射抜いたのだ。よって、その傷か傷跡が今でも見えるはずだ。下僕らよ、その詐欺師を捕えよ、そうすれば分かるであろう。」たしかに、その傷跡はあった。しかし、その若者は言った。

「この男が偽装しているわがご主人は異常にも右腕が長いので、直立不動で立った時に、彼は右手の掌《てのひら》で右膝を覆うことが出来ました。」この男は立ち上がって直ちに成し遂げた。これを見てから暫くの間、彼はより一層の尊敬の念をもって持て成されたが、遂に彼は詐欺師であることが判明した。

さて、わたしが脱線した主題、すなわち、イギリス王ヘンリー二世へ戻ることにしよう。このヘンリー王は大柄で太った体軀の気前よく施し物をする人であるが、彼は右手が与えるのを左手が知らないようにひそかに施した。(98) エルサレムから彼の許へサラディン(99)と対抗するため援助を求めてアクレ(100)の司教が遣わされた。その時に、フランスとイングランド王たちが(フィリップ二世尊厳王／リチャード獅子心王)両国の諸侯らと共に招集されると、司教は使節の目的を述べて、聖地エルサレムを弁護して、寄付金を嘆願した。その時フランス王は若輩であったので、イングランド王に親しげに最初に話すように促すと、彼はこう答えた。「余は聖地エルサレムとキリストの墳墓を訪れる機会がある時にはいつでもと決意していた。しかし、それが果たされるまでは、余は可能な限り彼を手助けしようと思う。というのは、緊急で不安な苦境がかかる偉い使者を遣わしことは明白だからである。余は己自身とわが臣民のために今回は六万マルクをあちらへ送るつもりだ。」彼は言ったことを一ケ月以内に実行して、苛税や強要でその時もそれ以後も誰をも疲弊させることがなかった——尤も、多くの王らは高位聖職者らに支払ったものを彼らの臣民らから奪い取るのが慣わしであるが。しかし、フランス王はさながら突然に矢を射られたように、また彼のすべての諸侯らは黙ってしまい、イングランド王のそのような意気揚々たる発言を聞いた後では、フランス王自身もその他の誰もが敢えて何も約束はしなかった。これらのことはサンリ(101)で起こった。これらの六万マルクをアクレの司教はチュロス(102)へ運んだ。なぜなら、彼が到着する前に、エルサレムとアクレは敵に略奪されて、この金銭でチュロスとエルサレムの他の領土はモンフェラ侯爵のボニファス(103)の指揮で守られていたからである。このボニファス侯爵は後に、フランス王フィリップ尊厳王とイングランド王リチャード獅子心王のいる前で彼らの陣営の集会中の二人の刺客によって殺された。リチャード王は直ちに彼らを切り刻み惨殺した。フランス人はリチャードがボニファスを嫉妬してこれを行って、彼こそがボニファスの死を惹き起こしたと言っている。

さて、上述の王ヘンリー二世は多くの美風で輝いていたが、多少の欠陥で曇っていた。既に述べたように、彼は実母の教えを請い願ったという欠点がある。つまり、彼は人臣らの問題を解決するのがとても遅いのである。よって、彼らの問題が解決する前に、多くの人びとは死んでしまうか、彼の許から落胆して去って行き、空腹に苛まれて一文無しとなることが起こる。もう一つの欠点は、滅多にないことだが、彼がゆっくり寛いで過ごす時には、高貴な人びとの願いに従い謁見することを許さずに、部屋の中に閉じこもってしまい、かかる恩恵に値しない人びとにだけには、彼は出入りを許すのである。三つめの欠点は、彼が平穏さに耐えられずに、キリスト教界の約半分を動揺させても懸念を感じない。これらの三つの点で彼は過ちを犯している。その他の点で彼は実に立派であり、あらゆる面で愛すべき人である。というのは、彼を除いて、このように温厚で好感の持てる人は居ないように思える。彼はどこへ行こうが、群衆に素早く捕えられてあちこち引きずられて、思わぬ方向へ押し遣られる。[104] そして、吃驚《びっくり》することには、彼は各々の話に辛抱強く耳を傾けて、叫び声や引き回しや激しい突きで皆に攻められても、彼はそれで誰も責めないし、怒りの表情すら見せない。そして、彼は余りに激しく追い立てられると、黙って静かな場所へ逃げ込むのである。彼は尊大で傲慢な振る舞いはせず、思慮深く、謙虚で敬虔であり、信頼できて慎重であり、寛大で勝ち誇り、そして善良な人びとを賞賛するお方である。

わたしは以前二十五艘の船で王と一緒にイギリス海峡を渡ったことがあった。それらの船は無料で王を渡航させる任務を帯びていた。しかし、嵐がそれらの船団をすべてばらばらに追い散らし、王自身の船を除いて全隻を船には無用な岩や岸辺へ打ち上げてしまった。しかし、王の船だけは神の御加護によって港へ運ばれたのである。したがって、その翌朝に彼は人を送って、そうする義務はなかったけれども、個々の水夫に各自の予想される損失額を返還した。その総額は莫大な額に昇った。正当な借金さえも支払ったことのない王らもいたことであろうに。

名前とその業務を記した封書は無料で作成され宮廷の従者らに手渡されるのがわが宮廷の慣わしであった。しかし、今や王の執事はその検印者が名前と業務を記した文書を無料で彼に手渡すことを拒否したので、その検印者に不平を述べた。シモンの息子サースタンが執事であり、ヤーマスのアダムが検印者であった。したがって、これらのことを聞いて、廷臣らは疑問に思って王を招き裁定を仰いだ。王は先ず執事サースタンに聞いて、それから捺印者アダムの言い分を聞くと、彼は言った。「わたしは来客を受け入れていたので、王自身の備品の中から二個の菓子をサースタン殿に下さるよう使者を遣わしました。すると、彼は「否」と答えました。後になって、彼が自分の文書を求めた時に、わたしはあの時の「否」を想い起こして、同じように「否」と申しました。王は最初に「否」と言った人が悪いと判定を下した。王はアダムに印璽を持って長椅子に座らせて、サースタンの文書を彼の前に置いた。そして、王はサースタンに外套を脱いで膝を折ってアダムに王の菓子二個を白い布に体裁よく包んで贈らせた。その些細な贈物が納められると、王はサースタンに文書を手渡すようにアダムに命令して、彼ら二人を和解させた。さらに、王は付け加えて言った。「わが廷臣らは自分の財産や宝庫からでも互いに助け合うだけでなく、家族の一人一人をも、さらには貧窮に苦しむ他人らをも助けなければならない。わたしはこれを高貴な行為と思う。しかし、今日ではこれらのことがより一層賢明に行われる。彼らはそうするのが誰の職分かを考えるからである。

ウィリアム・デ・タンカルヴィル[105]は王の偉大な終身家令であり、高貴な出自で武芸に優れ、体力に恵まれて、その性格では嫉妬深い奴らに致命傷となる男であったが、彼は多くの人びとの告訴によって、わが王の嫌疑者となった。しかし、王は彼が多くの襲撃で勝利者となったことを頻繁に聞いたし、また彼は彼の騎士らの父親であり、貧窮した人びとのパン（糧）でもあると聞いていた。さらに彼は嫉妬深い奴らの心だけを除いて、すべての人びとの心を自分の意に従わることが出来て、その上フランス王とそのフランス王が恐れていたその他の人びとに喜んで迎えられて親しいことを耳にした。ヘンリー王はこの立派な男を多くの点で迫害して、あたかも彼の角《つの》を鈍らせるかのように彼のすべての田舎の町を破壊して、彼にしかるべき法の保護と行動自由を拒んで、彼をひどく嫉妬する人びとに彼の財産を不当にも統治させた。しかしながら、ウィリアムは表面を偽って耐えるべきことを見事に耐え抜いた。しかし、キリスト降誕日の祭りがカーン(106)で開催されることが王によって広く布告された。したがって、よそ者も土地の者も同様に多くの人びとが集まって来たが、彼らの中の主役らは王と、彼の息子のあの天晴れなヘンリー王と、ザクセン公とバイエルン公で、当時は追放の身であり、わが王ヘンリー二世の義理の息子であるもう一人のヘンリーである。それにポワトゥ伯で現在王であるリヒャール、彼の弟でブルターニュの公ジョフロワ、それと伯爵や男爵総勢と一緒に実の多くの司教らがいた。こうして、キリスト降誕祭の日に、誰か両手に水を注ぐため王に仕えていると、見よ！群衆の真ん中を通って例のウィリアムがやって来た。彼は偉大な家令であったので、いつものように大勢の騎士らに随行されていて、仕える者の慣わしに従い、外套を地面に脱ぎ捨て、それらの銀の水盤を捉えて力強くわが身に引き寄せた。すると、相手は水盤を摑んでいられなくなり、王を見やると、王は水盤を手放すように命令して、強奪された水を辛抱強く甘受した。ウィリアムは王とその息子らとザクセン公に水を与えると、それらの水盤を自分の家来に手渡して、歩み進んで席に着いた。これは実に驚くべき光景であった。すると、王の寝室の近侍は直ちにその水盤を要求したが、王は彼を追い返して、何の過失も無かったかのようにじっと辛抱した。その次の夜には、ウィリアムを嫌っていた人びとが王の周囲に群れ集って、多くの人びとはあの厳粛な日に王の食卓で行われた水盤の強奪沙汰をその他彼のどんな逸脱行為よりも重視して、彼らは王自身が宥和を重んじ、自分へ冒瀆や激怒することは何事であれ、復讐をなさらぬ人と言った。それから、彼らは王の宿泊所で行ったように、諸侯らの宿泊所を巡視して、彼らはそれを中止しようとも思わず、あるいは断念することも出来なかった。というのは、嫉妬は休まず、ユダは眠らぬからである。その翌日、諸侯らが着席すると、(107)ノルマンディーの執事(108)はウィリアムに対する王の不満を皆の前で表示して、可能なかぎり王の不満を増幅して誇張してみせた。すると、ウィリアムは立ち上がって、己の強奪を否定してこう付け加えた。「われらの主君たる王とこの宮廷は正義を嘉して、あらゆる無礼な行為を嫌うことは、われわれは誰もが知っており、疑う人はいません。というのは、罪や強奪を罰する人びとは自らが迫害することを憎むからです。たしかに、わたしは力を使いましたが、暴力を用いませんでした。でも、力無くして何が成しえようか？　だが、わが主君たる王の偉大なる家令のわたしは正当な力と権利によって水盤を引き寄せたのであるが、例のわが臣下がそれらの水盤を不当な暴力をもって奪い取ろうと努めたのです。さらに、これゆえにわが主君たる王の執事はわたしを強奪者と主張しますが、わたしはこれに異議を唱えます。なぜなら、わたしは職権により委ねられたことを正当に手に入れたのですから。わが父が聖ジョージ(109)のためタンカルヴィルに修道院を建立した時に、彼は王ヘンリー一世の手から当然の権利として争いもなく手に入れた水盤をその修道院に奉納して、それらは今もそこでその事実を証明しています。同様に、その他の水盤は聖バルバラ(110)修道院でも同じことを証明しています。しかし、もしかかる重大な証拠が信頼されなければ、もし誰であれ敢えてわが権利の敵対者として振る舞う者がいるなら、わたしはこの宮廷が決定するいかなる力と果断な行為によって、身代わりを立てず本人自身で、この権利を進んで守り抜こう。わたしは多くの人びとが不当にもわが主君に犯罪者として譲り渡して、王のわたしへの怒りをひどく増大させたことを恐れはしない。わたしはいかなる王の怒りも彼の判断を歪めることが出来ないのを知っている。多分、わたしにひそかに陰謀を図る多くの人びとがここにはいるだろう。願わくは、彼らがそれを公然と企て、彼らがこっそり囁いていることを、かくも比類ないえり抜きのこの宮廷の公正な判断に委ねて欲しい。わが主君たる王と彼の臣下らはあの有名なソールズベリー伯パトリック[111]が亡くなった後に、王がポワトゥに平和をもたらした時に、よく言われるけれども、わたしがいかにしてポワトゥを固守し、王の命令に従わせたかを知っています――すなわち、

堅守するのは攻略するのに劣らず勇気がいる。[112]

その上に、わたしとわが部下らは常に自費でわが主君のために戦って来ましたし、わたしは王が親切にもわれわれに下賜されたものを辞退しました。また、緊急に攻撃または防衛のため招集された時にはいつでも、われわれはどの部隊より早くか遅れを取らずに、あらゆる戦闘に率先して参戦しました。しかしながら、わが兵役は幾度となく頻繁に試された中にあって、王はこのわたしがこれを傲慢不遜にも声高に申し上げたとは信じられませんように。しかし、陛下は非難（告訴）された人に耳を傾けて、傲慢にでも、自慢のためでも、根拠なくでもなく、わたしが眼の前にいて次のような言葉を聞くために、自らの勲功を得意になる人を嫉妬して非難する人びとの前では激怒して話していま

す。つまり、もし彼らが何らかの功績を誇りに思う真の理由を有するならば、彼らは公然とそれを述べて、否定しえない諸々の善行をそれ自身のため強く主張するのがよいし、あるいは少なくとも彼らが見倣うことや公然と傾聴することを恐れる人びとをひそかに虐げることを思い止まるべきである。」このような発言には多くの不満の呟きが起こって、すべての顔が彼を注視した。すると、王は言った。「余は今言われたことに公正な判断を与えて、好き嫌いによって何事も不当に命じられないことを望む。さらに、余は諸君にこの場合に想い起して欲しいのは、わが主人たるルイ王とわたしがパリのわが宿舎に逗留して、酌取りが侍っていた時に、三年間われらの誰もが姿を見ていなかったアランデル伯のウィリアム(113)がエルサレムから帰国したばかりに、突然わが家に入って来て、短くわれわれに挨拶をして、素早く彼の羊の「巡礼外套《スクラヴィナ》」(sclavina) と呼ばれる羊毛の外套を脱ぎ捨て、ワインの容器を急いで摑んだ。その酌取りは抵抗したが、伯爵は文字通り背が高く屈強な男なので、その酌取りを突き倒して、主君たるフランス王の前で跪いてこう言った。『わが主君たる王よ、わがこの振る舞いは無礼でも陛下の名誉を侮辱するものでもありません。わが主君たる王はわが先祖らの権利によって、このわたしは酌取りらの筆頭の上官であるのを知っております。だが、わたしが投げ倒したこの男は求められずとも当然差し出すべきものを確保して、傲慢にもわが権利を横取りしようとしました。』例のウィリアム伯はこのように振る舞い言葉を述べた。すると、彼は宮廷中から傲慢ではなくて、礼節に叶うとの名声を博した。また、わたしが諸君にこれを思い描いてほしいのは、他の人びとの行動の例から、わが宮廷の判決は誰かへの愛情ゆえにこのウィリアムに過剰に寛大でなく、誰かへの憎しみから過剰に厳格でもないということを諸君が学ぶためである。諸君が聞いたことを公平な天秤で量るべきであり、この宮廷が他の宮廷より劣っていても、公平さで劣ると判定されないためである。」それゆえに、誰も彼の権利に反対しなかったので、ウィリアムは皆の審判によってその権利を維持した。われわれの王のこのような礼節ある行為をその他の話に付け加えたのは、王が嫌いな人びとに対してさえも、彼は怒っている最中でも慈悲の心を備えていたことをすべての人びとに明白になるためである。

ある器用な職工は瀝青で王の璽の型を取って、誰も見分けができない程よく似た銅の王璽を作った。王がこのことを知ると、彼はその男を絞首刑にするように命じた。しかし、王が善良で有徳な敬うべき男であるその罪人の兄が頭を覆って泣いているのを見ると、彼は直ちに情にほだされて、犯人の悪行よりその高潔な男の美徳をより重視して、王は涙ながらに泣き咽んでいる兄に歓びを取り戻した。しかしながら、その罪人が無罪放免されると、彼の慈悲が余りにも手ぬるく見えないためにも、彼を修道院に送り込むよう命じた。

この主君たる王（ヘンリー二世）には、これらの物事を皆のために書き[114]、その名をマップという一人の聖職者が仕えていた。彼は王に親しく受け容れられたが、それは彼自身の功績のためではなく、彼が王になった前後ともに彼の忠実な支持者らであった彼の祖先らの功績のためであった。この王には、既にわたしが上記で仄めかしたように、ヒケネナイ[115]（Hikenai）という公娼との間に儲けたジェフリーという名の息子がいた。王は彼の名誉と皆の願望に反して、このジェフリーを実子として認知した。このジェフリーとマップの間には王自身の面前やその他のところで、時々咄嗟の口論が起こった。この男は王によってリンカンの司教区に選ばれて、教皇猊下はしばしばその司教区を辞するか司教に聖別されるよう促したけれども、彼はその司教区を不当に長く手放さなかった。彼は長い間逃げ口上を言って、いずれか一方もそのどちらも果たそうとしなかった。したがって、王は領土の大部分がかかるイチジクのような不毛の人物に占領されるのを心配に思って、彼に別の方向への道を辿らせた。彼は辞任することを選択した。そして、彼が辞任したのはマールバラでのことであった。ここには泉があり、その泉の水を飲む人は野卑な崩れたフランス語を話すと言われる。よって、その言葉を誤って話す人がいると、彼はマールバラ・フランス語を話していると言われる。したがって、マップはジェフリーが辞任の弁をカンタベリーの大司教リチャード[116]に述べて大司教猊下は彼に「貴方の言葉は何語ですか?」と尋ねた(大司教は皆に聞こえるように、彼が言ったことを繰り返して欲しいので)。ジェフリーは黙ってしまうと、大司教は再び尋ねた。「貴方の言葉は何語ですか?」すると、マップは彼に代わって答えた。「マールバラ・フランス語です。」他の誰もが笑ったが、彼は怒って立ち去った。

辞任する直前の年に、ジェフリーは厳格な規制によって、羊飼いのようではなくて暴力的に、彼の教区のすべての教会から全収入の十分の一税を要求し、個々の教会に課税して、自らの算定に従って十分の一税を略取した。アッシュウェル[117]と呼ばれてマップの教会から、彼はその他の教会から略奪した比率である四マルクを傲慢不遜にも支払いを命令した。マップはそれを拒否して、わが主君たる王(ヘンリー二世)に不満を訴えた。王はその被指名者を奥の部屋に連れて行って、今後は決して聖職者らを困らせないようにと、適切な言葉と節度ある鞭撻で彼を諌めた。存分に叱責されて、彼は宮廷に戻って来て宮廷のすべての仲間らに、とりわけ彼の非難者には多くの威嚇の視線を振り撒いた。マップが偶然に彼と遭遇した時に、ジェフリーは父親の王のお蔭であった信義にかけて、マップを冷酷に処遇することを誓った。しかし、彼の誓いの中にいつも父の名を使って誇らしく「王」もまた、と付け加えるのを知っていたマップは言った。「主よ、使徒パウロは言います――『あなたがたは神に愛されている子供ですから、神に倣う者となりなさい』と[118]。」しかしながら、われらの神であるこの神の子は自らの弱い側面に従って常に自らを人の子と呼んで、御父の神性を黙して語れない。わたしは貴方が時には同じ謙虚さで母の職業にかけて誓い、父親の王威を伏せてほしい。これぞ傲慢に振る舞ったことの決してない神を見倣うにしかるべき道である。」すると、彼はいつものように王様然と頭を振って、大声で怒鳴って威嚇した。しかし、マップはこう付け加えて言った。「わたしは大司教が彼の妻にしたように、貴方を矯正したと述べておきます。」周囲のある人が言った。「それは何であったのか？」マップはその人の耳にこう囁いた。「大司教の妻が夫と同衾していると卑猥な声を立てるので、大司教は妻を打つと、彼女はまた声を上げたのだ。」この選良たるジェフリーはこれを聞くや否や、さながら最悪の侮辱を受けたように、激怒しマップを叱りつけた。

　この男が辞任した日に、王陛下は大法官庁の贈物によって彼を祝福して、喜んで感謝する息子の首に印璽を掛けてやった。彼はそれをマップに見せて言った。「今まで、あらゆるものがこの王璽の威力のお蔭で、お前は無料で手に入ったが、今後は四ペンス払わずに短い手紙一通さえも受け取れないであろう。」彼に向って、マップは答えた。「神に感謝を！　貴方のこの身分への昇進はわたしの幸運です。ある人の不幸は他人の幸運ですから。去年は四マルク要求しましたが、今は四ペンスですから。」

しかし、この後にわれわれがアンジュにいて、この王族は自らが辞任した司教職にクタンス[119]のウォルターが聖別されるため、カンタベリー大司教リチャード猊下の許へ召喚されたのを見ると、嫉妬心が彼の両目を開けて、彼は呆然自失し、遂には心を鎮めて王に訴えた。すると、王陛下は彼を慰めて、彼が失った職務に見合う歳入を彼に約束した。しかし、彼は司教区と共にあらゆるものを失い、希望もないことをその時初めて知って、彼は執拗に復讐を願った。それゆえに、彼はかつてロンドンの司教座聖堂参事会員の聖職給を得ていたマップを見つけると、不平を言った。「お前には否応なしにわが聖職給を返してもらう。」マップは答えた。「たしかに、心から喜んで、もし貴方が多少なりとも分別を示して、わけもなく失ったすべてのものを取り戻すことが出来るならばですがね。」

vii　本書の冒頭の要約で表現は異なるが主題は同一

アウグスティヌスは言う。「わたしは時間の中にいて、時間について論じているが、その時間が何たるかを知らない。」同じような戸惑いの気持ちで、わたしは宮廷の中にいて宮廷を論じながら、その宮廷の何たるかを、神のみぞ知り、わたしは知らないと言える。しかし、わたしは宮廷が時間でないことを知っている。たしかに、宮廷とは時間的なものであり、移ろい易く不定のもので、場所は限られて方々へ移動し、つねに同じ一定の状態になく、宮廷はしばしば多様に変化する。何らかの必要性に迫られて、われわれは宮廷をよく離れて戻って来る。われわれが宮廷を離れる時は、宮廷を知り尽くしている。もし一年間も宮廷を留守にすると、新顔はわれわれを戻るなり出迎えて、われわれ自身が新参者となる。われわれは同国人が異邦人に、主人が奴隷に取って代わられるのを知っている。たしかに、宮廷は同じであるが、その廷臣らは代わっている。ポルフィリウス(120)は「種属」とは唯一の原理・原則(主君)と何らかの関係を持つ大多数であると言っている。宮廷はたしかに「種属」ではない、尤もその種のものと似てはいるけれども。というのは、われわれは王陛下とある種の関係を持つ大多数である、王一人のご機嫌を取ろうと努めているのだから。〈運命の女神〉について、彼女は気紛れの中でのみ安定している。宮廷は〈運命の女神〉ではないが、泰然として移動している。

地獄は刑罰の場所と言われる。その中に他の何かを包含するのはすべて場所である。したがって、宮廷もある種の場所である。しかし、それは刑罰の場所であろうか? 実際に、刑罰の場所である。しかし、宮廷はより刑の軽い地獄である。というのは、宮廷が拷問に掛ける人びとは死ぬことが出来るからである。マクロビウス(121)は古代の人びとの意見として、地獄は人間の体に他ならずに、その中へ投げ込まれた魂は暗闇の醜悪と不浄の恐怖に耐え忍んでいると主張する。そして、地獄に存在したと言い伝えられて来たあらゆる刑罰の中から、彼らは人間の体の墓地の中に各々に適する場所を見つけようと努めて来た。しかし、論ずると長くなり、また他でも容易に知りうるので、われわれはこれを省略する。しかし、もし人間の体を牢獄と魂の混沌界と譬えて言うことが出来るならば、なぜに宮廷は人間の体と魂と同じことを言えないだろうでか？
三途の川《スティクス》＝憎悪：（冥界の）火の川《フレゲトン》＝灼熱：忘却の川《レーテス》＝忘恩：
嘆きの川《コキトン》＝悲嘆：黄泉の川《アケロン》＝悲しみの響き、

　これらはわが宮廷に存在する。これらの中には刑罰の量刑が混在して、これらの中であらゆる種類の罪が罰せられる。ここやこれらの川の中に復讐としての罰が匹敵しないような罪は存在しない。あらゆる不正はそれらに相当する鉄槌がこの宮廷には存在する。その挙句に、主なる神よ、これらの川には御身の激怒があり、この海には御身の憤怒がある。[122] 宮廷の「三途の川《スティクス》」とはわれわれや他人の罪悪について、生得的にわれわれが持つ憎悪心である。「冥界の火の川」とは貪欲と怒りの灼熱である。その「忘却の川」とはわが創造主の善行と洗礼によって与えられた約束の忘却である。「嘆きの川」とはわれわれの逸脱のために、われわれに振り下ろされた悲嘆である。この悲嘆はこれらの逸脱が煽動するように見えて、その悲嘆の中に自らを偶像化するあの悪漢と共にあらゆる方法で現われる。「黄泉の川」は悲哀である、即ち、自らの言動、または満たされぬ願望への後悔である。

　しかし、もし許されるならば、われわれは破廉恥行為の譴責と刑罰の苦悶をここに据え置くことができる。地獄の渡し守カローン[123]は口から船賃を差し出す者しか誰も船で運搬しない。口からと言われて、手からではない。なぜなら、もしあなたが（賄賂を）約束すれば、わが渡し守は媚びへつらい、もし賄賂を与えれば、彼は最早あなたを認識しないだろう。その他の場合にも同じことがよく起こる。宮廷に於いては、翳が実体に優先し、疑いが確信に、約束が贈物にそれぞれ優先する。

タンタルス(124)はそこ（地獄）で川の水嵩《みずかさ》の退潮に騙されている。われわれはここ（宮廷）で指先に触れても握り損ねて、既に把握したと思った利益が消え去るような幸福な状況に欺かれている。

シーシュポス(125)はそこで谷底から山頂へ岩を転がし運び上げる。そして、岩を山頂に再び押し上げるため、転がり落ちる岩の後を追う。ここには富の高処《たかみ》を手に入れても、何も成就されていないと思う人びとがいる。彼らは貪欲の谷底へ再び滑り落ちた心を追い求めて、安住することも出来ないさらに遥かな山の頂上へとその心を呼び戻そうとする。なぜなら、貪欲に期待する心には、達成したものはその価値が減少して、心は石に譬えられると神は言う。「わたしは石の心を取り除き、肉の心を与える。(126)」主なる神がそれを与えて、わが廷臣らが山々の何処《どこ》かで暫しの休息を見出すようお取り計らい下さいますように。

イクシーオーン(127)はその地獄で車輪の上で、しばしば彼には似ずに、上下左右上あちこちへ回転している。われわれにもまた回転する〈運命の女神〉が彼女の籤《くじ》棒で回転させるイクシーオーンがいる。彼らは栄光へ昇りつめて悲惨へと沈淪する。彼らは突き落とされると希望を持って、頂点に昇ると狂喜し、奈落に落ちて悲嘆する。そして右手にいると希望を持って、左手にいる不安に駆られる。車輪の上は至るところで不安に怯えるが、その車輪の中に全く希望のない場所はない。よって、車輪には希望と不安と歓喜と悲哀が同乗（関与）しているが、希望だけが同乗者らを親密に結束している。それは全く恐ろしく、良心の呵責に逆らって、それでも相も変わらず熱望される。

ティテュス[128]はユノーに一目惚れし、道ならぬ情欲を激しく追い求めて、彼の愚かな肝臓の情火を抑えなかった。そのため、彼は当然壊れても再生する同じ肝臓で罰せられる。つまり、肝臓は禿鷹どもの貪欲な食欲を養う。そして、肝臓は欠乏しないけれども、禿鷹どもを満腹にさせないように戒められる。わたし自身や多分その他の人もこの宮廷のティテュスではなかろうか？　その貪欲な心に禿鷹、つまり、真っ黒い諸々の欲望が巣食って、その心を引き裂いている。なぜなら、その心は不正な欲望と格闘することもなく、またそれに抵抗もしなかったからである。しかし、わたしはユノーに自分の放埒な心の当惑を隠さなかったそのティテュスではない。彼は歩まず、留まらず、座らぬあの善人に反して、考え、話し、行動したのである。[129]

ベールス[130]の娘らはそこ（地獄）で、底なしの穴の開いた容器を篩《ふるい》で懸命に満たそうとするが、その篩から水がすべて漏れ出て、忘却《レーテ》の川から絶えず水をいくら掬っても失ってしまう。ベールスは勇敢とか有徳であると解釈される——つまり、この人こそわれらの父、いや神であると。われわれは有徳で力強くもないゆえ、彼の息子らではなく、娘らである。というのは、無力なまでに柔弱化し、われわれは籾殻から穀粒を分別する篩でもって、つまり、思慮分別をもって、漏れる容器、つまり、われらの満たされぬ精神を一所懸命に満たそうと努力する。そして、その容器の底は野心によって腐食して、カリブディス[131]のようにそこへ流れ込むものはすべて飲み込んで、満腹の容子も見せずに、無益にも一掬いの水を絶えず浪費している。しかし、この篩はその目的で造られたのだが、綺麗な水から汚れた水を、澄んだ水から淀んだ水を濾過しない。また、この篩は永遠の生命へ至るために湧き出る泉の水や、飲めば二度と渇きを覚えぬ水ではなく、[132]忘却《レーテ》の川の水を含んでいる。この水を飲む者はもの忘れをして、人の咽喉を惑わし、再び渇望させて魂の中へひそかに入り込み、魂と混じり合って、魂を深淵の泥濘の中へ堕落させる。

三つの頭を持つケルベルスは冥府の番犬である。彼は全く黙って素直に人びとを中へ迎え入れるが、彼らが出て行こうとすると、三重の吠え声で激しく咎める。この番犬は冥府《ディース》の神の館を貪欲な入場で豊かにし、退場でそこを空虚にしない。彼は確保していて、注ぎ出さない。同様に、この宮廷の冥府《ディース》の神にも彼が牢獄へ引き渡す罪人らと、見せ掛けの同情をして、罪人らを陥穽へと連れていく人びとがいる。しかし、君主らの慈悲によって、罪人らが出獄を許されると、これらの人びとは食べ物、飲み物、衣服の請求と強欲の飽くことを知らぬ三つの恐ろしい言葉で、彼らに吠え立てる。そして、すべてを略奪するために、身包み剝がれて裸一貫の犠牲者らに持たない物さえ約束を強制する。正真正銘の冥府の番犬ケルベルスである。なぜなら、彼らは足枷を掛けられた人びとの肉を貪り喰らって、打つ砕かれた人びとを餌にして、己の貪欲な三重の口の満たし方を知っている本物の犬であるからだ。彼らは犬のように飢えに苦しみ、[133]誰の餌食を奪い取ろうがお構いなしで、生肉と腐肉、新鮮さと腐食、悪臭と芳香を識別せずに、適法で許されることには無頓着である。

暗黒の冥府《ディース》の神の煤《すす》けた宮殿では、ミノス、[134]ラダマンテュスと[135]アイアコスが[136]籤《くじ》棒を籤壺へ投げ込み、裁判官として先頭に立って、哀れな魂らを審判していた。彼らは悪行を直ちに秤で量り、善行を猶予するか無効とする。もし苛酷な籤棒が出ると、彼らはより一層厳しく処罰する。もし温和な籤棒ならば、美徳が結局罪となるようにと、彼らはそれを厳しく非難して引っくり返す。もし曖昧な籤棒ならば、彼らはそれをより悪い方面に解釈する。しかし、彼らは不公平な彼らの主人ディース[137]から公平であるとの賞賛を得て来た。というのは、彼らは当然の悪行を決して容赦しないからである。しかしながら、もし彼らが通りすがる人びとに注視されると、彼らの冷酷さは魔術のように消え去ると言われる。さもなければ、彼らは罪に固執して、悪行を秤に掛けて懲罰し破滅させる。彼らは善行を敢えて見逃し、主なる神の意に背いて、冥府《ディース》の神の暴虐を和らげる。しかし、これらの裁判官らは多少なりとも許される。というのは、彼らは怖い主君の狡猾さを見倣っているからである。われわれも実に慈悲深い一人の裁判官の下に監察官らがいる。しかし、彼らの正義は主君の正義の繰り返しである。なぜなら、彼らは主君の前で公平に人びとを裁くことを誓ったが、例の冥府《プルート》の王の三人の裁判官らのように、もし罪人が彼らを優しく見つめれば、彼は無罪となり、もし義人が彼らを優しく見つめなければ、彼は有罪となる。「優しく見つめる」というこの言葉はわが教皇猊下の流儀で注釈されるべきである。つまり、教皇は言う。「彼は本人自らも使者を通してもわれわれを訪れなかったし、われわれを優しく見つめもしなかった、つまり、彼は物を贈らなかった。」

　これらは籤棒を籤壺の中へ投げ入れるように見える。すなわち、彼らは訴訟の理由を隠蔽し、未熟者らを諸々の誹謗で包み込んで、彼らの罪を極めて厳しく査定する。そして、母なる財布が皺の寄った口で弁護しなければ、それらいずれの罪も赦免を得られない。彼女（母なる財布）こそ貴婦人の中

の貴婦人で、罪を恩赦して、極悪人を矯正して、罪人らの死を望まず、自分に近寄る者を理由なく追い払わずに、

つねに泰然として、彼女（財布嬢）は万人を走らせる。[138]

しかし、彼女（財布嬢）が奇跡を行えない唯一の場所に財務府がある。なぜなら、そこではわが公正な王の目が常に覚めているからである。したがって、わたしが一度そこで貧乏人が勝訴して金持ちが敗訴する簡潔で公正な審判を聞いた時に、わたしはイングランド王国行政長官ラヌルフ[139]閣下にこう言った。「貧乏人の裁判は多くの口実で延期されがちであったが、貴下は素早くめでたい判決で結審しましたね。」すると、ラヌルフは答えた。「たしかに、われわれは司教らが教会で行うよりも遥かに迅速にここでは訴訟事件を裁定します。」すると、わたしは言った。「本当に。だが、もし教皇が司教から遠く離れていると同じく王が貴下たちから遠ざかっていたならば、貴下らは彼らと同様に遅々としていると思いますがね。」しかし、彼は笑って否定はしなかった。わたしは王が万民の長になるべく選んだ人びとを出納係と言うのではなく、自らの裁きの場で、貪欲と私利私欲が邪道に導いた人びとである。また、シモンが指導者の立場に押し上げた人びとがシモンに誓うのは驚くに当たらない。彼らが買った物を売るのが商人らの慣わしである。

わが王（ヘンリー二世）の正義の強力な証明と論拠は、正当な訴訟問題を持つ人は誰もが王の前で

それを論争したがるという点にある。不利な訴訟問題を持つ人は引き立てられなければ、王の前に出て来ない。わたしはわれらが王ヘンリー二世について言っているのである。というのは、すべての王国は古来フランスの宮廷を他のどれよりも好んで選ぶのが慣わしであったが、スペインはトレド[140]とナバラ[141]の二人の王の間で行われていた古くからの激しい論争の審判者にイギリス王ヘンリー二世を選んだのである。[142]今や、われらが王の宮廷は当然ながらどこよりも好まれて、長年の訴訟問題はきっぱりと解決された。そして、彼はこの悲惨な谷間で殆ど唯一人正義の使徒として認められたけれども、彼の翼の下で売買が執り行われている。しかし、不当な従僕らは主なる神よりも王により大きな敬意を表する。というのは、彼らが王に隠せないものを、意に反して正しく振る舞うが、主なる神に明白であると知っていることを、彼らは恐れずに歪曲する。というのは、主なる神の復讐は遅くて、王は速いからである。わたしはすべての審判者ではなくて、彼らの中でより多くのより狂気じみた連中について言っているのである。

読者は地獄とその様々な寓意を既に聞いて知っている——すなわち、その火焔の揺らめき、その霞と悪臭、蛇や蝮のシューという音、嘆息と涙、醜悪と恐怖である。もしわたしがこれらを一つずつ寓意によって説明しても良いならば、言うべきことに事欠かないであろう。しかし、宮廷は差し控えなければならない。というのは、これらのことは自由に使えると思えるより長い時間を必要とするからである。しかし、宮廷が処罰の場であるとは今まで述べたことからも推定できる。わたしは宮廷を地獄とは言わないが、牡馬の蹄鉄が牝馬の蹄鉄に似ているように、宮廷は地獄に酷似している。

しかし、この宮廷の王は、もし事実をよく知っているなら、誹謗を免れえない。なぜなら、支配者である王は矯正者である義務を負うからである。しかし、王と共に宮廷を支配する重臣らは王自身によって宮廷がより浄化されないためにも、宮廷を非難することを望まないだろう。なぜなら、彼らは泥水の中でより多くの利益を釣り上げるからである。彼ら自身は自らの支配下で何が行われているかを知らないし、王自身も彼らが何を行っているかを知らない。主なる神は「権力を揮う者は善行者と呼ばれる[143]」と言う。それは彼らに媚びる奴らによってと認識するがよい。たしかに、この宮廷で権力を揮う者らは毒殺者と呼ばれるのがより適切である。なぜなら、彼らは両方から何としても利益を得るため、下の者らを抑圧し、上の者らを欺くからである[144]。しかし、彼らはすべての悪行を王自身から隠すのは、王に叱責されて利益が減らないためであり、彼らが逮捕されて臣下らに被害を与えなくならぬためである。この宮廷の王は己の妻の罪を知るのが最も遅い夫に似ている。彼らは屋内で留守中に行っていることを王に知られないように、猟犬や鷹で遊ぶために王を悪賢くも戸外へ追い払う。こうして、王を遊ばせている間に、彼らは真剣な問題に忙しく取り掛かる。そして、彼らは判事席に座って、妥当な訴えも不当な訴えも同じ一つの結論の裁定をする。そして、王が狩猟や鷹狩りから帰ると、彼の獲物を彼らに見せて分配するが、彼らは自分らのものを王に示しはしない。しかし、彼らが王の活動を公には賞賛するのと実に同じ理由から、彼らは陰では王を糾弾している。自分の家族の中に敵が溢れている人が欺かれたなら、それは驚くべきことではなかろうか？　フラックス（ホラティウス）は言う――

「一家の主人が知らなくて、ために盗人らに利する物が
　多くないのは貧しい家である。[145]」

彼は家が大きいほど、その中の人や財産の危険はより大きく蔓延していることを、われわれが理解するよう述べているのだ。これゆえに、今述べた実に大きな家族には絶え間ない騒動と途方もない逸脱があって、玉座に着いているお方唯一人が時宜を見て鎮静し正しく裁きを下すであろう。[146]

「宮廷人の閑話」第五部終わる。

［註］

（1）紀元前五世紀に活躍した古代ギリシ三大悲劇詩人の一人で、悲劇のジャンルの完成者。伝存するのは僅か七編で、『オイディプス王』がその代表作とされる。

（2）ウェルギリウス『牧歌』*Eclogae* viii. 10. 'ludere quae vellem calamo permisit agresti.'「彼は許してくれた、素朴な葦笛で好きなことを奏でることを。」参照。

（3）スペインのコルドバ生まれの紀元一世紀に活躍した古代ローマ帝国の叙事詩人で、カエサルとポンペイウスの戦いを描いた『パルサリア』（内乱）がその傑作とされる。

（4）フランク王国の国王（在位：七五一－七六八年）。小ピピン、またはピピン短軀王とも呼ばれる。カロリング朝の開祖である。

（5）キケロ『詩人アルキアの擁護論』*Pro Arcias Poeta* 24.'magnus ille Alexander.....cum ad Achillis tumulum astitisset: "O fortunate" inquit "adulescens, qui tuae virtutis Homerum praeconem inveneris"!「あのアレクサンドロス大王はアキレウスの墓の前に立って、『おお、汝幸運な若者よ、汝の武勇を後世に伝えるホメーロスが居たとは！』と言った。また、ユリウス・ウァレリウス『マケドニアのアレクサンドロス大王の事績』*ResGestae Alexandri Macedonis* I,47.'O te beatum Achillem,' fertur saepe / dixisse, 'qui Homero praedictore celebraris'「おお、汝幸せなアキレウスよ、預言者（詩人）ホメーロスが称揚される者よ！」参照。

（6）当時ローマの仇敵であったカルタゴの将軍（247-183 BC）。所謂第二次ポエニ戦争をローマに仕掛けた人物とされる。戦象三七頭率いての「アルプス越え」の戦術を有名である。ローマの将軍大カトーの演説'Carthago delenda est.'「カルタゴは滅ぼされるべし。」参照。

（7）「メネストラーテス」という名は著者マップの創作であり、ジェフリー・オヴ・モンマスのような中世の年代記作家に見られる一種の意図的な神秘化の伝統と推定される。但し、プリニウスの『博物誌』*Naturalis Historia* xxxvi.32-3には有名な二人の彫刻家の名として、「メネストラートゥス」と「メネストラーテス」がある。

（8）紀元前一世紀頃のアフリカの王で、ローマの内戦の時にはポンペイウスと同盟を結んで、紀元前四九年にカエサル軍の一部を破ったが、紀元前四六年にはカエサルに敗北を喫して自殺を図った。

（9）音に敏感でるニシン科の「アロサ」'*alosa*'という魚の一種と言われる

（10）この王の名も偽名であるが、名前の綴りが'Ap'で始まることから、あるウェールズの王で、自らを南ウェールズ王名乗るライス王（Lord Rhys）自身と推定されている。
（11）聖都エルサレムは十一世紀中葉にはイスラム教徒の手に掌握されていた。
（12）皇帝アンドロニクス（1183-5）とされる。
（13）エドガー王は九七二年に死亡して、異母兄弟のエドワードとエゼルレッドの二人の兄弟を遺した。
（14）イングランド南部のドーセットシア州の街。
（15）エゼルレッド二世に有名な綽名である *'Unroed'* or 'no-counsel'「行動計画のない優柔不断な」をつけたのはマップが最初であった言われる。この語は後に転訛して 'unready'「即座の判断ができない」の意となった。
（16）ウェセックスのゴッドウィンはイングランド王クヌート（c.994-1035）の下で伯爵の身分を得た。彼はアングロサクソン時代に王に仕える土地保有自由民であった可能性があるが、彼の出自の正確な記録はなくて、十二世紀頃には彼の血統に関する様々な伝説が生まれて、彼は羊飼いの息子とするのもその一つであった。
（17）イングランド中南西部に位置する地域。
（18）ウェルギリウス『変身物語』*Metamorphoses* vi.12 '......facilis descensus Averno :'「冥府への下降は容易である」参照。
（19）よろずの神々を祀る万神殿を言う。
（20）ラテン語 'lupas' は「牝狼」の他に「売春婦」を意味する。
（21）ルカーヌス『ファルサリア』*Pharsalia* v.238. 'uictres aquilas alium laturus in orbem,'「勝利の鷹らを天空へ運び去ろうとして」参照。

(22)「コリントの信徒への手紙一」9：22参照。
(23) デンマーク王スヴェン一世の子で、ノルマン系デーン人でイングランド王（在位：一〇一六－一〇三五年）の他にデンマーク王・ノルヴェー王を兼ねた王であった。
(24)「箴言」29：12 'Princeps, qui libenter audit verba mendacii, omnes ministros habet Impios.'「支配者が偽りの言葉に耳を貸すなら、仕える人は皆、逆らう者となる」参照。
(25)「詩編」101：7参照。
(26)「詩編」101：5－7参照。
(27) ホラティウス『書簡詩』*Epistulae* i.6.27. 'ire tamen restat Numa quo devenit etAncus.'「しかし、ヌマはアンクスも到達したとこへ行かずに留まった。」参照。
(28) ローマ帝国の時代は属州であったが、北と東はドナウ川、西は北イタリア、南はダルマティアに接した。現在のオーストリア、クロアチア、ハンガリー、スロベニア、スロバキア、ボスニア・ヘルツエゴビナの国々に跨る。
(29) イングランド中南西部のグロスターシア州のセヴァーン川とエイボン川のの合流点に位置する町テュクスベリーの近隣にある村。ここにはアングロ・サクソン時代の一部十世紀の修道院の建物である聖マリア小修道院教会が現存する。
(30) ウスターシアの州長官ヴォルター・ド・ボーシャン（在位：一一一四－一一三〇）の息子とされるが未詳。
(31) セヴァーン川の北岸に位置するグロスターの境界に位置する村。
(32)「詩編」36：4参照。

(33) オウィディウス『名婦の書簡』*Heroides* ,iv.133. 'Iuppiter esse pium statuit, quod-cumque iuvaret,'「ユピテルは歓びを与えるものは何であれ、それは神意に適ったものであることを定めた。」参照。
(34) 'Euhan' 或いは 'Euan' は酒神バッカスの多くの名前の選択肢の一つである。オウィディウス『変身物語』*Metamorphoses* iv.15. 参照。
(35) イックニール道とはイングランド南部のドーセットから東部の北海に臨むノーフォークまで走る道路を指す。
(36) イングランド南西部のウィルトシアの西部に位置する町。
(37)「詩編」45：7参照。
(38) イングランド中部の都市ピーターバラの大修道院長 (1066-9) を指す。
(39) ウェルギリウス『アイネーイス』*Aeneis* ii.49. 'quidquid id est, timeo Danaos et dona ferentis.'「それは何であれ、わたしはギリシャ人らを恐れる、贈り物を持ってきた時でさえも」参照。
(40) ヤコブの第十一子でラケル第一子のヨセフは両親の偏愛を受けたため、兄弟らに嫉妬されて奴隷に売られたが、信仰が堅く全エジプトの司となって、イスラエル人のエジプトからの解放に尽くした。「創世記」30：22-24参照。
(41) 文脈から、この文句は未完か写本の一葉の欠落の証と見られる。
(42) これはイングランド王ヘンリー一世がノルマンディーの彼の保有財産を守るためにフランス王ルイ六世肥満王に一一一九年勝利を収めた所謂「ブレミュールの戦い」'The Battle of Bremule' に言及している。このジゾールはブレミュールから数マイルの地に位置する。
(43) ブルゴーニュのクリュニー大修道院は十一世紀後半から十二世紀前半に再建されて、その主たる寄贈者はカスティーユ王アルフォンソ六世とイングランド王ヘンリー一世であったと言われる。
（44）イングランドヘンリー一世が新王のスティーブンのために書いたとされる王家の世帯の運用を取り決めて一一三六年に書かれた手引書『王家の規定』'*Constitutio domus regis*' に言及したもの。Cf. '*Red and little Black Books of the Exchequer*'
（45）ウェールズ辺境の傑出した王の直臣で、王ヘンリー一世の下でヘアフォードシアの副執政を務めた人物。
（46）フランドルの禿頭伯爵ボルドウイン一世の息子で、現在のフランスノール県の町カンブレーの伯爵兼大修道院長。中世には司教座が置かれて繁栄した。カンブレー司教区はおおよそフランドルとネーデルランドの大部分を占めた。
（47）不詳
（48）北フランスのピカルディ地方に位置して、この地は一〇六六年の所謂ノルマン人のイングランド征服に至る政治的に重要な役割を果たした地である。
（49）「列王記下」12：10参照。
（50）「詩編」78：65参照。
（51）フランス王ルイ七世（1137-80）を指す。この王は当時 'rex Christianissimus'「最もキリスト教の信仰の篤い王」と呼ばれた。
（52）（110?-62BC）共和政ローマの政治家で、共和政ローマを転覆しようと所謂カティリナの陰謀を企てたが密告により事前に漏れて、即刻処刑にされた。キケロの「カティリナ弾劾演説」は有名である。
（53）第四部［註］（164）参照。

（54）マップは一一七九年の第三ラテラノ公会議に出席するためローマを訪れた。
（55）シャンパーニュ伯爵アンリー一世（1152-81）はブロワ及びシャンパーニュのテオバルドの息子であり、またその妻はフランス王ルイ七世とエレアノール・ダキテーヌの娘で文芸の庇護者マリ伯爵夫人であった。
（56）彼は一一八三年にシャルトルの司教に選出されて一二一七年に亡くなった。
（57）ブロワ伯のテオバルド五世（1152-1191）。フランス王ルイ七世は一一六〇年に彼の妹アデラと三度目の結婚をしている。
（58）「詩編」17：8参照。
（59）五月祭に復活祭の五週間後の月、火、水の三日間を祈願節（Rogation Days）と定めて、罪の赦しと大地の豊穣を主に祈る日とした。
（60）フランス王ルイ七世は最初の妻エレアノール・ダキテーヌとは一一五二年に離婚して、カスティリアのアルフォンソ八世の娘コンスタンスと一一五四年に再婚した。
（61）イル・ド・フランス地域圏に位置したパリ郊外の都市。ここには歴代フランス王の愛したフォンテーヌブロ城や狩猟用の広大な森がある。
（62）フランス王ルイ六世の息子フィリップは一一二九年に戴冠したが、一一三一年に乗馬事故で亡くなった。
（63）現在はフランス中央部、イル・ド・フランス地域圏に位置する都市。かつてはヴェクサンの歴史的な首都。
（64）ブロワ及びシャンパーニュ伯テオバルド四世を指す。
（65）「突撃せよ、ドイツ兵」を意味するフランス人のドイツ兵らに対する嘲笑・揶揄の言葉。Cf. 'Pousse,

pousse, Allemand'
(66)「ヘブライ人への手紙」12：6参照。
(67)トゥールとオルレアンの中間に位置し、ロワール川に面したフランス中央部の都市。
(68)カトー『二行詩』*Disticha* i.34. 'Uincere cum possis, interdum cede sodali, / Obsequio quoaniam dulces retenentur amici.'「勝てるとしても暫くは汝の友人に譲歩せよ、寛大さにより、友は絆を快く保てるから。」参照。
(69)「イザヤ書」2：4参照。
(70)聖母マリアが人生の終りに、肉体と霊魂を伴い天国に昇天させられたというカトリック教会の信仰と、その出来事を記念する祝日（8月15日）。
(71)「箴言」12：7、及び25：21-2、
(72)ノルマン朝イングランドの第二代国王で（在位一〇八七年－一一〇〇年）。ウィリアム一世とフランドル伯ボードゥアン五世の娘マチルダの三男で顔や髭が赤かったため赭顔王と呼ばれた。
(73)聖アンセルムはベネディクト会修道士の神学者。カンタベリーの大司教（1093-1109）の聖務に就いたカトリック教会の高位聖職者。スコラ学の創始者として、カトリック神学に多大な影響を及ぼした。
(74)「詩編」91：6参照。
(75)ヴェクサンの歴史的な首都で、その設立はローマ時代に遡る。フランス中央部でイル・ド・フランスの地域圏に位置する。
(76)ケント州トンブリッジ生まれのアングロ・ノルマン系の貴族で、イングランド王ウィリアム赭顔王の謀殺に関わったことで悪名が高い。

(77) ノルマン人修道士で、所謂一〇六六年の「ノルマンの征服」後にイングランドにやって来た。彼は一〇七五年にロチェスターの司教に任命され、在位は彼の死の一一〇八年まで続いた。
(78)「詩編」45:2、及び「ルカによる福音書」1:32参照。
(79)「詩編」86:5参照。
(80)「哀歌」4:1参照。
(81) イングランド南部のハンプシャに位置する古代都市で、ゴシックの大聖堂の所在地で、後のアルフレッド大王の所縁の街でもある。
(82) イングランド南西部のデヴォン州に位置する街。
(83) 身元不詳。
(84) ノルマン人であるジェラルドは最初フランスのルーアンの助祭長であったが、イングランド王ウィリアム二世赭顔王によって一〇九六年にヘレフォードの司教職を与えられた。また、彼はヴィリアム親子王の二代に亘ってイングランドの大法官の職を任じられて、遂に一一〇〇年にヨーク大司教となった。彼は赭顔王が狩猟中に亡くなった時に、王の狩猟の一行に随行していたとされる。
(85) アングロ・サクソンのイングランドに於いてウスターの司教、さらに一〇六〇年にヨークの大司教に選任された人物。
(86) イングランド北東部に位置する都市。ダラム城と聖カスバートの聖遺品を納める大聖堂が有名である。
(87) イングランド中北部のノッティンガムシアに位置する街で、英国聖公会の司教座であるサウスウェル大会堂で知られる。
(88) 上記註(44)を参照。

(89) スコットランドの中部・東部低地一帯を占める地域。
(90) フランス北西部の所謂低地ノルマンディ地域の村で、中世にはイングランドへ渡るための主要な出航地であった。一〇六六年にノルマン軍はここからヘイスティングの戦いに向かった。
(91) (1086-1125) 父王ハインリヒ四世の次男として生まれ、ドイツ王並びに神聖ローマ皇帝(在位：一一一一年－一一二五年)。ザーリアー朝第四代で最後の王となった。
(92) (1102-1167) イングランド王ヘンリー一世の娘として生まれ、一一一四年に神聖ローマ皇帝ハインリヒ五世と結婚する。マティルダの兄の死亡によって、彼女はヘンリー一世の唯一の正当な後継者となる。彼女の夫神聖ローマ皇帝ハインリヒ五世が一一二五年に亡くなると、ヘンリー一世は彼女をイングランドに呼び戻して、諸侯らに自分の後継者として彼女を認めることを迫る。一一二八年に彼女はアンジュ伯ジョフロワと結婚して、間に三人の息子らを儲ける。しかし、ヘンリー一世が一一三五年に亡くなると、彼女の従兄弟ブロワのスティーブンが即座に自ら王として戴冠する。教会や大抵の諸侯らはスティーブンを支持したが、彼女の異母兄弟グロスター伯ロバートやスコットランドのディヴッドは彼女の主張を支持して、彼女とロバートは一一三九年にアランデルに上陸して、イングランドは内戦状態に陥った。
(93) (c.1090-1147) イングランド王ヘンリー一世の庶子。ノルマンディーのカーンで生まれたのでロベール・ド・カーンとも呼ばれる。彼はグロスターの領主ロバート・フィッツハモンの娘メーベル・オヴ・グロスターと結婚してグロスター伯の爵位を得る。
(94) ヘレフォードの第一伯爵ミロはグロスターの世襲城代のグロスター・オヴ・ウォルタの息子で後継者であり、更に妻ベルタの関係によるグロスターの州長官でもある。
(95) イングランドの南東に位置するケント州のスウェイルに位置する市場町で地方行政区域。

(96) エレアノール・ダキテーヌとフランス王ルイ七世の結婚は血族関係を理由に一一五二年に解消された。両者の間には性格上の隔たりも大きく数年に亘って諍いがあったのは事実であるが、彼女の第二の番目の夫となるイングランド王ヘンリー二世の意向がこの離婚に影響があったかは詳らかでない。
(97)「マタイによる福音書」26：75、及び「ルカによる福音書」22：62参照。
(98)「マタイよる福音書」6：3-4参照。
(99) エジプト・シリアのスルタン（1137/8-93）で、エジプトのアイユーブ朝の開祖。ヨーロッパでは十字軍で苦戦を強いられたことで知られる。
(100) イスラエル北西部の地中海に臨む港町で十字軍の激戦地であった。
(101) 現在のフランス北部のオワズ（Oise）県にある町。
(102) レバノン内部の地中海沿岸の街で、古代フェニキザアの港湾都市。
(103) 第四次十字軍の指導者の一人で、一二〇四年に「テッサロニキ王」の称号を継承して、アテネを無血開城させて獲得する功勲を立てた。
(104)「ヨハネよる福音書」21：18参照。
(105) フランスのセーヌ・マリティム（Seine-Maritime）のタンカルヴィルに生まれたノルマンディーの世襲家令（1072-1129）。
(106) フランス北西部のノルマンディーの都市。
(107) オウィディウス『変身物語』*Metamorphoses* xiii.1. 'Consedere duces et vulgi stante eorona'「諸侯らが座って、民衆らはその周りに輪座した」参照。
(108) ウィリアム・フィッツラルフ（William FitzRalph）は一一七八－一二〇〇まで執事を務めた。

(109) トルコ生まれのドラゴン退治で有名な古代ローマ末期の殉教者。イングランドの守護聖人。セント・ジョージ・クロスとは白地に赤い十字を表わす。

(110) ニコメディアのバルバラとも呼ばれて、建築家、石工、消防士、鉱夫や囚人の守護聖人。棕櫚の枝、孔雀の羽根、剣、聖杯等がそのアトリブートとして描かれる。

(111) ソールズベリー伯パトリックはギ・ド・ルジニャン（Guy de Lusignan）が率いる一人のポワトゥ人の奇襲によって一一六八年に殺害された。

(112) オウィディウス『恋愛術』*Ars amatoria* ii.13. 'Non minor est virtus quam querere partatueri.'「堅守するは攻撃するに劣らず勇気がいる」参照。

(113) 彼は王の世襲執事でヘンリー一世の寡婦アデリザと結婚して、一一三九年頃にイングランド南部の地アランデルの伯爵に爵位を受けた。

(114)「ヨハネによる福音書」21：24参照。

(115) ジェフリーの母親の名を「ヒケナイ」'Hikenai' または「イケナイ」'Ykenai' と名指したのはマップが唯一の作家とされる。

(116) 殉教者カンタベリー大司教トマス・ベケットの後継者であり、ドーヴァーのリチャードとも呼ばれる。

(117) イングランドの北へアフォードシアのバルドックの北へ約四マイル程に位置する村落である。

(118)「エフェソの信徒への手紙」5：1参照。

(119) アングロ・ノルマン系の人物で、彼は先ずイングランド王ヘンリー二世の治世に王室に出仕した。その後、オックスフォードの助祭長の後に、リンカンの司教とフランスのルーアンの大司教を務めて一二〇七年に歿した。

(120) 紀元二三四年にフェニキア人の両親の間にテゥロスで生まれた。彼はアテネに遊学して、カッシオス・ロンギノスに師事して文法・修辞学を学んだ。後にローマへ赴き、新プラトン主義者のプロティヌスに魅せられ、ネオプラトニズムの研究に専念する。彼は師プロティヌスの著作『エンネアデス』を編纂し発表した。彼の主著の論理学の手引き書『エイサゴーゲー』のラテン語訳は中世を通じ論理学の氷人的な教科書として用いられた。

(121) マクロビウスは五世紀初頭に活躍したローマの著述家で、主な作品には古代ローマのサトゥルヌス神に因む『サトゥルヌス祭』*Saturnalia* や中世後期に所謂「プラトニズム」の重要なソースとなる『スキピオの夢に関する注釈』*Commentariorum in Somnium Scipionis* 等がある。以下マクロビウスの主張に関しては後者の著書 i.10.9-12. 参照。

(122)「ハバクク書」3：8参照。

(123) 地獄の三途の川の渡し守で、その番犬はケルベルスと呼ばれる。

(124) 第一部［註］(17) 参照。

(125) 第一部［註］(19) 参照。

(126)「エゼキエル書」36：26 'et auferam cor lapideum de carne uestra, et dabo uobis cor carnem'.「わたしはお前たちの体から石の心を取り除き、肉の心を与える。」参照。

(127) 第一部［註］(21) 参照。

(128) 第一部［註］(22) 参照。

(129)「詩編」1：1参照。

(130) 第一部［註］(23) 参照。

(131) シチリア島の沖合にある渦巻で船を飲み込む航海の難所と言われる。
(132)「ヨハネによる福音書」4：13
(133)「詩編」59：6参照。
(134) 第一部［註］(26) 参照。
(135) 第一部［註］(27) 参照。
(136) 第一部［註］(28) 参照。
(137) ローマ神話で冥界の神。ギリシャ神話のプルートに当たる。
(138) ボエティウス『哲学の慰め』*Consolatio philosophiae* iii.met.9.3. 'stabilisque manens dat cunta moueri.'「つねに不動を保って、彼女（財布嬢）は万人を動かせる」参照。
(139) 第一部の註（38）を参照。
(140) スペインの中央部であるカスティーリア＝ラ・マンチャ地方の都市で、かつての西ゴート王国の首都であった。中世時代にはイスラム教、ユダヤ教、キリスト教のそれぞれの文化が交錯した地である。タホ川に囲まれた旧市街には街を象徴する大聖堂があり、またギリシア人画家エル・グレコが活躍したことでも知られる。
(141) ナヴァルスペイン北西部に位置する地域で、バスク、アラゴン、フランスのアキテーヌ接する。かつてはナバラ王国がピレネー山脈を挟んでこの地を支配していた。
(142) ヘンリー二世は中世イベリア半島のカスティリャ王国の王とフランス南西部及びスペイン北部にまたがるピレネー山脈西部のナヴァール王国の王の間の紛争を一一七七年に仲裁した。
(143)「ルカによる福音書」22：25参照。

(144) ホラティウス『書簡詩』*Epistulae* i.1.66 参照。
(145) ホラティウス『書簡詩』*Epistulae* i.6.44-6. 参照。
(146)「詩編」9：4参照。

〈付〉中世ラテン世俗詩——**司教ゴリアスの変身譜**

〈ウォルター・マップ[1]〉

太陽は白羊宮を過ぎ金牛宮へと忍び入り[2]、
　大地は一面に花々で新たに彩るころ、
　今しがた蕾のほころぶ松の木陰で、
　わたしは疲れた四肢を眠りでしばし癒した。

わたしは小枝がすっかり繁茂しはじめた
　とある森へと踏み入ったようである。
　ここでは冬の寒さが損なうことも、
　その優美な姿を妨げることもない。

森の奥には微風《そよかぜ》がそよぎ発《た》ち、
　森は風のそよぎにしきりに共鳴していた。

そこでは荒々しい葉ずれの音が木霊《こだま》したが、
すべてが甘美な音色を響かせていた。

小枝の中央には、
若葉が繁りさながら多くの鼓《つづみ》となって、
心地よく美しい旋律を響かせ、
白鳥の今際《いまわ》の歌よりさらに甘美である。

三長一短格、六拍子、二重和合から、
転調が共鳴し唱和が起こり、
ヘリコン山の詩の女神《ムーサエ》の調べにも似て、
森全体が一斉に共鳴する。

小枝の中心を風が揺《ゆ》り動かし、
絶え間なくそよいで小枝をうち震《ふる》わすと、
完全四度音程と五度音程の弦を響かせ、
その間に半音を組み合わせた。

しかし、森の隆起したところでは、
さらに甲高い響き声が木霊した、
高地から低地へと応唱するように、
二つの声は互いに共鳴していた。

30

ここでは甘美に囀《さえず》る小鳥たちの声が聞こえると、
森は彼らの嘆きの声に鳴り響いた。
しかし、多様に調和するその声は
七つの惑星の秩序を予表する。

森の真ん中には広い野原が伸び広がり、
菫やその他の花々で色鮮やかに輝いていた。
その花々の芳しい馨りを嗅ぐと、
わたしは生まれ変わった心地がした。

そこには柱石の聳える王宮が立ち、

その土台は堅固な碧玉で支えられ、
その壁は光沢ある碧《あお》い色で、屋根には金箔が塗られて、
内と外には絵が一面に描かれていた。
わたしはこれらの絵を見て、
それらの浮彫細工は神秘的に思った。
鍛冶師ウォルカーヌスが特殊な技《わざ》でこれらを鋳造した、
すべてが含意的で、すべてが比喩として。
ここにはヘリコン山の九人の姉妹《ムーサエ》らと、
天界の全軌道(3)が描かれていた。
これらと共にアドニスの運命と
軍神マルスと愛の女神ウェヌスの鎖が見えた。
ここは全宇宙の宮殿であって、
万象の典型とそれから創った事象を含む。
被造物を支配する至高の造物主がこれらを

創造し、神の善の命令により配剤された。
内側からは様々な佳《よ》き調べが聞こえて、
さながら女神たちが集っているかと思えた。
あらゆる楽器が独自の音色を奏でて、
歓びを言い表していたからである。

そこに響き豊かな声音《こわね》を聞いたのは、
万物の釣り合いのとれた調和である。
そこではどんな楽器も共鳴するように、
万物の斉唱も同様である。

廷内には王が高御座《たかみくら》にいるのが見えて、
慣わしで　王は笏に凭《もた》れていた。
そして、王妃が傍らに侍っていた。
こうして王と王妃が膝下のものらを治めていた。

王は万物固有の熱気を象徴する、
さらに王はそれ以外をも暗示する。
王妃は造化のすべてを司《つかさど》り、
大地を肥沃にして、樹木に実を稔らせる。

70
処女パラスは王の頭頂から出て、
王はパラスを強力な結び目で傍らに縛った。
彼女は顔をベールで完全に隠し、
おのれの入会者にしかそのベールを脱がない。

彼女は至高なる存在の心、神性の心であり、
彼女は自然の掟と運命に従い支配する。
彼女は不可解なる神性の存在、
われらのちっぽけな境遇の隘路《あいろ》を逃れるゆえに。

天界の使者メルクリウスが見えて、
彼は例の神性パラスの左手にいる。

頬を赤く染める花婿らしく深紅色の衣裳を身に纏い、
彼の顔は柔毛《やわげ》で少し翳《かげ》っていた。
彼が天界の使者たるを、わたしは多くの人びとが
愛の絆で結び合うのを雄弁に暗示したい。
彼の顔が柔毛で翳ると言うが、
かくも巧みに言葉を彩るべきである。

彼の花嫁は神々の系統を継ぎ、
衣裳は一部玻璃《はり》色の白絹で、
顔容《かんばせ》は熱気も溶かせず冷気も損なえず、
朝露に濡れる薔薇の花より赤く輝いている。

言葉は叡知と結ばれなければ、
放埓で無力な放浪者と見なされる。
そして殆ど無益であるゆえ、あまり前進しない、
水夫《かこ》なき舟が操舵されるように。

分別《フロネンシィス》は叡知を彼女の特別な贈物として与え、
婚縁の日、神々の集会で、
彼女は処女の頭上に花冠を飾り、
宮殿《ドムス》のなかは宝石の煌めきで光り輝く。

100

花冠は深慮を意味する、
行動に慎重を期すためである。
花冠の真ん中の宝石は理性を暗示し、
その務めはあらゆる行動に優先すること。

天空の太陽は頭上に花冠を戴き、
そこから無数の光線を四方《よも》に放射する。
ここには神秘は潜《ひそ》まず未知なるものなく、
これが意味するは洵《まこと》に明白である。

彼の顔は千の異なる姿形をして、

頭上の王冠は燦然と光り輝く。
これこそ世界の眼、日々の原因、
生命の息吹で、万物を育むもの。

神の前に万物の元素に満ち溢れる
四つの壺が立っていた。
それらは異なる種の銅に似ていて、
これこそが一年の四季を表わす。

ヘリコン山の住人たちは自らの楽器を携《たずさ》える、
この歓びを完璧に補うために。
そして、楽器を奏で、神秘の印《しるし》を示す
これらの秘跡に拍手喝采を送る。

九人には順序があり、九人は歌い、
九人は新しい竪琴《リュラ》を手に持って、
様々な弦を指で爪弾いていた。

しかし、彼らの合奏は完全に調和した。
それらが表わすことは容易に解《わ》かる——
あの善なる造物主は九つの天球を創った[4]——
八つの天球は共鳴し合い、九つ目は沈黙する、
音は運動なくして鳴り響かないゆえに。[5]
それらは造物主の〈魂《プシュケ》〉への贈物かもしれない、
〈魂〉はそれを体に巻きつけ、身に纏って、
それらの像《イマーゴ》をわが身に烙印する、
肉体の脆い住居《すまい》に降下するときに。
三人の乙女らがユピテルの傍に座り、
彼に向って、互いに指を絡ませじっと立っていた。
彼女らの身体と顔は反対の方を向いて、
三人はそれぞれ至高の神の末裔である。

〈寛大さ〉は神の贈物と見なされる。
ものを施されたら　即座に返礼し、
しっかりと記憶に留めるがよい、
贈物が一つなら、倍にして返すためにも。

140

今やタンブリンの甲高い音で喧騒が轟《とどろ》いた。
シレヌスが森の神サチュロスの一群を率いる。
彼は酩酊してよろめいて、輪舞を先導し、
神々の一人一人の哄笑《わらい》をさそった。

ウェヌスはこれらの群衆を治めている。
ある者はウェヌスを崇拝し、ある者は奉仕している。
いつものように、息子クピドーは彼女に随伴し、
少年の姿は裸で盲目、翼で飛び廻る。

彼が裸なのは、意志を抑えられないため、
盲目なのは、理性が彼を鎮められないため。

少年なのは、気紛れであるため、
　翼あるのは、一箇所に留まらないため。
彼が振り回す投げ槍は黄金で作られ、
　その先端はわずかに曲がる。
　避けえない槍、恐怖の槍、
　この槍で刺された者は貞節を棄《す》てるため。

パラスだけがウェヌスと相争い、
　力一杯最悪のかぎりを尽くす。
　パラスはウェヌスの歓びを拒む、
　ウェヌスは貞淑を伴わないゆえ。

ここでは様々な人びとが戦い、生き方も色々、
　彼らはいつも慣わしを捨て難いから。
　パラスやアフロディテがより尊かろうが、
　なおも疑い迷い相争っている。

〈魂《プシュケ》〉はクピドーの抱擁に囚われて(6)、
　軍神マルスは妻ネレウス(7)への激情で身を焼き、
ヤヌスはアルギュオ(8)との別れを恐れて、
彼らの子孫〈先見《プロノエス》〉だけが愛するにふさわしい。
〈魂《プシュケ》〉は肉の誘惑に捉えられ、
〈運命《ソルス》〉は軍神マルスのなかで動揺し、ネレウスは漂泊する。
造物主は自らの作品を大いに誇って、
未来に起こることは神のみぞ知り給う。

170
哲学者たちがそこにいた。ターレス(9)は濡れて立ち、
　クリュシッポス(10)は数と伴《とも》に、ゼノン(11)は重さを計り、
ヘラクレイトス(12)は燃え上がり、ペルディクス(13)はコンパスで円を描き、
あのサモス島の人(14)は万物を比例していた。
キケロが人の関与を立証し、プラトンは命題を解析していた。

アピウス[15]が諌止すると、カトー[16]は説得していた。
アルケラウス[17]は至るところに遍在する
虚空を愚かにも算定していた。

ヒソプルスは彼のケタ[18]を連れだって、
プロペリトゥスはキュンティア[19]、ティブルスはデリア[20]
トゥリウスはテレンティア[21]、カトゥルスはレスビア[22]を伴っていた。
詩人らは自分の愛する女人《ひと》とここに集っていた。

婦人はそれぞれ愛する男の火焔であり火花である。
その火の粉《こ》はカルプルニアのためプリニウス[23]を焚きつけ、
愛するプデンティッラのためアプレイウス[24]を焼け焦がして、
ここそこで、愛する女人《ひと》はその愛人らを抱擁している。

彼らは様々な韻律で、多彩な詩歌を創り、
滑らかで優雅な詩歌をすらすらと紡ぎ出す、
ある人は十一音節で、またある人は繰り返す韻律で。

彼らの歌う詩歌はいずれも優雅で、野卑なところは微塵もない。
ここにはあのシャルトルの博士[25]もいて、
彼の激しい舌鋒は剣さながら切り捨てる。
司教の中の司教ポワティエのペトルス[26]もいて、
彼はかつて結婚する人びとの騎士にして城代であった。

これらや他の人びとの間に混じり遠く離れて、
プティ・ポンの住人師アダム[27]がいて、実を言うと、
彼は指をＩの字に突き立てて討論していて、
彼の議論はそれ自体すべて明白に分った。

われわれはロンバルディアのかの有名な神学者[28]を見た、
彼はイヴォ[29]、ヘリアス・ペトルス[30]とベルナルドゥス[31]と一緒で、
彼らの言葉はバルサム樹、甘松であり、
彼らは皆アベラルドゥス[32]の熱愛者である。

修道士レギナルドゥス[33]は大声で論争して、
一人ずつ絶妙な言葉で遣り込めていた。
彼は次々と皆に反駁して、思案に暮れなかった。
彼こそはわれらがポルフュリウス[34]を罠で捕らえた。

清廉な心の主たる神学者ロベルトゥス[35]
がいて、誰にも劣らぬマネリウス[36]もいた。
彼は精神の気高い、慎重な口調でものを言い、
彼より繊細な人はこの世に誰もいない。

ここには鋭い容貌のバルトロモイウス[37]もいて、
彼は修辞学者、弁証家で言葉が巧妙である。
つまらぬ人びとで、わたしが省いた連中と共に、
彼に続きロベルトゥス・アミクラス[38]がいた。

花嫁は彼女の廷臣《パラティヌス》パレの人[39]を、
その神聖なる精神が万人を凌駕する彼《か》の人はどこかと捜し求めた。

彼女は巡礼者さながら彼《か》の人がなぜに退避するか、
自からの乳房と胸で抱きしめた彼《か》の人を捜し求めた。

220

哲学者に教育された輩《やから》が大声で喚いている、
修道士のフード付き外衣を纏った修道士らの指導者が。
そして玉葱のように三枚下着を身につけて、
かくも偉大な予言者に沈黙を押しつける。

これぞ品性の悪しき連中、地獄落ちの輩で、
不信心で最悪のエジプト王《ファラオ》、
外面は宗教に見せかけて、
迷信の小さな火花が潜《ひそ》んでいるのだ。

屑のような連中、この無知なる奴ら、
その精神の欲望は際限を知らない。
ゆえに、彼らを逃れて避けるがよい、
そして「否や然り」を、彼奴《きゃつ》らには答えぬがよい。

神々はこの連中に審判を下して、判決が出よう——
　彼らは集会から追放されて、
哲学の奥義を聞かずに、
汚物のような職人技に限るがよい。

かくも偉大な法廷の刑罰規定でどんな判決が下されようと、
無効とせず、妥当と見なされるべし。
よって、修道士の連中は無視されて、
哲学の講義から追放され給え。[40]——アーメン。

［註］

（1）ウォルター・マップを〈　〉付で記したのは、十九世紀に至るまで所謂「ゴリアス」詩集と呼ばれる中世の放浪学僧らによってラテン語で詠まれた一群の詩篇はウォルター・マップのものに帰せられて来たためである。現在ではウォルター・マップの唯一の作品は『宮廷人の閑話』*De Nugis Curialium* であることが実証されている。この詩は Thomas Wright（ed.）*The Latin Poems Commonly Attributed to Walter Mapes.* Printed for The Camden Society,1841 版の pp.21-30 からの引用である。

（2）いわゆる黄道十二宮の一つで、太陽が運行して「金牛宮」に入るとは五月の時節を表わし、中世の詩人たちにはヨーロッパに初夏を告げる、一年中で最も歓喜に満ちた季節と意味する。

（3）原文の'circulos'とは天球を帯状に取り巻く十一の円弧の軌道を表わす。その一つが'candens Circus'「銀河」であって、これは徳行の報いと祝福された人びとの集会の場であり、光り輝く星々の間で一際目を見張るような光彩を放つものと言われる。マクロビウスの *Commentarium in Somnium Scipionis*『スキピオの夢の註解』i.15.1-2. を参照。

（4）九つの天球とは太陽系外の天球と、当時知られていた七つの惑星と地球を含む。「従って、全宇宙の天体は九つである。最初は「星を持つもの《ステッリフェラ》」と、その名に相応しく命名された天球であり、ギリシャ人には'aplanes'と呼ばれたが、この意味は「他の全てを包含する」を意味する。これは常に東から西に回転する。しかるに、より低い七つの天球で、道を逸れた天球を呼ぶものは西から東に回転し、九番目の地球は不動である。よって、八つの天球が回転する」マクロビウスの上掲書 ii.4.8. を参照。G・チョーサーも初期の作品『鳥の議会』*The Parliament of Fowls* の中でこう述べている。「それからアフリカヌスはスキピオに、ここに存在する地球は、天の大きさに比べて小さいことを示して、次に九つの天球を見せた。その後、スキピオは（天球の）メロディを聞いた」（ll.57-60.）を参照。

（5）中世時代には宇宙の中心に存在して不動と考えられた「地球」を指す。

（6）L・アプレイウス、『黄金の驢馬』*Asinus Aureus* の第四巻で語られるクピドーとプシュケーの話に言及している。

（7）ラテン民族の寓話によれば、「ネリア」Neria または「ネリエネス」Nerienes は軍神マルスの妻であった。恐らく古代ローマの喜劇作家プラウトゥスの娼婦と顧客の男らを極めて冷笑的に扱った作品『無骨者』*Truculentus* の第二幕六場：'Mars peregre adveniens salutat Nerienem /Uxorem suam'「マルスは遠くから近付いてきて彼の妻ネリエスに挨拶をした」を念頭に置いていたであろう。この章句はアウルス・ゲッリウスの『アティカの夜』*Noctes Atticae* xiii.22 に引用されている。詩人はこれら二人の作家からマルスと妻ネリエネスの情報を集めたと推測される。これはプラウトゥスが十二～十三世紀に於いても読まれていた証拠となる。

（8）「アルギュオ」'Argyo' の名は不詳。

（9）ソクラテス以前のフェニキア生まれの哲学者で、ミレトス学派の始祖。測量術や天文学に通じて、日蝕の予言や、地に落ちた影からピラミッドの高さを量ったと言われる。また、彼は万物の根源を水と考えた。

（10）紀元前二八〇－二〇七年のギリシャのストア派の哲学者。アテネでストア派第二代の学頭クレアンテスに学び、第三代の学頭となる。その浩瀚な著作は断片のみ伝存する。また、ホラティウス『諷刺詩』*Saturae* iii と iv でも言及されている。

（11）ゼノン（エレア派）は古代ギリシアの自然哲学者で、南イタリアのエレアで紀元前五世紀に生まれた。彼はパルメニデスの弟子で弁証法の創始者と言われる。また、別人のキプロス島生まれのストア派のゼノンがいる。彼はキュニコス派やアカデメア派の影響を受けて、自然学、論理学、倫理学という哲学の三分法を設定し、また快や不快によって心の平安を奪われないストア派倫理学を創始したと言われる。

（12）紀元前五三五年頃－四七五年頃の火を万物の原理（根本物質）としたエフェソス生まれのミレトス派のギリシャの哲学者。'Eraclitus [mundum affirmat esse]ex igne ; unde Varro ignem mundi animum dicit,'「ヘラクレイトスは（世界は火で存在すると主張する）」ゆえに、（ローマの代表的教養人）ウァロ（Varro）は火が世界の精神であると言う」及び、イシドルス『語原論』*Etymologiae* viii.7. 'De poetis'「詩人について」を参照。

(13) ペルディクス（Perdix）は伝説によると、アテナイの名工匠ダイダルスの甥で鋸とコンパスを発明したと言われる。'Dicitur Perdix sororis Daedali filius invenisse *circinum et serram.*'「ダイダルスの娘の倅ペルディクスはコンパスと鋸を発明したと言われる」（Serv.in Georg.i.143）参照。十四世紀のイングランドの詩人ジョン・リドゲート（John Lydgate）の短詩にも 'Perdix by compas fonde tryangle and lyne.'「ペルディクスはコンパスで三角と線を発見した」（Minor Poems,ed.Halliwell,p.88）参照。ペルディクスの伝説に関しては、オヴィディウス『変身物語』*Metamorphoses* viii.236,et seq. 参照。

(14) 'Samius'「サモス島の人」の謂いから、ここではピュタゴラスを示す。

(15) 恐らくローマ人がギリシャ北西部の国エピルス（Epirus；現在のアルバニア）王のピュルス（Pyrrhus）との和平を諫止した雄弁家のアッピウス・クラウディウス・コイクス（Appius Claudius Coecus）とされる。

(16) この「カトー」とはその名声が中世時代に高かった文法学者ヴァレリウス・カトー（Vallerius Cato）とされる。

(17) 古代ギリシャのアテナイの哲学者アルケラウス（Archelaus）のこと。

(18) 不詳。

(19) 古代ローマのエレギア詩人プロペルティウス（紀元前48-16頃）は彼の多くの詩を恋人のキュンティア（Cynthia ＝処女神ディアーナ（Diana の女神）に捧げた。彼女の実名はホスティア（＝'Hostia'「犠牲の牝獣」）と呼ばれたそうである。

(20) デリア（Delia）は古代ローマの抒情詩人アルビウス・ティブルスの最も寵愛した情婦で、彼の大部分のエレギア詩は彼女宛てに作られた。

(21) トゥリウス(Tullius)はキケロのことで、テレンティア(Terentia)は彼の愛妻のこと。

(22) 紀元前一世紀中葉頃の古代ローマの著名な抒情詩人カトゥルスは恋人の名前レスビア(Lesbia)をその詩の中で繰り返し'mea lesbia'「わがレスビア」'nostra Lesbia'「われらがレスビア」'mea vita'「わが生命《いのち》」と詠っているは読者には馴染みである。

(23) カルプルニア(Carpurnia)は『書簡集』*Epistulae* や『トラヤヌス帝賛辞』などの作者である小プリニウス(Plinius Minor:紀元62-113)二番目の妻で、上掲『書簡集』の三通の愛情の溢れる表現に満ちた手紙が彼女に宛てられている。

(24) アイミリア・プデンティッラ(Aemilia Pudentilla)は上述した『黄金の驢馬』(Asinus Aureus)の作者アプレイウスの妻である。この結婚に怒った彼女は親族一同がアプレイウスが魔法によって彼女の愛情を手に入れたと告訴したが、ペトロニウスはこれに対して弁護し、それが『弁解』*Apologia* の主題となって彼の作品に伝存される。

(25)「シャルトルの博士」とは、イヴォ・オブ・シャルトル(Ivo of Chartres)を指し、彼は当代有数の知識人でシャルトルの司教(1090-1117)でもあった。

(26)「ポワティエの司教」とはスコラ学派ペトルス・ロンバルドゥスの子弟である「ポワティエのペトルス」を指し、彼の名声はスコラ学派の中では師に優るとも劣らなかった。彼は一二〇一年にパリの大司教となり、一二〇五年に亡くなった。

(27)「プティ・ポンの住人」とはイングランド生まれの「プティ・ポンのアダム」(Adam du Petit-Pont)を指す。彼の名前は彼がパリのプティ・ポンに開いた「文法」と「弁証法」の学校に由来する。彼は後にパリのノートルダムの参事会員となり、遂にはセント・アサフ（St.Asaph）の司教職に就いた。彼の書『論究術』*Ars Disserendi* は中世の諸学校では長く人気があった。
（28）「ロンバルディアの神学者」とは上述のペトルス・ロンバルドゥスを指し、彼はスコラ学派哲学史の中で最も有名な人の一人である。
（29）この「イヴォ」なる人物は一一七四年にトゥール（Tours）の司教を指すとされる。
（30）「ペトルス・エリアス」は十一世紀の著名な文法学者で、六世紀のコンスタンティノープルのラテン語文法家プリスキアヌス（Priscianus）に関する註釈を書いている。
（31）「ベルナルドゥス」は神秘主義者でシトー派の修道士クレルボーのベルナールを指す。
（32）中世フランスの論理学者、神学者で、「唯名論」学派の創始者。弁証法の騎士として、後のスコラ学派の基礎を築いた。才媛エロイーズとの往復書簡に見られるラブ・ロマンスは夙に有名である。
（33）「修道士レギナルドゥス」とは詳らかでないが、十二世紀初頭の著名なラテン語詩人兼学者であったカンタベリーのレギナルドゥスを指すものとされる。
（34）テュロス生まれのフェニキア人で新プラトン主義の哲学者。彼は師プロティノスの『エンネアデス』を編纂・発表した。彼自身の主著には論理学と哲学の手引き書『エイサゴーゲ』があり、そのラテン語訳は中世を通じて論理学の教科書として援用された。また、彼の『ユークリッド原論』の註釈も中世には大いに利用された。
（35）この「神学者ロベルトゥス」は特定が不可能とされる。
（36）不詳。
（37）一一六一－一一八四年まで司教であったエクスターのバルトロモイウスとされる。

（38）十二世紀のイギリス生まれの神学者で、「アミクラス」とは「貧者」を意味する綽名とされる。後にローマカトリックの枢機卿に就いた。
（39）ペトルス・アベラルドゥスへの言及。「ゴリアス」と「アベラルドゥス」との関係については、John F.Benton が 'Philology's Search for Abelard in The Metamorphosis Goliae' という標題で *SPECULUM* Vol.L. No.2. 1975,4 月号で論じているので参照のこと。
（40）この詩は既に述べたように、修道士らのパリ大学への蚕食（侵略）に言及していると思われる。この辺の事情に関しては、新倉俊一の名著『ヨーロッパ中世人の世界』所収の「中世の知識人――アベラールとその後裔たち」に詳しいので参照のこと。

訳者あとがき――解説にかえて――

翻訳の底本としM.R.James（ed.）*Walter Map De Nugis Curialium.* Clarendon Press, Oxford,1914. に依拠した。またF.Tupper, & M.B.Ogle（tr.）*Master Walter Map's Book De Nugis Curialium*（*Courtiers' Trifles*）Chatto & Windus, London, 1942., 及びM.R. James（ed.&tr.）C.N.L.Brooke & R.A.B.Mynors（rev.）*Walter Map De Nugis Curialium:Courtiers' Trifles.* Clarendon Press, Oxford,1983. を随時参照した。

ウォルター・マップは本書第二部第二〇話の冒頭で、'Compatoriote nostri Walenses,'「わが同胞ウェールズ人らは～」とか、同じく第二部第二三話では、'marichio sum Walensibus'「わたしはウェールズとの国境近くに住んでいる」と自ら述べているように、彼は一一四〇年頃にイングランド西部のヘレフォードに生まれた。そして、彼はイングランドを自らの'mater'「母」、ウェールズ人を「同胞」と呼んでいる。また、彼の姓'Map'とはウェルーズ語で「～の息子」を意味するもので、これは彼の綽名とする一説もある。

彼は先ずイングランド中南西部のグロスターのセント・ピーター大修道院で教育を受け、一一六〇年頃アングロ・フレンチ系の教会法学者で聖職者、またコヴェントリ司祭を務めたジェラール・ラ・ピュスル（Gerard la Pucell）が教鞭を執っていたパリ大学で教会法や神学を学び、聖職者の叙階を受ける。同じ頃彼はカンタベリー大司教トマス・ベケットの知遇をえる。さらに彼はヘレフォード司教で、後にロンドン司教となったギルバート・フォリオット（Girbert Foliot）に仕え、またイングランド王ヘンリー二世の廷臣として王の寵遇を享けて王の宮廷と巡行を共にしてイングランドやヨーロッパ諸国を広く旅をする。この頃同じくヘンリー二世の廷臣で王の礼拝堂付き司祭となったノルマン系ウェールズ人で、『アイルランド地誌』*Topographia Hibernica* や『ウェールズ旅行記』*Itinerarium Kambriae* 等の著者ギラルドゥス・カンブレンシスと親交を持った。さらにウォルター・マップはウェールズと西ミッドランドの王の巡回判事として仕える。本書の第一部三一話「異端派ワルド派について」に記されように、彼はフランス王ルイ七世のパリへ勅使として遣わされ、さらには一一七九年の第三回ラテラノ公会議出席のため、教皇アレクサンデル三世の許ローマへ王の名代として派遣された。彼はこの旅の途上でフランス王ルイ七世とアリエノール・ダキテーヌの娘マリ・ド・シャンパーニュの夫で、第二次十字軍遠征へ向かうシャンパーニュ伯アンリ一世のトロワの宮廷に逗留している。W・マップはその公会議で出会ったワルド派の代表者らを彼の辛辣な舌鋒で「単純で無教養な奴ら」と誹謗している。その後彼はロンドンのセント・ポール大寺院の司教座聖堂参事会員となり、さらに一一九六年にオックスフォードの助祭長の聖職位に就いた。彼は一二〇九年頃に歿した。

W・マップは生涯「機知《ウィット》に富む才人」の誉れ高い人物であったようだ。廷臣W・マップのかかる機知と諷刺の才知を示す好個の逸話《エピソード》がある。それは *Oxford, Copus Christi College,MS 32,fol.95r* の中に十三世紀の筆耕の手で書き込まれた物語の中に含まれる次の挿話である。——‘Quidam clericus regis Henrici diues redditibus sed auarus ait Waltero Map cum ioco, “Magister W (altere), bene portas etatem.” Respondit ille, “Quid est hoc?” et ille, “Bene portare etatem est habere multos annos et non apparere senem.” Respondit ei W.Map, “Hoc modo tu portas redditus .Multos enim habes et parum expendis.”」「裕福になったが貪欲なあるヘンリー王の廷臣が冗談でW・マップに言う。『ウァルテールス殿、貴方は良い年の取り方をしておりますね。』マップが答える。『それはどういう意味ですかな?』すると彼は言う。『良い年の取り方とは多く年齢を重ねても老いて見えないことです。』W・マップは彼に答える。『貴方も同じ方法で裕福になったのですぞ。というのは、沢山の身入りがあっても僅かしか使わないからです。』」ここに機知と諷刺と諧謔の人W・マップの面目躍如たる一面が窺い知れる。

W・マップの旺盛な機知と諷刺精神ゆえからか、十九世紀に至るまで二〇数篇のいわゆる「ゴリアス文書」と呼ばれる教皇をはじめ当時の高位聖職者らの堕落を諷刺・批判した中世ラテン語による諷刺詩篇等(例えば「司教ゴリアスの黙示録」'Apocalypsis Goliae Episcopi'、「ゴリアスの告解」'Confessio Goliae'や、また今回本訳書の付録に付した「司教ゴリアスの変身譜」'Metemorphosis Goliae Episcopi')いわゆる中世ヨーロッパの逸名の放浪学僧らによって詠まれた一連の諷刺詩篇の詩作者に帰せられたり(Cf.Thomas Wright (ed.) *The Latin Poems Commonly Attributed to Walter Mapes,* The Camden Society, 1841.)、さらに十五世紀後半のサー・トマス・マロリーの『アーサー王の死』*Le Morte Darthur* の最も重要な典拠の一つとなる十三世紀初期のフランス語で書かれた五巻本から成る『散文ランスロ物語群』*The Prose Lancelot Cycle*、別名『流布本物語群』*The Vulgate Cycle* とも呼ばれる逸名の著者に帰せられてきた。しかし、今では彼の死の年月日等からこの学説は否定される。現在W・マップの唯一の作品はヘンリー二世の廷臣としてラテン語で書かれたこの『宮廷人の閑話』*De Nugis Curialium*（c.1182）だけであることが学問的に実証されている。しかし、この書の写本は唯一冊（オックスフォード、ボドリアン図書館、MS.Bodley 851）しか伝存しなく、十九世紀以前までは殆ど知られていなかったと言われる。

本書はいわばW・マップという機知と諧謔と諷刺精神に富む宮廷人が物語る一種の宮廷逸話集と言えるもので、全五部から成ってその題材は多岐多様にわたり、彼が仕えるヘンリー二世の宮廷生活や当時の諸修道会や異端派への辛辣な諷刺のほかにも、メリュジーヌ、ワイルド・ハント、吸血鬼《ヴァンパイア》、幽霊譚、幻視譚等々ケルト的民間伝承の驚異譚や、当時の史実とさまざまな出来事に関して、著者自身が諷刺と諧謔をもって話す物語が全部で九十二篇にも上る興味の尽きない話が満載である。

本書の構成の概略は、第一部は宮廷と各修道会と異端派に関する諷刺譚。第二部は主にウェールズに関する超自然的な驚異譚。第三部は友人間の友情や不和、夫婦の不倫や貞節を主題とする四篇の長編物語。第四部は友人へ宛てた「反結婚主義」と「女性嫌悪」を唱える書簡体の説諭と驚異譚。最後の第五部はフランス、イングランド、ウェールズ、デンマーク、ビザンティウム等の現代（当時）の歴史譚等から成る。

この『宮廷人の閑話』第一部は「宮廷」と「地獄」を比較し、いきなりアウグスティヌスの『告白』*Confessiones* xi.25 の時間論をパロディ化して引用し「わたしも同じような戸惑いの気持ちで、自分は宮廷に仕えて宮廷を論じながら、その宮廷の何たるかを、神のみぞ知り、わたし自身は知らない。」と言って本書を始める。著者は新プラトン主義者チュロスのポルフュリオスを始め、ボエティウス、ウェルギリウスの古代詩人たちや豊富なギリシャ神話上の人物らと、さらには聖書から一連の目も眩むような引用を駆使して宮廷生活の本質を映し出し、貪欲にまみれた有為転変の宮廷生活と冥府《ハーデス》の拷問を対比する。こうして、W・マップはこうした宮廷生活の煩雑さがものを書く妨げになると嘆いて、それからの解放の歓びをふと吐露する。たしかに、諷刺家W・マップはここで延々と宮廷生活の諷刺譚を展開するが、その中にも彼特有のある種のユーモアや諧謔性の側面を読み取ることができよう。

次に唐突に、第一部第十一話で本書の驚異譚の中ではよく知られた「ヘルラ王」の話が語られる。これは北欧神話に由来する主神オーディンを統領とする死者あるいは妖精たちの狩猟団が狩猟の道具を携え、馬と猟犬等を伴って空中や大地を疾駆するいわゆる「Wild Hunt」というヨーロッパの多くの国々で古くから伝わる伝説のイングランド版とも言うべき驚異譚である。その内容は古代ブリトン人の王ヘルラが異界の小人の王国の王との約束を守り、彼の結婚式に出席して三日経って現世に戻ってみると、時間は既に二百年も過ぎ去り、ヘルラ王の王国は今やサクソン人の支配下にあることを知る。お土産の小犬が地上に降りる前に馬から下りぬようにと言う小人の王の忠告を破って、王の家臣らが地上に降りると、彼らは雲散霧消した。ヘルラ王は他の家臣らに忠告したが、小犬は馬から降りることはなく、ヘルラ王とその一族郎党は彷徨えるオランダ人さながらに永遠の彷徨者となった。しかし、著者W・マップはここでヘルラ王とその郎党は王ヘンリー二世の治世の最初の年（即ち、一一五四年）にマップの故郷ヘレフォード近隣のワイ川（Wye）に飛び降り、それ以来彼らの姿は見られないと言う。この話はいわばアーヴィングの「リップ・ヴァン・ウィンクル」の中世版、あるいは西洋版浦島物語とも言えよう。しかし、W・マップは彼らの残党（familia Herlethingi）について第四部第十三話で再度扱っている。また、第四部第九話では同じ驚異譚メリュジーヌ伝説を扱っている。歯が大きいことからデカ歯のヘノンと呼ばれる若者はノルマンディーの海岸の近くのとある薄暗い森の中で世にも稀な美貌の乙女が黙って泣いているのに出会った。彼はその美しい姿に心奪われて恋に陥った。互いの約束事を認め合い、彼はわが家へその乙女を連れて帰り、結婚の契りを結び、彼は母親の世話を彼女にさせて、また可愛い子供らを儲けた。母娘共に熱心に教会に通い、慈善奉仕に熱心に励むが、なぜか嫁は聖水の祝別式だけは用心深く避けた。母親は不思議に思いその理由を知るため、嫁の部屋に覗き穴を開けて監視する。すると、彼女は嫁が浴槽に入ろうとすると、美しい女の姿から竜へ変身するのを目撃した。母は吃驚して聖職者を呼び不意に襲って聖水を降り注ぐと、嫁は突然飛び跳ねて屋根を突き破り大きな叫び声を挙げて住み慣れた家を去って行ったと言う。さらにW・マップは死体から蘇えり、夜間眠っている人びとを訪れ生き血を吸う吸血鬼《ヴァンパイア》の亡霊譚を第二部第二七話で語っている。しかも、この『宮廷人の閑話』の吸血鬼の驚異話は記録された最初の話とされる。死者の群れから起き上がったヘレフォードのある「悪人」は夜毎彼の村の路地をさ迷い歩き、病気で三日もすれば死ぬ人びとの名前を大声で呼んでいる。それを聞いたヘレフォード司教ギルバート・フォリオットはこう答えた。「その死体を掘り起し鋤で頭部を切断して、聖水を降り掛け埋め直しせよ。」すると、その亡霊の姿は消えたと言う。

W・マップは新しい修道会（カルトゥジオ修道会、グランモン修道会、テンプル騎士修道会、等々）の急激な数の増大を嘆き、それぞれの修道会は最初の理念は良くとも、結局は堕落して行くさまに苦言を呈する。一例を挙げれば、テンプル騎士修道会の発起の理念は実に神聖であったが、次第に堕落し余りにも好戦的になり、彼らはサラセン人の指導者らのキリスト教徒へ改宗すら実際に反対した。というのは、彼らは戦争が無くなるのを恐れたからである。第一部第十八話で'si pax venerit, quo deueniet gladius ?「もし平和がきたら、剣はどうなるのか?」と言う始末である。しかし、ギラルドゥス・カンブレンシスによれば、W・マップの最も激烈な修道会への諷刺と批判は彼の聖職録を奪ったシトー会修道士らへと向けられる。この聖職録とは恐らくヘレフォード司教、後にセント・デーヴィッド司教職の候補に選ばれながら、いずれも不首尾に終わったことに関係があるものと推定される。一方、反世俗・神秘主義者でパリを新しいバビロンと呼ぶクレルヴォーのベルナールは当時パリを中心に弁証法の騎士と称揚されて、赫々たる名声と影響力の高かった論敵ピエール・アベラールを危険視して、教皇へ宛て「彼（アベラール）は進む、新しいゴリアス、昂然と……従騎士アーノルド・オブ・ブレシャ（イタリア人の律修司祭）を先陣に」と訴える。しかし、W・マップはシトー会修道士らの諷刺中で、二度も失敗に終わるベルナールの奇跡力を揶揄し、アベラールへの共感を鮮明に示している。そして、彼らシトー会修道士らの偽善的な禁欲生活を嘲笑する。さらに、W・マップはシトー会修道士らの強欲さを慨嘆して、他の人びとは皆追い払って彼ら自身のためだけに孤独な修道院生活を創り出すという彼らの土地の策略的な収用の仕方を厳しく指弾している。W・マップは彼らの主張を「出エジプト記」12：36に擬えてエジプト人から略奪するヘブライ人（イスラエル人）と捉えている。そして、中世の諷刺譚には極めて稀な趣向とされる徹底して痛烈な皮肉を込めて、シトー会修道士らを「ヘブライ人（イスラエル人）」、その他の人びとを「エジプト人」と呼ぶ。W・マップのシトー会修道士らへの憎悪の感情の深さが見て取れる。

W・マップの諷刺の第三の対象は結婚である。第四部第三話での激烈な「女性嫌悪」と「反結婚主義」を標榜する書簡は一一八年頃に発表されて、主著『宮廷人の閑話』とは別個に回覧されたが、後に主著の第四部第三話として組み込まれた。W・マップ自身が第四部第二話でこの書簡を認めた経緯を述べているが、当時読者の熱烈な歓迎を受けて、慎重に転写され愛読されたと言われる。最初この作品は古代ローマの作者で、九巻から成る有名な『著名言行録』*Facta et Dicta Memorabilia* を紀元一世紀の第二代ローマ皇帝ティベリウスへ献呈したとされる逸話編纂者ウァレリウス・マキシムス（Valerius Maximus）の著作に帰されてきた。しかし、W・マップ自身は本書の中で友人の結婚を諫めるため、自分の名前「ワルテールス（ウォルター）」を古代の著者の名前「ワァレリウス」に、彼の友人の名前「ヨハンネス（ジョン）」を赤毛の「ルフィヌス」として差し出した旨を言及して、この書簡文が自作のものであることを実証した。こうして、この書簡文は「反結婚主義」と「女性嫌悪」の‘auctoritas’「権威」として、ジャン・ド・マンの『薔薇物語続編』や、G・チョーサーの『カンタベリー物語』の「バースの女房の序」の中で女主人公アリスーンが'Valerie'(L.671)と呼び、伝テオフラトゥスの『結婚の(黄金の)書』*Liber* (*aureolus*) *de nuptiis*、及び聖ヒエロニムスの『ヨウィニアヌス駁論抄』*Adversus Jovinianum*を含んで、オックスフォードの学僧で二十歳の若く陽気な彼女の五番目の夫「ジャンキン」が日も夜も分かたずに読み耽って笑い転げている『ジャンキンの悪妻の書』'Jankyn's book of wikked wyves'(L.685)の中の一文として援用される。

W・マップが意図的に古代の作家名を借用したのは、一つには世評の批判をかわすと同時に、〝革新の十二世紀〟という文化的時代背景の中にあって、古典・古代の文芸、ことにも「オウィディウス時代」'aetas Ovidiana'と言われた「十二世紀ルネサンス」の真っ只中にあって、古典復興の気運の隆盛した時代指向を巧みに利用して、それを逆手に取ったことが挙げられよう。それが見事に的中して十二世紀だけでも五種類の注釈書が書かれて、大成功を収めたと言われる。W・マップの「反結婚主義」や「女性嫌悪」の思想の口調は一見辛辣さを極めるものであるが、彼自身が創作した逸話とされる以下の文言からも容易に窺い知れよう。「バクウィウスは涙ながらに彼の隣人アリウスに言った。『僕の庭には不幸をもたらす一本の木があり、それで最初の妻は首吊り自殺し、間もなく二番目の妻も自殺し、また今も三番目の妻が自殺しました。』アリウスが答えた。『君がこれ程の成功を収めて、涙ながらに泣きごとを言うとは驚きです。』、また『一体その木のため、君はいくら費用の支払いができなくなったと言うのかね?』、さらには『友よ、わたしが植えるために、その木の苗木を分けてほしい。わが友よ、苗木がない場合には、君がその木の若木を恵んで貰う必要があると思うがね。』

最後にW・マップは『善良なる読者よ、あの苗木を分けて貰うようにならないため注意し給え。そんなものは所詮手に入らぬものであるから。』と読者にダメを押すのである。勿論、この辛辣な「反結婚主義」や「女性嫌悪」の表現の中にはW・マップ特有の諧謔やユーモアのレトリックが含意されていると理解すべきでもあろう。

W・マップはまた第二部十八話でビザンティウム、第四部十五話でブルターニュ、さらに第五部第四話ではデンマーク、第五部第五話及び第六話ではイングランド及びフランスの現代史を各国の王について歯に衣着せず語っている。彼がこれらの現代史を提示するのは善と悪の両面を提示するためだと言う。第五部序言で「古代の人びと」(antiqui)と「現代の人びと」(moderni)の対比する中で、彼は言う。「わたしは二つの生き方、——つまり、その毒気ゆえに避け、その長所ゆえに採用すべき生き方——を提示する。それを完全に理解して認識するまで、そのいずれからも目を背けないでほしい。」こうして、W・マップは諸王たちの人物評価を忌憚ない口調で展開する。ウェールズのルウェリン王やアポロニデース王(ヘンリー二世の次男若ヘンリー王を指す)の善と悪の両面を述べている。しかし、W・マップの依怙贔屓は一目瞭然である。彼は主君ヘンリー二世やフランス王ルイ七世を贔屓し、父王を裏切った若ヘンリー王を嫌った。また、ヘンリー二世の後継者らの汚染源と見做して、「見た目にも淫らな」'incestis oculis' 王妃アリエノールは言うに及ばず、ヘンリー二世の庶子でヨークの大司教ジェフリーらに対しては徹底して嫌悪感を抱き辛辣に指弾する。

W・マップの自画像(self-portrait)というようなものが本書の随所に頻繁に顔を出すが、われわれ読者にとって最も興味深いことは、本書『宮廷人の閑話』に関して読者に語り聞かせる彼の姿勢である。親交のあったウェールズ人ギラルドゥス・カンブレンシスはその著『アイルランドの征服』*Expugnatio Hibernica* の中で、W・マップの次の言葉を引用している——「ギラルドゥス師よ、貴殿は多くのことを書いてきたし、今も書いている。私は多くのことを話してきた。貴殿は多くの書物(scripta)を世に送って、私は談話(verba)を提供した。貴殿の書物はわが談話より賞賛に値し、わが談話よりも今後は永続するであろう。だが、わが談話はありふれた言葉で話されるので、より広く受け入れられるが、貴殿の書物はラテン語であるから、理解される人びとの数は少ないであろう。したがって、私はわが談話からいくばくかの利益を得てきたが、貴殿はその立派な書物からそれに値する報酬を得ることができなかった。教養があり高貴な主君らが姿を消して、この世からその姿が消えたからである。」この'*scripta*'「書き物」と'*verba*'「言葉・談話」の対比はW・マップの第二部三二話の次の言葉を実によく反映している——「私は諸君(読者)に物語ではなく談話の素材を提供する。私は諸君の狩人であって、獲物を運んでくるが、料理をするのは諸君の務めである。」そして、第三部第三話でW・マップは自らを蜂に譬えて次のように言う——「蜂は苦い草木にも甘い草木にも停まってその両方から多少の蜜蠟や蜂蜜を吸い取る。智慧を愛する人はどんな詩人をも多少の尊敬の念を抱いて敬い、彼はどの頁を捲り目を離すときには一層賢くなっている。」

W・マップの主要なテーマの一つは「彼が'modernus'『現代人』である」と言うことである。今は「古典・古代人」'antiquus'が賞賛されて、「現代人」は蔑視されていると言う。こうして、第四部第五話では次のように嘆くのである。「私が今生きているこの事がわが唯一の欠陥である。しかし、死によってそれを改めるつもりはない。すべての時代は自らの現代性に満足してこなかったし、原初の時代からどんな時代でもそれ自身の時代より過去をより好んできた。」こうして、彼は第五部第一話で「死者が生きて、その代わり生者が埋葬されている……現代の君主らの立派な事績が等閑にされて、古代の蹂躙された逸脱者らが持ち上げられている。」と嘆くのである。W・マップのこのような姿勢は十二世紀ルネサンスの文化革命を牽引したシャルトル学派の人文主義者で同時代人であるジョン・オブ・ソールズベリとは対蹠をなすものである。ジョンはカンタベリー大司教シオボルドとトマス・ベッケット二人の秘書を務めて、その後シャルトルの司教となった人物である。彼は同時代人と古典・古代人を比較して、彼の師シャルトルのベルナールの言を引用して言う。'Dicebat Bernardus Carnotensis nos esse quasi nanos gigantum umeris insidentes, ut possimus plura eis et remortiora uidere, ……「シャルトルのベルナルドゥスがわれわれ（十二世紀の現代人）はさながら（古典・古代の）巨人たちの肩の上に乗る矮人のようなものである。そのため、われわれは彼らより多くのもの、より遠くのものを見ることができるである……云々」ジョンは彼の例話を扱う際には古典に基づくが、W・マップは勿論古典にも深く通暁しているが、どちらかと言えばその題材の典拠としてウェールズのイマジネール世界の民間伝承や同時代史を特に利用している。W・マップは第一部第一話で「彼ら古代人らは書物で多くのものをわれわれに遺してきたが、より多くのことが口伝いの言葉で原初から世々代々父から子へと受け継がれてきた」と言う。

このように、W・マップは本来話し上手な人であり、時には諷刺が辛辣でも諧謔とユーモアの感覚も兼ね備えてもいる。彼は大家族を束ねる家長としての自分に言及してラテン語の本文中に'The husband is always the last to know'「知らぬは亭主ばかりなり」）のような俗語の俚諺を引用もする。このように、彼は古典や同時代の作品や聖書等に言及する時には極めて示唆的であり、引用した原文には彼特有の捩《もじ》りが随所に見られて、全く新たな意味を附与されている。且つ、彼の古典の学識豊かな揶揄、さまざまな意味に取れる示唆的な皮肉、繊細微妙な機知、それと時に見られる辛辣な諷刺等々が本書を少し難解にしていると思われるが、菲才を顧みず中世ラテン語の原文に即して文意の分かりやすい訳文を心がけたつもりです。よって、思い掛けない遺漏があることを危惧されます。読者諸賢の忌憚のないご叱正ご教示を頂ければ洵に幸いです。

最後に、本書を梓に上げるに際して、煩雑な校正の手を煩わせると共に貴重なご助言を頂いた編集部の松永裕衣子さんに、この場を借りて心より感謝の意を表します。

平成二六年六月末日　　梅雨の晴れ間に

訳　者

†訳者
瀬谷　幸男（せや・ゆきお）
1942年福島県生まれ。1964年慶應義塾大学文学部英文科卒業。1968年同大学大学院文学研究科英文学専攻修士課程修了。1979年～1980年オックスフォード大学留学。武蔵大学、慶應義塾大学各兼任講師、北里大学教授など歴任。現在は主として、中世ラテン文学の研究・翻訳に携わる。主な訳書にA.カペルラーヌス『宮廷風恋愛について―ヨーロッパ中世の恋愛術指南の書―』（南雲堂、1993）、『完訳 ケンブリッジ歌謡集―中世ラテン詞華集―』（1997）、ロタリオ・デイ・セニ『人間の悲惨な境遇について』（1999）、G.チョーサー『中世英語版 薔薇物語』（2001）、ガルテールス・デ・カステリオーネ『中世ラテン叙事詩 アレクサンドロス大王の歌』（2005）、W.マップ他『ジャンキンの悪妻の書』（2006）、ジェフリー・オヴ・モンマス『アーサー王ロマンス原拠の書 ブリタニア列王史』（2007）、『中世ラテン俗謡集 放浪学僧の歌』（2009）、『中世ラテン叙事詩 マーリンの生涯』（2009）（以上、南雲堂フェニックス）がある。また、S.カンドウ『羅和字典』の復刻監修・解説（南雲堂フェニックス、1995）、ピーター・ドロンケ『中世ラテンとヨーロッパ恋愛抒情詩の起源』（論創社、2012）その他がある。

宮廷人の閑話――中世ラテン綺譚集

2014年10月10日　初版第1刷印刷
2014年10月20日　初版第1刷発行

著　者　ウォルター・マップ
訳　者　瀬谷　幸男
発行者　森下　紀夫
発行所　論創社
東京都千代田区神田神保町2-23　北井ビル
tel. 03（3264）5254　fax. 03（3264）5232
web. http://www.ronso.co.jp/
振替口座　00160-1-155266

装幀／野村 浩
組版／フレックスアート
印刷・製本／中央精版印刷
ISBN978-4-8460-1368-4　©2014　Printed in Japan